JN256587

ロレンスの短編を読む

D・H・ロレンス研究会【編】

Reading Short Stories of D. H. Lawrence.

松柏社

ロレンスの短編を読む

目次

序

Ⅰ

Ⅱ

序

ロレンス――「素顔」の短編小説家

浅井　雅志

僕は、およそ僕自身を咬んだり刺したりするような本だけを読むべきではないかと思っている。僕たちの読んでいる本が、頭蓋のてっぺんに拳の一撃を加えて僕たちを目覚めさせることができないとしたら、それではなんのために僕たちは本を読むのか？　君の書いているように、僕たちを幸福にするためか？　いやはや本がなかったら、僕たちはかえってそれこそ幸福になるのではないか、それに僕たちを幸福にするような本は、いざとなれば自分で書けるのではないか。しかし僕たちが必要とするのは、僕たちをひどく痛めつける不幸のように、僕たちが自分より愛していた人の死のように、すべての人間から引き離されて森の中に追放されたときのように、そして自殺のように、僕たちに作用する本である。本は、僕たちの内部の凍結した海を砕く斧でなければならない。そう僕は思う。（カフカ、『夢・アフォリズム・詩』三一四―一五頁）

序

今や二〇世紀を代表する作家となったロレンスの長大な作品群において、短編は、詩や劇やエッセイと並んで、やや偏頗な扱いを受けてきた観がある。批評家の大半は彼の長編にページを割き、短編だけを論じた本はいまだに数えるほどである。いや、何より一般読者の眼がロレンスを『チャタレー卿夫人の恋人』を中心とする長編の作家と見ている。この傾向は、しかしもっともなことでもある。その圧倒的な長編の高峰群を前にしては、他のジャンルはその輝きが薄れるかに見える。

批評史を見ると、ロレンスを本質的に長編作家と見る派と、短編にも、あるいは短編にこそ彼の特徴と長所が現れているとする陣営に分かれているようだ。ロレンスを英文学史の中に位置づけるにあたって決定的な第一歩を記したのがF・R・リーヴィス（F. R. Leavis）であることに異論はないだろうが、その「出発点」における彼の短編の扱いはその意味で象徴的だ。彼は、ロレンスの中・短編は「それ自体でロレンスを偉大な作家の列に並ばしめる作品群を形成している」（307）という。鋭敏な彼は、ロレンスのいくつかの短編には「結末のひねり」がないといった批評家たちの「知的な」批判に対して、ロレンスの芸術はモームやモーパッサンに代表される「ジャーナリスティックな短編とは何の関係もない」（372-73）と突っぱねている。しかしつまるところ彼は、小説家としてのロレンスを高く評価するあまり、長編と短編の特徴を、少なくともこれから論じるような意味では明確に区別せずに、後者を前者の中にくくってしまった観がある。それは彼の「牧師の娘たち」論に見ることができる。つまり彼はこの作品を、階級差に絡み取られる男女関係、肉体の重要性といった、ロレンスが生涯取り組むことになるテーマに焦点を当てて論じ、短編としての特徴・長所を指摘することはない。それどころか彼は論の焦点を読者という「公共圏」に移す。「炭坑夫について想像力をもって提示された真理・真実は、この物語を読む教養ある読者には自ら見えてくる」(104)といった物言いは良くも悪くもリーヴィス的だが、しかしその「真理」は長編でも、あるいは長編でこそよりよく示せるのではないかという点には無頓着に見える。

いずれにせよ、短編に関する限り彼の威光は絶対的ではなかった。彼とともに一時代を築いたグレアム・ハウ(Graham Hough)は直ちにこうした見方を排し、ロレンスの短編は「これこそ芸術的創造のあるべき姿だ」と一定の評価を示しつつ、基本的には否定的な見方を提示する。すなわち、「短編はロレンスの成長点ではない。[……]ロレンスが新たな局面へと成長するのは短編においてではない」といい、さらに短編を、ときには長編よりも高く評価する者は、「ロレンスという作家全体の重要性を貶めることを暗に意図しているのではないか。ロレンス研究者たるもの、短編は一連の確固たる長編との関係で見るのが一番いいのだ」(168)といい切っている。

ロレンスの短編批評は、長編とは違ってこうした緊張関係の中に置かれている。もちろんこの二つの派はくっきりと分かれているわけでも敵対しているわけでもなく、大半の研究者はこれを本質的問題とは考えておらず、長・短編どちらにもそれぞれの特徴を読み取るのが研究者の責務だと考えているようだが、しかしこの点を掘り下げていくと、ロレンスの創作への姿勢およびその方法に新たな光を当てることができそうだ。そのような問題意識のもとにロレンスの短編の特質をさまざまな角度からあぶり出すのが本論集の目論見の一つである。ただ、本書での各論はそれぞれの執筆者が「好みの」短編を取り上げ、「好みの」

角度から論じたもので、この主題を包括的に扱っているわけではない。それゆえ読者諸氏にとっては統一性に欠けるようにも見えるであろう。その欠落を少しでも埋めるべく、ロレンスの短編全体を概観し、論集全体に多少なりともまとまりを与えることを目指して、本論を巻頭に置くことにした。

I

ロレンスの短編の最大の特徴は数の多さと内容の多様さである。作品は未完のものを入れると八〇近くに及び、その多様さは、例えば『ロレンス文学鑑賞辞典』が、「ノッチンガムシャ・イーストウッド物語」、「男と女の物語」、「接触物語」、「異国物語」、「復活物語」と分類していることからもわかる。しかし、にもかかわらず彼の短編の評価は序で述べたような「緊張関係」の中にあった。それが変化する機運の嚆矢となったのは一九七八年に出たK・クッシュマン（Keith Cushman）の *D. H. Lawrence at Work: The Emergence of the "Prussian Officer" Stories*、続いて一九八四年に出たJ・ハリス（Janice Hubbard Harris）の *The Short Fiction of D. H. Lawrence* と鉄村春生の『想像力とイメジ』の三つの論考ではないかと思う。それ以後日本では二〇〇六年に短編翻訳全集の出版が完結し、また二〇一四年には巨大な事業であったケンブリッジ版も完結し、彼のすべての短編が読めるようになった。こうした一連の出来事の後では、ロレンスの短編を長編創作の余技とするような見方は完全に過去のものになった、かに見える。「かに見える」と付け加えたのは、これまでのロレンス研究の動向を見る限り、先に見たハウのあの暗い予言が完全に覆ったとはいいにくいからだ。これはなぜなのか？

まず考えられるのは、ロレンスの長編が、人間の成長、男女を中心とした人間関係、個と社会、宗教と人間といったテーマを、重厚な筆致で強いインパクトをもって掘り下げるのに対し、短編は扱うテーマのバリエーションも多く、同等・同質の説得的読後感を与えないのではないかという点だ。長編では生の主要問題を対話的手法を用いて（バフチン的にいえばポリフォニックに）掘り下げていくが、短編では垂直のベクトルではなく、さまざまな状況のもとでの人間のありようをスナップショットのごとく切り取り、その多様性を示すことで、人間を水平のベクトルで捉えようとする。そのため短編という限られた分量では、彼の最大の特徴であり武器でもある畳み掛けるような文体、見事な自然描写、屈折した人間心理の執拗な探求、「弁証法的」ともいえる登場人物同士の対話や行動を通しての自己思想の深化、といった手法を発揮する余地が相当に限られるのではないか。

この疑問に対するハリスの答えは、短編は長編とは異なるジャンルで、両者は違う扱いをしなければならないのに、直截比較したためにこうした誤った評価をもたらしたというものだ。ロレンスもカフカやウルフやジョイスと同じく「リアリズムが光を当ててこなかった人間心理の領域に光を当てるよう、リアリスティックな短編小説を拡張した」が、その手法は彼らとは違っていた。ロレンスの作品理解への鍵は「人間の経験は神聖だという信念」にあり、それが「情熱的に宗教的な人間の視線」から日常生活に「黙示録的な息吹」(7) を読み取ることを可能にしているという。とはいえ彼女は、ロレンスの手法およびその効果が上記の作家たちとどう違うかについては述べていない。

鉄村も同様に、ロレンスの中・短編が「長編の解釈やロレンスの文学を知るうえで補助の価値しかもたないという」「支配的な見方」に対抗し、これに「独立した文学性を認め」（三四―三五頁）ようとする。

ただし彼はロレンスの中・短編が「玉石混交」で、「石」の方は「結部の処理がいかにも不器用」だと認め、「人物は同工異曲にあつかわれ、彼らの組みあわせの配置替えは、死と再生の反復パタンのたんなる異称にすぎない」(八五頁)と欠点を指摘した上で、それは「彼が人物や事件を社会秩序なり倫理観から観察しないからであり、『炭素』の追及に専心するため」(三一頁)だと擁護する。そしてその「追及」の鍵を「エピファニー」に見てこう述べる。彼の「作品はよく、なんの変哲もないはずの日常の瞬間を、人物にとって神の啓示のように突然の感動や変容の瞬間に変える。作品のレンズは、時間の質的な変化に衝突して裂けた人物の意識化の部分をクローズアップし、いわば異次元の世界を映像化する。そこでは異教の妖精がおどり、悪魔が姿をみせる。そして『生命の秘密の根源』が現われる」(二二一―二三頁)。

要するに二人とも、表現こそ多少異なれ、ロレンスは日常への通常の視線を転換する上で見事な手腕を見せているといっている。しかしこの共通点にもかかわらず、ロレンスの短編全体への二人の見解は異なる。鉄村はこれを「『死んだ男』の創作に向かう習作」(三八七頁)と見るのに対し、ハリスは「初期のリアリズム」「幻視的作品」「寓話創作」に区別し、この三段階は発展とか優劣という関係にはなく、移行であり、ある意味では「回帰」でもあるとする。この点ではハリスの方が説得的だが、本稿ではこうした視点からではなく、短編小説に見られるいくつかの型という角度から接近してみたい。

そもそも人はなぜ短編小説を読むのだろう。短くて早く読了できる、どんでん返しなどの意外性があり、長編よりも「余韻」が楽しめる、等々の答えが予想されるが、短編の最大の特徴は、人生の一断面を鮮やかに切り取ってそれを簡潔に示し、それによって、ポー(E. A. Poe)がいうところの「効果の全体性あるいは統一性」を喚起することで読者の世界観に変更を迫る、というのが最も広く受け入れられているものだろう。ポーは、文学作品は長すぎて「一気に読みきれないなら、印象の統一から生まれる極めて重要な効果」を失うと考え、作品の「短さは目指す効果の強さに正比例する」(166-67)とまでいう。これはあくまで詩を念頭に置いた言葉であり、『カラマーゾフの兄弟』、『アンナ・カレーニナ』、『白鯨』、あるいは『恋する女たち』といった長編小説の傑作を思い浮かべれば直ちに首肯することはできないが、短編小説の存在意義については核心を突いている。L・T・ディキンソン(L. T. Dickinson)はポーを援用しつつ、短編の特徴は「詩のもつ感情喚起力と圧縮性」(七五頁)だと端的に述べている。これは逆にいえば、短編は、長編の特徴であるエピソードや会話を積み重ねることで自らの思索を深め、読者にそれをじっくり考えさせることには向いていないといえるだろう。

この「感情喚起力」を最大限に発揮するために、長さとともに重要なのは物語の閉じ方である。「結末がぷっつり切れたようなところがかえって美しいところなのだ。というのも、それによってこそ、心に棘が残り、読者の想像力を刺戟して、これから一体どうなるかという、いろんな可能性を自分で考え出させるからなのだよ」(二八七―八八頁)。これは詩についてのゲーテ(Wolfgang von Goethe)の言葉だが、急激な幕引きとそれが生み出す意外性や余韻も短編独自の得意技で、それを最大限駆使しているのが短編の名手といわれる作家たちである。これまでロレンスの批評家は、彼の短編をこうした名手と比較して論じることが少なかったが、この方法を使って彼の短編の特質をあぶり出してみたい。

以下、比較的著名な短編をいくつかの特徴別に見ていこう。一つ目は、比較的伝統的な流れに属し、短編の特徴をうまく使っているが、意外性にはやや乏しく、「据わりがいい」と感じさせる作品である。

ハーディ(Thomas Hardy)の「ほんの幕間劇」("A Mere Interlude" 1885)[1]は、婚約している女性が昔想いを寄せていた男と偶然出会い、衝動的に結婚してしまうが、またしても偶然その男が遊泳中に溺死する。彼女はそれを婚約相手に隠したまま結婚するが、結婚後に告白する。すると相手もまた同様の秘密をもっていたことがわかり、奇妙な「幸せ」の中に物語が終わる。展開の速さと意外性はあるが、にもかかわらず結末は妙に「据わりのいい」ものになっている。

キプリング（Rudyard Kipling）の「無線」（"Wireless" 1920）は、結核を病んでいる登場人物の一人がキーツの霊に取りつかれ、彼の作品を読んだこともないのにその詩をそらんじるという「超常」現象が起こるが、彼の雇い主は同じ店でマルコーニが発明したばかりの無線に熱中しているという構成で展開する。時空を超えた降霊術的「無線」に操られる人物と、近代文明の産物である無線に熱中する人物を巧みに並置する結構は読者を感心させるが、作者が前者に好意的な、後者に疑惑の目を向けていることが透かし見えて、終わるべきところで終わっているという印象を残す。

ウルフ（V. Woolf）の「固い物」（"Solid Objects" 1920）は、二人の友人の一人がある日浜辺で、波で磨り減ったガラスの破片を拾い、その美しさに魅了され、ついには仕事も放棄して、用がなくなって打ち棄てられた物体を捜し歩くに至る。その結果、「普通」の野心と人間的な欲望をもつ友人は彼が理解できなくなり、離れていくという話だ。

ウェルズ（H. G. Wells）の「ナイフの下」（"Under the Knife" 1896）は、主人公が手術中に「宇宙飛行」を体験するが、それが麻酔による一種の幽体離脱であったことが明かされる。この偶発的な経験を通して彼は生の不思議さに目覚め、それまで抱いていた虚無感を脱して生きる希望を手に入れる。

ウルフとウェルズの二作はどちらも読ませるプロットをもち、展開も速く、鉄村がいう「エピファニー」

がうまく描かれているが、前者では主人公が無用とされる物体に潜む美に気づくことで生における価値観が決定的に転換し、タイトルの「固い物」が、主人公が見出す生において真に価値あるものを象徴していることが容易に見て取れ、著者の「哲学」が比較的直截的に出ている。また後者では、主人公の「エピファニー」が麻酔による一時的な意識変容の結果だという「合理的な」理由が提示されるため、意外性は十分あるものの読者の想像力はそれほどには刺戟されない。

同じく伝統的な流れに属するが、より意外性が強く、この先どうなるのかという思いを残す作品群がある。モーパッサン（Guy de Maupassant）の「脂肪の塊」（一八八〇年）は、普仏戦争を背景に、脂肪の塊と呼ばれる娼婦を含む十人が乗合馬車でルーアンを逃れる話だ。ある村でプロイセン軍に足止めされるが、人々は士官が脂肪の塊と寝たがっていることを知って彼女を説得する。ついに彼女は折れて士官と寝、その結果彼らは翌朝出発を許される。その犠牲にもかかわらず、あるいはむしろそれゆえに、馬車の中で彼女はひどい扱いを受け、あまつさえ乗客の一人はあてつけるかのようにラ・マルセイエーズを口笛で吹く。その屈辱に彼女は啜り泣く。この結末の残酷な対比によって、彼女の行為が感謝されるのではないかという読者の期待は裏切られ、反戦や人間のエゴイズムの剔抉といったメッセージ性は希薄化し、むしろ人生のどうしようもなさの一断面が見事に提示されている。

O・ヘンリー（O. Henry）は「最後の一葉」（"The Last Leaf" 1907）の結末で、その一葉が壁に描かれたものだという「どんでん返し」で読者を唖然とさせる。これは一人の人間の自己犠牲が別の人間に生きる希望を与える「明るい」話であると同時に、画家の狂的な矜持を描いた「暗い」作品でもあり、後者が前者にかぶさって重層的な読後感を残す。

芥川龍之介の「鼻」（一九一六年）は、禅智内供が気に病んでいた長い鼻を何とか短くすることに成功するが、それが周りの人間に引き起こす変化を巧みに描き、最後にはそれが元に戻るという「どんでん返し」によって人間の心理の複雑さとそれが生み出す生の悲喜劇を垣間見させる。鼻が長くなったり短くなったりするという超常性も意表をつくが、鼻が元に戻って「はればれした心もち」になり、「かうなれば、もう誰も哂ふものはないにちがひない」（三六頁）という内供の結末の言葉は、人間の心の奥底に潜む悪意に彼自身が気づいたという事実によってすでに裏切られているというアンビヴァレンスに読者を陥れる。同じ芥川の「藪の中」（一九二二年）は同一の事件を多元的視点から語り、主観のはらむ曖昧さを暴露する。最後には殺された武士の死霊まで出てきて超常性が加味され、その劇的展開で読者の感情を強く喚起するが、その決定不能な結末は同時代人カフカの作品を思わせる。

解釈の決定不能性の古典といえばH・ジェイムズ（Henry James）の「絨毯の下絵」（"The Figure in the Carpet" 1896）だろう。語り手が、自分の書いた書評を作家本人から、何もわかっていない、作品に潜む「絨毯の下絵」のような秘密、すなわち作者の意図を解き明かすことが批評家の使命だといわれ、友人やその婚約者も巻き込んでその「秘密」の捜索にあたる。友人はそれを発見するが事故死する。しかしその前に結婚した女性にそれを伝えている。しかしその女性もしばらくして死ぬ。語り手は女性の再婚相手にその秘密を聞いていないかと問うが、聞いていないという。かくて作家の秘密は解明されることなく、読者は宙吊りのまま放り出される。この作品は、作家に意図はあるのか、作家は本当にそれを知っているのか、もしそうだとしてもそれは唯一の「正解」なのか、といったすぐれて現代的な問題を浮き彫りにしつつ、読者の期待を最後に裏切るという形で強い読後感を残す。

トルストイ（Lev Tolstoi）の「神父セルギイ」（一八九八年）は、極度に自意識が強い主人公が、結婚を約束した女性が他の男性、それもこともあろうに彼が尊敬する唯一の人物であるニコライ皇子と関係をもったことを告げられ、彼女を拒否して修道士となる。（このあたりは『テス』のエンジェル・クレアを思わせる。）厳しい禁欲によって「聖者」の名声を得るが、ある若い女性と衝動的にたった一度関係をもったことで自己を全否定し、かつて知っていた最も魅力のない女、傲慢のかけらもない女、パーシェニカを訪ね当て、その素朴さ、無教養ゆえの聖性によって「甦る」という話だ。しかし物語はこのクライマックスで終わらず、その後彼は旅のフランス人から屈辱的な扱いを受けるが、それを歓んで受け入れるという挿話でこの「甦り」が確認される。訳者中村白葉は、これはトルストイの「精神的な目的のためにただひとりで生活するものにも安心はない。安心は、人が人のあいだにまじりながら、神への奉仕のために生活する時に、はじめて存在する」（四七一頁）という思想を作品化したものだという。しかし、のちに触れるロレンスの小説の理想としての「哲学とフィクションの再結合」を使えば、ここでは再結合によってフィクションが思想（哲学）を牽制している。すなわちこの放浪中のエピソードは読者に彼の「甦り」が真正なものかどうかを再検討させる役割を果たしており、哲学は作者の意図を裏切る形で曖昧化されている。

こうした流れに対して、意外性が通常のリアリズムを超え、その幻想性や不可知性で読者を別のレベルのリアリズムに連れ去るような作品群がある。その代表的作家の一人カフカ（Franz Kafka）は、主人公が朝目を覚ますと虫に変わっていたという破天荒な設定の作品を書いた。「変身」（一九一五年）の主人公グレゴールは、しかしその変化をさほど驚きもせずリアルに観察する。エーコはこの「見るからに幻想的な物語」は「リアリズムの格好の例」だとし、家族がこの奇天烈な現象を「たいした疑問も抱かず受け入れてしまう」が、それは「現実世界の住人なら誰だってするもの」（一一〇—一一頁）だという。主人公は最後には家族に「殺される」が、カフカはそこで筆を擱かず、家族があの変身騒ぎなどなかったかのように、あるいはそれを忘れるために、日常生活へあっけらかんと帰っていく描写で締めくくる。そのおぞましいまでにリアルな「どんでん返し」は実に不気味な余韻を残し、一体グレゴールのあの変身と苦闘は何だったのかという思いに読者を誘い込む。

「断食芸人」（一九二二年）では、断食を見世物にするという不可思議な行為に対して、最後に「私の口に合う食物がなかった」という一言で奇妙な回答が与えられ、読者は戸惑う。これは回答なのだろうか？もしそうだとしたら、いったいいかなる意味だろう？　と。しかもその後、彼の死骸は藁と一緒に埋葬され、彼がいた檻には「高貴な肉体」と「自由」と「生のよろこび」を具えた豹が入れられるというアンチクライマックスが待っている。

「流刑地にて」（一九一九年）も、ある将校が奇妙な処刑機械の使用と維持に生涯をかけるというシュールリアリスティックな設定で始まるが、やがてこれを使い続けることに絶望した将校が自らをその機械にかけて自殺するという逆転が起きる。その顔には「約束されていた浄化の表情など、どこにもなかった。機械にかけられた囚人のすべてが見出したものが将校には拒まれていた」（九九頁）という言葉は、人間の組織の硬直性や「信念」という心的機構についてのメッセージを含んでいるようにも見えるが、しかしそれはクライマックスの後の奇妙な描写によって霧散してしまう。主人公たる旅行家はこの騒ぎで一時的な「同士」になった観のある兵士と囚人を連れて、死んだ将校の恩師にあたる老司令官の墓（奇妙にも喫茶店の中にある）を見に行き、さらに、この二人は旅行家について行きたいのだが、彼が乗るボートに乗ろうとすると彼がロープで脅したのであきらめるという不可思議なアンチクライマックスで幕を閉じる。

こうしたカフカの芸術にカミュ（Camus, Albert）は「解決の欠如」を見、彼の作品を「すべて解釈しようとのぞむのは間違い」で、そこに見られる象徴は、「つねに、象徴を用いる人間を超え、その人間が表現していると意識している以上のことを、実際にはその人間に語らせる」（一七七頁）と述べているが、これは二〇世紀以降の短編の一つの大きな流れをうまく説明している。こうした傾向をもつ作品の嚆矢といえるのはポーとメルヴィルの作品だろう。ポーの「リジーア」（"Ligeia" 1838）はそのゴシック的な幻想と象徴によって読者に眩暈を起こさせ、リジーアとロウィーナのリアリティのなさにもかかわらず、あるいはそれゆえに、強烈な印象を残す。「信頼のできない語り手」議論も引き起こしたこの作品の眼目は先に見た自らの理論の具現化で、キャラクタライゼーションを含む作品中のすべての要素は「印象の統一から生まれる極めて重要な効果」を生み出すことに集中する。ここにはメッセージ性や生の一断面を鮮やかに提示するといった側面は希薄で、日常を超えた特殊な感覚を読者に喚起することをほとんど唯一の目的にしている。（ロレンスはポーの作品に例によって好悪の混交した反応を示しているが、これについては後述する。）

メルヴィル（Herman Melville）の「代書人バートルビー」（"Bartleby, the Scrivener" 1853）はポーのような怪奇性こそ弱いものの、同じく謎めいた読後感を残す。主人公は何を聞かれ、頼まれても「できればしたくない」としか答えず、最後はカフカの「断食芸人」を思わせる拒食によってあっけない死を迎えるが、その不可思議な行為と突然の死は、その後の作家や思想家を強く惹きつけてきた。そこにはカミュ、ブランショ、デリダ、ドゥルーズ、アガンベンといったそうそうたる名前が見られるが、その一人デリダ

(Jacques Derrida) は、バートルビーに象徴的に見られる「この非決定は緊張を作り出す。つまりそれは留保つきの不完全に対して開かれて」(一五六頁) いるというが、これは先のゲーテの言葉を思い出させる。バートルビーの行為、言葉、死には一切「答え」が与えられない。結末では、以前彼は郵便局の配達不能便を扱う部署で働いていたという思わせぶりな「種明かし」を語り手から聞かされ、その語り手の「ああ、バートルビーよ！ ああ、人間よ！」という言葉で幕が降りる。「種明かし」をされても何もわからないというもどかしさ、しかしそこには何かありそうだという感覚が、読後の読者を引きずる。デリダはバートルビーの「できればしたくない」という言葉を、アブラハムがイサクに「死を与える」前の逡巡に結びつけて論じているが、おそらくこの言葉の射程はもっと広く、人間の根底に潜む生への拒否感が凝縮しているのだろう。ここにはポーよりもメッセージ性が感じられはするが、作品を覆う独特の雰囲気と象徴性の強さによって幅広い解釈を喚起する。

チェスタトン (G. K. Chesterton) の「ブラウン大佐のすごい冒険」("The Tremendous Adventures of Major Brown" 1905) もカフカ風の奇想天外な結構で独特の不条理さをかもし出している。大佐が誤って巻き込まれたミステリーに一応の種明かしがなされた後、これを仕掛けたのが「奇商クラブ」の一つである「冒険ロマンス商会」であり、その商売が、「敬虔で面白くもない生活からかけ離れた邪悪でぞっとするような何か、はっきりしない、恍惚の中にあって、重石から離れ、あなたを自由にする何か」(176) を顧客に与えることだと知らされる。これだけでも十分意外なのに、その「種明かし」の後で「被害者」である大佐がその仕掛けを演じた女性と結婚して終わるという結末を見せられると、「大団円」にもかかわらず結び目の解けない感覚が残る。それは「奇商クラブ」という象徴がそれを用いる人間を超え、読者を宙吊りにするからだろう。

Ⅱ

こうした諸作品を背景にロレンスの短編を見ると、どう見えてくるだろう。その前にまず彼の小説観を確認しておこう。「哲学とフィクションが分離したことは最大の悲劇である。この二つは神話時代から一つであった。［……］両者はもう一度、小説の中で合体しなければならない」(*STH* 154)。これはハリスの解釈とも響き合う。「人間というものは、季節とか星雲の動き［……］などのような人間の外側にあるものの現象であると同時に、選択を求められる自己責任のある生物でもある。人間の経験についてのこの見方をどう伝えるかがロレンスの性急な関心事となった。そのために彼はさまざまな戦略を編み出したが、そのキーとなるのはミメーシスと寓話のダイナミックな均衡であった」(90)。つまり彼女は「フィクションと哲学」を「ミメーシスと寓話」と読んだわけだ。要するにこの両者が「再婚」して均衡を実現できた作品がロレンスの理想の小説で、どちらかが優勢になると完成度が低くなるということになる。この均衡はもちろん長編にも必要だが、分量が制限される短編ではことのほか重要になる。ところがフィニー(Brian Finney) は、とりわけ「ハーディ研究」と「王冠」の執筆を経てロレンスの「哲学」が確立して以降の作品には、「形而上学が侵入して『芸術の表出』を損なっている。［……］理論が語り上の蓋然性が要求するものを無効にしている」(21) と指摘し、ある時期以降ロレンスが自らの理念を裏切ってこの均衡を崩していると示唆している。いずれにせよ、ロレンスの多数の短編はこの「哲学」と「フィクション」の両極の間に広がっている。以下、本論集で扱っていないものを中心に、この均衡の達成度を基準にして読み解いてみよう。

故郷を舞台にした作品は、彼の生涯のテーマである男女あるいは男同士の関係のダイナミズムを扱う萌芽的なものが多い。「古いアダム」（"The Old Adam" 1934）は「盲目の男」の原型のような作品で、大家と下宿人という関係の二人の男が、暴力を交えて初めてその「文明性」を捨てて「同胞／同士」になり、それまで性的・感情的に近づいていた女性（大家の妻）の方は、その暴力を傍観することで、あるいはもう一人の女性（召使）はそれを押しとどめることで、この仲間から閉めだされる、という構図をもっている。暴力は接触の一形態であるという前提で、『息子・恋人』のポールとバクスターの格闘の後の親近と同じ様相を描いているのだろうが、ここでは短さゆえに「哲学」が先行する印象が強く、接触が人間同士を結びつけるという神秘の解明はなされないままに終わる。

「当世風の魔女」（"The Witch *a la Mode*" 1934）では、婚約者がいるのに別の女性と愛憎半ばする関係を続けようとする男を描いている。二人は『息子・恋人』のポールとミリアムを思わせ、また女性の方は『越境者』の「キス以上を求めない女性」ヘレンの変奏とも見える。彼女は一度だけ「魔女のようだ」と形容され、また彼女の情熱（血）が意志に支配されていることが決裂の原因だとほのめかされてはいるが、短編の制約もあって深められてはいない。

「浮世の憂い」（"The Mortal Coil" 1913）の主人公フリーデブルグは後のスクレベンスキーやジェラルド、クリフォードらの原型ともいうべき、自分の仕事や社会的地位以外に自分の価値を見出せない近代人のネガとして登場する。一旦は別れようとする恋人マータも、なぜかそのような彼を「純粋に」愛し、最後は訪ねてきた友人と一緒に暖房の煙によって窒息死する。ハリスはこの作品のテーマを「彼の核が死んでいるから周りの者も殺す」（140）と解しているが、その当否はともかく、「哲学」を強く感じさせるためか、結末の女性たちの窒息死も、主人公を「生中の死」に更に引きずり込むための安直な仕掛けと感じられる。魅力的な「転」を欠いた強引な「結」で終わっているために空虚な読後感が残る。

「ヘイドリアン」（“Hadrian” 1919）は『チャタレー』の先駆けのように「接触」が階級差のある男女に与える衝撃を描く。クライマックスは、マティルダが誤ってヘイドリアンの額に触れるという些細な行為が物理的にも精神的にも隔たっていた二人を、とりわけ彼を劇的に変える場面だが、ここでも短編ゆえに、この「接触の神秘」が二人をどう変容させていくかは十分に描かれていない。しかもここにはマティルダの父ロックリー氏のヘイドリアンへの偏愛という、『嵐が丘』のアーンショー氏のヒースクリフへのそれを思わせる別のテーマが紛れ込んでいる。のみならず、その印象が強いために、接触による変容よりもむしろ氏の娘への「復讐」が前景化される。ロレンスはその背景として長い間の家庭の「女性支配」をほのめかしているが、そもそもヘイドリアンを養子にしたこと自体がそれへの抵抗であったとすれば、ここではテーマが、接触による男女の意識変容と、女性支配に対する男性の拒否反応の二極に分裂している感を抱かせる。この点で、同じく接触による変容を扱った「盲目の男」が、このテーマに絞り、それが生み出す結末へとまっすぐに向かっているのと好対照である。

「わびしい孔雀」（“Wintry Peacock” 1921）は、妻が結婚のときに実家から連れてきた孔雀を夫が痛めつけるという奇妙な話で、それはどうやら妻の、ひいては女性の男性への独占欲への反撃らしいのだが、孔雀の象徴性も含めて曖昧なままに終わる。こうした行為に対するナレーターの立場も不鮮明で、短編に必要な「切れ」がない。

象徴が曖昧という点では「次善の男」（"Second-Best" 1912）も同じだ。恋人に棄てられた傷心のフランシスが妹と話しているとモグラが出てきて、妹がこれを殺す。次にフランシスは「次善の男」トムに出会い、彼を選ぶ。その際モグラを殺すという行為が象徴として使われているのだが、やや説得力の弱い状況設定のもとで描いているので、フランシスの判断の意味深さが伝わってこず、余韻も強くない。

次に「超自然物」あるいは幽霊譚とでも総称できる作品群を取り上げてみよう。フィニーは、ロレンスは伝統的な幽霊譚というジャンルを「ひっくり返し」（24）、幽霊の方が生者より真に生きており、逆に生者が幽霊になってしまうというが、こうした「ひっくり返し」自体は彼の長編でも頻繁に見られ、とりわけ短編に特徴的なわけではない。ここで注目したいのは、幽霊あるいは超常的存在が、ロレンスのいう「生の中の死」、大半の人間は「生きながらに死んでいる」という「哲学」を提示するための媒体として使われているのではないか、さらにいえば、「哲学とフィクションの再婚」を自ら阻止しているのではないかという点だ。

「境界線」（"The Border-Line" 1924/28）はフィニーがいう逆転が具現化された作品で、主人公キャサリンにとって、幽霊となって現れた前夫アランが今の夫フィリップよりも現実性・存在感を帯びてくる様子が描かれる。ユニークな結構でプロットも面白いが、アランが近代人の典型としてのフィリップの「病」を前景化するための手段として使われていることがわかり、「哲学」が優勢になっている観がある。

「木馬の勝者」（"The Rocking-Horse Winner" 1926）も同様に、ポールの特殊な能力は母親の際限のない物質的欲望を批判するための装置として案出されている印象が残り、その悲劇性にもかかわらず、ポールは作者の「哲学」のために殺されたという読後感が残る。

「可愛らしい淑女」（"The Lovely Lady" 1927）は、ポーリーンの意志による若さの維持という超常的要素がプロットを支えているが、ここでも「意志による自発性（自然）の抑圧とその崩壊」という作者の「哲学」はくっきりと描かれており、「これから一体どうなるか」と思わせる要素は弱い。

「最後の笑い」（"The Last Laugh" 1924）はたしかに意外性が高い。登場人物たちは真夜中の帰路に超自然的な笑いを聞く。しかもそれを聞いたジェイムズ嬢は聴力を回復し、マーチバンクスへの愛を滑稽に感じるようになるが、最後には突然マーチバンクスが死ぬ。しかしこの結末は、冒頭の状況設定や一連の出来事の内的関連がわかりにくいために意外というより唐突に感じられ、これを読み解くには作者のパン神への思い入れやマリとの関係などの「補助線」が必要で、物語の背後に「形而上学」が潜んでいることが感じられる。全体にこれらの作品は、いかに破天荒なプロットを辿ろうとも、落ち着くべきところに落ち着いた、つまり「哲学」が「語り上の蓋然性」に優越しているという感を抱かせる。

「もの」（"Things" 1927）では、主人公はアールとアクザー・ブルースター夫妻をモデルとしたようで、評伝や手紙に見られる二人のロレンスに対する温かい眼差しを裏切るような描写を批判する評者もいるが、無論彼の目的は個人攻撃ではなく、主人公に象徴される「理想主義者」を徹底的に揶揄することにある。すなわち、「『自由』であるためには、『充実した美しい生』を送るには何かにしがみつかねばならない。『充実した美しい生』とは何かに堅くしがみつくことだ」（79-80）という彼らの信念を近代の病として批判のターゲットにしていることが冒頭からはっきりする。「理想主義」「自由」「美」「充実」などのキーワードがその本来の意味とは逆に、「もの」、とりわけ古き良きヨーロッパの「美」が生み出した家具に結びつけられ、その物質性・虚偽性が暴き出される。この批判はさらに、彼らが一時的に熱狂する仏教や神智学などの「精神性」にも拡大され、それが結局は地上的な欲求であり、「もの」の代替物であることが暴露される。[2] 冒頭から作品の「哲学」が明瞭になると、後はその提示の巧拙だけが興味の対象となるが、それがあまりに明瞭で直接的であるためプロットの面白さを覆い隠している。

「母と娘」("Mother and Daughter" 1928) でも「哲学」はかなりあからさまだ。『息子・恋人』と「可愛らしい淑女」を合わせたようなこの作品は、意志の力で活力を保ち、娘を「貪り食う母」と、財産目当てであることが露骨に示される老アルメニア人との結婚によってその支配から逃れようとする娘との葛藤を描いているが、そこには、グルジェフに引きつけられるキャサリン・マンスフィールドへの皮肉な視線も感じられる。[3] ボウダン夫人は娘のこの結婚によって「魂に完全かつ最終的に鉄の釘を打ち込まれた」(120)。夫人の「お前を心から哀れむわ」という深い軽蔑を込めた言葉も、娘から「私の方も少しだけね」(122) と切り返されることで、一時は「結婚状態」とまで描写された母娘の関係は完全に切断され、ロレンスの「哲学」が母親の「敗北」という形で表明される。

以上のような作品はどれも、短編では深めにくい問題を扱ったり、「哲学」が前面に出すぎたりしたために十分な成功を収めていないように思われる。つまりこれらは、プロットをスピーディに展開し、会話を縮小した、いわば長編の短縮版といった趣があるのだ。これはフィニーがいう「形而上学の侵入」の結果で、結末の奇妙な「据わりのよさ」は、テーマが十分展開されたことからではなく、むしろこれ以上展開しようがないからしかるべきところで閉めたことから生まれたのではないだろうか。これは例えば、実に印象的な短編を書いたカフカの、その手法を用いて書いた長編が錯綜した読みにくいものになっているのと好一対といえよう。彼の才能は明らかに短編に適しており、彼に深く学び、自らの才能を知悉していたボルヘスは長編を書かなかった。

ではこの基準から見たロレンスの成功作は何だろう。「最後の一撃（ファニーとアニー）」（"The Last Straw"（"Fanny and Annie"）1921）は、男女の関係を階級差という問題に絡ませず、過去と現在をどう折り合わせるかに悩む女性主人公に焦点を絞っている。最後の数行まで読者にファニーとハリーの今後を予測させず、ファニーが最後にハリーの母へ「お母さん」と呼びかけることで彼女の決意が明らかになり、母も "my girl" と応えることで彼女を受け入れるという劇的な結末を迎える。しかしそれでも読者は、彼女が作品中ずっと抱いてきたハリーに対する気持ちがすべて清算されたとは感じられず、二人の行く末をさまざまに想像させるという仕掛けになっている。

「菊の香り」（"Odour of Chrysanthemums" 1911）は他者理解、とりわけ男女の相互理解の難しさというロレンスが生涯追いつづけたテーマを濃い密度で描いている。炭坑の事故で夫を失った女性が二人のそれまでの生を振り返り、肉体的な接触も二人の分離を埋めることはなかったと回想する。しかし眼の前の死体となった彼は初めて「現実」となり、彼女は自分が彼を拒否してきたことを知る。そして「真実を回復してくれた死に感謝する」（*PO* 198）が、しかし同時に二人の間にある距離に恐怖を感じるという引き裂かれた状態で物語は終わり、読者に強いアンビヴァレンスを突きつける。

こうした成功作の頂点に位置し、彼の創造的天才が最も見事に開花しているのは、「プロシア士官」、「イングランドよ、わがイングランドよ」、「島を愛した男」、『逃げた雄鶏』などの作品だと思われる。

「イングランドよ、わがイングランドよ」（"England, My England" 1915）の主人公エグバートは愛し合う妻と子供たちに囲まれながらも、生に幻滅した「享楽的な世捨て人」（10）として登場する。彼の不注意による（少なくとも彼はそう考える）子供の怪我とその結果の不具によって妻の心は彼から離れていく。大戦が勃発し、彼は「守るべき信念などもたない人間」（13）ではあったが、義理の父に勧められるままに入隊し、戦死する。リーヴィスはこの作品のテーマは「責任を拒否する男」（332）だというが、それはそれで正しいだろう。たしかにエグバートは身近なことでいつも忙しくしているが、生と、周囲の人間と真剣に関わることだけは避けるという、近代の病である虚無感に取りつかれた典型的人間として描かれている。しかし問題はこのテーマが「哲学とフィクションの結合」としていかに描かれているかだ。ここで秀逸なのは、主人公が子供の怪我を通しても、自らが直面する死を通してさえ、生と向き合うきっかけ、刺戟をつかめない様を、戦場での幻想的な逡巡の内に見事に描いている点である。「いやいや、ウィニフレッドも子供もいない。世界も人間もいない。過去の努力が生み出す嘔吐感より未来の崩壊から来る苦悩の方がいい。恐ろしい仕事が前進し、死の暗い海へ、崩壊の極へと突き進む方が、生に後戻りするよりいい」（33）。近代人に巣くう「死の欲動」の不可避性が、まさにリーヴィスがいうように「痛いほど」（335）伝わってくる。ここにはいかなる説教も教訓もなく、ただ人間に取りついたアノミーの恐ろしい描写があるばかりだ。

「島を愛した男」（"The Man Who Loved Islands" 1927）に描かれる、一人の男が徐々に周囲の人間を疑い始め、幻滅し、自然との交感のみに喜びを感じるようになる過程は、「イングランド……」をはるかに上回るおぞましさを秘めている。アザラシを見て人間の頭と間違えて卒倒しかけたり、人間を思わせるとして周りからすべての文字を削り取っていく様は、狂気を感じさせると同時に滑稽でもあり、カフカ的でさえる。男は最後に雪と嵐という彼が愛する自然の中に溶解していくようだが、ここでもまたその不可避性、彼自身にも周りの人間にも責任のない宿命性に読者は凍りつく。いかなる主張もしないまま近代人の運命をこれほど仮借なく描いた作品は、それほど多くはないだろう。

『逃げた雄鶏』（*The Escaped Cock* 1929/1931）にはかなり明瞭な哲学性・メッセージ性が感じ取れる。それはイエスを思わせる一度死んで生き返った男が、過去の、「すべての人間に愛を強制する」という「ミッション」（*VG* 140）を後悔するという形で描かれる。彼はこう一人ごちる。「私は自分の手足の限界を超えたものを求めた。それが裏切りを招いたのだ」（132）。そして「現象界とは不思議なものだ。清と濁が交じり合っている。生もあらゆるところで［……］さまざまに泡立っている。なぜ私はすべてが同じように泡立つことを望んだのだろう？」（138）と自問する。反キリスト教的「哲学」は明瞭で、これは第二部のイシスに仕える巫女との接触による甦りによってさらに支持される。この「哲学」は同時代に書かれた「復活の主」の言葉と共振する。「もしイエスが肉も魂も具えた完全な男として復活したのであれば、女を娶り、ともに生き、その女との二人一体の生をしなやかに開花させるために復活したのである。［……］女との生における大いなる喜びを知り、子供をもうけるために復活した。［……］友を得るために復活した。［……］ローマの審問官やユダヤの司祭のようながちがちの因習主義者や金の亡者たちと闘いつづけるために復活したのである」（*LA* 271）。しかしこの短編の瞠目すべきところは、こうした「哲学」が単独で読者に突きつけられるのではなく、フィクションと合体することによって相対化されている点だ。つまり男は、「復活」した後、このエッセイで展開された「哲学」を振り切るかのように女との共棲を断ってさすらいの旅を続けるという結末によって、作品はアンビヴァレントになり、その結果「哲学」は後景に退き、読者はそうした行動をとった男の行く末に思いをはせるよう促される。もしロレンスがこのエッセイの「哲学」を純粋に作品化していれば、これほど強烈な印象を残す作品はできなかったであろう。

以上見てきたように、ロレンスの短編は「哲学」とフィクションの「再婚」がうまくいったものと不調なものとに分けられるように思われる。この再婚が成功したとき、ロレンス自身がいう「作者を信じるな、物語を信じよ」が真実になる。すなわち、物語が内発的にもつ「語りの蓋然性」が「哲学」と拮抗し、絶妙のバランスをとるのである。

Ⅲ

Ⅰで先行する、あるいは同時代の短編をいくつか検討したが、そこでの評価は作品の「面白さ」とは関係がない。意外性・幻想性・反「リアリズム」性が強く、ポー風にいえば「印象の統一から生まれる重要な効果」を生み出す作品がすべて面白いわけではなく、逆にメッセージがはっきりしていて「据わりのよい」作品が面白くないわけでもない。作品の完成度、あるいは読後の充実感においてはむしろ後者が高いと感じられる場合が多いだろう。しかし一九世紀末から二〇世紀の初頭以降、短編の主流は大きく前者に傾いてきた。

「作品は決して世界の神秘に対する答ではなく、文学は決して教義ではない。世界とその伝説を模倣することによって［……］作家はシニフィエのない記号しか明るみに出すことができない」（ロベール、二二四頁）。これはロラン・バルト（Roland Barthes）がマルト・ロベール（Marthe Robert）の『カフカ』

に寄せた言葉だが、そんなことは勿体ぶっていわなくとも文学においては当然だと反論もできよう。しかしこの言葉は、「哲学とフィクションの再婚」あるいは「寓話とミメーシスの均衡」説を追認すると見せて、実はフィクションーミメーシス側に大きく加担している。換言すれば、なぜ不可思議な読後感を残す「据わりの悪い」、カフカの言葉を借りれば「頭蓋のてっぺんに拳の一撃を加え」るような短編が優勢になったかを端的に示している点で興味深く、その意味で時代精神を反映しているといえよう。

そのロベールはカフカの作品に「絶対的な主観性」（一〇七頁）を見出す。すなわち、「カフカが没頭するのは自分自身、しかし、彼の生から切り離された対象として、彼が離れて考察する自分自身でしかない」（一一四頁）という。このように「絶対的な主観性」の立場から「シニフィエのない記号」を提示されるとき、読者の解釈への圧力はきわめて大きなものになる。もちろんロレンスの作品も解釈を強いるが、そこで強いられる解釈は異質のものだ。ロレンスの場合、解釈への道筋はかなりの程度示されており、そのシニフィアンをつなぎ合わせていけば何らかのシニフィエに行き着けそうに見える。しかしカフカやボルヘスなどの作品を前にすると、読者は途方に暮れる。その理由の一つは、彼らが「生から切り離された対象としての自分自身」に没頭しているからであろう。例えばボルヘス（Jorge Luis Borges）の「不死の人」は、文字通り不死になった人間があちこちを経巡るという不思議な物語で、多くの固有名を使って「リアリスティック」に描かれているのだが、リアルな感じはほとんどない。ときに次のような印象深い記述もある。「死すべき運命をもつ人間には、あらゆるものが二度と起こり得ないものの価値をもち、それはいってみれば偶然的なものだ。一方、不死の人々には、反対に、あらゆる行為（そしてあらゆる思考）は過去においてそれに先行したものの反響であるか、未来においてめくるめくほど繰り返されるものの正確な兆候である」（『伝奇集』一四五頁）。これは後述する「無限後退」（『続審問』三三三頁）の観念に取りつかれたボルヘスの面目躍如たる言葉だが、しかし、では彼はこれを「哲学」として伝えることを第一義としているかといえば、どうもそうではない。いや、そもそも短編で「哲学」を表明すること自体を拒否しているようなのだ。『伝奇集』の訳者、篠田一士はその背景をこう説明する。「十九世紀ヨーロッパの短編小説は同時代の長編小説の存在を前提にしたからこそ、あれほどの凝縮力と劇的緊張感をもった『生の断片』を書きえた」のだが、こうした「幸福な結合」も二〇世紀になると破れ、第一次大戦後の「有為な作家」たちは「長編があって短編があるといった、かつての小説美学」を放擲し、短編の中にこそ「一冊の書物の中に全宇宙を包含する」というマラルメの命題を実現しようとしたが、それを達成できたのはこのボルヘスと『フィネガンズ・ウェイク』のジョイスだけだという（三二八―三二一頁）。やや図式的だし、短編の価値の話に『フィネガンズ・ウェイク』を持ち出すのも奇妙だ。ボルヘスの評価についても議論があるだろうが、ともかくここで確認できるのは、一九世紀（あるいはそれ以前）に全盛であった「小説美学」、どうやらロレンスもそれに立脚している小説観の中では、短編は技法こそ異なれ長編と同様の目的を目指し、それゆえそこには何らかの「哲学」が底流していたということ、また読者は解釈の力でそれが見えてくるし、作者もまたそれを期待しているという「幸福な」構図があったということである。この説の当否はともかく、少なくともロレンスとカフカ―ボルヘス陣営との主要な違いの原因はうまく説明しているようだ。二〇世紀以降の短編はカフカの出現を決定的契機として、そのフィクション性、ミメーシス性を変質させつつ、ますます意外性と象徴性、抽象性とを加速させてきたのは間違いない。ポーやメルヴィルを嚆矢とし、カフカに至って先鋭化するこの潮流、すなわち世界および自分の存在の、そして両者の関係の不確かさ、不安定さ、「不条理」という言葉で一世を風靡したあの感覚を描こうとする潮流は、今や大河となっている観がある。

その傾向をまさに体現するボルヘスはこういう。「永続する作品はつねに、無限で柔軟な曖昧さをたたえている。〔……〕それは読者自身の特徴を反映する鏡であり、また世界地図でもある。それはさらに、殆ど作者の意に反して、束の間で控え目な曖昧さでなければならない。作者は象徴なるものに全く無知であるかのように見えねばならない」(『続審問』一五八頁)。これは単に、よき作品は広い解釈を許容するほど適度に曖昧でなければならないといっているのではなく、その曖昧さは、作者が自己が生み出した象徴に対して無知な振りを強要されるほどに「無限」であれというのだ。そのとき初めて作品は読者を映し出す「鏡」となる。これはカミュが、うまく使われた象徴はそれを用いる作家を超え、彼が表現していると意識している以上のことを語らせるといったことと符合し、またロベールが指摘するカフカの作品の「絶対的な主観性」、つまり彼は自分の生から切り離された対象として自分を考察しているという指摘と、さらにいえばロレンスの「物語を信じよ」という主張とさえ無縁ではない。ボルヘスの作品から感じられる奇妙さ、例えば、伝統的な「全知の語り手」が語っているらしいのに、どうもその語り手は全知ではなさそうで、かといって一人称小説のように「私」の視点に限られているのでもないという奇妙な感覚は、このような形で自分自身に没頭することの帰結であるように思われる。これはつまり、自らを一個の「実験動物」として描写・考察の対象とし、それを象徴と化したとき、その作品は明鏡となって読む人をことごとく映し出すということではないか。

これは先に見た短編の得意技はエピファニーの描写だということとも共鳴する。エピファニーの語源は

epi（上）＋phany（示す）であり、通常われわれには隠されている、あるいはわれわれの無明のために見えない「上」にあるものが、日常茶飯の出来事を通して突如顕現するという原義において、その最良の媒体はやはり詩であろう。しかし詩はミメーシス／フィクションが苦手だ。だからこそ短編が「ミメーシスと寓話のダイナミックな均衡」の最良の容器となるのである。ボルヘスは「世界の本質は幻影」だという信念に基づいてこういう。「われわれ（われわれの内にあって活動する不可分の神性）は世界を夢想した。われわれはそれが謎めいて可視的であり、空間において偏在し時間において永続すると夢想した。しかし、贋物であることがわかるように、われわれはその骨組みに、微細で永久的な不合理の罅を入れておいたのだ」（『続審問』二〇三頁）。「謎めいて可視的」とはいかにも彼らしいが、彼から見ればこの「罅」が何らかの理由で可視化するのがエピファニーであり、それが具現する最高の舞台が短編なのである。

むろんロレンスはボルヘスの信念にも、エピファニーが「夢想」、つまり世界が偏在し永続するという誤解に気づくことだという「後ろ向き」の言明にも賛同しないだろう。いや、そもそも小説が、自分が作り出した夢想が贋物であることがわかるようにつけておいた罅＝印を顕現させるものだという「自意識的」な見解を強く否定するだろう。彼は小説というものは、「四次元性を具えた耀かしいもの」である生を、さらには「人と万物との微妙な関係をこの上なく見事に描くもの」（*STH* 172）であり、「われわれが生きるのを助けてくれるもの」（175）だと強く信じていた。しかしそのような小説が達成されるのは、「哲学、宗教、科学が安定した均衡を得ようとしてしきりに物事を釘付けにしようとする」のに対して、「小説家が天秤の皿を指で押さえない」ときだけだ。いや、さらにはっきりとこういう。「小説というものは、小説家が強い思想や目的をもっているから不道徳になるのではない。小説が不道徳になるのは小説家が無意識の偏愛をもっているからだ」（172-73）と。つまり彼は、ある思想（哲学）を提示する目的をもって小説を書くのは何ら不道徳ではないが、それを作品の求める必然性あるいは芸術性、フィニーのいう「語り上の蓋然性」を無視して無理強いするとき不道徳になり、小説本来の目的を達成できないと考えるのだ。

　この考えは、先に触れた「哲学とフィクションの再合体」と当然通底している。彼の作品はすべてこれを遂行したものとみなせるが、その方向性、つまりこの言葉が書かれたエッセイのタイトルでもある「小説の未来」については一部の同時代人と激しく対立した。このエッセイはジョイスやドロシー・リチャードソンやプルーストといった同時代人を批判したものだが、ロレンスの癖である過激なあてこすりが棘のように読者に突き刺さり、あまり読みやすくはない。同じ同時代人でも、ドス・パソスやヘミングウェイなどはかなり高く評価していることを思えば、あるいはフォースター（E. M. Forster）が『失われたときを求めて』を「いかなる作品よりも現代の精神を表現している」（一六二頁）と評価していることを思い合わせると、この激しさは異様にも見えるが、それは逆にロレンスとジョイスたちとの違いを際立たせている。ロレンス曰く、人間は一七歳では自意識過剰であるべきだが、四七歳でそれが続いていたらそれは「早期性老人症」である。これらの作家の作品はこれに罹った「真面目な小説」で、「私とは何かという問題だけに子供っぽく没頭」して「自分を注意深く見つめ、感情を仔細に分析し、それを何万ページにもわたって書き続けている」（152）と断罪する。そういう彼自身も「自分を注意深く見つめ、感情を仔細に分析」したことはわれわれがよく知っている。しかしそれはあくまで自発的・非自意識的でなければならないというのだ。

　ロレンスが小説・芸術を論じたエッセイに「モラリティ」という言葉をつけているのはその意味で示唆

的だ。彼のいう「モラリティ」は「私と私を取りまく宇宙との間にある、絶えず揺れ動き移り変わる微妙なバランス」（172）という独自の意味をもつ。しかしそういいつつ彼は同時に、ある小説に通常の人間的「モラル」を読み取っている（*STH* 153）。たしかに“morality”と“moral”という言葉で両者を区別してはいるが、その境界は曖昧である。彼の中ではこの両者はほとんど同一で、彼が小説から生を学べと高らかに宣言するとき、読者に「モラリティ」の読み取りと同時に、「モラル」の見直しを促しているようだ。そしてその姿勢が、ポーの作品にポー自身が狙った「効果の全体性あるいは統一性」ではなくある「哲学」を読み取らせる。すなわちポーがそこで描いているのは「精神的で神経症的な愛のエクスタシー」（*SCAL* 68）であり、「リジーアは『巨大な意志』をもっていた」（71）というのだ。たしかにこの短編は「意志」についてのG・バーカーから引用した（らしい）題辞を掲げてはいるが、テクストからは意志についてのいかなる「哲学」も読み取れない。リジーアの超常的な蘇りも、例えば『逃げた雄鶏』の復活とはまったく異なる次元のもので、それが彼女の不可思議な眼や黒い髪といった繰り返されるイメージと相まって表出しているのはむしろゴシック・ホラー的な「効果」である。そもそもポーとロレンスの男女関係への接近は根底から異なり、それゆえこの種の作品に「哲学」的な解釈を施しても徒労に終わることが多い。しかしロレンスの「哲学化」しようとする姿勢は、ポーが「リジーアでやりたかったのは、彼女のすべての部分を知り、そのすべてを彼の意識で捉えるまで彼女を分析することであった」と見、そこから、「生きたものを知ることはそれを殺すことだ」（70）という「哲学」を引き出すのである。

　カフカやボルヘスが、ポーを祖の一人とするここで批判されている作家たちの精神的同族であることはいうまでもない。ロレンスからすれば、彼らの自己への自意識的な集中・没頭は、彼が目指す「炭素」としての人間の解明と正反対のものであった。しかしカフカやジョイスたちが彼らなりに「炭素」を追及したこともまた疑い得ないことだ。となるとこれは、両者が考える「炭素」、およびそれを解明する方法論の違いに行き着くだろう。すでに見たように、カフカの特徴は自分自身への没頭であった。死のベッドで友人のマックス・ブロートに原稿をすべて燃やすように頼んだ彼は、自分を唯一の素材として書き、と同時に自分を唯一の、あるいは少なくとも最大の読者として書き、生について読者に教えようなどとは露ほども考えなかったに違いない。一方ボルヘスは「無限後退」という観念に取りつかれ、プラトン的元型への接近あるいは回帰を夢見た。この元型は彼にとって本来的自己だったのであろうが、そこには、これも彼が魅了されたゼノンのパラドクスが示すごとく、永遠に辿り着くことができない。この「父母未詳以前の自己」の探求を「哲学」から独立した文学でやろうとしたところにボルヘスの、そしてカフカの自負があったのであろう。ボルヘスは自らの目的をこう確言している――「世界の本質を確証する非現実を探そう」(『続審問』二〇三頁)と。その実現のためにボルヘスは文学の約束事まで破る。『伝奇集』の「プロローグ」では、これから「想像の本についてのノートを書く」と舞台裏を明かすが、文学がフィクションである以上これはいわずもがなで、逆になぜ最初にこんなことを書くのかと読者を戸惑わせる。そしてその巻頭の作品では、想像の本の中に「霊的認識をもつ者にとっては、可視の宇宙は幻影か(より正確にいえば)誤謬である。鏡と父とは、その宇宙を繁殖させ、拡散させるがゆえに忌まわしいものである」(一〇頁)と書いてあると書くのである。このように世界の本質に非現実を見ようとする者が、「新しき天と地」を、すなわち人間にとっての新たな現実を探求するロレンスと異質な精神であるのは明らかだろう。あれほど英文学を偏愛したボルヘスがロレンスには一切触れていないのもむべなるかなである。

ハリスは、ロレンスの後期の「寓話」は、「もうすぐ去り行くこの世界を、表現したり模倣したりするのではなく、予言し、総括し、評価しようとする死に瀕した男の欲求」を表しており、これはレイモンド・ウィリアムズ的に見れば「すべてを抽象的で固定した道徳的枠組みに押し込もうとする」退行だろうが、実は前進だという。すなわちこの手法を使えば、フランク・オコナーが短編の宿命的な限界と考える点、「大きな規範的、社会的問題を直接扱うことができず、社会の周辺を漂う孤独な魂を描くことで、一般的な問題をほのめかすことしかできない」(9-10)という限界を超えることができるし、現にロレンスは超えているというのだ。たしかに彼のいくつかの短編はこの言葉を実証している。しかしこの方向をより鮮烈に推し進め、「ほのめかし」を短編の限界ではなく逆に強みにしたのは、カフカ―ボルヘスの潮流を受け継ぐ者たちであった。最後に両者の違いをもう一度整理しておこう。

ロレンスの全創作は、「汝自身を知れ」という古代から西洋を呪縛してきたモットーに対する挑戦だといえるだろう。すなわちこれを、本来あるべきモットーである「汝自身であれ」から逸らすものと見、「汝自身である」ことを促す「促進剤」を創造しようとした。この点について以下のようにいうゲーテは彼の同族であった。「『汝自身を知れ』という、きわめて深遠に響くあの大きな課題を、私は以前からつねにいかがわしいものと感じてきた。それは人間を達成不可能な要求によって混乱させ、外界に対する活動から誤った内的瞑想へ誘いこもうとする秘密結社の神官たちの策略のように思われたのだった。人間は世界を知る限りにおいてのみ自己自身を知り、世界を自己のうちにおいて、自己を世界のうちにおいて認識する」（高橋義人、一七―八頁）。これはロレンスの哲学の換言である。自己知と世界知とが相関関係にあるという認識は、「汝自身を知る」ことには人間的限界があるということを知ることが「汝自身である」ことへの必要不可欠な第一歩だという認識でもある。ロレンスの最良の短編は、その両者の関係をあるエピファニックな瞬間において切り取り、それを読者に提示することで自己知と世界知を両立させようとする。

一方、カフカ―ボルヘスの潮流は「汝自身を知る」ことに没頭しているように、つまりロレンスとは正反対に見えるかもしれない。しかしこれは見かけ上のことにすぎない。ロベールがいうカフカの「絶対的主観性」とは彼なりの「汝自身になる」戦略であった。彼の「橋」という二つの段落からなる短編（!）は、「私は橋だった」で始まり、そこに誰かが跳びのってきたので寝返りを打ち、そのため落ちて「尖った岩に刺し貫かれた」で終わる。『審判』を思わせるこのあっけない結末は生の不条理さの極地とも見える。しかし彼を刺し貫くこの岩は、いつも彼を「奔流の中から幸せそうに見上げていた」（86）という。[4] 不条理な死を経験する彼をも羨む目で見る存在があるという結末は、これが彼にとって至上の「エピファニックな瞬間」であることを暗示し、ひいては、この取りつく島もない作品が、カフカの「汝自身」であろうとする必死の試みであったことをうかがわせる。要するに、ロレンスとカフカ―ボルヘス両者の目指すところは「世界を自己のうちにおいて、自己を世界のうちにおいて認識する」ことであり、それをある特権的な瞬間において提示することにおいて共通するが、その提示の技法において大きく異なっていたといっていいだろう。

ロレンスはポーからカフカ、ボルヘスへと続く近代の短編の潮流とはこの点で別の場所に位置している。

後者は、生が何であり、そこで何をすべきか、どう生きるべきかといった「哲学」あるいは形而上学を伝えることを意図せず、短編の存在意義である「生の一片を切り取って示す」ことを最大限に効果的に行うために、読者を日常的意識から引き離し、生の複雑さ、不条理さの中に置き去りにすることで「頭蓋に拳の一撃を加える」という手法をとった。そのために彼らが駆使した最大の技巧は、非日常的な布置結構とプロットを使用して生の不可思議さをほのめかすことであった。生の不条理についての思想・哲学の表明において彼らは極度に禁欲的である。(5) 何しろポーは、「統一された印象」の欠如を理由に『イーリアス』や『失楽園』を不完全な作品だといってのけた筋金入りの男だ。無論ロレンスはホメロスやミルトンの直系の子孫ではなく、同じく近代の「病」が生み出した作家であり思想家であり、その点ではポーやカフカの同族だ。しかし彼はポーが批判する「叙事詩的精神」を受け継ぎ、鍛えあげた。その雄渾な物語構築力は尋常ではない。それと同時に彼は、文学には生を読者に教える義務があると考えた。それが彼の作品のかなりの中で「哲学」、形而上学、メッセージが優勢になる要因となった。彼はある意味で時代の潮流に逆らい、何の衒いもなく自己の信じるところを述べ、それがために、ときにポーがいう意味での作品の完成度を損なった。しかしそれは角度を変えて見れば巨大な達成でもあった。ロレンスがつかみとろうとしたのは「ある瞬間の逆巻くむき出しの鼓動」(21) であったとして、彼を「素顔の(仮面をつけない)詩人」と呼んだのはV・d・ソラ・ピントー (V. de Sola Pinto) だが、短編小説家ロレンスも「素顔」で同じものをつかみとろうとした。仮面といえばイェイツが思い起こされる。ロマン派の最後の光芒を放つこの二人は「仮面」と「素顔」をそれぞれの文学的戦略の根底に置いたが、無論どちらも虚構である。すなわち、イェイツの「仮面」もロレンスの「素顔」も、同じく彼らの文学的目的が要請したものであった。

＊＊＊

近代ヨーロッパの黎明期にブルーノが無限の宇宙を「発見」し、それによって火刑に処されるのもいとわないほどの大きな喜びを感じたわずか一世紀後、パスカルは同じ無限の宇宙に恐怖を抱いた。両者の精神的祖先はともにはるか昔に辿れるが、畢竟この二つの感情は人間の無意識に潜む、宇宙という自分を取り囲む不可思議なものに対する共存する感情であろう。ロレンスも宇宙に対して強い畏怖の念を抱いた。それを語りえないものと感じた。しかし彼はヴィトゲンシュタインのように「語りえないものについては沈黙を守らねばならない」とは考えず、「哲学」とフィクションが再婚した新たな小説によって可能な限りこれを語ろうとした。カフカたちはこの再婚を求めず、ひたすら人間存在の不条理をフィクション化した。小説の未来がどちらにあるかは軽軽に判断できない。

近年の短編の興隆の背景には、近代科学の発達の副産物であろう集中力持続時間の短縮が関係しているのかもしれない。長編はある一定時間その物語に関与することを前提に成立した。これがほかにさしたる娯楽もない一九世紀にその絶頂を迎えたのもけだし当然であろう。その意味で短編は、カフカが自ら背負った時代的意義を超え、ボルヘスの貢献を追い風にしつつ、別種のものになりつつある。そうなると、小説、ひいては文学全体の変質にもつながるであろう。文学だけが変化から屹立した特権的なものでないのはもちろんだが、しかしまた、人間の「物語る動物」としての性質がその本性から消え去ることもないだろう。であるなら、「被投」的存在であると同時に「企投」的存在でもある人間がこれからいかなる物語を紡ぎ出していくか、注視しなくてはなるまい。

注

（1）本稿で論じる作品の後の括弧内の年は出版年である。

（2）この作品でロレンスは、「ところが彼らは仏陀の、自らを苦痛や悲しみから解放しようとする熱烈な欲求そのものが一種の貪欲であることに気づかなかった」（80）と彼らを揶揄しているが、この言葉は彼の仏教理解を示す言葉として興味深い。しかしこの点はここでは考察の紙幅がない。

（3）この点についてはメイヤーが "Katherine Mansfield, Gurdjieff, and Lawrence's 'Mother and Daughter'"（*Twentieth Century Literature* vol. 22, No. 4. Dec. 1976.）で詳細に論じている。

（4）池内紀の訳では「渓流の中からのどかに角を突き出している」となっているが、ここではエドウィン・ミュアらが訳したペンギン版（Franz Kafka, *Description of a Struggle and Other Stories*, Trans. Willa and Edwin Muir, Malcolm Pasley, Tania and James Stern [Harmondsworth: Penguin], 1979）を使った。

（5）カフカの「プロメテウス」という極端に短い短編では、プロメテウスの裏切りも神の懲罰も、いや神々さえも忘れ去られ、「あとには不可解な岩」が残る。そして「真理をおびて始まるものは、しょせんは不可解なものとして終わらなくてはならないのだ」（二三二頁）と、珍しく哲学めいたものを記しているが、しかしその「哲学」自体が反哲学になっているというねじれ構造をもっている。

引用文献

Finney, Brian. "Introduction." *D. H. Lawrence Selected Short Stories*. Harmondsworth: Penguin, 1982.

Chesterton, G. K. "The Tremendous Adventures of Major Brown." *The Oxford Book of English Short Stories*. Ed. A. S. Byatt. Oxford: Oxford UP, 1999.

Harris, Janice Hubbard. *The Short Fiction of D. H. Lawrence*. New Brunswick, New Jersey: Rutgers UP, 1984.

Hough, Graham. *The Dark Sun: A Study of D. H. Lawrence*. New York: Octagon Books, 1979.

Lawrence, D. H. "England, My England." *England, My England and Other Stories*. Ed. Bruce Steele. Cambridge: Cambridge UP, 1990.「イングランドよ、わがイングランドよ」

——. "The Future of the Novel." *Study of Thomas Hardy and Other Essays*. Ed. Bruce Steele. Cambridge: Cambridge UP, 1985.（*STH*）「小説の未来」

——. *Late Essays and Articles*. Ed. James T. Boulton. Cambridge: Cambridge UP, 2004.（*LA*）

——. *Studies in Classic American Literature*. Ed. Ezra Greenspan, Lindeth Vasey and John Worthen. Cambridge: Cambridge UP, 2014.（*SCAL*）

——. "Odour of Chrysanthemums." *The Prussian Officer and Other Stories*. Ed. John Worthen. Cambridge: Cambridge UP, 1987.（*PO*）「菊の香り」

——. *Escaped Cock*. "Mother and Daughter." "Things." *The Virgin and the Gipsy and Other Stories*. Ed. Michael Herbert, Bethan Jones and Lindeth Vasey. Cambridge: Cambridge UP, 2005.（*VG*）『逃げた雄鶏』「母と娘」「もの」

Leavis, F. R. *D. H. Lawrence: Novelist*. Chicago: U of Chicago P, 1955.

Pinto, Vivian de Sola. "D. H. Lawrence: Poet without a Mask." *The Complete Poems of D. H. Lawrence*. Ed. Vivian de Sola Pinto and F. Warren Roberts. New York: Viking, 1971.

Poe, E. A. "Philosophy of Composition." *Poems and Essays*. London: Dent, 1977.

芥川龍之介「鼻」『羅生門・鼻』新潮社、一九六〇年。

エッカーマン『ゲーテとの対話』（上）山下肇訳、岩波書店、一九六八年。

エーコ、ウンベルト『エーコの文学講義』和田忠彦訳、岩波書店、一九九六年。

カフカ、フランツ「流刑地にて」「橋」「プロメテウス」『カフカ短編集』池内紀編訳、岩波書店、一九八七年。

――『夢・アフォリズム・詩』吉田仙太郎訳、平凡社、一九九六年。

カミュ、アルベール『シーシュポスの神話』清水徹訳、新潮文庫、一九六九年。

高橋義人『形態と象徴――ゲーテと「緑の自然科学」』岩波書店、一九八八年。

ディキンソン、L・T・『文学研究法』上野直蔵訳、南雲堂、一九六九年。

鉄村春生『想像力とイメジ――D・H・ロレンスの中・短篇の研究』開文社、一九八四年。

デリダ、ジャック『死を与える』廣瀬浩司、林好雄訳、筑摩書房、二〇〇四年。

トルストイ『トルストイ全集10　後期作品集　下』中村白葉訳、河出書房新社、一九七三年。

フォースター、E・M・『フォースター評論集』小野寺健編訳、岩波書店、一九九六年。

ボルヘス『続審問』中村健二訳、岩波書店、二〇〇九年。

――『伝奇集』篠田一士訳、集英社、一九八四年。

ロベール、マルト『カフカ』宮川淳訳、晶文社、一九六九年。

I

「春の亡霊たち」論——メラーズの前身としてのサイスン

山田 晶子

序

これまで "The Shades of Spring" は、「春の陰影」と訳されてきてそれが定着しているのだが、本論ではこの訳題が適切なのかどうかを問い、その問いはこの短編小説（以下短編と記す）の主題と関わっていることを考察するものである。[1] 辞書における語法上では、「陰影」の意味は英語では単数形で表され、'shade' なのである。そして 'the shades' として定冠詞を冠して複数形になるときは意味が変化する。『ＯＥＤ』によればそれには次の二つの意味がある。

① 2. In plural. a. the shades (of night, of evening, etc.)
b. the darkness of nether world; the abode of the dead, Hades)

② 6.a. The visible but impalpable form of a dead person, a ghost. Also, a disembodied spirit, an inhabitant of Hades; Chiefly with allusion to pagan mythology.

以上の説明によれば、①のａの意味は「夜の闇」「夕暮れの闇」という意味であり、リアリスティックなものを指している。ｂの意味は「地獄の闇」「死者あるいはハデス（ギリシア神話における死国の王、ローマ神話ではプルートー）の住処」という意味である。また単数形 'shade' でも「幽霊」の意味がある。一方、②は観念的な意味を持っている。それは「死者の、姿が見えるが触れられない形」であり「肉体がない霊」という意味である。以上から 'the shades' の①②の中心的な意味をまとめると「地獄」、「亡霊の住処」、「亡霊、幽霊」や、「死霊：黄泉の国（Hades）の住人」という意味になる。

これまでに読んだ "The Shades of Spring" 論においては題名の意味を分析したものはないが、本論では、「地獄」あるいは「冥界」や、「亡霊」あるいは「死霊」というような観念的な意味が物語の中で主題と関わって用いられていることを検証したい。このとき、小説の現在の時点における主人公のジョン・アダリー・サイスン（John Adderley Syson）は比喩的な意味で「亡霊」になるのである。そして過去の時点（サイスンが若かったとき）においては、彼と彼の恋人の女性も互いの真の姿を理解していなかったので、互いにとって「亡霊」であったと解釈できるであろう。ジャニス・ハバード・ハリス（Janice Hubbard Harris）は、「現在の輝かしい春が過去の輝かしい春に類似している一つの点は、両方の春が幻影あるいは亡霊（spirits and shadows）を所有していたし、今も所有していることであるが、サイスンは、昔はそのことを理解していなかった」（Harris, 43）と述べていて、'the shades' の意味を「亡霊」と捉えているが、テーマを題名の「亡霊」と関係させて論じているわけではない。彼女は、最初の草稿と決定稿とのストーリー上の違いを述べているのみである。

さて、'the shades'の意味が、『OED』の①aの意味ではないことは、物語の時間が真昼間であって夕方でも夜でもないことから明らかである。具体的には、故郷の田舎に戻った二九歳のサイスンは、「彼は永遠なる時間に戻った。サイスンはものすごく嬉しかった。落ち着かない霊のように、彼は昔の田園に戻っていて、それが彼を待ち受けていたことが分かった」(*PO* 98)と表現され、「永遠なる時間」、「落ち着かない霊」という表現が、故郷がサイスンにとって非現実的な場所であることを示している。彼が「落ち着かない霊のように」と描写されている点からも、すでに彼が「亡霊」であることがうかがえる。また彼が戻った場所が「永遠なる時間」のものということから、この場所が彼にとっては現実の時間を超越した「非現実」の場所であることもうかがえる。つまりこの故郷は彼にとって失われた場所なのである。そして失って初めて彼はこの場所の「楽園性」を悟るのである。「春の亡霊たち」は一九一一年に初めて書かれ、最初の題名は「当惑した天使」(“The Harassed Angel”)であり、次に「なされるべき適切なこと」(“The Right Thing To Do Next”)に変えられた。一九一三年に内容が大幅に書き直されて、題名も「汚れたバラ」(“The Soiled Rose”)と変えられ、更に一九一四年に「枯れたバラ」(“The Dead Rose”)と変えられ、一九一四年十月に現在の「春の亡霊たち」となって『プロシア士官』(*The Prussian Officer*)に収録されて出版された。[2]現在出版されている原稿は「当惑した天使」と「春の亡霊たち」である。なお、決定稿の「春の亡霊たち」という題名はロレンス自身が考えて決めたものである。

本論のテーマは、決定稿の「春の亡霊たち」という題名の意味を考察することである。それは主人公サイスンが『チャタレー卿夫人の恋人』（*Lady Chatterley's Lover*）に登場するメラーズの前身であるということを指摘して、「春の亡霊たち」のロレンスの作品中における価値を論じたい。メラーズはロレンスの求める理想の男性像である。彼は『白孔雀』のシリルが新生したと考えられるばかりではなく「春の亡霊たち」のサイスンが再生した男性とも考えられる。短編小説「春の亡霊たち」においては、ピルビームとヒルダの結合には大きな悲惨さは見られないが、苦しんでいるのはサイスンである。サイスンはシリルと似た状況にある。彼はヒルダとは結ばれなかったがまだ若いのでやり直すチャンスはある。都会から田舎へと移住して新たな生活を始めることもできるであろう。

「楽園」としての田園の故郷を自ら捨てて都会生活で精神知と社会的地位と財産を追い求め、社会的に成功したサイスンが、現在では都会の生活に物足りなさを覚え、六、七年ぶりに故郷へ戻ったのだが、すでに故郷は「血と肉」の生活を離脱した彼を拒否する場所となっており、彼は故郷という「楽園」の「亡霊」のような存在になってしまっているのである。まず第一章では「侵入者サイスン」として、なぜ彼が故郷では「亡霊」になるのかを論じる。第二章では「サイスンと森番ピルビーム」として二人の男性の対立的存在性について論じる。次に第三章は「野性の女王ヒルダ」として、ヒルダが六、七年前とは違って魅力ある女性に変身したことの意味を論じる。第四章では「サイスンからメラーズへ」として、サイスンがメラーズ的男性へ変化することの必要性について論じる。

一　侵入者サイスン

六、七年ぶりに故郷へ戻ってきたサイスンは、かつてそこを離れたときには故郷をうとましく思っていたのであり、都会へ憧れていた。都会で一旗揚げようと野心に満ちていた。しかし今懐かしい思いで故郷へ戻ってきた彼は、その故郷の森に自分が拒絶されてしまっていることを感じている。

　サイスンは激しく心を揺すぶられた。ハリエニシダの土手に上ると花がきらめいていたがまだ完全な炎にまで完成していなかった。乾いた茶色の芝草に横たわると、紫色のヒメハギのちっぽけな小枝とシオガマギクの桃色の花々が見つかった。なんて素晴らしい世界なのだろう……永遠に新しいことは驚異であった。それにもかかわらず、彼はここがあたかも黄泉の国であるかのように、黒と白の色しかない地獄の野原であるかのように感じた。胸には傷のような痛みを感じた。彼はウィリアム・モリスの詩を思い出した。ライオネスの礼拝堂に一人の騎士が傷ついて横たわっている。胸を槍で深く突き刺されている。死にかかっているのだが死ねなかった。こうするうちに毎日太陽が内陣のステンドグラスを通して差し込み鮮やかな色を付け、消えていった。今、サイスンは、自分とヒルダの間にあったことが決して真実ではなかったことが分かった。ほんの一瞬でさえも。真実はいつも遠いところに存在していた。(*PO* 110)

この引用では、サイスンは土手を上って、燦々と輝く太陽を浴びて咲き誇る春の花々を眺めその美しさに驚嘆する。そこは永遠に新しくて驚嘆するべき見事な世界なのだが、「それにもかかわらず［……］黒と白の色しかない地獄の野原であるかのように感じた」と書かれているように、彼は一方では地獄の苦しみを味わっている。そのことがモリスの詩に謳われた、胸に槍を深く刺されて死にかけているのに死ねない騎士の苦しみと重ね合わされて述べられている。つまり、この美しい故郷は「亡霊」であるサイスンにとっては「冥界」であり、題名の 'the shades' が「地獄」であることを意味していると言えよう。

では、なぜ客観的に見て美しい春の故郷の風景が、彼にとっては苦しみを引き起こす場所になってしまったのであろうか。サイスンは結婚して一五か月になる。彼は六、七年前まではこの故郷で同年齢のヒルダ・ミラーシップと付き合っていた。ロンドンへ出て成功を収めた彼は、久しぶりに故郷へ戻ってきたのである。ブラック（Michael Black）が、サイスンが都会の生活に満ち足りないものを感じ故郷へ戻る必要があったと指摘しているように（Black, 122）、サイスンは故郷の美しさに激しい感動を抱くことから、都会の機械的な生活に疲れていることがうかがえる。しかし物語の書き出しから彼は故郷において「乱入者」（intruder）（*PO* 99-100）、「侵入者」（trespasser）（*PO* 99）として表現されている。このことは今はヒルダの恋人になっているアーサー・ピルビームという森番が、サイスンがウィリーウォーターへの近道となっている森を通ろうとしたときに、彼を阻止するようにまた脅すように登場したことからもうかがえる。サイスンはすでに美しい故郷から疎外された人間なのである。

彼は変に気持ちが高揚していた。自分が永遠なる夢の世界に戻ったのだと感じた。ハッとした。森番が二、三ヤード先に、正面に立っており、道を塞いでいた。（*PO* 98）

故郷が永遠の存在であることが、以上の引用にある「永遠なる夢の世界に戻った」(*PO* 98) という表現によって分かる。その村は「産業という通っていく荷車から転げ落ちてしまったかのようで、むき出しの高地に散らばり、見捨てられていた」(*PO* 98) と書かれているので、故郷が現代人の時間とは異質の時間を持つ場所であることが分かる。彼はそこを「何と美しいんだ!」(*PO* 100) と驚嘆する一方で、「そこがそんなにも美しいことに心が痛んだ」(*PO* 100) のである。ゆえにそこの住人であり守護者である森番ピルビームは、「頑固な挑戦的態度」(*PO* 100) で、異質な時間の世界に住むサイスンを侵入者と捉え、彼を阻止しようとする。このような状況においてサイスンは「あからさまだが不幸な顔つきで笑った」(*PO*100) と書かれているように、彼は故郷という楽園から追放された存在であり、不幸なのである。そして「森番は黙っていたが対立していた」(*PO* 100) と書かれていることから分かるように、サイスンとピルビームの二人の男性は対立している存在である。

二　サイスンと森番ピルビーム

森番ピルビームは、「彼は動物的生命力を持っていて力が満ち溢れていた」(*PO* 100) と書かれているように肉体的に美しく男性的であることが強調されている。また、『チャタレー卿夫人の恋人』のメラーズと類似した点を備えており、幾分は肉体と精神のバランスがとれていると思われる。ヒルダは彼のことを次のように述べる。

「ええ、彼は変わっているの……彼はちょっと野生の動物のようなずるさを持っているの……良い意味でね……そして彼は発明の才があるし、それでもって思慮深いの……でも限度を超えて、という訳じゃないけど。」（*PO* 107）

ここで述べられているように、「動物」のようであってかつ節度を守って「思慮深い」ピルビームは、まさにメラーズの片鱗をうかがわせる。メラーズは読書が好きで教養があり、かつ動物的な敏捷さを備えている。サイスンはピルビーム（二四、五歳と書かれている）のことを「彼は美貌だ……そしてアルカディアに住んでいるようだ」（*PO* 111）と述べる。まさにサイスンの故郷はアルカディア的美しさを備えた場所として描写され、そこの番人であるピルビームも「落ち着いた、真っ直ぐで自己充足した肉体（*PO* 99）を持ち、また「自ら均衡を保っている湧き出す泉のよう」（*PO* 99）である、という描写からかなり理想的な男性として描写されている。「均衡を保っている」という言葉には『恋する女たち』（*Women in Love*）におけるロレンスの代弁者であるバーキンが男女の理想の釣り合いを説いている「星の均衡」（*WL* 152）の思想がすでに見られる。この「均衡を保っている」という言葉は『チャタレー卿夫人の恋人』にも出ており（*LCL* 115）、メラーズとピルビームを結び付けている言葉である。しかし、メラーズが完全な男性像として描かれているほどにはピルビームは完全な姿としては描かれていない。ヒルダはサイスンを見たときには涙を浮かべ、「彼が結婚した時と同じ夜に自分も結婚した」と挑戦的に打ち明ける。この彼女の心理を考えてみると、手紙をやり取りしたり本を送ってもらったりしていて彼への想いを完全には断ち切れていなかった彼女が、ようやく未練を断ち切ってピルビームと結婚しようと思っていることがうかがえる。しかしピルビームは「思慮深い」男ではあるが、メラーズのように教養がある男性ではないので、ヒルダにとっては十分満足を与えてくれる存在にはならないであろうことがうかがえる。サイスンとピルビームはヒルダの住んでいる家へ向かうとき、次の引用に見られる美しい花々の溢れる坂道に差しかかるが、これは「楽園」としての故郷が強調されている一節である。

「おお！　まあ。なんと美しいんだ！」彼は叫んだ。

彼は下り坂が完全に目に入る所まで来ていた。広い道は彼の足もとから川のように走っていて、中心を縫うように通る緑の曲がってゆく糸のような道を除くとブルーベルが満開で至る所に溢れていたが、そこを森番は通って行った。平地に到着すると、小道は川のように広がって真っ青な浅瀬になっていた。そこには広々としたブルーベルの淵があった。青い湖を貫いて、氷のように薄く冷たい川のように、なおも緑の糸のような道が通っていた。そして紫色の茂みの下では、花々が洪水となって森林地に群がっているかのように、深みがかった青色が揺れていた。(*PO* 100)

このサイスンが感動する場面の引用は、『チャタレー卿夫人の恋人』では第十三章に書かれている場面——クリフォードが、ブルーベルやヒヤシンスの咲いているラグビー邸の森の中へ車いすに乗って出かけてゆき、コニーやメラーズの見ている前でこの美しい花々を破壊する場面——と対応している。

あらゆる花々がそこで咲いており、早咲きのブルーベルが立っている水のように溢れていた。(*LCL* 184)

クリフォードは高台の頂上で車いすを止めた。ブルーベルが広い乗馬道に洪水のように青く溢れていた。そして坂道を暖かな青さで照らしていた。(*LCL* 184)

これらの三つの引用を読み比べるとき、青色の類似性に気がつき、同時にロレンスはラグビー邸の森のこの個所を「春の亡霊たち」に書いたこの引用個所と重ね合わせているのではないかと思われる。サイスンは、クリフォードの前身であり、かつクリフォード像を超えて成長したメラーズの前身である。ロレンスにはこれまで指摘されてきたようにクリフォード的要素があり、[3] かつメラーズ的要素に憧憬している。故郷の美しい森に憧れるがすでにそこに入ることを拒絶され「苦々しい自嘲」(*PO* 101) をしている「春の亡霊たち」のサイスンはロレンスの代弁者であり、最終的には『チャタレー卿夫人の恋人』においてメラーズになって突き刺されたような胸の痛みを解消する方向に向かうのである。

サイスンは、ウィリーウォーター農場のヒルダの家へ着くまでにこのように、故郷の春の美しさに何度も驚嘆し、足を止める。これは彼がロンドンでの生活に疲れ、その醜さに失望しているからである。故郷はその彼の現在の都会生活と対照されている。しかし故郷は「過去」のものであり彼には今は失われたものなので、彼はその美しさに胸が痛む。何といってもそこを彼は捨てたのであったから。この描写と彼の心象風景は、「春の亡霊」と同じ頃に書かれた『白孔雀』でも、語り手シリルが故郷を思うときに感じた心の痛みとして述べられている。

水車までのあの野生の小さな坂の霊が、僕に移ってきたものだったし、ロンドンの郊外にいても僕はネザーミアの谷間のあの小さな湿った場所の感覚に包まれて歩いたものだった。僕の中で不思議な声が立ち上がって、あの丘の小道に呼びかけた。再び僕はあの森が僕に呼びかけ、呼びかけ続け、僕を待っているのを感じることができた。僕は森に向かって叫んでいた。しかし僕と森の間には何マイルもの距離が横たわっているのであった。(*WP* 260)

この引用の森への回帰を憧れるシリルの気持ちはサイスンの故郷への憧れと同質のものである。シリルとサイスンは若き日のロレンスの分身と言えるだろう。シリルはこの引用中で、ロンドンにいて故郷の森を慕っているので彼と森の間には文字通り何マイルもの距離が横たわっているのだが、比喩的に彼と森との感情的な距離を示してもいるのである。ジョージという美貌の男性に憧れていて、かつアナブルを心の父親と慕っているシリルは、ジョージとアナブルと同じく、ロレンスの分身なのである。ピルビームが守る森の美しさは、溢れる洪水にたとえられているブルーベルの青さにうかがえる。そこには緑色の道が一本走っている。サイスンはヒルダの家まで行くにはこのブルーベルという美の川を渡らなければならない。そしてその渡し守はピルビームである。

木の垣根にある二本のヒイラギの深い茂みの間には隔たりがあった。森へ入るにはその垣根を越え

なければならなかった。垣根の高さは森番のブーツによって跡がつけられ、ちょうど同じ高さになっていた。(*PO* 98)

この引用に見られる「隔たり」という言葉が、サイスンにとっての「この世」と「あの世」の境目となっていると思われる。その間を閉ざす板は森番の脚の高さに設定されており、間を渡す役が森番であることが分かる。渡った先には、ギリシア・ローマ神話では黄泉の国があり「地獄」と「楽園」の両方が存在するのだが、この短編では美しい「楽園」が「永遠のもの」として描写されて存在している。しかしヒルダの家へたどり着いたサイスンを待っているのは、苦痛に満ちた後悔の念のみであり、その「楽園」はサイスンを拒否しているのである。つまりサイスンは故郷では真の人間としては存在し得ず、「亡霊」のような存在である、と言えるであろう。ブルーベルの青い海は、『チャタレー卿夫人の恋人』における森の中のヒアシンスの青さを思い出させる。このヒアシンスの群生も海のイメージで表されている。コニーが押す車椅子に乗ったクリフォードは、ヒアシンスを車に蹂躙させる。機械王クリフォードという存在の残酷な兆しが、サイスンの登場に表されていると言えよう。サイスンが「機械的に」（'Mechanically' *PO* 98）故郷へ戻ってきたとか「あまりにも紳士的すぎる」（'too much a gentleman' *PO* 98）という表現に、彼のクリフォード的要素がうかがえる。

三　野性の女王ヒルダ

これまでに述べたように、サイスンとピルビームは対立する存在となっている。そしてすでに結婚したサイスンは、昔の恋人に心を惹かれてはいるが、ヒルダにはピルビームという恋人が出現したので手を出せない。ピルビームがサイスンを友人としても受け入れないのだから。「君は本物の田園の雰囲気に包まれているね［……］君のわらとツタのつぼみでできたベルト」（*PO* 103）とサイスンがヒルダを見て言うように、彼女は今は成熟して女として開花して、長い髪を頭の上に冠のように丸めて結っている姿は自然の中の女王のように思われる。

> 彼は彼女の前では不安であった。彼女の簡潔な自信に溢れた言葉、よそよそしい態度は彼には見覚えがないものだった。彼は再び彼女の灰色が勝った黒い眉毛と睫に感嘆した。二人の目が合った。彼は彼女の美しい灰色と黒のまなざしの中に涙と不思議な光を見た。そしてすべての背後に彼女が穏やかに自分自身の運命を受け入れたこと、そして彼への勝利感を感じていることが分かった。彼は自分が縮んでいくように感じた。やっとの思いで彼は皮肉っぽい態度を保っていた。（*PO* 103）

彼女はかつてサイスンに捨てられた存在と言えるかもしれないが、現在では彼女を捨てたことを後悔しているのはサイスンである。ヒルダはピルビームと同じように自然の守り手となっている。このことが「小鳥たちの都」（*PO* 105）への侵入をしたくなかった、とサイスンに語る彼女の言葉に表されている。

自信に満ち溢れた様子のヒルダに比べて、サイスンは自信がない感じで自己の分裂を感じている。かつては、サイスンはヒルダが本来の彼女になるのを妨げていたのであり、「私は植物に似ているの。自分自身の土壌の中でしか成長できないの」（*PO* 106）と彼女が言っているように、彼が去ってからようやく彼女は本来の自己を取り戻すのである。更にヒルダの野性味は動物の毛皮をまとう点からも強調されている。「ヒースとワラビでできた大きな長椅子」（*PO* 107）、「広いウサギ皮の敷物」（*PO* 107）、「猫皮と赤い仔牛皮をつなぎ合わせた敷物」（*PO* 107）、「別の動物の皮」（*PO* 107）や、ヒルダが「ウサギ皮と白い毛皮でできたコート」（*PO* 107）を羽織るという客間の描写は、彼女が動物と一体になっている様を表し、彼女はロレンスが重視する本能に忠実な生き方を求めていることが分かる。野生の動物から作った毛皮を身にまとってサイスンに笑いかけるヒルダは、サイスンを完全に寄せ付けない女性になっている。彼女の笑いはサイスンをあざけっているかのように思われる。ゆえに彼女は「私たちは互いに異次元に存在する人間よ」（*PO* 113）と言って、サイスンへの思慕を断ち切ったのである。サイスンは結婚後も、彼女にロンドンから本を送ったりしていたのだが、そして彼女に未練があったのだが、「楽園」にいる彼女と「産業」社会に汚れたサイスンは、もう決別しなければならないのである。彼女は、今はピルビームに愛情を捧げていて、サイスンを締め出している。彼女がかつてサイスンが付き合った内気な女性ではなくて、大胆に男性を肉体的に愛することができるようになった、つまり変貌したことが次の彼女の言葉に表れている。

「ええ……だけど男は本当は問題ではないの」と彼女は言った。一瞬の沈黙があった。
「そうだね。」彼は驚いて叫んだが、彼女が本来の彼女になっていることを認めていた。

「重要なのは自分自身とそれから自分の神に仕えることなのよ。」沈黙があり、彼は熟慮した。小道はほとんど花が咲いていなくて暗かった。脇へ寄ると彼はぬかるみにかかとを捕られた。（*PO* 106）

ロレンスは、『息子と恋人』において、ウォルター・モレルの致命的な弱点を、彼が自分の神を否定していた、ことと述べている（*SL* 88）。モレルはロレンスの「黒い男たち」[4]の元祖であり、「血と肉」の主題に大いに関わっている点で重要な存在なのであるが、「自分の神」を持っていないため人生を全うできなかった。ロレンスにとっては、男性だけではなく女性も「自分の神」を持つことが重要なのである。それは、男も女も互いに依存しないで自立した存在となり、かつその上で互いに結びつくべきという思想なのである。これは後の「星の均衡」の思想につながるものである。ヒルダは今はピルビームと肉体的に結ばれて自信を持った女性となっている。ゆえに彼女の存在はおおむね肯定されていると言えよう。「春の亡霊たち」の草稿である「困惑した天使」においては、ヒルダは森番であるピルビームを思って、やさしく「ええ、私は彼を愛しているの」（*VG* 149）と答え、更に「パン神のような彼を本当に愛しているの」（*VG* 149）と言っている。これはヒルダの言葉であるが、ロレンスもピルビームをパン神の化身として捉えている、と考えてよいだろう。

精神性が勝ち、知的なもの、理性的なものに主として依存しているサイスンは、完全性が欠けており、そのことが「彼はぬかるみにかかとを捕られた」という表現に表されている。小田島恒志はサイスンがぬかるみにかかとを捕られた個所について、「現代風恋人」というロレンスの短編を引き合いに出して、「現代風恋人」のマーシャムと「春の亡霊たち」のサイスンを比較研究しているが、「ぬかるみ」の場面に関しては、二人ともロレンスを代弁しているのだが、作者が二人の男性を否定しているという意図を見出すことができる、という論を展開している。(5)

ヒルダは短編の最後では、「ピルビームではなくて、太陽が照る田園地帯をじっと見ていた」と書かれている。「困惑した天使」では、「遥か彼方のロンドンの方を見ていた」と書かれており、彼女のサイスンへの未練が、決定稿よりもはるかに強いことが分かる。初稿と決定稿を比較して読むと、決定稿では肉体と精神が分裂した人間としてのサイスンが、象徴的に、強く描かれていることが印象付けられる。この象徴性によって、「春の亡霊たち」は短編小説の佳作であると言えるであろう。

「困惑した天使」と「春の亡霊たち」を比較すると、後者ではサイスンが故郷の森への「侵入者」であることが分かる。なぜなら「侵入者」という言葉が前者よりも多く使用されており、また前者では 'trespasser'（*VG* 141）という言葉のみが用いられていたのが、後者では 'intruder'（*PO* 99）という、より強い侵入概念を意味する言葉が用いられていることからもサイスンの「侵入者性」が強調されているからである。また前者では「文明を運ぶ荷車」（*VG* 141）からこぼれ落ちたような故郷の村という表現が、後者では「産業を運ぶ荷車」（*PO* 98）と書き換えられていて、後者ではロンドンなど都会が機械文明に汚されていることが強調されている。そして後者では、森番ピルビームとサイスンが対立する立場にあることがピルビームがサイスンを「攻撃的に侵入者を見つめた」（*PO* 98）や「森番は彼に敵対して立っていた」（*PO* 100）とピルビームとサイスンの対立関係が強調して書かれていることから分かる。

ところでピルビームとヒルダは完全に幸せかと言えばそうとも言えない。これはヒルダ側からそのように思われる。彼女は知的な女性である。サイスンから常に本を送ってもらっていてその知識欲を満足させていた。ピルビームは優しくも動物的であり、暴力をふるう男性ではないので故郷を愛するヒルダにはある程度は満足できるであろう。しかしピルビームにはサイスンが持っているような知的な要素があるとは書かれていない。ヒルダはサイスンをあきらめてピルビームにすがっているところが見受けられる。

四　サイスンからメラーズへ

従来、メラーズという『チャタレー卿夫人の恋人』の登場人物は、『白孔雀』に登場するアナブルという森番が甦った存在として読まれている。[6]『白孔雀』は一九一一年に出版された、ロレンス初期の小説であるので、同じく一九一一年に書かれ始め一九一四年に出版された「春の亡霊」に登場する森番ピルビームは、メラーズとの関係が深いものとして読まれ得る。『白孔雀』の森番アナブルは、クリスタベルという貴族階級に属していて精神的な女性と結婚後、彼女の支配欲に飽いて別れ、別の女性と結婚して森の中で暮らしている。彼は人間嫌いであり、村の住民にも嫌われているが、『白孔雀』の語り手でありジョージという主人公の友人であるシリルには「心の父親」と思われる。シリルはアナブルの暴力性には距離を置いているが、彼の考え方には惹かれている。アナブルと同じく、精神性の強い女性であるシリルの妹のレティに失恋したことによって身を持ち崩していくジョージは、シリルのかけがえのない友人であり、精神的な女性へのロレンスの批判が見られる小説である。シリルは都会の大学へ通う学生であり、休暇には故郷へ戻ってきてジョージの家族と付き合っているが、最後にはジョージの敗残の姿を見て心を痛める。そしてシリルもロレンスが讃える動物的な人間であるのではなくて、都会に染まった人間であり、故郷へ戻ってきた折に激しい郷愁に襲われ苦しむのである（*WP* 260）。この場面を読むと、『白孔雀』はジョージとアナブルの挫折の物語としてだけではなくて、作者ロレンスの代弁者であると考えられるシリルという若者の成長に希望が込められていると思われる。つまり、アナブルとジョージという人物の「血と肉」性はシリルの成長にとってかけがえのないモデルになっていると言えるのである。更にもう一人レズリー（Leslie）という中・上流階級の男性もシリルにとって反面教師としての生き方のモデルと言えるであろう。ロレンスにはシリルをいかにアナブルやジョージの二の舞から救うべきか、またレズリー的にもならないようにするべきかという課題があったのである。つまりロレンスにはいずれシリルを、教養と動物的本能をバランスよく備えたメラーズとして描く必要があったのである。このように考えれば、メラーズはただアナブルやジョージが再生したとだけ考えられるのではなくて、新しいシリルとも考えられるであろう。そしてサイスンは「楽園」としての故郷の田園を恋い焦がれる『白孔雀』のシリルと同じ立場にある。

モイナン（J. Moynahan）は「「春の亡霊たち」は『息子と恋人』のエロティックジレンマと『チャタレー卿夫人の恋人』におけるそのジレンマの最終的な解決を結ぶ一種のアーチである」（177）と述べ、『チャタレー卿夫人』と「春の亡霊たち」との関連を指摘している。そしてマイケル・ブラックが指摘しているように、サイスンはロレンスの代弁者であると考えられる（123）。

結び

前述したように、ロレンスにはクリフォード的要素があり、かつ彼はメラーズ的要素に憧憬している。

ピルビームとは違って知性と教養が欠乏している男性ではなくて、知性も動物性も備えた男性がメラーズである。コニーも上流階級の女性であり教養が深いので、単に性的に満足を与えてくれる男性では結婚までは考えなかったであろう。しかしメラーズは女性には優しくて自然を愛し、かつ知性を備えている。
故郷の美しい森に憧れるがすでにそこに入ることを拒絶され「苦々しい自嘲」(*PO* 101)をしている「春の亡霊たち」のサイスンは、ロレンスの代弁者であり、最終的には『チャタレー卿夫人の恋人』においてメラーズに変貌して、突き刺されたような胸の痛みを解消する方向に向かうと考えられるのである。森番ピルビームに阻止されるサイスンは、クリフォードの前身であり、かつクリフォード像を超えて成長したメラーズの前身であると言えるであろう。

注

(1) "The Shades of Spring" を「春の陰影」と訳題した西村孝次の訳が定着したと思われる。『D・H・ロレンス短篇全集　第2巻』(大阪教育図書株式会　二〇〇三年)一頁を参照のこと。

(2) Lawrence, D. H. *The Prussian Officer and Other Stories* (Ed. John Worthen. Cambridge: Cambridge University press, 1987), "Introduction" pp.xlii~xliv を参照のこと。

(3) リーヴィスは、『チャタレー卿夫人の恋人』の終わりにおいて、ロレンスのアニムスがクリフォード的になって表現されている、と述べている。("The New Orthodoxy", *Spectator* 17 February 1961; prompted by C. H. Rolph (ed.), *The Trial of Lady Chatterley* p. 418.

（4）「黒い男たち」の簡潔な説明については拙著『D・H・ロレンスの長編小説研究――黒い神を主題として――』（近代文芸社、二〇〇九年）の「はじめに」七～一九頁を参照のこと。

（5）小田島恒志「なぜサイスンは躓くのか――D・H・ロレンス短編「春の陰影」・「現代風恋人」論――」（早稲田大学英文学会『英文学』第七十九号、二〇〇〇年）、一〇四頁。

（6）『白孔雀』に登場する森番アナブルが『チャタレー卿夫人の恋人』の主人公であるメラーズの前身であるということは、甲斐貞信（「序にかえて――『白孔雀』のもつ意味」（D・H・ロレンス研究会編『ロレンス研究――『白孔雀』』、一九七三、一～三頁）や、プリチャードが指摘している（Prichard, R.E. *D. H. Lawrence: Body of Darkness* [London: Hutchinson University library], 1989, p. 27）。

引用文献

Black, Michael. *D. H. Lawrence: The Early Fiction*. London: Macmillan, 1986. Print.

Harris, Janice Habbard. *The Short Fiction of D. H. Lawrence*. New Brunswick, New Jersey: Rutgers University Press, 1984.

Lawrence, D. H. *Lady Chatterley's Lover & A Propos of "Lady Chatterley's Lover."* Ed. M. Squires, Cambridge: Cambridge University Press, 1993.（*LCL*）

——. *The Prussian Officer and Other Stories*. Ed. John Worthen, Cambridge: Cambridge University Press, 1987.（*PO*）

——. *Sons and Lovers*. Ed. H. Baron & C. Baron, Cambridge: Cambridge University Press, 1992.（*SL*）

——. *The Vicar's Garden and Other Stories*. Ed. N. H. Reeve, Cambridge: Cambridge University Press, 2009.（*VG*）

——. *The White Peacock*. Ed. Robertson, A. Cambridge: Cambridge University Press, 1983.（*WP*）

——. *Women in Love*. Ed. D. Farmer & John Worthen & Lindeth Vasey, Cambridge: Cambridge University Press, 1987.（*WL*）

Moynahan, Julian. *The Deed of Life: The Novels and Tales of D. H. Lawrence*. New Jersey: Princeton University Press, 1963.

文学批評と公共圏――「牧師の娘たち」を読むリーヴィス

石原　浩澄

はじめに

様々な批評理論からのアプローチによって活況を呈している（あるいは理論の鋭いナイフによって切り刻まれて幾分疲弊した様相を呈する、と言うべきか、）今日の英文学研究／ロレンス研究においては、批評の急先鋒として言及されることは稀であろうが、草創期におけるロレンス評価の確立あるいはロレンス研究の興隆に関して、批評家Ｆ・Ｒ・リーヴィス（F. R. Leavis）の影響を否定する者はいないだろう。『スクルーティニー』（*Scrutiny*）誌上を主戦場とし、後にその論文をまとめる形となった著書『小説家Ｄ・Ｈ・ロレンス』（*D.H.Lawrence: Novelist*）などを中心に、リーヴィスは果敢にロレンス擁護の論陣を張った。歯に衣着せぬ論調や、往々にして独善的と批判されることもあった、大物作家に対する大胆な評価からも察せられる強烈な個性ゆえに、賛否双方の立場からリーヴィスの発言は大きな注目を浴びたが、それに比して彼の方法論には、どちらかと言えばスポットライトが当たることが少なかったと言えるかもしれない。当時の文脈においても批評の理論には否定的だったと言われるリーヴィスなので、方法論というとリーヴィスをめぐる議論にはそぐわないと考える向きもあるかもしれない。しかしながら、批評の方法論も多岐にわたる。リーヴィスが批評を、個々の批評家・読者・研究者・学生による孤独で孤立した作業ではなく、協働して取り組む行為としてとらえていたことは存外見逃されがちなのではないか。以下に詳しく見ていくが、『スクルーティニー』を中心とする刊行物や、大学の英文科構想を通して文学批評の復権を目指したリーヴィスは、少し見方を変えれば、批評の（／読者の）共同体の構築を試みたと言うことができる。本稿が注目するのはこの点である。

文学批評を、個々の批評家の単独作業や、他との接触から切り離された論文や記事の集積としてとらえるのではなく、相互に批評／批判／反応／意見交換を行う、公的な領域での議論としてとらえること。この視座は文学研究・批評という活動を、今日多くの分野でも関心を集めている公共の議論の在り方、あるいは公共圏、公共性の問題へと接続していく可能性を開示するであろう。人間の諸活動を、労働、仕事、活動という独自の概念でとらえ直し、古代から近代までの社会・思想の変化に独自の解釈を試みたハンナ・アレントは、特にその著書『人間の条件』の中で、生命維持と深く関連した労働という営為から解放され、公的な領域において独立した自由な人間が議論する「活動」（action）こそが他の動物と区別される人間の条件であるとして、その重要性を論じた。家庭という私的領域ではない、公的な空間（＝公共圏）での意見表明や議論の重要性という考え方は、民主主義の在り方と関連した政治思想や、社会、文化、芸術の公共圏としても多岐にわたる視点から批判も含めて注目され、アレントをめぐる議論は現在進行形で進められている。また、フランクフルト学派の流れをくむ思想家・社会学者であるユルゲン・ハーバーマスも、アレントに言及しながら一八世紀に端を発する公共圏の歴史的変遷を論じており、今日に至るまで多大な影響を及ぼし、多方面での議論を誘発している。

本稿の狙いは、リーヴィスの〈ロレンス論を含む〉言論活動を、これら古典的思想家の公共圏論に強引に結びつけようとするものではない。（もちろん諸分野の主要な論客たちの公共圏モデルとリーヴィスの構想を比較する試みは、文学研究に新たな視点を提示する可能性をはらんでいるので、課題としては認識しているが、本稿においてそれは射程外とする。）本稿が試みるのは、公共圏という概念を中心に据え、これがリーヴィスの言論活動の中にどのように現れるかということを検証することである。リーヴィスの構想に公共圏の概念は不可分の関係にあったことを示したいと思う。具体的な事例としてロレンスの短編「牧師の娘たち」（"Daughters of the Vicar"）を取り上げるが、それは同物語についての本稿の解釈を示すためではなく、あくまでもリーヴィスの批評行為を跡づけるために使用することになる。

以下の議論では、アレントやハーバーマスよりも限定的に文学批評の時空を公共圏ととらえて論じたホーエンダール（Peter Hohendahl）と、そこに依拠した論を英国の批評史に応用して展開したイーグルトン（Terry Eagleton）の議論を検討することから始めたい。そうすることで、リーヴィスが構想するような読者共同体の構築というプロジェクトを、あたかもリーヴィスのオリジナル事業であるかのような錯覚から救い出し、リーヴィスの批評行為そのものを歴史的パースペクティブの中でとらえることが可能となると考えるからである。

リーヴィスは、多くの論敵を作りながらも、また様々な時代の制約もあるなかで、果敢にも英文学を学ぶ意義や必要性を唱え続けた人物である。リーヴィスの公共圏をめぐる考察は、文学批評における価値論や作家の評価、もしくは正典の形成過程の分析や、英文学研究そのものの意義をめぐる議論の一助となる可能性も包含するものと期待したい。

第一章　公共圏としての文学批評をめぐる議論

第一節　批評制度と公共圏——ペーター・ホーエンダールの議論

一九八二年にペーター・ホーエンダールが著した『批評の制度』（*The Institution of Criticism*）は、主としてドイツの批評事情の研究であるが、適宜英国の状況への言及もなされる。ホーエンダールの議論の出発点は、従来その必要性や意義は自明のものとして扱われてきた、制度としての文学批評が危機的状況に置かれている、という認識である。文学的価値の存在、それを扱う批評の自立性、そしてそれに付随するある種の権威、これらを前提としてきた批評（制度）であったが、その存在意義が問われる八〇年代という時代において、批評（家）はもはや、公共圏に認められた立場にあるという考えを持つことはできないとホーエンダールは言う。現代の批評家の役割りは、「広報」（public relations）に等しいとまで述べるホーエンダールは、このような状況下でできることのひとつは、批評制度を歴史問題としてとらえることだとして議論を始める。

ホーエンダールによれば、批評家が文学に関する評価を公的に発信し、時には読者からの反応を受け取りながら意見の交換が行われる制度としての批評は、一八世紀啓蒙主義の時代に始まった。そこでの批評家の役割りは、「個々の芸術作品と一般法則の仲介者」（48）のようなもので、文学に関する諸規範に照らして、作品の合理的な判断を行うことであった。ルール・規範の立法者や執行者ではなく、いわば、モンテスキュー的な三権分立における「ジャッジ」の役割りであったとホーエンダールは説明している。裏を返せば、一八世紀啓蒙の時代には、基準とすべき普遍的規範が存在していたという前提のもとでの議論である。

以前は貴族のサロン等で宮廷文化の一部として行われていた文学的議論が、市民階級によって公的空間で行われるようになったのはイングランドにおいてであったとホーエンダールは書いている。いわゆる公共圏の発生を啓蒙期のイングランドと見ているのだ。ホーエンダールによれば、批評の近代的概念は一八世紀における自由主義ブルジョワ公共圏の興隆と密接に関連している（52参照）。文学は、絶対君主からの解放を試みるブルジョワ中産階級の自己主張の手段として機能したという。近代批評は、コーヒーハウスやクラブ、読書サークルや公立図書館などの社会的諸制度の基盤が整っていたイングランドで生まれた。「すべての文学的判断は公衆（public）に向けて企図される。読者とのコミュニケーションはシステムの不可欠な部分である」（52）と述べるように、批評は公共圏の制度と分かちがたく結びついていく。当然そこでは批評の性質は私的なものから公的なものとなっていく。「批評は、それ自身をディベートへと開放し、説得を試み、反対意見を促す。それは、公的な意見交換の一部となるのだ」（52）。このような文学批評の議論を貴族階級のサロンという社会的特権から解放したことが、批評の近代的概念にとって決定的に重要なことであるとホーエンダールは述べる。（この議論の領域が政治議論の舞台へとつながっていくことになるからだ。）とは言え、公的領域における批評家の役割りは特権的なものではなく、批評家は他者の代弁者に過ぎなかった。そこには「公的意見が究極の審判者であるという一般的コンセンサス」（53）があったからである。

ホーエンダールは、上記のように誕生した公共圏の変化をたどっていく。一八世紀末には「教養ある素人（informed laymen）から成る均質な集団により構成されている文学的公衆」（52）に変化が生じてくる。今日の視座からは必然かと思えるが、この変化は教育の拡充と、それに伴う読者層の拡大、したがって大衆化という過程によってもたらされた。大衆と教養層へと読者層が分裂していく状況は批評家を窮地に陥れる。公共圏における読者との対話によって成立するはずの批評システムにおいて、対話のパートナーとしての読者層を批評家が確定できないからだ。どこに照準を合わせ、誰を代弁するべきかを確定できない状況が生まれる。自らの美的価値判断か、あるいは読者による受容か、このどちらに重きを置くかという判断に批評家は迫られる。別言すれば、両者が明確に区別されるようになる。結果、批評家の一派は「文学議論のレベルを保持する」ことを任務とし、「一般読者層から離れていく」（55）ことを選択する。このように「一般読者層の美的感覚は十分でないとみなされ、少数派のみが談話のパートナーとしてふさわしいと考えられると、文学批評の一般的有効性はもはや文学的公共圏によって正当化されることはできない」（55）ということになろう。批評家は一般読者層に密接につながった社会的文脈から離れた価値に訴えることになるのだ。

ホーエンダールによれば、このプロセスの延長線上にあるのがロマン主義の批評である。ロマン主義批評は、文学を生み出す社会背景には関心を寄せず、文学を神聖化し、作品の世界のみに没入する。大衆は無知であるという認識のもと、ロマン主義は「自らを他より優秀で、より賢明、より精気に満ちていると考え、大衆と区別する」(61)と述べるロベルト・プルッツを引用している。こうなると、一八世紀の啓蒙合理主義時代の批評家とは別者である。思い起こせば批評家は文学と公共圏の仲介者としての役割を担っており、社会・公衆のニーズに対応していた。社会的特権を排除した公共圏での議論は、「啓蒙」という共通目標(**common goal**)の実現を目指すものであった。ここでホーエンダールは次のようにハーバーマスを引用する。

> 公的社会に参入する私的個人は、彼らが読んだものに関して自由な議論に従事する。そしてそれを啓蒙という共通に追求されるプロセスへと組み入れるのだ。(60)

ハーバーマスが描く意味での、つまり社会・公衆に基礎を置く公共圏は、分裂ないしは崩壊したというのがホーエンダールの議論である。文学批評はもはや歴史や国家、市民の問題に関心を示さないゆえに、その政治的機能を喪失したのだという。(61参照)

断っておかねばならないが、ホーエンダールの説明は、ある時期を境に批評状況がAからBへと完全に移り変わってしまった、というような単純化したものではない。ロマン主義の台頭といっても、それは時代のひとつの潮流であり、諸勢力が存在していたことは当然押さえられている。ホーエンダールの次の議論は、文学的公共圏による政治的解放を目指すようなドイツにおける反ロマン主義の運動の描写へと続いていく。しかしながら、本稿の議論としては、文学的公共圏の歴史的登場とその変化・崩壊をホーエンダールに拠って確認したというところにとどめたい。

第二節　英国の文学公共圏――イーグルトンの議論

ホーエンダールの公共圏論を念頭に置きつつ、英国の批評制度の変遷を論じているのがテリー・イーグルトンである。一七世紀から一八世紀にかけて、絶対主義体制に対峙するヨーロッパのブルジョワジーが、合理主義的判断と啓蒙的批評を基礎に開拓していった独自の言説空間（＝公共圏）を対象とするイーグルトンの議論は、ホーエンダールの仕事を踏まえたものである。[1]「文化＝教養」（culture）の言説が支配する理想的な言説空間の中に、ブルジョワジーは、支配関係を伴わない平等な社会関係の理想像を発見する、とイーグルトンは言う。権力よりも理性が、権威よりも真理が、支配よりも合理性が重視・尊重されることの（議論の）領域では、政治と知の分離の上に公共圏の言説が築かれる。イーグルトンはこれをブルジョワ公共圏と呼ぶ。ところが彼によれば、この政治と知の分離などというのはまやかしで、そのことが明らかにされる時、公共圏は崩壊するのである。（二四頁参照）この時代の公共圏を代表していたのは『タトラー』（*The Tatler*）や『スペクテイター』（*The Spectator*）といった定期刊行物である。イーグルトンは、これら刊行物そのものには特別な政治性はないが、「それらが代表していた文化的もくろみは、政治権力との密接な交流なくしてとうてい望めないものだった」[2]（三四頁）と言う。ブルジョワ公共圏への参加基準は唯一「合理性」だけであったとはいうものの、それは財産から生じる社会的利害に関係する人々のみが表明できるものであった、ということである（三六―三七頁参照）。

イーグルトンは、一八世紀ブルジョワ公共圏を均質で単一的なものではなく、「複数の言説中心が幾重にもからまりあった集合体」（四一頁）ととらえるべきだと主張する。『タトラー』や『スペクテイター』などの定期刊行物を舞台にした、作家、批評家、読者による意見交換の場もあれば、「自分で書いたテクストを友人や文通相手に回覧し、彼らから論争、懇願、修正意見、作品解釈に対するそのまた解釈等を意図的に引きだすよう心掛ける」（四一頁）リチャードソン的な手法もある。そのほか、ポープなどが採用した「予約販売方式」も読者層を開拓することに寄与したという。イーグルトンは、ここから公共圏の変容・崩壊の歴史を記述していくが、詳細にわたる崩壊過程の分析についてはは直接イーグルトンを参照してもらうとして、ここではいくつかの特徴的なポイントを概観するにとどめたい。

イーグルトンによれば一八世紀半ばからすでに変化は始まっていて、そこには当然のことながら時代の変化——「富と人口の増大、教育の拡充、印刷技術の向上、出版業の発達、文学を愛好する中産階級の成長」（四三頁）——が関係していた。イーグルトンは公共圏解体の二大要因として経済的要因と政治的要因を挙げる。第一の要因に関しては、「資本主義社会が発展し、文学生産物の運命が市場経済によって左右される」（四八頁）ようになり、文学的な「趣味」や「教養」は対話や議論に基づく合意主義から生まれるのではなく、商業利害や経済利害に左右されるようになる、と説明する。第二の政治的要因については、古典的公共圏での合理的議論に実質的に参加できていたのは有産階級のみであり、庶民がこの公共圏の一部となることはなかった。「またかかるがゆえに、庶民は政治的共同体の重要な一部分を構成することも［なかった］」（四九頁）。しかしながら、このいわば閉じられた公共圏にも「対立する社会的・政治的利害」（四九—五〇頁）は否応なく侵入してくる。公共圏の危機をチャーチスト運動の勃興と重ねるハーバーマスを紹介しつつ、イーグルトンはそれを修正し、もう少し早い時期に設定し、「<文通クラブ>、急進派出版、オーウェン主義、コベットの『ポリティカル・レジスター』とペインの『人権論』、女性解放運動と反国教会派運動というかたちで、雑誌・クラブ・小冊子・論争・諸制度から成る反体制的ネットワーク全体が、公共圏を支えた支配的合意主義のなかに侵入し、公共圏そのものを内部から寸断しかねない状況にあった」（五〇頁）と述べている。一九世紀初期における「ブルジョワ定期刊行物」の代表たる『エディンバラ・レヴュー』と『クウォータリー・レヴュー』の間で交わされた「毒舌の応酬」に、イーグルトンは、相互理解主義によって合意形成を目指す公共圏の姿ではなく、激しさを増す階級闘争を背景にした党派性を露わにする「ブルジョワ公共圏の亀裂と歪み」（五一頁）を見ている。一八三一年の『スペクテイター』は、古典的公共圏の高邁なる理想に関して、「ジャーナリズムは、公論の表現以外の何物でもない。上から命令を下すような新聞があれば、それは早晩、消え去る運命にある」（イーグルトンによる引用、五四頁）と説いたという。しかし現実は、上にも述べたように、古典的公共圏は「苛酷な階級闘争の時代の公論の二極分裂、文学生産の商業化、公衆の意識改革を求める政治的要請によって、すっかり骨抜きにされていた」（五四頁）ということである。

イーグルトンへの参照を続けると、こうした政治闘争の場と化した公共圏の議論から「批評と文学を救出し、それらを超越的な知の形式に仕立て上げよう」（五五頁）と試みた者こそ一九世紀の「哲人」（sage）である。これが後期コールリッジからカーライル、キングズレー、ラスキン、アーノルドらへと連なる系譜となる。「文学は《現実政治》の領域から救い出され」（五五頁）、哲人は「俗事からは身をひいた超越的孤立へと赴き」（五五頁）、「すべてのものから『孤立して』自由にものを書ける」（五五頁）。「もはや哲人は、読者と対等の立場に立つ共同言説主体ではない。［……］批評家が読者に対して構える姿勢はいまや超越的なものとなる。彼の宣言は独断的で、その正当性を保証するのは自分しかいない。」（五六頁）社会に背を向け、作品と自己の判断に引きこもった批評家は、ホーエンダールが述べていたロマン主義批評家の姿を思い出させる。

その後も、いわゆる「文人」（man of letters）と称される人々の登場を見、その代表格たるアーノルドに焦点を当て一九世紀の批評を論じた後、イーグルトンは二〇世紀のリーヴィスへと論を進める。

普遍的人文主義の立場から文化全般に関して発言する伝統的アマチュアリズムを基盤にしていた批評は、時代が進むなかで知の専門分化が進展し、一九世紀の英国では大学の学科として「英文科」が創設されていき、批評もその英文科に取り込まれることにより専門家（プロフェッショナル）の仕事となっていった。このアマチュアリズムとプロフェッショナリズムの矛盾および葛藤は二〇世紀の批評の世界にも持ち込まれ、リーヴィスにもそのことはうかがえると次のように述べている。

技術一点張りのアカデミックな批評形式にあらがい、文学と社会生活の間に本質的断絶などないこと——批評行為は道徳的・文化的価値判断一般と切りはなせないこと——を、リーヴィスは主張せずにはいられなかったのだが、かといって、そうすることで自分が鼻持ちならぬアマチュアリズムにお墨つきを与えていると受けとられるのもいやだった。（もし文学批評家がたんに豊かな感性と鋭い知性をもった人間というだけだとしたら、批評の「専門的性格」をとなえるリーヴィスの主張はどうなってしまうのか？批評は「センスのよさ」の問題であってはならない、とリーヴィスは考える。「一般読者」のとどかぬところにある分析様式と、専門家だけが得られる文学体験の形式、この二つがどうしても必要である。［……］かくしてリーヴィスの思想のなかでは、「アマチュア」と「プロフェッショナル」との緊張関係は、社会性と個人主義との緊張関係にそっくり移しかえられる。）（一〇一頁）

イーグルトンによればこの矛盾は『スクルーティニー』計画にも反映している。引用を続ける。

『スクルーティニー』が、いっぽうで、「アマチュア」リベラル・ヒューマニズムの維持に関心を寄せ、われこそは社会生活全域の判定者になり、正当な資格を有する者なりと力説すれば、またいっぽうでそれは、文学アカデミーの悪しきアマチュアリズムを「専門職化する」内輪もめに関わり、批評そのものを、一般読者の理解を超えた、社交室での機知にとむ談話とは無縁の、厳密な分析言説に仕立てあげている。（一八世紀の公共圏にならい、『スクルーティニー』も秘教的な美的言語をしりぞける。文学と文化双方を、倫理的・文化的経験の総体と深くからみあったものとみる。だが、文化的諸価値の何たるかを決め、それらを選り分ける過程の方は、いまや、もっぱら「テクスト上での」出来事に、専門家としての訓練をうけた知識人の作業に変わってしまう。）（一〇四頁）

イーグルトンによれば、『スクルーティニー』（＝リーヴィス）の試みとは、「公共圏を成立させた物質的条件がすでに決定的に消失した時代に、あえて公共圏を復興せんとした試みにほかならない」（一〇五頁）。その条件とは、「教養があり、鋭い知性に恵まれ批評精神旺盛な読者層」である。「『スクルーティニー』

が理想とする批評は、だから、教養人たちの共同作業的探求と言っていいだろう」（一〇六頁）とイーグルトンは述べる。しかし批評家を取り巻く現実はそうではない。「公共圏どころか荒野に叫ぶ孤独な預言者、教養ある協力者どころか社会ののけ者的哲人、それが批評家の実態だった」（一〇六頁）。「要するに」とイーグルトンは続ける、「『スクルーティニー』計画は、これまでみてきた啓蒙主義イデオロギーとロマン主義イデオロギーとを矛盾にみちたかたちで合体させたにすぎない」（一〇六頁）。これはどういうことかというと、続けてイーグルトンの説明である。

『スクルーティニー』サークルのなかでは、協調精神、教養ある探究姿勢、節度を守った承認と反論の応酬が、もっと多くの人びとに支持されていた者の合意主義の縮図として、もしくはうすれかけた記憶として、まだ保たれている。ところがこれとは対照的に、このグループが社会全体に対してとる態度は、教条主義的、権威主義的で、どうみても自己防衛にすぎない。（一〇六頁）

一方で合理主義の理想のもと、共同探究を進める公共圏の営為を再現することを試みてはいるものの、狭いサークルの外部に対してはロマン主義的、個人主義・権威主義的態度（＝非社会的態度）をとっているとしてその矛盾を指摘しているわけだ。

階級対立が顕著な政治社会、商業主義に支配される文化、自由主義的資本制から国家主義的・独占的段階に移行していた経済の点からも、公共圏を復興するそもそもの条件が整っていなかったと見るイーグルトンは、大学から公共圏復興を目指したリーヴィスの試みを「思いちがい」（一〇七頁）と批判する。なぜなら、イーグルトンは大学こそ「批評を公共圏から切り離した当の制度」（一〇七頁）であるとみなしていたからだ。リーヴィスの（理想とするケンブリッジ）大学は、イーグルトンには「真の公共圏消失に対する自己防衛的反応の結果できあがった避難場所」（一〇八頁）にすぎず、また、リーヴィスが構築し得た言説領域は、「一八世紀の英国におけるコーヒーハウス共同体とは異なり、社会全体の政治構造に根を張ることはできなかった」（一〇八頁）と、その限界を指摘する。

　以上、文学批評という言論活動を公共の場における意見の交換あるいは公論の形成とみなす議論、そして文学批評とそうした公共圏との関係に注目する議論の潮流があることを概観してきた。一八世紀の合理主義、啓蒙主義の土壌の上に成立した公共圏の変容や崩壊のプロセスを、その要因や歴史的条件を分析しながら描き出そうとする試みがあった。そのなかで、リーヴィスの批評活動に関するイーグルトンの議論を紹介した。本稿の議論としてはやや先走った感があるが、結果的にはイーグルトンを経由することで以下のリーヴィスの議論につなぐことになるわけである。対抗する定義を提示してイーグルトンに反論し、リーヴィスを正当化することは本稿の射程ではない。いわばその前段階の作業として、リーヴィスの言論活動が公共圏議論のアジェンダとして成立する可能性を探るべく、以下ではまず、リーヴィスの批評をこれまでの点を踏まえて見ていきたいと思う。

第二章　リーヴィスの批評と公共圏

第一節　（英）文学批評の重要性

「はじめに」でも触れたように、よく言えばオリジナリティ、悪く言えば独善性や道徳論などに注目が集まりやすいリーヴィスの批評であるが、彼は批評活動の公共性という点も重視していたということに着目していきたい。リーヴィスは、批評活動を単に読者や批評家が孤独に行う行為とはとらえずに、読者が「ページ上の語に正しく反応する」（*EU* 70）ことを通して、作家の提示しているものを再構築する協働作業であり、かつ、読者間・批評者間での相互チェックを通して、真の判断や時代の感受性といった文化水準の獲得を「共に追求」（common pursuit）していくべき協働作業ととらえている。

> 文学批評の特異な重要性はすでに示されてきたであろう。すなわち、着実で責任ある批評実践が行われるところでは、「真のコンセンサスの中心」が、現代の状況下においても自ずと感じられるようになる。特定の価値判断を伴って賛否両論を交すことから、具体的な相対的価値の意識が明確になってくる。そして、このことなしには抽象的にいくら「価値」を論じても何の価値もない。（*FC* 183）

ここには、賛否の意見を戦わせることを通して相対的価値の意識が形成され、真の合意形成がなされるということが説かれている。このことをバイラン（Bilan）は、時代の感性を形作るこの相対的意識というのは協働のプロセスによってのみ定義されうる。リーヴィスは協働作業――そこにおいて価値が具体的に確立され、私的でも公的でもない世界が創造される個人的判断の交換――を、本質的に創造的なプロセスであると常にみなしていた。したがって、批評の機能は創造的達成としてみなされなければならない。（64）

とまとめ、批評活動という協働作業から価値や時代の感性といったものが形成されることを重要視したリーヴィスの姿を的確に言い表している。バイランはここで批評の空間として形づくられる世界を「公的でも私的でもない」と呼んでいるが、物理的な広がりの範囲に関わりなく、複数の読者・批評家間で意見の交換が行われる空間領域を、本稿では広い意味での公共圏として考えている。

では、なぜリーヴィスはこのような批評活動を重視したのかということを考えておく必要があるだろう。それはリーヴィスの現状認識と結んで考えることができる。端的に言うならば、二〇世紀半ばの、特に英国の社会・文化状況にリーヴィスが見出していた危機感との関係である。今さら指摘するまでもないかもしれないが、近代化・産業化によってもたらされた文化の大衆化に危機感を抱くリーヴィスの様子は彼の著作の多くのところで見受けられる。主として機械化によってもたらされた大量生産による文化は、標準化を伴いながら質の低下を招来する。この点を端的に述べているのが初期の著作のひとつである『文化と環境』（*Culture and Environment*）からの次の一節などである。

さらに、大量生産という形で［機械が］われわれにもたらす利点は、単なる物質的商品領域の外部でも標準化やレベルの低下を伴うということがわかってきた。学校で（おそらく）美的感覚の初期教育を受けた者は、学校の外に出ると最も質の悪い感情的反応をこぞってむさぼられる。映画、新聞、あらゆる形式の広告、商業的に生産された小説は、すべて最も低いレベルでの満足を提供し、最小限の努力で得られる最も身近な快楽を選択するよう教え込むのだ。（3）

ここには文化の窮状を嘆いているリーヴィスの姿が見てとれる。安価な感情に訴える大衆文化の氾濫によって、あるべき美的感覚の訓練がなされ得ないという議論である。文化と言う時、リーヴィスが最も関心を寄せるのは言うまでもなく言語文化である。言語によって伝えられる精神的・道徳的な伝統――要するに文学――には「時代の精選された経験が保持される」（81）はずなのだが、残念ながら現代はそうした過去の文化や伝統から断絶した状況にある。そこに英文学の力をもって臨んだのがリーヴィスであった。なぜ英文学が有効であると考えたのか。それはすでにここまでの議論でも断片的に示唆されていると思うが、文学作品の読みや批評といった実践活動が有益であると考えたからにほかならない。以下に見るように、英文学の読みを通して、知性や感受性、正確な反応といったものが涵養されるとリーヴィスは言う。次の引用は大学の英文科構想について述べた著述の一節である。

英文学部の必須の学問分野は文学批評である。これは真の学問分野であり、ただ英文学部においてのみ、促進され得るであろうかけがえのないものである。他の分野にはできないやり方で、文学批評は知性と感受性を訓練し、反応の感覚や正確さと知性の繊細な健全さを涵養する。この知性とは、分析と同じくまとめる力を持ち、そして上品さと同じく不屈さと持久力も備えた知性である。（*EU* 34）

やや過剰なほどに細かな説明であるが、リーヴィスはさらに、こうした批評活動を通した知性や感受性の訓練は、判断力の鍛錬や価値観の養成につながり、それはひいては人生における重要な決断や選択に関わるものであると続けていく。

このかけがえのない分野において提唱されている作業が必然的に伴うのは、学生の側における自立して責任ある知性と判断力の訓練である。この作業が上級になればなるほど、判断力はより明白なものとなる。この判断力とは、現実生活の重要な諸選択を決定する、あるいは決定すべきあの相対的価値の深遠なる感覚と不可分に関係しているものである。（*EU* 35）

単なる文学テクストの正確な読みや評価だけでなく、最後の一文にも現れているように、文学批評の実践がもたらすものは、リーヴィスにおいてはより大きな課題に対応する能力の訓練であり獲得なのである。すなわち、人生や社会生活の様々な局面における選択能力や判断力の涵養にも英文学の学びが有効であるとリーヴィスは説いたのだ。（ここにリーヴィスの英文学が現代社会の課題を見据えたものとなることがうかがえよう。）

現代の問題は、生の目的を考慮することなく、すなわち、**どのような生が望ましいのかといった判断**なくして、解決されるのもではない。このような判断は「科学」に委ねられるなどと考えるのは、基本的な誤謬である。（*FC* 63 強調は引用者）

今日のわれわれから見れば、——またおそらく当時の文脈においても——リーヴィスの主張は独善的に響くところがあり、首肯しかねるところもあるが、こうした発言にうかがえるように、少なくとも彼のキャンペーンは彼なりに時代の諸課題を見据えたものであったと言うことはできるだろう。リーヴィスの構想では、「生の目的」は英文学をはじめ人文諸科学が扱う分野であり、強調部分が指示するような判断は、批評を通して涵養される能力と考えるのが妥当である。（「科学」との対比を述べるあたりは、後のスノウ（C.P. Snow）との「二つの文化」論争を暗示するかのようでもある。）

現状をこのように認識するリーヴィスにとって文学批評の実践と等しく——実際それに付随するものであるが——かつ決定的に欠けていたのは、集団として読み・批評する主体であった。彼によれば、現代は「基準がなく、外へと広がる詩の生きた伝統もなく、かつ識別力のある公衆もない時代」（*FC*, 30）である。この「公衆」（public）は、読み・判断する「読者」としての公衆である。すでに指摘してきたような文学批評の共同性や有効性を考えるなら自明のことであるが、現代の状況下では理想とする批評は機能しないことになる。

このような基準を代表する教養ある公衆という核のないところでは、批評の機能は停止状態に陥って

しまい、どれほど道具や技術を改良しても、それを回復することはできない。(*FC* 71-72)

批評が機能しなければ時代の感受性も育まれない。繰り返しになるが、これは単なる個人の読みの問題ではなく、読者間・批評者間における判断や意見交換を通したコンセンサスの獲得、つまりは時代の価値形成・文化形成全体の問題としてリーヴィスはとらえていた。このコンセンサスは、文芸批評に限定されない一般的な公共圏での議論においては、公論あるいは共通善の形成に相当するものとみなしてよいであろう。そしてこうした教養ある読者層の育成や形成を、大学における英文科構想と批評実践、そして雑誌『スクルーティニー』のプロジェクト等、一連のリーヴィスのキャンペーンは目指したのであった。

読者層の問題に触れる時、リーヴィスはしばしばジョンソン(Samuel Johnson)に言及していることも付言しておかねばならない。常にリーヴィスにとって理想的な公衆として存在しているのが一八世紀ジョンソンの時代の読者共同体なのである。

一八世紀は、均質で真の文化という利点を享受していた。だからジョンソンは一般読者[コモン・リーダー]という究極の権威に従うことができたのだ。というのも、この一般読者は、人びとの高潔な精神ではなく、有能で教養ある人びと一般を代表していたからだ。そして彼らが、文化的伝統とそれがみなぎっている美的感覚の基準を代表していた。個人以上の判断力と個人以上の美的感覚を持ったこの能力ある人びとは社会にあまねく存在していた。というのも、均質の文化に生れ落ちるということは、ひとつの支配的に行きわたっている精神、文法、語彙などを示している限られた種類の信号の中

で動くことであり、［……］そこで活動することで判断力を得ることになるからだ。（*How* 3）

時代の美的感覚や基準を代表し形成していく教養ある均質な読者層が一八世紀には存在していたとリーヴィスは考えている。この読者層をリーヴィスは「一般読者」（Common Reader）と呼ぶ。当然ながら限定された意味での「一般」であるが、少なくともロマン主義的、一九世紀的哲人や天才といった特定の個人ではなくて、一定の層、集団が存在することによる、判断や美意識や基準の一般性に言及しているのである。公共圏という用語こそ使用していないが、一八世紀啓蒙主義の時代に勃興すると論じていたハーバーマスやホーエンダールの公共圏論を、リーヴィスは先取りしていると言ってもよいのではないか。

第二節　批評の方法：公共圏での議論をめぐって（あるいは、批評の方法をめぐる反応）

リーヴィスの批評の基本姿勢は「ページ上の語に正確な識別力をもって敏感に反応すること」であった。I・A・リチャーズが提唱した実践批評の手法をリーヴィスも継承する。「不毛な伝記的決定論や、空虚で証明抜きの鑑賞に依拠していた」（McCallum, 192）のがリチャーズ以前の批評だとすれば、リーヴィスのそれは「ページ上の語」をしっかり引用し［＝証明のためのエビデンスとし］解釈をほどこし、それをもとに明確な意見や評価を示すものであった。「一〇〇にものぼる文献への言及を散りばめながら文学について大胆な推測はできるが、『最良の』意見に挑むような判断を示唆することなど決してない批評家」（Greenburgh, 858）によるアカデミズムの学問的研究とは一線を画すものである。リーヴィス自身は『偉大な伝統』（*The Great Tradition*）の中で、「有益な議論を促進する最善の方法は、われわれが見て判断するものに関してできるだけ率直に向かい合い、一定の関心分野において本質的な判別の確立に努め、そしてそれをできるだけ明確に述べることである」(9)と書いている。同時代の同調者のひとりであるL・D・ラーナー（L. D. Lerner）の言を借りれば、『スクルーティニー』やリーヴィスの実践を支持する文脈において、「実践批評の考えは、第一義的にその目的において内省的なあるいは第一に理論的な批評に対してしばしば意図的になされる反発である。実践批評家はガイドであり解釈者である。その唯一の目的は文学の実際の鑑賞であり、原則において学校の教師や（大学）学外教育の講師（extension lecturer）と変わるところはない。［……］そして鑑賞が目的であれば、評価を必然的に伴うことも明らかである」(70)、ということであり、実践批評の理論的批評との違いや、評価を下すことの必然性へも理解を示している。一九五九年の時点ではすでにこの批評法がかなりの程度定着していることをジョーンズ（Allun Jones）は「リーヴィスによって破壊的効果をもたらすまでに用いられた批評分析の解釈法は、大戦以来文学批評を支配し続けている。［……］その方法は十分に確立され、その技法は広く実践され、その批評用語のボキャブラリーは一般的に使用されるようになった。［……］特定の引用箇所を詳細に分析することによる文学批評は、われわれの注目を対象につなぎとめるが、しばしばそれは批評家をある種の視野の狭さに悩ませることもある」(254)と述べ、一定の距離を保ちながらも、リーヴィス批評の到達点を指摘している。

リーヴィスの批評は、文学テクストの言語学的、歴史的、伝記的説明——従来のアカデミズムによる文学研究の主流——や、作品全体への印象や感想の表明ではなく、テクストからの明確で豊富な引用に依拠しながら作品を読み、判断し、評価を与えるというものであった。いくつかの同調者による意見は紹介したが、当然ながら反発も小さくなかった。

リーヴィスの批評をめぐっては、主として戦後四〇年代中・後半から六〇年代にかけて、長・短の違いはあるものの、多くの論考が登場している。筆者が目にしたものだけでも三〇強の論考があり、実際はこれを大きく上回るはずなので、ひとつの「リーヴィス論争」と呼べるような議論が行われたと言ってよい状況があったと想像できる。

論点は多岐にわたっているが、主要なものをいくつか抽出することも可能である。上でリーヴィス批評の特徴に触れたところだが、その特徴に批判の矛先が向けられるのもひとつの傾向であろう。これは、評価し判断する行為には必然的に付随してくるものだとも言えようが、客観性の不足や論の恣意性に対する批判である。五二年のジャレット＝カー（Martin Jarrett-Kerr）は、リーヴィスが批評対象に向かう態度、すなわち横道にそれずにブレない確かな読みは評価するものの、十分な証拠なしに判断してしまう点や恣意的な評価の在り方を問題視している。リーヴィスの絶対主義（absolutism）を批判するヘイル（Bernard Heyl）は、リーヴィスが批評の仕事とする「真の判断の追究」という営為は、「芸術作品のただ一つの評価のみが正しく正当であり、真実である」（251）ということを含意しており、様々な解釈を試みてきた批評の歴史が意味をなさなくなると批判する。相対的な議論を受け入れないかに見えるリーヴィスのドグマ性を批判し、「リーヴィスのようにひとつの判断の排他的正当性を主張することは批評的には不健全である」（255）と主張している。さらには、ウルフ、ストレイチー、オーデン、スペンダー等の主要作家を一刀両断に切り捨てるリーヴィスの態度に嫌悪感をあらわにするプリーストリー（J. B. Priestley）は、「分別ある文人というよりも、大審問官かカルヴァンのごとく振る舞う、横柄に独善的で絶対主義的批評家」（580）

であるとしてリーヴィスを断罪している。この『ニューステイツマン&ネイション』（*The New Statesman and Nation*）誌上のプリーストリーの寄稿（一一月一〇日）はその後、一七日、二四日、一二月一日、八日、一五日、二二日と同誌上で読者投稿を含めた「プリーストリー&リーヴィス論争」を誘発している。（公共圏議論と呼んでよい。）同年のクローニン（Anthony Cronin）の論考は「作家の虐殺」（"A Massacre of Authors"）という幾分衝撃的なタイトルを冠し、そこからすでにある程度推し量ることができるが、スウィフトやドライデンといった主要作家を排して「狭い正典」（narrow canon）を提唱するリーヴィスを、その理由づけや根拠が明白でないと批判する。「少なくともイングランドでは、創作をしないコメンテイターの卓越した、独特の、そしてかけがえのない重要性を主張する、はじめての大学人（アカデミック）批評家」（33）とリーヴィスをとらえるクローニンは、既述のようにリーヴィス批判の立場をとりつつも、当時のアカデミズムの関心はリーヴィスへ向かっており、その評価も「オリジナルで際立った（多くには「偉大な」）批評家として今日では十分に確立されている」（28）と認めざるを得ないのが当時の状況であったようだ。また、クローニンは、「広範な読書、豊富な比較、そしてもちろん最も高度に訓練された批評家による指導の産物である、訓練を受けた批判的知性とリーヴィス博士が呼ぶところのものを備えた読者集団が欠如している」（31）と述べて、有能な読者層の不在を指摘するリーヴィスの側面にも注意を向けている。『スクルーティニーの重要性』（1948）を編集し序文を執筆しているベントレー（Eric Bentley）はリーヴィス支持派であるが、クローニン同様にリーヴィスが唱える読者層の不在の問題にも触れている。ジョンソンやバークの時代の支配階級層は同時に等しく有能な読者であること、近代の社会ではそうした階級が不在であることを述べ（xix 参照）、現代にあって読者集団の育成に傾注したのがリーヴィスであったという認識を示すのである。時代は二〇年ほど進んで、六〇年代後半のアンダーソン（Perry Anderson）になると、「批評家としてリーヴィスは未だ越えられていない目標である」（51）と言うように、リーヴィスの地位は確立されたという当時の見方を伝えていると同時に、リーヴィスの疑問形――すなわち「これはこういうことですよね?」(This is so, isn't it?)――にうかがうことのできる、読者に同意を求めるリーヴィスの方法・認識論の存在を指摘することで、共通の価値認識をもち「道徳的・文化的に統合された読者の存在」（52）を求めるリーヴィスの姿勢を浮き彫りにしている。(3)

以上、多数にわたるリーヴィス論（リーヴィスへの反応）の中から極めて限定的にではあるが、いくつか特徴的なものを見てみた。本稿の関心に即して言うならば、賛否両論のこのような論争そのものがすでに公共圏議論の空間を形成していると言うこともできる。もちろん、リーヴィス自身は現実には不快感をあらわにし、かつ徹底的に反論したであろう批判もあったが、はからずも、時代における読者公衆あるいは公共圏の復興を試みたリーヴィスの姿に注目している論考もあった。次章ではこれまでの理解の上に立って、具体的なテクストを読むリーヴィスに目を向けてみたい。

第三章　「牧師の娘たち」を読むリーヴィス

「はじめに」でも述べたように、ここでの狙いは「牧師の娘たち」を本稿がどう解釈するかを示すものではない。リーヴィスによる物語の読みを本稿の関心の視座から読んでみることである。

「牧師の娘たち」を選んで論じる理由について、リーヴィスはこれがロレンスの天才を示す代表的なものであり、「いまだに流通しているロレンスに関するいくつかの誤解に対して特に有効な解答を提供するからだ」(*DHLN* 85) と述べている。ロレンスに関する誤解、と言う時リーヴィスが念頭に置いているのは、――その時点ですでに二〇年前のことであるが――エリオットが『異神を追いて』で展開したロレンス批判のようである。エリオットの批判の要点は、階級差に対して極度に意識的になることから生じるある種の「俗物根性」や、道徳的・社会的感覚の欠如などがロレンスには見られるということである。エリオットはその原因として、労働者階級という出身階級に起因するロレンスの成長期の環境、すなわち文化的貧困あるいは「文化的野蛮さ」にあると述べているようだ。エリオットの影響は大きく、またそれは過去の問題として片づけるわけにはいかないと述べつつ、エリオットの批判に反論を試みること、具体的には、「牧師の娘たち」は「階級差に対する生の勝利である」(86) ことを示すことをフレームワークとしてリーヴィスは論を展開していく。

すでに何度か確認してきたように、リーヴィスの批評は「ページ上の語に正確な識別力をもって繊細に反応していく」ことを基本に、具体的な方法として「特定の箇所の詳細な分析」(Jones, 255) を加えていくものである。「牧師の娘たち」論においても、物語の進行に沿う形で論を展開していくのだが、随所にテクストからの長短の引用を行っている。本稿が使用したペレグリン版『小説家D・H・ロレンス』所収の「ロレンスと階級」(「牧師の娘たち」を扱った章) は二八ページに及んでいるが、その本文九三四行中、(地の文中の引用の数え方等正確でないかもしれないが、) 二六四行分を「牧師の娘たち」からの引用が占めている。約二八パーセントである。論の導入的な部分を差し引いて、実質的な「牧師の娘たち」のテクスト分析の部分に絞りこむならば、その割合はさらに大きくなる。断定はできないが、引用の割合は大きいと言えるのではないだろうか。(リーヴィスに言わせればテクストの詳細な分析であり、具体的な論拠を示しての解釈ということになるのだろう。)

テクスト上の言葉に依拠しながら実践批評を展開しつつ、リーヴィスは判断し、評価を下す。こうした評価に強引さや恣意性を見出し批判する論者がいたことはすでに指摘したが、当該論文にも随所で評価が示されている。本稿では以下の議論の中でも該当する部分が出てくる際には適宜指摘していくつもりだが、一例をここで挙げるならば、姉の結婚相手であるマッシー氏のことを受け入れられないルイーザを描く場面を論じる中で、リーヴィスは、「彼女の判断は間違いなく重要な(unmistakably vital)判断である」(97)とか、「彼女自身の魅力は本質的に善良な(essentially good)人の魅力であり、強い生命力を持つ人(someone in whom the life is strong)の魅力である」(97)などのように評価を下す。あるいはルイーザのアルフレッドへの愛着を論じる場面では、「彼女の愛への反動は、感傷の入る可能性のない説得的完全なる真実を持って(with a convincing total truth that leaves no possibility of the sentimental)なされる」、といった強い主張、判断あるいは評価が随所で行われている。とりわけ、原文も付した箇所などには「恣意的」との批判を誘発しかねない率直さが表れていないだろうか。

随所で判断を示しながらリーヴィスが「証明」を目指すのは、『偉大な伝統』の中で「[主要な小説家]は作家や読者にとって芸術の可能性を変化させるだけでなく、彼らは彼らが促進させる人間の自覚という点で、すなわち生の可能性の自覚という点で重要なのである」(*GT* 10)と述べるように、「生」(life)の可能性を示すことである。『偉大な伝統』からの引用が示すように、これは「牧師の娘たち」に限らず、またロレンスに限らず、リーヴィスが「偉大」だと認める作家に見出す特徴である。敷衍して言うならば、この「生」の問題はリーヴィスが批評活動全般を通して主張する要点のひとつであり、本稿の文脈に引きつけるならば、読者公共圏の中で合意を目指すべき公論・共通善と言えるものである。（明確に道徳的響きを伴った生の価値を中心的なものとしてかかげる様子は、歴史をすでに概観してきたわれわれには、一八世紀合理主義時代からの啓蒙の価値観を受け継いでいると映らないだろうか。）

当該論文における生の議論もリーヴィス独特のものである。リーヴィスにおいては重要概念であることは理解できても、生そのものが何を意味するのか、あるいはそのあいまいさについて多くの注目や批判を集めてきたことも納得できるところだが、リーヴィスは独自の論を展開している。彼が「牧師の娘たち」のテーマとして「階級差に対する生の勝利」を挙げていたことは上で述べたが、続けて次のように書いている。

> このフレーズは物語の中でその力を獲得する。物語の動きと総体が、批評家の目的のためにそれが定義されうる唯一の方法によって、「生」を定義するのだ。(86)

つまり、「生とは何か」については、作者ロレンスや批評家リーヴィスが解説するのではなく、それはおのずと物語が示してくれる、と言うのである。作家が説教するかのごとく説明するのではなく、物語が演じる（enact）というのは、多くのところで見られるリーヴィスの持論であるが、この生の議論にもうかがえる。マッシー氏が居住する牧師館と、アルフレッドの自宅であるコテージを対比している先に取り上げた場面を論じながら、「『生』はここで［……］その具体的な定義を獲得する」(99) と言う。ルイーザが牧師館とコテージを交互に訪れる場面だが、彼女の視点から牧師館は雪の冷たさを伴って「どんよりしていて貧弱（dull and threadbare）」「陰気に黒ずんでいる（dingy with gloom）」と描かれるのに対し、コテージは「緋色の輝き（scarlet glow）」や「灯火の光（firelight）」の様子から「いきいきと明るい（alive and bright）」との印象を与えると論じている。この「ロマンチックで感傷的な幻想」を排した描き方にロレンスの魅力を見出し、かつ、ここに生が「演じられて」いるとリーヴィスは解説する。

さて、このようにテクストからの具体的な引用に基づいて、解釈、判断、評価を提示しながら、生の積極的擁護など自らの価値判断を示していくリーヴィスであるが、次に指摘すべきなのは、このような行為は彼自身の孤立した私論としてではなく、リーヴィスがこれをある種の公論として提示しようとしているところである。ここで言う公論とは、他者の反応を一切考慮しない純粋に個人的な意見ではなく、他者の合意も得られる（／得られた）論という意味で用いている。文学議論における公論として想定されるのは、たとえば本稿でも触れたようなひとつの「論争」の結果得られた「合意」や、あるテクストの全体あるいは一部に関する解釈の「定説」などが一般的に考えられるが、ここで本稿が扱っているリーヴィスの論文は単体の論考である。そこでどのように合意を取りつけ、公論にするのか、あるいは見せるのか。本稿ではそれをリーヴィスが読者を意識する方法、もしくは読者を論者の意向に取り込む方法というところに見出してみたいと思う。

リーヴィスの論考は実によく読者を意識している。無論それはリーヴィスが勝手に想定する極めて限定された読者ではあるのだが。すでに紹介したように、「牧師の娘たち」論の冒頭近くでエリオットによるロレンス批判に触れる中で、リーヴィスは一九五三年の『リスナー』誌（*Listener*）の記事への注意を促している。その記事はエリオットのロレンス評価を支持している論であることが察せられるのだが、この方法においてリーヴィスは、後に触れているエリオットの『異神を追いて』に加えて、『リスナー』の当該の論に接したことのある読者を想定している。一定の読者集団を「想像」しているのだ。また、階級の問題を論じている別の箇所で、「もちろんわれわれはロレンスが労働者階級の環境の中で育ったということを知っている」(87) と述べるリーヴィスは、たとえロレンス研究では極めて基本的な情報とはいえ、そのようなロレンスの伝記的事実の認識を共有している読者を取り込んでいるのだ。本稿ではこれを「想像の読者共同体」——すなわち、広義の公共圏——ととらえる。

この引用にすでに見られるが、リーヴィスは論述の際、「われわれ(we)」という主語を極めて意識的に使用していると思う。「われわれはこう理解する」、「われわれは・・・を受け入れる」、「われわれは・・・と告げられる」といった語りは、形式的とはいえ、読者の共同体を想定し、リーヴィスの論理の枠にそれを取り込むだろう。主格 we、所有格 our、目的格 us を合わせた「われわれ」の使用は当該論文中七四回に及んでいる。もちろん、学術論文の作法として一人称複数代名詞を使用することは一般的なことだとの指摘もでき、その意味ではこの形式がリーヴィスのオリジナルであるということではないが、一般的にこの形式が用いられる場合でも、読者を意識するという点では両者に違いはないと主張できるはずである。

リーヴィスが語りかける「われわれ」は、リーヴィスの価値を共有する読者共同体である。あるいは強引に合意／同意を強要される「われわれ」読者と言ったほうが正確かもしれない。[4]「われわれ」と「それ以外」を峻別するために、微妙に用語の使い分けをしている箇所を指摘することもできる。「道徳意識の欠如」というエリオットによるロレンス批判に反論を試みる中で、リーヴィスは「牧師の娘たち」に読み

取れる「道徳意識」を力説しながら、きっぱりと

——誰がそれを見誤ることがあろうか——　(95)

と主張する。「牧師の娘たち」の道徳意識は明白であり、有無を言わせない形で自身の論理に対する理解を強要している。極めてリーヴィス的な形式である一方、「独善的」との批判を誘発する典型例でもあるだろう。価値判断の強引な共有を求める形式は裏を返せば、これを共有しない読者は「われわれ」ではない、という論理を示唆する。この引用は次のように続く。

メアリー嬢がマッシー氏を受け入れることを可能とした道徳観にちかい「道徳観」を持って読む場合のみ、それを見誤るであろう。(96)

本引用の中で、「見誤る」主体［主語］は「one」で表されている。すなわち、oneで代表される読者はリーヴィスの主張がわからない読者であり、彼の価値を共有できる（／すべき）「われわれ」と区別しているのだ。リーヴィスとは別基準の読者——たとえばエリオットかもしれない——を想定してoneを使用している。

リーヴィスが想定し語りかける「われわれ」がもう少し詳しく説明されているところがある。先にも取り上げた、ルイーザがマッシー氏を拒絶する場面において、ルイーザの判断基準が正当なものであることを論じるリーヴィスは次のように書いている。

それら［その判断基準］は創作的文学を読む能力のあるどのような読者にもそのように受け取られるに違いないと考えないことは困難である。(97)

やや持って回ったようなややこしい文章だが、要は、リーヴィスの判断を共有する「われわれ」は、文学を「読む資格のある (qualified to read)」読者であると言っていることはわかるだろう。かなり大胆な主張でもあるが、ではだれがその「資格」を与えるのか？　それはおそらく、リーヴィス本人しかいない。

同じように、論の終盤では次のような言い方もしている。炭坑夫として、生の喜びを感じているアルフレッドを論じている箇所である。

炭坑夫を想像的に表現する中で提示された真実は、この物語の教養ある読者には自明である。また、そのような読者は炭坑夫の生活を熱望するように扇動されているのではないということもわかるであろう。そうではなく、読者は同時にその意味を伝えられた真実は個人的適用が可能であることを悟るのである。(110)

リーヴィスが提示するのは「教養ある読者」であり、そういう読者は生の真実も自分のものとして理解できると述べているのだ。

まとめてみよう。リーヴィスは率直に評価を下し、価値を示した。それを個人的な判断にとどめるのではなく、（恣意的、独善的との批判はあっても）読者という共同体、公共圏を想定することで、合意あるいは公論のレベルにまで高めようとする。それは極めて限定的であり、エリート主義との批判もまぬがれない「有能な読者」によって構成される公共圏だったかもしれない。リーヴィスが「コモン・リーダー」としての、ジョンソン時代の均質な公共圏にあこがれていたことが想起される。とは言え、いくつかの限定条件のもとではあれ、リーヴィスの文学批評という活動が、公論形成を理想とするものであったということは言えるであろう。リーヴィスの文学批評は「公共圏」の概念・理念とは切り離せないのだ。

おわりに――まとめと課題

リーヴィスの英文学は、当時のアカデミズムの主流に抗い、文学作品を鑑賞・判断し、評価することに主眼を置いた「批評」であった。実際、相当に大胆で、独善的な評価も目立ったことから、それに対する反発も大きかった。本稿は、リーヴィス批評のこうした側面だけでなく、というよりむしろそれ以上に、批評の共同性を重視するという特徴に注目してきた。「牧師の娘たち」論を具体例として取り上げ、この点の検証を試みた。おそらく、筆者の知見の及ぶ範囲において、リーヴィスの当該論文にこのような視点からアプローチした論考はない。読者集団というある種の「想像の共同体」を想定しながら、強引に――この解釈が成功しているか否かの判断は留保しつつ――リーヴィス自身が示す「牧師の娘たち」解釈、ひいては価値判断を、私論としてではなく公論として提示している様子に注目した。

公論の形成という主題は、現代社会や文化に対するリーヴィスの問題意識と結びつけられるものであった。すなわち、教養ある読者層のコンセンサスによる文化水準の維持をめぐる問題である。これを公的な領域における意見表明そして合意形成の問題としてとらえる公共圏をめぐる議論としてとらえ直し、リーヴィス再考の意味を見出そうというのが本稿の試みであったと言い換えてもよい。リーヴィスの文学批評には公共圏は必須だったのだ。

文学批評と公共圏をめぐる問題は、中産階級市民としてのブルジョワジーの興隆の時期などとの関連において議論されることも見た。その誕生と変容を論じたホーエンダールやイーグルトンの議論を紹介したのは、リーヴィスの批評（公共圏議論）を、歴史的パースペクティヴの中に収めることを通して、今後のリーヴィス研究自体を歴史の中でとらえることへの準備作業であったという側面もある。ホーエンダールやイーグルトンらの議論は、文学公共圏の問題であると同時に、その土壌となった近代および近代の変容の問題としても考えていくことができるはずである。

公共圏の議論は、文学的議論にはとどまらず、アレントやハーバーマスがもたらした波紋の大きさからもうかがえるように、他方面の分野との対話の可能性も示唆するものである。ここであえて想起するとすれば、リーヴィスの英文科構想も、文学に閉じることなく文化や社会問題全般を射程に入れようと企図されたものであった。(5)

アレントやハーバーマスとリーヴィスを比較検討することは、本稿の射程を越えたものであるということは「はじめに」で断ったが、リーヴィス批評と公共圏の問題に限った本稿の議論を終えた現時点での課題を最後に記すことにする。ひとつは、リーヴィスの公共圏の影響を具体的に検証することである。リーヴィスの言論活動をめぐる賛否の反応には若干本稿でも触れたが、より具体的に反響を観察し、合意形成のプロセスを跡づけていくことができれば、リーヴィス批評の影響力をより説得的に示すことができるだろう。もうひとつは、リーヴィス公共圏の性格に関することである。ここには、公共圏とは何か、といった根本的な議論も関係してくるかもしれない。本稿では断ってきたように、一定の公的な議論といった広義の理解に基づいた「公共圏」を議論してきた。しかしながら、イーグルトンの批判などにうかがえるように、そもそもリーヴィスの時代に公共圏は存在しないという議論も可能である。あるいはエリート主義過ぎるという批判。本稿ではイーグルトンの批判への反論はできなかったが、公共圏のそもそもの性格に関しては、ハーバーマスをめぐる議論などと結んだ展開も考えられるかもしれない。少し違う意味での公共圏の性格については、本稿でも導入的には触れたつもりだが、リーヴィスの「生」の思想や道徳論などと公共圏での議論の関係、また啓蒙思想との関係などを検証すれば、英国文芸批評の系譜などの観点から、歴史的に論じることができるのではないか。拙稿における議論の結果見えてきた今後の課題として、別稿で論じることを目標としたい。

(＊本稿の一部は、二〇一四年六月七日に相模女子大学で開催された日本ロレンス協会第四五回大会におけるシンポジウム「ロレンスと共同体」において、「リーヴィスと批評の共同体」と題して報告を行った時の原稿に基づいている。)

注

（1）一八世紀ブルジョワ公共圏の誕生に関する議論では、対絶対君主という文脈を強調するホーエンダールに対して、イーグルトンの場合は、合意できるところでは貴族階級と協同しつつ、歴史的同盟関係のうちに階級間団結をしていった英国における支配ブロックという点を強調している。（一五―一七頁参照）

（2）以下イーグルトンからの引用は大橋洋一氏の訳文を使用している。引用ページも翻訳書のページを示している。

（3）同じくこの疑問形に着目してイーグルトンは、「リーヴィスのいう模範的批評定式は、対話を重視するその開放性のなかに、「イエス」の答えを無理強いするある種の権威主義をちゃんと忍びこませていたのだ」と述べている。（一〇七頁）

（4）注(3)で紹介したイーグルトンの指摘――すなわち、「『イエス』の答えを無理強いするある種の権威主義」という指摘――は、"This is so, isn't it?" の形式のみでなく、これら全般的な断定論調にもあてはまると言えるだろう。

（5）石原「F・R・リーヴィスと英文学部の理想」を参照。

引用文献

Anderson, Perry. "Components of the National Culture" *New Left Review* 50（1968）.

Bentley, Eric. "Introduction" *The Importance of Scrutiny*. New York: New York UP, 1948.

Bilan, R.P. *The Literary Criticism of F.R.Leavis*. Cambridge: CUP, 1979.

Cronin, Anthony. "A Massacre of Authors" *Encounter*. Vol. VI, No. 4.（April 1956）.

Eagleton, Terry. *The Function of Criticism*. London: Verso, 1984（大橋洋一訳、『批評の機能』紀伊國屋書店）.

Greenburgh, Martin. “The Influence of Mr. Leavis” *Partisan Review*. Vol. XVI, No. 8（August 1949）.

Heyl, Bernard. “The Absolutism of F. R. Leavis” *The Journal of Aesthetics and Art Criticism*. Vol. 13, No. 2（December, 1954）.

Hohendahl, Peter. *The Institution of Criticism*. Ithaca and London: Cornell UP, 1982.

Jarrett-Kerr, Martin. “The Literary Criticism of F. R. Leavis” *Essays in Criticism*. Vol. II, No. 4（Oct. 1952）.

Jones, Allun. “F. R. Leavis and After” *The Critical Quarterly*. Vol. 1, No. 3（Autumn 1959）.

Lawrence, D.H. “Daughters of the Vicar” *The Prussian Officer and Other Stories*. Cambridge: CUP, 1983.

Leavis, F. R. *The Common Pursuit*. London: Chatto and Windus, 1952.（*CP*）

——. *D. H. Lawrence: Novelist*. 1955; Harmondsworth: Peregrine Books, 1964.（*DHLN*）

——. *Education and the University*. 1943; Cambridge: CUP, 1979.（*EU*）

——. *For Continuity*. 1933; Freeport, New York: Books for Libraries Press, 1968.（*FC*）

——. *The Great Tradition*. 1948; Harmondsworth: Peregrine Books, 1962.（*GT*）

——. *How to Teach Reading*. Cambridge: The Minority Press, 1932.（*How*）

Leavis, F.R. and Denys Thompson. *Culture and Environment*. London: Chatto and Windus, 1933.（*CE*）

Lerner, L. D. “The Life and Death of *Scrutiny*” *London Magazine*（January 1955）.

McCallum, Pamela. *Literature and Method: Towards A Critique of I. A. Richards, T. S. Eliot and F. R. Leavis*. Dublin: Gill and Macmillan, 1983.

Priestley, J. B. “Thoughts on Dr. Leavis” *The New Statesman and Nation*. No. 10（1956）.

アレント、ハンナ『人間の条件』志水速雄訳、ちくま学芸文庫、一九九四年。

石原浩澄「F・R・リーヴィスと英文学部の理想」(『立命館法学』別冊　竹治進教授退職記念論集『ことばとそのひろがり(5)』立命館大学法学会、二〇一三年三月)。

ハーバーマス、ユルゲン『公共性の構造転換』細谷貞雄・山田正行訳、未来社、一九七三年。

労働者階級の肉体に映し出される中産階級の恐怖心と羨望
——「牧師の娘たち」、「ヘイドリアン」、後期エッセイに見る階級観の変遷と相克

岩井 学

序

晩年に近い一九二七年に執筆されたエッセイ「私はどの階級に属するのか」（"Which Class I Belong To"）の中で、ロレンスは労働者階級と中産階級に対するアンビバレントな心情を吐露している——「[……]私自身は決して労働者階級に戻ることはできません。無知蒙昧で愚鈍、偏見に満ち集団の感情に突き動かされる人々に。しかしわたしは、同朋との昔からの深い血の繋がりを捨てて、中産階級に順応してしまうこともできないのです」（*LA* 39）。この言葉が示唆しているように、ロレンスは二つの階級に対する複雑な思いを終生抱きつづけ、そのためこれら相対立する階級の描写も執筆時期によって異なるものとなった。例えば『息子と恋人』（*Sons and Lovers*）では主人公ポール・モレルは、父親の体現する坑夫たちの世界

に拒否反応を示し、母親の持つ中産階級的価値観を受け入れる。しかし後期のエッセイでは逆に、表層的で生命力の欠如した、物質主義に偏る中産階級が弾劾され、炭坑夫の肉体的力強さや連帯感が盛んに称揚されるようになる。[1]

労働者階級を忌諱するにせよ擁護するにせよ、ロレンスは自分が炭坑夫の息子だということを決して忘れたことはなく、階級という問題に対しては常に敏感に反応した。しかし彼のテクストが分析の俎上に載せられる時、階級の問題は多くの場合副次的な要素としてしか扱われない。一例を挙げれば「性的アンビバレンス」(46)を重視するジャニス・ハバード・ハリス(Janice Hubbard Harris)は「牧師の娘たち」を分析する際に、「ロレンスは最終的には階級を中心的関心事として捉えず、代わりに登場人物の精神のより深くに埋め込まれた葛藤に焦点を当てる傾向にある」と論じる(55)。[2] ロレンスのテクスト分析において、セクシュアリティが重要な問題となり得ることは論を待たないが、しかし彼の描く階級に焦点を当て、そのイデオロギー的側面を当時の歴史的文脈から探ることで、これまで明らかになっていなかったテクストの別の断面が見えてくるのである。[3]

中産階級による、中産階級のための娯楽であった小説が、二〇世紀に入り労働者階級にも解放されると、階級間の軋轢や階級制度に対する疑義が一つのテーマとして描かれるようになる。特に一九三〇年代になると労働者階級出身の書き手たちが活躍を始め、自分たちの階級と、それを牛耳る支配階級との政治的軋轢が作品の大きなテーマとなっていく。ロレンスの生前には、ジェイムズ・C・ウェルシュの『地下世界』(一九二〇年)、エレン・ウィルキンソンの『衝突』(一九二九年)などで炭鉱が舞台となったが、一九三〇年代になるとダラム出身のハロルド・ヘスロップ、ダービシャー出身のウォルター・ブライアリー、ウェールズのルイス・ジョーンズといった、炭鉱町で生まれ育った作家たちが作品を発表するようになっていく。[4] これらの作家たちのテーマは、多くの場合資本家とプロレタリアートの政治的対立であり、そこでは自分たちを理不尽に搾取するブルジョアに対して体を張って戦いを挑む炭坑夫とその家族たちの物語が紡がれていく。しかしロレンスが描く階級間の軋轢は、他のプロレタリア作家たちの描くものとは本質的に異なっている。ロレンスの場合、『危機一髪』(*Touch and Go*)などの稀な例外を除いて、資本家と労働者の政治的対立がテーマとなることはほとんどない。ロレンスにおける中産階級と労働者階級の軋轢はむしろ文化的なものであり、それは例えば異なる階級間の恋愛と結婚といった形で初期の『白孔雀』(*The White Peacock*)や『息子と恋人』から晩年の『チャタレー夫人の恋人』(*Lady Chatterley's Lover*)までを貫いている。

また一九三〇年代には、労働者階級作家の台頭と同時に、中産階級出身の作家も炭鉱を舞台にした作品を生み出すようになっていった。中産階級の作家たちは、彼らそして彼らの読者にとって未だ未知の世界であった労働者階級の中に入っていき、自分たちの世界とはほど遠い過酷な環境の中で生きる労働者たちの姿をドキュメンタリーという形で描いていったのである。J・B・プリーストリー(J. B. Priestley)はサウサンプトンからバーミンガム、ノッティンガム、マンチェスターを経由しニューカッスルまで旅し、一九三四年に『イングランド紀行』(*English Journey*)を出版した。経済不況の中で日々の糧を得ようと働く労働者たちが、プリーストリーの雑感とともにそこには描かれている。中でも社会の底辺で生きる炭坑夫たちの実態を描いた第一〇章「イーストダラムとティーズ川へ」はこの旅行記の中で最も強烈な印象を残す。この章からインスピレーションを得たジョージ・オーウェル(George Orwell)は、北イングランドの炭鉱町で実際に炭坑夫として働き、その体験をもとに、劣悪な労働、居住環境の中で生きる坑夫たちの姿を『ウィガン波止場への道』（*The Road to Wigan Pier*）で描いた。またこの時期イギリスの映画産業も、工業化の進む現場で働く労働者たちを取り上げたドキュメンタリーを発表していく。このジャンルの映画で最も影響の大きかったものの一つに、一九三五年の『採掘切羽』（*Coal Face*）がある。プロデューサー、ジョン・グリアソンのもと、詩人のW・H・オーデンや作曲家ベンジャミン・ブリテンが集い、アルベルト・カヴァルカンティが監督を務めたこの一二分のフィルムには、地下の切羽で汗を流すウェールズの炭坑夫たちが活写されている。この映画に代表されるように一九三〇年代には、労働者たちを題材にしたドキュメンタリーが隆盛を極めた。ただ留意すべき点は、このような中産階級の労働者への眼差しは、この時期に特有のものではないということである。そのルーツはヴィクトリア時代にある。ヴィクトリア朝後期に中産階級が「知られざるイングランド」に分け入り、ルポルタージュを物していったように、一九三〇年代のドキュメンタリー作家たちも、階級の壁を越え労働者たちの中に分け入り、作品を生み出していった。中産階級にはヴィクトリア朝以来、博愛主義の伝統が脈々と息づいているのであり、一九三〇年代のドキュメンタリー作品群の背後にもその残滓を垣間見ることができるのである。[5]

このように見てくると、炭坑夫たちに対して一定の距離をとりつつも第三者としての立場をとり得なかったロレンスの炭坑夫表象は、二〇世紀の文学テクストの中で特異な位置を占めているように見える。ロレンスは他の労働者階級出身の作家たちとは異なり階級間の政治的軋轢をテーマとせず、また中産階級出身の作家たちの間で流行ったドキュメンタリーを残したわけでもない。そこで本稿ではロレンスの三つの時期からテクストを取り上げ、階級の問題がどのようにテクストに刻まれているのか分析してみたい。

まず最初に俎上に載せるのは、第一次大戦前に執筆された「牧師の娘たち」("Daughters of the Vicar")である。次に第一次大戦末期から終戦後に執筆、改訂がなされた「ヘイドリアン」("Hadrian")(「触れてきたのはそちら」["You Touched Me"])、そして最後に、ロレンスの最後の五年間に執筆されたエッセイを取り上げる。「牧師の娘たち」と「ヘイドリアン」はどちらも、とある炭鉱町で住民たちから半ば孤立して暮らしていた中産階級の家庭に労働者階級の男が入り込み、その家庭を混乱に陥れる、という同じパターンのプロットである。どちらの物語も、一見すると時代遅れで融通の利かないブルジョア社会に対する強烈な皮肉となっている。物語には生命力を欠き感受性に乏しい中産階級の人物が登場し、ヴィクトリア朝の社会改良家よろしく労働者の中に分け入っていくが、彼らの博愛主義もどきの行動が両者の関係をかえって悪化させてしまう。後期エッセイになると、中産階級に対するロレンスの弾劾は激しさを増し、それと反比例するように労働者階級を賛美するようになる。しかしながらロレンスのテクストは、反中産階級的と単純に一括りしてしまえるようなものではない。それらが執筆された時代の社会的、政治的文脈に置いて分析することで、ロレンスのテクストの持つ重層的側面が明らかになる。ヴィクトリア朝後期から二〇世紀初頭にかけては、労働者階級が台頭し、イギリス社会におけるブルジョアジーの覇権が大きく揺らいだ時期である。ロレンスの初期・中期のテクストには、台頭する下層階級に対する中産階級の警戒感や恐怖心の変遷が刻印されている。また晩年における労働者賛美は、それ自体が中産階級的身振りとなる。本稿では、ロレンスのテクストは、ある一面ではブルジョア批判を展開しながらも、同時にそこには当時支配的であった中産階級のイデオロギーと共振する部分があることを論じてみたい。

「牧師の娘たち」

ヴィクトリア朝末期の炭鉱町オールダクロスが舞台となっている「牧師の娘たち」は、中産階級と労働者階級との関係を軸にストーリーが展開されていく。タイトルにもなっている姉妹のメアリーとルイーザは、さびれた牧師館に住むリンドリー家の娘である。二人の父で階級意識丸出しの牧師リンドリーは、炭坑夫たちを自分たちとは本質的に異なる人種だと信じ込んでいる。このリンドリー氏が病に倒れると、牧師館は家系も良く財産もある若い牧師エドワード・マッシーを迎え入れ、彼はその後メアリーの夫となる。しかしながらマッシーは身体的にも精神的にも歪んでおり、ルイーザは姉がこの感受性の欠如した人物と結婚したことを許すことができない。そのような折に彼女は、軍役から帰還し炭坑夫となったアルフレッド・デュラントと知り合い、彼や彼の母親との交流を通して、彼らの中に自分たちの階級が失った自然な感情や生命力といったものを見いだす。病の床についたアルフレッドの母はルイーザに、自分の代わりに息子の背中を流してあげてほしいと言う。彼女の依頼を受けたルイーザは、煤に黒ずんだ湯から現れたアルフレッドの肉体に触れ、エピファニーの瞬間を迎える。

彼の腕が漬かっていた湯は真っ黒で、石鹸の泡も薄黒く汚れていた。彼女には人間がそこに漬かっているとはとても思えなかった。［……］その中で彼は、二本の腕をたらいにまっすぐ入れて肩の重みを支え、何かを待つようにじっとしていた。艶めいていない皓白の肌には染み一つなく、美しかった。だんだんとルイーザには分かってきた――これも彼の一部なのだ。彼女は魅了された。［……］胸が熱くなった。この美しく、輝くような男の肉体に接し、ある種の結論に達した。人を寄せつけない白い熱を放っているかのような彼を彼女は愛しているのだ。［……］彼女の心は今まさに開き、もう一つの心を見ようとしていた。彼女は受胎したかのような不思議な感覚を味わった。（*PO* 72-73）[6]

生命力を秘めた男性の肉体を目の当たりにするという、これまでの人生では決して経験することのなかった体験をしたルイーザは、この炭坑夫との愛を貫くために家族の元を離れる。このようにこの短編では、牧師の娘たちの対照的な人生を描きながら、時代遅れになりながらも頑に変化を受け入れない中産階級を揶揄すると同時に労働者階級に新たな生の可能性を付与しており、これまでの批評も概ねこの線にそっている。[7] しかしながら第一次大戦前夜という時代の文脈に置いてみることで、このテクストには新たな読みの可能性が開かれるのである。

オールダクロスに新たな教会を建てる場面から始まる物語の冒頭部分には、階級間の緊張状態が暗示されている。

こうした新しい住民である炭坑夫たちの便宜を図るために、オールダクロスに新しい教会を建てる必要があった。費用はあまり掛けられなかった。そこで、石とモルタルでできた、うずくまった二十日鼠のような小さな建物ができあがった［……］。それは不安げにおどおどしているかのようなたたずまいであった。そこで人々は葉の大きなツタを植え、しぼんだような新しい建物を隠そうとした。そのため小さな教会は現在、ツタの緑にすっかり覆われてしまい、野原に打ち上げられて眠りについているかのような風情であったが、一方その周囲にはレンガ造りの家々がぐいぐい迫ってきていて、今にも教会を押し潰さんばかりであった。教会はすでに古びた館と化していた。(40)

ツタに完全に覆われひっそりと佇む「小さな教会」を押し潰さんばかりに炭坑夫たちの赤レンガ住宅が増殖する様子を描くこの場面は、台頭し始めた労働者階級が、その地域を支配する富も社会的ステータスもすでに失った中産階級を威圧する状況を比喩的に描いている。実際に牧師は、労働者階級による体制転覆の脅威を常に感じているのである。

[……] リンドリー氏は、自分自身を議論の余地無く上流階級或いは支配階級の一員と考えていた。土地の名家には頭を下げねばならなかったが、とはいえそれでも彼はその階級に属するのであって、庶民とはそもそも異なるのである。彼はこの点に何の疑いも持たなかった。

ところが豈図らんや炭鉱町の住民たちは、このような世の道理を歯牙にもかけないことが彼には分かってきた。彼らの生活にはリンドリーがいようがいまいが何の影響も無く、住民たちはそれを平然と彼の前で口にした。[……] 男たちは [……] 彼に対し、先入観に満ちた軽蔑を込めて、冗談めかして侮蔑の言葉を吐いた。それを前にリンドリーはどうすることもできなかった。(40-41)

牧師の妻も住人たちに対して威圧的に振る舞おうとするが、彼らの軽蔑と失笑を買う。妻は家に籠るようになり、子孫を生み続ける――「子どもは毎年一人ずつ生まれた。ほとんど機械的に、彼女は自分に課せられた母親としての義務を遂行し続けた」（41）。中産階級のこの女性が「プロレタリアート」の元々の語義――子孫を産むことによって国家に奉仕する者――のパロディを演じるのは何とも皮肉である。

労働者階級が支配階級を脅かすこの状況下で、リンドリー家はヴィクトリア朝の伝統に基づく中産階級の規範に立ち帰り、教会と博愛というヴィクトリア朝期に最も信奉された二つの理想を体現するようになる。両親は娘たちに、階級の優越感に基づいた中産階級の価値観を植え付けていく――「両親は娘たちを家で教育し、非常に誇り高く非常に上品ぶった娘たちにし、周囲の粗野な連中を遠ざけ上流階級に相応しくなるよう、有無を言わさず叩き込んだ。［……］リンドリー夫妻は［……］子どもたちを容赦せず押さえ込んで剪定（せんてい）し立ち振る舞いを身に付けさせ、野心を植え込み、そして上流階級の責務という重荷を背負わせた」(41-42)。その結果娘たちは、中産階級の伝統である社会改良に乗り出していく。片や牧師と結婚し、片や炭坑夫と結婚するという、一見対照的に見えるメアリーとルイーザであるが、両者の人生は中産階級の伝統である下層階級の救済の二つの異なる実践である。

メアリーは、ヴィクトリア朝的博愛主義の権化とも言うべきマッシーと結婚することで、自らの伝統に従っている。マッシーは「責務に対する自覚という点では完璧だった。キリスト教というものに対する彼の理解の範囲内では、彼は完璧なキリスト教徒だった。自分が誰かに対してしてあげられると考えたことは全てやった［……］。今日もせっせと病人の世話をし、リンドリー氏が管理していた教区や教会の諸問題を調査し、帳簿の帳尻を合わせ、病人と貧乏人のリストを作り、手助けが必要なところや自分ができることは無いかとてくてくと歩き回っていた」（49）。中産階級的価値観を植え付けられているメアリーは、結婚前から未来の夫を敬い、彼に尽くすことが自分の務めだと信じている――「彼の行いを見れば、メアリー嬢は彼を尊敬し、誇りに思わないわけにはいかないのだ。そうなれば必然的に、彼女は彼に付き従わねばならないのである」(50)。マッシーが教区を回る時メアリーは必ず彼のお供をし、かいがいしく夫に尽くす。このように牧師の妻としての務めを果たすことで、彼女は中産階級の博愛主義を実践する。

一方ルイーザは、ヴィクトリア朝後期の中産階級の社会改良家たちが「知られざるイングランド」に分け入っていったように、エキゾチックな世界への好奇心に駆り立てられ、労働者階級の中に入っていく。そのことを示すように、自分の属する腐敗し感性の鈍った階級とは対極にあるように見えるデュラント家の描写は、中産階級であるルイーザの目を通し「別世界の」、「奇妙でわくわくする」、「好奇心をそそる」(71, 73)といった形容詞とともに描かれ、そしてまた彼女の目を通してアルフレッドが力強い肉体を持った逞しい存在であることが描かれていく——「水兵の青い上着の下で、呼吸につれて上下する彼の胸の美しい輪郭にルイーザ嬢は目を留めた」(52 強調引用者)。同時に彼女は、自分の姉と義理の兄を退化した存在と見なす——「ルイーザの目には、マッシー氏と結婚したメアリーは堕落した存在であった。崇高で気高い姉が、このような身体によって堕落させられたと考えるのは辛かった」(59 強調引用者)。力強い身体を備えた帰還兵というアルフレッドの人物造形は、一九世紀末から流行した人種退化論の影響を受けている。中産階級の視点からすれば、アルフレッドは地方の労働者の理想像そのものである。退化論によれば、都会の安逸な生活と機械化された労働の有害な影響によって、イギリスの都市の住民は堕落してしまったとされた。それゆえ世紀転換期に、多くの兵役志願者が身体的理由から不合格となった事実は、国民全体が身体的に退化しているとの支配階層の危惧を一層煽り立てた。この文脈からすると、力強い肉体を持ち、軍隊経験もあるアルフレッドは、中産階級にとって典型的な理想的労働者である。

しかしながらこのテクストは、下層階級に対する中産階級のアンビバレントな心理状態を詳らかにする。屈強な労働者は、中産階級から見て賞賛の対象であると同時に、物語の冒頭部分が示していたように自分たちの支配を脅かす恐怖の対象でもあるのである。テクストにはこの相反する感情が刻まれており、物語の後半部は中産階級の抱く不安を解消するテクストとして機能する。テクストの後半部では、軟弱な中産階級と逞しい労働者階級という二項対立が無効化され、そして最終的に後者が排除されるのである。

ルイーザがアルフレッドに投影するロマンティックなイメージとは異なり、テクストはこの坑夫の内面的不能を明らかにする。肉体的な強さは備えていても、内面的には不具であることが次第に明らかにされるのである。彼は軍務をへて帰還するものの、「少年のようにナイーヴで青二才」であり「汚れを知らない」(67)。観念的には女性も平気で、他の男性たちと噂話や猥談も楽しむが、「しかし自分に気がありそうな女性を目の前にすると、それが生身の女性だということを考えただけで、その女性に触れることができなくなった。この欠陥は、自分の中の腐敗の核のように感じられた」(67 強調引用者)。女性を観念的にしか捉えることができず、肉体的接触を忌諱する、ある種の不具者として造形されているアルフレッドは、この点でマッシーと同類である。

ここでルイーザが彼の救済者として登場する。背中を流すときに彼の身体に触れたルイーザは、彼の母親の死後再び彼のもとを訪れ、彼にアプローチする。彼女は彼に愛の告白をし、彼を抱擁する。このことでアルフレッドはこれまで経験したことのなかった新たな感情の世界を知る。中産階級による救済のパロディであるかのように、男性として独り立ちすることのできない下層階級の男にルイーザは手を差しのべる。しかしこのことも彼を本質的に変えるにはいたらず、彼は受身のままである。その後も彼は彼女の言いなりのまま、彼女の両親に結婚の許可を願い出るだけでなく、二人でカナダへ移住せよとの牧師の要求にも唯々諾々と従ってしまう。彼は最後まで精神的不具者である。

この結末は中産階級の読者に安堵をもたらすであろう。労働者階級出身の元軍人は植民地へと追放され、物語冒頭で示唆されていた下層階級の社会的脅威は容易に除去し得ることが暗示される。世紀転換期の移民政策には、社会の下層民を排除するという政治的な意図が含まれていた。救世軍の創始者であるウィリアム・ブース（William Booth）は移民政策を、イギリス国民の「再生プロセスの最終段階」であると捉えていた（143）。彼は「移民は社会にはびこるこの害悪の唯一の治療法である」とし、貧民の大規模な移民を唱えている（145）。以上のように「牧師の娘たち」は、凝り固まった行動様式や偏見に捉われた中産階級をある一面では批判的に描きながら、しかし同時に、労働者階級を賞賛と恐怖の対象として捉える中産階級のアンビバレントな態度が書き込まれ、労働者とそれになびく不埒な娘を追放することで、最終的には労働者階級による体制の転覆という、中産階級にとっての脅威は取り除かれるのである。

「ヘイドリアン」

「ヘイドリアン」の舞台となっている、ある炭鉱町のブルジョア家庭でも、中産階級の伝統に則って、もはや時代遅れとなった博愛主義が歪んだ形で実践される。すなわちロックリー家では父親は利己的理由から孤児を引き取り養育し、娘は成長したその養子に意図せず手を差し伸べる。先の物語の牧師館同様、「ヘイドリアン」冒頭部のポタリー館の描写には、中産階級の没落が暗示されている。

ポタリー館はレンガ造りの四角く不格好な家で、製陶場も含めた敷地全体を囲む塀の中にあった。確かに館とその敷地は、垣根によって、屋外の作業場と工場から部分的に隠されてはいた——しかし部分的でしかなかった。垣根の隙間から覗くと、打捨てられた屋外の作業場と、窓の多い、工場のような製陶場が見え、生垣越しには煙突や納屋も見えた。しかし生垣のこちら側には感じの良い庭と芝生が広がり、その向こうには楊柳が一本立つ池があった。かつてはその池から作業場に水が供給されていた。

製陶場自体は現在は閉鎖されていて、屋外の作業場へと通ずる大きな扉は永遠に閉ざされていた。ほつれた黄色い藁が飛び出た大きな編み籠が、荷造小屋の横に山のように積まれていることはもうなかった。うずたかく荷物を積んだ荷車が、逞しい馬に引かれて丘を下っていくことももうなかった。粘土で汚れた作業着を着て、顔や髪の毛には小さな灰色の泥のしぶきを付けた製陶場の女工たちが、男工たちと大声を上げたりふざけあう光景ももう見られなかった。これらは全て過去のことなのだ。

(*EME* 92)[8]

経営者一家の住居と労働者の作業場とは垣根で区分されており、後者はとうの昔に閉鎖され、打捨てられている。「感じの良い庭と芝生」といった牧歌的道具立ては中産階級の虚栄や虚飾を露にし、もはや一家が住むのみとなった「不格好な」館のわびしさを一層増幅させる。このポタリー館は、羽振りの良かったブルジョアが、父権的博愛(パターナリズム)に基づく家族的経営のもと労働者たちを雇用していたヴィクトリア朝時代の遺物と成り果てている。

半化石化した中産階級のこの屋敷は、今や血気盛んな労働者たちの群れに取り囲まれている——「外の通りでは、炭坑夫や彼らの飼っている犬や子どもたちが絶えず騒ぎ立て、騒々しかった。しかし製陶場の塀の内側は打捨てられたように静かだった」(93)。このような状況の中、二つの階級間には修復不可能な溝ができていた。下層民と交わることは、中産階級の空虚なプライドが許さない。

> マティルダとエミーはすでに婚期を逸していた。産業で成り立っている地方では、庶民とは桁の違う額の遺産を相続する見込みのある娘が夫を見つけるのは容易ではなかった。醜悪な産業都市には男たち、適齢期の男たちで溢れていた。しかしそのような男たちは皆、炭坑夫だったり陶工だったり、要するに単なる労働者であった。ロックリー家の娘たちは、父親が亡くなった時にはそれぞれ約一万ポンドの遺産が入るのである［……］。〔娘たちは〕そのような莫大な財産を、単なるプロレタリアートの一員に軽々しく投げうってしまうことを潔しとしなかった。(92-93)

一家の長であるテッド・ロックリーは「幾ばくかの教育を受けた知的な男であったが、労働者たちの輪の中にいることをむしろ好んだ」人物であった(93)。『恋する女たち』のトマス・クライチ同様、彼は家庭的経営を志す一世代前の経営者であり、その次の世代の者たちが労働者を、利益を生み出すための単なる道具としか捉えなかったのとは対照的に、この家長は労働者たちに同情を寄せ、階級間の和を重視し互いに協力しあうという家族的経営を目指していた。それゆえ孤児院から遺児を引取って養育するという行為は時代遅れの中産階級的博愛主義のパロディであり、この行為の実際の理由が慈悲心からではなく、女性ばかりの家庭に嫌気がさしたという理由であるところに、中産階級に対する皮肉が込められている。

父親の疑似博愛によって連れてこられたこの孤児は、一家の娘たちにとっては、異なるカースト出身の異質な存在である――「ヘイドリアンは孤児院育ちの極々平凡な男の子であった。茶色がかった平凡な髪の毛に青みがかった平凡な瞳をして、ややロンドンなまりの平凡な言葉を喋った。ロックリー家の娘たちは［……］この少年が自分たちの元へ飛び込んできたことを快く思わなかった。注意深い、孤児院育ちの本能で、少年はそのことをすぐに見抜いていた」(93)。結局双方の間に階級の壁を越えた関係は構築されず、一五歳になるとヘイドリアンは感謝の言葉もなくこの家を去り、カナダへと移住する。その後第一次大戦が勃発すると、彼は従軍しヨーロッパで銃を取り、そして休戦後に帰還兵としてポタリー館にひょっこり現れる。ロックリー家の姉妹は五年ぶりに姿を現したヘイドリアンが父の遺産を狙っていると睨み、両者の溝は深まるばかりである。

ここで博愛主義のパロディ的行為が再演される。ある夜、長女マティルダは、病の床にあった父親を見舞うつもりで父の部屋へと向かう。しかし彼女は、帰還したヘイドリアンがその部屋を使っていたことを忘れていた。そのため彼女は本来の意図とは異なり、父のベッドに横たわるヘイドリアンに手を差し伸べ、触れてしまう。上層階級からの誤った優しさを感じとったヘイドリアンの中に欲望が湧き上がる――「しかし彼の顔に触れた彼女の手のひらの、あの柔らかく後を引くようなぬくもりがヘイドリアンの魂を揺さぶった。彼は孤児院育ちの少年で、一人孤立し壁を作っているようなところがあった。彼は頬を撫でられた時の可憐な繊細さに揺さぶられ、未だ知らぬものの存在を知った」(100)。誤って下層階級に手を差し伸べたマティルダの行為の結果、予期せぬ、望みもしない事態が彼女の上に降り掛かる。触れられたことで覚醒したヘイドリアンは、彼女と結婚するという考えに捉われてしまう。しかし彼の野心を突き動かしているのはロマンティックな願望ではなく、むしろ上位の社会階層への憧れであり、本来自分を虐げるはずの階級を逆に自分が支配したいという、ヒエラルキー転覆の欲望である。

> ヘイドリアンはマティルダをじっと眺めた。彼女は美人ではなかった——鼻は大きすぎ、顎は小さすぎ、首は細すぎた。しかし肌は透き通ってきめが細かく、彼女には**育ちの良さからくる繊細さ**があった。この不可思議で華麗な、**育ちの良さからくる資質**は、父親譲りのものだった。孤児院の少年は、細く長い彼女の指、指輪をはめた白い指にそれを見て取った。老いた主の中に見ていたのと同じ魅力を、彼は今この女性の中に見出したのである。彼はそれを我がものにしたいと思った。自分がその支配者となることを望んだのである。（100 強調引用者）

ロックリー家の娘たちを恐怖に陥れるヘイドリアンは、第一次大戦後のイギリス社会の中で中産階級によって広く共有された、労働者階級に対する脅威を体現する人物である。第一次大戦は、イギリス社会に大きな構造的変化をもたらした。なかでも労働者階級の台頭は目覚ましく、存在感を増す彼らに中産階級は自分たちの地位が脅かされる恐怖を感じずにはいられなかった。「牧師の娘たち」で見たように、すでに大戦前から中産階級の間には労働者階級に対する恐怖感は広まっていた。自由党の政治家でジャーナリストでもあったC・F・G・マスターマンは『イングランドの現状』（C. F. G. Masterman, *The Condition of*

England）の中で「労働者階級に対して、富裕層は蔑み、中産階級は恐れを抱いている」と述べている（66）。さらにマスターマンは、大衆の政治的権利の要求を中産階級がどのように捉えていたか、戯画的に描いている――「〔中産階級の者は〕『民主主義』のイメージを頭の中で以下のように作り上げていた――大声でがなり立て、独りよがりで我が物顔に振る舞う姿。それは喉の渇きが癒えることを知らず、満足な礼儀作法もできず、他人のすねに齧りついてやろうと虎視眈々と狙っている」（67）。第一次大戦期になると、組織的なもの、散発的なものも含め、抗議行動やデモが増えていく。大戦末期の一八年には選挙法が改正され、二一歳以上の男子全員に選挙権が与えられ、労働者たちの間に民主主義に対する意識が広まっていった。さらに二〇年代に入ると、デモや労働組合の活動が激しさを増し、ストライキはアナーキズムやボルシェヴィズムと結びつけられメディアで仰々しく取り上げられ、中産階級の不安は増幅されていった。[9]

さらに彼らの不安を煽ったのは、戦後、街中に溢れた夥しい数の労働者階級の帰還兵たちの姿である。ある者は四肢や視力を失い、またある者は精神に支障をきたし、街頭にたむろするその姿は、支配層の目には社会の安寧を揺るがしかねない脅威と映った。実際、「ヘイドリアン」執筆と期を同じくする一九一九年六月、イングランド南東部のエプソムで、泥酔で収監された同僚の保釈を求め、カナダ人兵士の一群が警察署まで練り歩いて警察署を焼討ちし、警官一人を殺害するという事件が起こった。さらに翌月にはイングランド中部のルートンでも帰還兵による暴動で市庁舎が焼討ちにあい、英国のメディアで大きく報じられた。[10]

第一次大戦の衝撃は「ヘイドリアン」に深く刻まれている。常に軍服に身を包んでいる「若き兵士」（98）であるヘイドリアンは、招かれざる客として「極めて不意に」（95）戦場からポタリー館に戻ってきて、館を混乱に陥れる。この不気味な青年はロックリー姉妹にとって、自分たちの支配する社会秩序を脅かす危険分子に他ならない――「マティルダは、ぴしっと着込んだ軍服姿をじっと眺めた。孤児院から連れてこられた少年の頃の雰囲気もまだ残ってはいた。しかし一人前となった今は無愛想になり、下層民の精力をたぎらせていた。彼女の父に対して、有産階級を糾弾する時の彼の声に感じられる、蔑みのこもった激情を彼女は思いだした」(97-98)。ヘイドリアンが中産階級の家庭にとって脅威となるもう一つの要因、それはこの元兵士がカナダで知った危険な政治思想――すなわち民主主義である。イギリスでは「庶民と経営者とは雲泥の差がある」が、カナダでは自分にも雇用主になるチャンスがある、とヘイドリアンは言う(97)。ロックリー家の姉妹はこの体制破壊的な思想を受け入れることができない。


「カナダとイギリスは何か違いがあるの?」とエミーは尋ねた。

「大有りよ。民主主義がはびこってるじゃない」とマティルダは答えた、「あっちではみんな対等だと彼は考えてるの。」

「でも今はここにいるんだから」、エミーは素っ気なく言った、「分をわきまえてもらわなきゃね。」(97)


姉妹のこの会話には、戦後の平等主義に対する中産階級の警戒感が如実に表れている。

このような危険人物にマティルダが誤って手を差し伸べてしまった結果、ヘイドリアンが彼女と結婚すると言い張ると、家長はその考えを歓迎し、彼女が承諾しなければ財産の全てをこの義理の息子に譲渡すると言い始める。父親の説得に失敗した姉妹は、ヘイドリアンに対してなだめたり脅したりするが、埒が明かない――「〔エミーは〕弁護士のもとへ走り、家に連れ帰ってきた。話し合いが取り持たれ、ウィトルは若者に脅しをかけて辞退するよう迫った――が無駄であった。次には牧師と親戚の者が連れてこられた――が、ヘイドリアンは彼らを眺めるのみで、返答もしなかった」（106）。中産階級が彼らの世界を治めてきた二つの中心的装置――法と宗教――が、この「危険で手に負えない孤児院の少年」には全くの無力である（104）。このようにヘイドリアンは、没落するブルジョア支配に対する危険な下層階級そのものである。

物語は、ヘイドリアンが手に入れた財産を持って新婦とカナダに渡るところで幕を閉じる。この結末は、老いぼれた家長を除くロックリー家にとって悪夢のシナリオである。「牧師の娘たち」も「ヘイドリアン」も、最後には労働者階級の登場人物がイギリスを離れカナダへと向かう。しかしながらこのことで危険分子を植民地へと葬り去ることができた前作とは異なり、「ヘイドリアン」では中産階級は事実上の敗者である――「『じゃあ決心してくれたんだ』とヘイドリアンは言い、輝く、思いやりすら感じさせる眼差しで、マティルダに愛想良い一瞥をくれた。彼女は彼を見下ろし、横を向いた。彼女は文字通りにも比喩的にも彼を見下していた。彼はしつこく我を押し通し、勝利したのだ」（107）。

このような対照的な結末は、第一次大戦の前と後での、対立する二つの階級の関係の変化を反映している。「ヘイドリアン」は、自分たちが支配していた社会に土足で踏み込んでこようとする労働者階級の侵入者に対して、中産階級がそれを阻止しようと無益な抵抗を試みる物語という相貌を現す。「牧師の娘たち」とは異なりこの物語では、中産階級はもはやプロレタリアの膨れ上がる野心を制御することはできない。社会悪を排除しようという移民政策ももはや機能しない。一方義理の息子の思いつきを聞くや否や考えを変えてしまうロックリー家の家長の死は、博愛主義というヴィクトリア朝の伝統の終焉のみならず、大英帝国の崩壊をも暗示している。ロックリーの姉妹にとって耄碌した父親は、反抗的な下層民によって操られ牛耳られているのである。このように「ヘイドリアン」は、一九二〇年前後の英国社会の寓話として読むことができる。テクストに刻まれているのは、崩壊に向かう大英帝国がプロレタリアに乗っ取られるという、戦後に中産階級が直面していた恐怖である。

労働者階級による体制の転覆という、中産階級が戦後抱いていた不安は、この時期執筆されたロレンスの他のテクストにも刻印されている。かねてから指摘されている通り「ヘイドリアン」と「狐」（"The Fox"）の類似性は明らかであり、労働者階級出身の帰還兵が中産階級の家庭に揺さぶりをかけるという同じパターンが繰り返されている。[11] また「盲目の男」（"The Blind Man"）も同様の観点から分析することができる。タイトルにもなっている主人公モーリスは、労働者階級であり、出征時の負傷によって視力を失い、妻のイザベルとともに片田舎に引っ込んで農業を営んでいる。中産階級出身で知性も兼ね備えた妻は夫との生活に息苦しさを感じると、幼なじみでいとこの弁護士バートラム・リードに助けを求める。二人の男は何かと馬が合わないにもかかわらず、モーリスは物語の最後でバートラムにある要求をする――自分の友人になるように迫るのである。二人きりの真っ暗な納屋の中で対等な関係を求める盲目の元兵士に弁護士は、「相手が突然自分を破壊するのではないかという、常軌を逸した恐怖を感じた。しかしモーリスの方は、見るからに熱い痛切な愛、友情への情熱でいっぱいだった。バーティが最もひるんだのは、まさにこの友情への情熱であっただろう」(*EME* 62)。対等な関係を望む労働者の熱すぎる思いに弁護士は「恐怖に震撼」し、「嫌悪に身の毛がよだ」ち、貝が殻を失うように、自分を形成していた枠組みが破壊されてしまったように感じる。「盲目の男」には、労働者階級の身の程を知らぬ要求に恐れおののく中産階級の姿が皮肉的に描かれているのである。

これまで見てきたように、ロレンスのテクストを、ブルジョア批判、労働者賛美と単純に片付けてしまうことはできない。凝り固まって感受性を失った中産階級や、生命力に溢れた労働者階級の描写の中に、労働者階級をブルジョア支配にとっての脅威と捉える中産階級のイデオロギーが絡み合っているのである。ロレンスのテクストには、二〇世紀初頭に中産階級を覆っていた感情——自分たちのヘゲモニーの終焉に対する不安、労働者階級の勃興に対する恐れ——がこだましているのであり、その恐怖感は第一次大戦をへて、より強く刻まれるようになっていくのである。

後期エッセイ

人生最後の五年間に執筆された後期エッセイでは、ロレンスは労働者階級の人々、特に炭坑夫に対する深い共感を表明するようになる。炭坑夫たちはもはや体制を揺るがす危険分子ではなく、純粋に賞賛の対象となる。そこでは近代の合理主義や資本主義とは対極にある、男だけのホモソーシャルな空間に生きる炭坑夫たちが、「生命の鼓動」、「古(いにしえ)の血による結びつき」、「闇における親和」といった表現とともに理想化され描かれていく（*LA* 180, 181, 290）。この描写には、炭坑夫の掘り出した石炭こそが、ロレンスが忌み嫌う機械文明の礎となっているという撞着に対する疑念は読み取れない。例えば「ノッティンガムと炭坑地方」（"Nottingham and the Mining Countryside"）では、坑内で一体となって働く坑夫たちの姿が叙情的に描き出されている。

組頭制度のもと、炭坑夫たちは地下で、いわば親密なる共同体となって働いていました。ほとんど裸で互いを知るという、極めて親密な独特の関係でした。そして奥深い地下にある炭坑の「採掘場」の闇の中で常に危険と隣り合わせでいたため、男同士の肉体的、本能的、直感的交わりが極めて研ぎすまされたのです。それは本当に真性かつ本当に力強く、ほとんど直接の接触と言って良いような交わりでした。この肉体的知覚や親密な一体感が最も強くなるのは、地下の坑内にいるときでした。(*LA* 289)[12]

このロレンス的ユートピアからは、女性や上層階級の男性は排除されている。後期エッセイでは、中産階級は厳しく糾弾されるようになるが、それと同時に女性たちも中産階級の所有欲を体現した存在として一貫して批判的に描かれるようになる。ロレンスの理論では、イギリスの労働者たちの持っていた温かさ、一体感、生命力を破壊した張本人は、教育と資本を牛耳る中産階級であり、そしてそのドグマを信奉する女性、ということになる。

前回ミッドランドに帰郷した時は、大規模な炭坑ストライキのさなかでした。自分と同年代の男たち、四〇を越えたばかりの男たちが、青白い顔をして、見捨てられたように押し黙って立っていました。言うことも無く、することも無く、感じることもないといった風情でした[……]。わたしと同世代の男たちは、飼い慣らされてしまっていたのです。男たちはこのままそこで朽ちていくことでしょう。妻たち、教師たち、そして経営者たちにとっては、男たちがしっかり飼いならされていることは、とても良いことかもしれません。しかし国家にとっては、イギリスにとっては、それは悲劇なのです。（*LA* 159 強調引用者）[13]

これらから分かるように、ロレンスの深い共感によって描かれる炭坑夫には二重の表象がなされている。すなわち彼らは英雄にして犠牲者なのである。[14]

ここで興味深い点は、ロレンスの炭坑夫表象と、後の一九三〇年代にドキュメンタリー作家たちによってなされたそれとの奇妙な類似である。中産階級出身のドキュメンタリー作家たちは、ヴィクトリア朝時代の博愛主義者たちがそうしたように、労働者階級という「知られざる英国」の中に分け入り、その未知なる生態を描こうとした。彼らはそこに、資本主義に付随する社会的不公正の犠牲者でありながら、自分たちの安逸な生活とは全く異なる劣悪な生活環境の中で力強く生きる労働者たちの姿を見た。中産階級の作家たちは、自分たちの階級が労働者たちの苦しみの原因となっているという良心の呵責に苛まれつつ、自分たちには無い力強さを持っている労働者たちに、ある種の憧れを抱いたのである。例えばプリーストリーは労働者という男たちだけの世界を擁護し、肯定的に描く一方、自己嫌悪に苛まれ、「彼らといると自分が太った金満家のように感じられる」と『イングランド紀行』の中で述べる（333）。[15] またオーウェルも『ウィガン波止場への道』の中で、炭坑夫たちの劣悪な生活、労働環境の実態をつぶさに報告しながら、同時に彼らの肉体に対する羨望の念を隠さない。

「採炭夫」の仕事風景を見れば、その頑強さに羨望の念を抱かずにはいられません。［……］地下の坑内で裸で働いている炭坑夫たちを見れば、彼らがどれほど素晴らしい男たちかということはすぐに分かります。小柄な者がほとんど［……］ですが、ほぼ全員がこの上なく気品のある肉体をしています。広い肩幅からしなやかな腰にかけて逆三角形にくびれており、引き締まって存在感のある尻、がっしりした腿、どこをとっても余分な贅肉など全くありません。（19-20）

グリアソンのドキュメンタリー映画でも、地下の薄暗い坑道でツルハシを振るう上半身裸の炭坑夫たちがアップで映し出され、彼らの肉体美が強調されていく。[16] このようにロレンスが晩年のエッセイで描いていた、英雄でありかつ犠牲者という、ある種のロマンを伴った炭坑夫像は、一九三〇年代のルポルタージュの中で拡散されていく。強い一体感の中で肉体を通して結ばれた炭坑夫たちに憧れながら、彼らをブルジョアジーの支配する社会システムの犠牲者として捉えるロレンスとドキュメンタリー作家たちの視線は交錯しているのである。[17]

結び

以上見てきたように、ロレンスのテクストには、その初期から最晩年まで、中産階級的視点が溶け込んでいる。多くの物語の中で、硬直化し感性の鈍化した中産階級が揶揄される一方、テクストからは中産階級が抱いていた労働者階級に対する恐怖感が聞こえてくる。「牧師の娘たち」では、炭坑夫の男はブルジョア社会から排除され、彼らの不安は一掃されるようなプロットとなっている。しかし「ヘイドリアン」を始めとする第一次大戦末から戦後に執筆されたテクストには、当時のブルジョア社会を覆っていた、労働者階級出身の帰還兵に対する抑え難い恐怖感が強く滲み出ている。労働者は支配層がもはやコントロールしかねる脅威となったのである。

ところが一九二〇年代後半に執筆された後期エッセイになると、ロレンスは中産階級を容赦なく糾弾し、炭坑夫を賛美するようになる。しかし労働者の肉体に対するロレンスの視線は、炭坑夫を英雄であり犠牲者として美化した中産階級出身のドキュメンタリー作家たちの視線と重なりあう。炭坑夫賛美と中産階級批判という身振りそのものが極めて中産階級的なのである。このようにロレンスの作品は、相対立する二つの階級に対する彼のアンビバレントな感情が刻み込まれた重層的なテクストなのであり、そこにはブルジョア階級に対する批難と労働者階級賛美という表層の下に、テクストが生み出された時期に支配的であった中産階級のイデオロギーが通奏低音のようにこだましているのである。

本研究はJSPS科研費24520332の助成を受けたものである。

注

（1）例えばテリー・イーグルトン（Terry Eagleton）も次のように簡潔にまとめている。「『息子と恋人』は［……］

概して父親を否定し、母親を弁護している。ロレンスはその後も小説を書きつづけるが、第一次世界大戦以降、次第に彼が捉える父親と母親の優劣は、部分的であるにせよ逆転していく」（33）。

（2）F・R・リーヴィス（F. R. Leavis）による「牧師の娘たち」の古典的読解では、「この場合階級は主要な事柄ではあるが、しかし焦点は本質的人間性に当てられている［……］」と論じられる（86）。これを引き継ぐようにマラ・カルニンズ（Mara Kalnins）も「［……］ロレンスは階級という縛りがいかに人々に影響を与えるかということを深く理解した（しかしもちろん、ロレンスの主要な関心事は常に、階級とは無縁の本質的人間性であった）［……］」と論じている（34）。同様にキース・クッシュマン（Keith Cushman）も、「二つの結婚」から「牧師の娘たち」へと至る改稿を仔細に分析し、そのリライトを通して二人の登場人物が階級を超越した「肉体に内在する暗黒の神秘に基づいた、深く永続する」絆を形成したと論じている（115）。

一方でリーヴィスの階級の扱い方に疑義を唱えるグレアム・マーティン（Graham Martin）は、「リーヴィスは、ロレンスの作品をめぐって議論されるべき問題から『階級』を取り去った、とも言えるかもしれない」と述べ、「ロレンス研究者たちはリーヴィスが導いた方向に追従してきた」と論じている（36）。マーティンは「階級」という観点からロレンスのテクストを三つの段階（一九一八年以前、それ以後、そして一九二六年以後）に分けるが、その区分けは本稿での区分けと一致しており非常に興味深い。ただマーティンはロレンス＝語り手の意識を論の軸に据えており、この点で本稿とは大きく異なる。

また性の問題に焦点を当てた「ヘイドリアン」読解の一例を挙げると、ジュディス・ルーダーマン（Judith Ruderman）はこの短編について「前エディプス期」の物語とし、大地母神（マグナ・メーター）に対する作者の復讐の試みと分析している（83）。

（3）ロレンスと階級イデオロギーについては、先述のテリー・イーグルトン、グレアム・マーティンおよびグレアム・ホルダネス（Graham Holderness）らがマルクス主義の立場に依拠しつつ、それぞれの立場から論じている。彼らは『息子と恋人』、『虹』、『恋する女たち』、『チャタリー卿夫人の恋人』といった長編を主に分析の対象としているが、本論では短編およびエッセイを分析の俎上に載せる。

（4）イアン・ヘイウッド（Ian Haywood）は、一九三〇年代および五〇、六〇年代は、「イギリス文化の中で、労働者階級小説がカルト的地位を占め人気の神秘的崇拝物となった」と論じている（36）。

（5）マーシャ・ブライアント（Marsha Bryant）は「ヴィクトリア朝後期にロンドンを探索した男性の都市探検家たちのように、ドキュメンタリーを作っていた一九三〇年代の観察者たちも、階級の壁を越えてつながりを持とうと労働者階級の中に分け入っていった」と論じている（106）。他にKeating 11-32; Colls and Dodd 22-23参照。

（6）引用はケンブリッジ版からとし、邦訳に際し西村孝次、鉄村春生、上村哲彦、戸田仁監訳『D・H・ロレンス短篇全集1』（大阪教育図書、二〇〇三年）を参考にさせていただいた。

（7）「生命」をロレンス読解の中心的キーワードに挙げるリーヴィスの解釈では、牧師一家の階級的優越意識は「生命の敵」とされ、一方アルフレッドへの愛によりルイーザは「牧師一家が［……］否定する、生命の躍動のすべて」を悟るとされる（75, 84）。リーヴィスによって提示されたこの読解モデルはその後も強い磁場を放ちテクストの解釈に影響を与えており、例えば馮と飯田は「ロレンスは強い階級意識をもつ牧師、およびその同類者を批判しながら、真の愛を追求するルイーザやアルフレッドに希望を持たせる」と論じている（九頁）。また山本も、テクストからロレンスの階級観の「アンビバランスな価値観」を読み取りながらも、「つまり、ロレンスは階級的社会的価値によるビクトリア朝の裁断を拒否して、人間の内面からほとばしり出る価値を上位におく描き方をした」と論じている（一三、一二頁）。

（8）引用はケンブリッジ版からとし、邦訳に際し鉄村春生、上村哲彦、戸田仁監訳『D・H・ロレンス短篇全集3』（大阪教育図書、二〇〇五年）を参考にさせていただいた。

（9）Marwick 108-16, 229-50, 297-314 および Ayers 99-135 参照。

（10）サラ・コール（Sara Cole）は、当時の支配層の目に映った労働者階級の帰還兵は「体制崩壊の原因となりかねない勢力であり、防備するよう訓練されたまさにその社会を逆説的に危険に晒す者」であったと論じている（203）。Cole 202-11 頁参照。

（11）「ヘイドリアン」と「狐」の類似性については、Harris 151; Ruderman 81-82; Granofsky 153 など参照。

（12）引用はケンブリッジ版からとし、邦訳に際し吉村宏一ほか訳『不死鳥 上』（山口書店、一九八四年）を参考にさせていただいた。

（13）引用はケンブリッジ版からとし、邦訳に際し吉村宏一ほか訳『不死鳥 II』（山口書店、一九九二年）を参考にさせていただいた。

（14）糸多郁子氏は「『チャタリー卿夫人の恋人』における大衆社会と階級」の中で、労働者階級に対する上流・中産階級の視点の歴史的変化とロレンスのそれとの相同性を入念に論じており資するところが大きいが、テクスト（『チャタリー卿夫人の恋人』）分析の際に、炭鉱夫の否定的描写にロレンスの視点を単純に重ね合わせてしまうのではなく、そのような描写と同時に上流・中産階級の経済的、日常的さらに性的（!）生活まで労働者階級に負っていることが描かれているというテクストの両義性に着目する必要があるのではないだろうか。糸多、一九四―二一一頁参照。

（15）Baxendale and Pawling 46-78 参照。

（16）ブライアントは「ドキュメンタリーにおいて、炭坑夫に対する同性愛的視線が最も強く現れ出たのは、イギリスのドキュメンタリー映画が隆盛を極めた時期である」と論じている（116）。他に Baxendale and Pawling 17-45; Colls and Dodd 24 参照。

（17）ビアトリクス・キャンベル（Beatrix Campbell）は、ロレンスとオーウェルの描く炭坑夫の類似性を指摘している。彼女によれば炭坑夫は「男たちが魅力を感じる対象なのである。炭坑夫にはロマンスに必要な全ての要素が揃っている。［……］〔炭坑夫は〕犠牲者であると同時に英雄であり、このことが魅力の最大の要素である。つまり彼らは保護と賞賛の両方を必要としているのである。炭坑夫は美しく、彫像のようでありながら、陰のある人物として描かれるのである」（97）。

引用文献

Ayers, David. *English Literature of the 1920s*. Edinburgh: Edinburgh UP, 1999.

Baxendale, John, and Christopher Pawling. *Narrating the Thirties: A Decade in the Making: 1930 to the Present*. Houndmills: Macmillan, 1996.

Booth, William. *In Darkest England and the Way Out*. London: International Headquarters of the Salvation Army, 1890.

Bryant, Marsha. "W. H. Auden and the Homoerotics of the 1930s Documentary." *Caverns of Night: Coal Mines in Art, Literature, and Film*. Ed. William B. Thesing. Columbia: U of South Carolina P, 2000. 104-25.

Campbell, Beatrix. *Wigan Pier Revisited: Poverty and Politics in the 80s*. London: Virago, 1984.

Cavalcanti, Alberto, Dir. *Coal Face*. GPO Film Unit, 1935.

Cole, Sara. *Modernism, Male Friendship, and the First World War*. Cambridge: Cambridge UP, 2003.

Colls, Robert, and Philip Dodd. "Representing the Nation: British Documentary Film, 1930-45." *Screen* 26.1（1985）: 21-33.

Cushman, Keith. *D. H. Lawrence at Work: The Emergence of the Prussian Officer Stories*. Charlottesville: UP of Virginia, 1978.

Eagleton, Terry. "D. H. Lawrence." *D. H. Lawrence*. Ed. Peter Widdowson. London: Longman, 1992. 31-34.（吉村宏一、杉山泰ほか訳『ポスト・モダンのD．H．ロレンス』［松柏社、一九九七年］所収。）

Granofsky, Ronald. *D. H. Lawrence and Survival: Darwinism in the Fiction of the Transitional Period*. Montreal: McGill-Queen's UP, 2003.

Harris, Janice Hubbard. *The Short Fiction of D. H. Lawrence*. New Jersey: Rutgers UP, 1984.

Haywood, Ian. *Working-Class Fiction: from Chartism to Trainspotting*. Plymouth: Northcote House, 1997.

Holderness, Graham. *D. H. Lawrence: History, Ideology, and Fiction*. Dublin: Gill and Macmillan, 1982.

Kalnins, Mara. "D. H. Lawrence's 'Two Marriages' and 'Daughters of The Vicar'." *Ariel* 7.1（1976）: 32-49.

Keating, Peter. *Into Unknown England 1866-1913: Selections from the Social Explorers*. London: Fontana, 1976.

Lawrence, D. H. *The Prussian Officer and Other Stories*. Ed. John Worthen. Cambridge: Cambridge UP, 1983.（西村孝次、鉄村春生、上村哲彦、戸田仁監訳『D・H・ロレンス短篇全集1』［大阪教育図書、二〇〇三年］。）

——. *England, My England and Other Stories*. Ed. Bruce Steele. Cambridge: Cambridge UP, 1990.（鉄村春生、上村哲彦、戸田仁監訳『D・H・ロレンス短篇全集3』［大阪教育図書、二〇〇五年］。）

——. *Late Essays and Articles*. Ed. James T. Boulton. Cambridge: Cambridge UP, 2004.『後期エッセイ』（吉村宏一ほか訳『不

死鳥 上』『不死鳥 II』［山口書店、一九八四、一九九二年］所収。）

Leavis, F. R. *D. H. Lawrence: Novelist*. London: Chatto, 1955.

Martin, Graham. "D. H. Lawrence and Class." *D. H. Lawrence*. Ed. Peter Widdowson. London: Longman, 1992. 35-48.（吉村宏一、杉山泰ほか訳『ポスト・モダンのD．H．ロレンス』［松柏社、一九九七年］所収。）

Marwick, Arthur. *The Deluge: British Society and the First World War*. 1965. 2nd ed. Basingstoke: Palgrave, 2006.

Masterman, C. F. G. *The Condition of England*. London: Methuen, 1909.

Orwell, George. *The Road to Wigan Pier*. Ed. Peter Davison. London: Secker, 1986.

Priestley, J. B. *English Journey: Being a Rambling but Truthful Account of What One Man Saw and Heard and Felt and Thought during a Journey through England during the Autumn of the Year 1933*. London: Heinemann, 1934.

Ruderman, Judith. *D. H. Lawrence and the Devouring Mother: The Search for a Patriarchal Ideal of Leadership*. Durham: Duke UP, 1984.

糸多郁子、「『チャタリー卿夫人の恋人』における大衆社会と階級」、『D・H・ロレンスと新理論』、荒木正純、倉持三郎、立石弘道編、国書刊行会、一九九九年、一九四—二一三頁。

馮梅梅、飯田武郎、「自然と精神世界——D・H・ロレンスの短編『菊の香』と『牧師の娘たち』の特徴について——」、『久留米大学文学部紀要』第二〇号、二〇〇三年、一—一一頁。

山本證、「ロレンスの階級意識——『牧師の娘たち』における階級相克——」、『武蔵野英米文学』第三七号、二〇〇四年、一—一五頁。

II

「愛情的世界内存在」を求めて――「プロシア士官」論

浅井 雅志

悲劇は死に行く者にとって喜びである。(Yeats, xxxiv)

序

本稿の目的は、ロレンスの性意識、とりわけその倒錯観を手がかりとして、近代の病理の一側面を明らかにすることである。かつて私は、ロレンス最晩年に書かれた「ポルノグラフィと猥褻」で示されている彼の性観念とサドやバタイユのそれとの比較を通してこれを論じたが、そこで次のように書いた。

[「ポルノグラフィと猥褻」に見られる]このようなポルノグラフィおよび倒錯の「直線的」解釈、ロレンス独自の「自然」概念に支えられた「健康な性」の概念は、それなりの説得力をもつとはいえ、

性倒錯という複雑な問題の根幹を明らかにするには不十分なようだ。つまり、こうした「健康」的な見方は正論かもしれないが、現実の、とりわけ近現代において深刻化している問題の治癒には効果が薄いと思われるのだ。彼が言うように、「汚らわしい小さな秘密」は社会を覆いつくしている。性に関しては特にそうだ。しかしこれを彼のように真正面から批判すれば、探求はその時点で止まってしまう。倒錯者はもちろん、読者にも返す言葉がないが、かといって彼の治療法をすぐ実行できるわけでもない、というディレンマを突きつけられるからだ。(「猥褻・過剰・エロティシズム」三六一頁)

本稿はこの「ディレンマ」のさらなる解明の試みである。

本論に入る前に、近代西洋の性倒錯に対する見方を概観しておこう。英国世紀末における最大の性倒錯スキャンダルは、ロレンスも何度か触れているワイルド事件であろう。一八九五年、アルフレッド・ダグラス(1)との関係を、父であるクィンズベリー侯爵ジョン・ダグラスに告訴され、男色行為の咎で二年間投獄された事件である。こうした厳罰の淵源は周知のごとくキリスト教で、生殖を性の唯一の目的と考えるゆえにすべての性倒錯を異端視した。こうした倒錯は、住民の悪徳のために神に滅ぼされた町ソドムを語源とする「ソドミー」という言葉に凝縮され、同性愛のみならず、異性間の「異常」性行為や獣姦までも含んだ。この罪に対する罰は厳しく、例えば「一四〇〇年のパリは[……]この罪を犯していた者を焚刑に処していた」(ソレ、一七〇頁)という。一七七二年には、サドはいわゆる「マルセーユ事件」で、娼婦の毒殺未遂(催淫剤を飲ませた)と従僕との男色により打ち首の判決を受けた。英国では一五三三年、ヘンリー八世が同性愛を「自然に反する犯罪」として死刑に定めた。三百年以上後の一八六一年には死刑の適用は廃止されたが、強いタブー視は続いた。ドイツでは一八七一年のプロシア刑法が男色行為を二年以下の懲役刑と定めた。（ちなみに「ホモセクシュアル」という言葉は、これへの反対運動の中でハンガリーの医師ベンケルトが初めて使ったとされる。）後にはナチスが同性愛を病気と考え、五千人から一万五千人の同性愛者が強制収容所に送られたという（風間、河口、七九―八一頁参照）。

一九世紀後半に至って何人かの傑出した人達が性の見方に劇的な改変を迫り、性科学を誕生させた。クラフト＝エビング（1840-1902）、フロイト（1856-1939）、ハヴロック・エリス（1859-1939）、マグヌス・ヒルシュフェルト（1868-1935）等である。彼らは長らく異常と見られてきたものにまったく新しい光を当てた（ただしクラフト＝エビングだけは同性愛を病気と考えた（風間、河口、八二頁））が、ここでは、毀誉褒貶相半ばしつつも、その後も大きな影響力を振るったフロイトの説に注目してみよう。彼は、当時は性倒錯の一部と見なされた同性愛者を「特異な一群として他の人々から区別」（「性欲論三篇」一六頁）する態度を退け、「すべての人間は同性を対象として選択する能力があり、［……］リビドー的感情が同性の人物と結びついていることは、正常な性生活にふくまれる要因として少なからぬ役割を果たしており、［……］男性の関心がもっぱら女性だけに向けられるということは解明を必要とする問題であり、化学的な牽引力がその根底をなしているというような自明のものではない」（一六―一七頁）と、当時としてはきわめて大胆な意見を述べた。(2) この見方の前提には、「心理学的な意味でも生物学的な意味でも、純粋の男性または女性は見出されない。個々の人間はすべてどちらかといえば、自らの生物学的な特徴と異性の生物学的特長との混淆をしめして」（七五―七六頁）いるという見解があった。こうした両性具有的人間観は古くから見られるものではあるが、フロイトほどに科学的立場から述べられたものはそれまでになく、後にユングの、一人の人間の中にはアニマとアニムスが混在するという見方に受け継がれていく。

　フロイトによれば、人間の「性的異変」（性倒錯）が注目すべきであるのは、これが「性生活の興奮は高度の精神活動などによる尋常の仕方ではとても制御することのできない種類のもの」であることを示しているからであり、[3]その意味で性倒錯者は「性の面に弱点を持つ人間の文化の発展をその人格のなかにもちこんでいる」（一九─二〇頁）からだという。つまり性倒錯には人間が生み出した文化の「倒錯性」が刻印されているというのである。その倒錯を彼は二つに分け、性欲動の対象を同性や動物とするものを「性対象倒錯（インヴァージオン）」（八頁）、性欲動の目標を「正常な」、すなわち「性交と名づけられている行為においての性器の合一」以外に向けられた性活動を「性目標倒錯（パーヴァージオン）」（二〇頁）と名づけ、こう続ける。「パーヴァージオンの素質というのは人間の性欲動の根源的で普遍的な素質なのであり、成熟にともなって現れる気質的な変化や心的制止の結果として、そこから正常な性行動が発達してくるのである」（八四頁）。ここで彼はパーヴァージオンに限定して話しているが、文脈から見て性倒錯一般と考えていいだろう。これは、倒錯の「素質」の方が「正常な性行動」の前段階、むしろ前提であって、そこから結果として正常が生まれるという、通念をひっくり返すような考えだ。フロイトはその根拠を小児期の性欲動の制限、「羞恥、嫌悪、同情、および道徳や権威などの社会的構成物」（八五頁）、要するに文化による制限に見出している。つまり、ロレンスのような、倒錯＝異常の殻を破って人間の性の核心に至れば、そこに正常が待っているといった見方とは逆に、性倒錯とは、いかなる経路を経たものかはともかく、文化というものを手に入れた人間がその初期から抱えこまねばならなかった宿痾だったという見方である。しかし同時にこうもいう。「人間には性の発達に二つの開始期があるという事実、すなわちこの発達が潜在期によって中断されているという事実は、［……］人間が高い文化を発達させることのできる能力の条件の一つをふくんでいるようにみえるが、しかしまた神経症になる傾向のそれをふくんでいるようにもみえる」（八七頁）。人間という生物は、文化を作り上げる能力と神経症になる傾向とを同時に獲得したというこの指摘は、その原因が小児期の性欲動の一時的制止＝抑圧にあるという点も含めて、ここで問題にしている近代人の性意識を見る上で示唆に富んでいる。これを彼はさらに直截に、「文化と自由な性愛の発達とのあいだの関係は対立的なもの」（九三頁）だという。後の「ある幻想の未来」でも、「どんな文化でも労働の強制と欲動の断念とが基礎になって」（三六六頁）いると述べ、性は文化が成立するためには抑圧されざるをえなかったという見方を繰り返している。つまり性倒錯はその抑圧の結果であり、倒錯者個人の逸脱や責任ではないと見るのだが、この見解は後の倒錯観に大きな影響を与えた。例えばストーの、「性の逸脱という行為をもっともよく特徴づけているのは、異性と性交することができる状況がそこにありながら、性交のかわりとなる行為をほかに求めずにはいられないという、まさに強迫的な〈置きかえ〉の心理」（一〇頁）だという指摘も、このフロイト説の延長線上にある。

これに対してロレンスの性愛観の最大の特徴は、「頭の中の性」を「邪悪で破壊的」（*5L* 204）なものとし、男女の、相手をやさしく思いやる気持ちに支えられた穏やかで「正常」な性行為、そのような「健康な性」のみが、人間における性のもつ真の意義を明らかにすると考える点にある。この見方の根底に、男根に支えられた異性愛を正常態とする性愛観があるのはいうまでもない。彼は倒錯者、とりわけ同性愛者を、ルネサンス以降連綿と続いてきた「自己分析」という「崩壊の流れ」の「肉体的表現」と見、「男女が愛の中で接触すれば、偉大で直接的な統合が生まれる。男同士が接触すれば、［……］何世代にも渡る統合的な生が生み出したものが、同性愛の中で崩壊する［……］」（*2L* 448）という。そして後年には、歴史上のそうそうたる人士を「大倒錯者」と呼ぶ。聖フランチェスコ、ミケランジェロ、レオナルド、ゲーテ、カント、ルソー、バイロン、ボードレール、ワイルド、プルースト等は「みな同じことをした、あるいはしようとした。基本的な意識であり、最良の意味においてわれわれが常識と呼ぶ男根意識を蹴飛ばすか、もしくは知性化して徹底的に捻じ曲げようとしたのだ」。とりわけ『ウィルヘルム・マイスター』は「知性化した性の倒錯と他者との接触を発展させる能力の完全な喪失」（*6L* 342）を示す恐るべき書だという。[4]

こうした性愛観の代表的かつ最終的な表現はもちろん、彼が自負を込めて「繊細で優しい男根的小説」（*6L* 324, 331 & passim）と呼んだ『チャタレー卿夫人の恋人』で、その結末の「二股の炎」に象徴される「貞節」の強調は彼の性観念の総括ともいえる。しかしこのような見方の伏流水として、彼の作品には性倒錯に対するアンビヴァレントな態度があちこちに顔を出す。例えば『恋する女たち』ではアーシュラがバーキンに肛門性愛と思しき行為を行っているし、バーキンとジェラルドの同性愛的好意および行為が示唆されてもいる。また『羽鱗の蛇』ではカレッツァを思わせる中絶性交も描いているし、ついには『チャタレー』においてメラーズとコニーの肛門性交を描くに至る。セジウィックが、ロレンスには「自分の中の同性愛的欲望に禁止的かつ抽象的になる」（二三二頁）傾向があると看取したのも、彼の性意識のこのような錯綜ゆえであろう。

本稿では、こうしたロレンスの性意識を、「プロシア士官」を使って、性倒錯、とりわけ同性愛の文脈で読み解いてみたい。そしてこれを梃子に、フロイト的な無意識の「発見」が起こる一九世紀末から二〇世紀初頭にかけての思想潮流を瞥見してみたい。もしこの潮流が、立木康介がいうように、「正常な、意識的な、あるいは覚醒時の思考とは異なる思考が存在する、しかもそれがわれわれの生に影響している、という認識をもつ人が一九世紀のヨーロッパには同時多発的に現れ、フロイトはその一人にすぎなかったのではないか」（立木、他四六頁）というものであったとすれば、ロレンスもそのような時代の思想潮流の中で、人間の行動はすべて意識的であるというそれまでの主流であった認識では理解できないような行動を、この作品で描いたのではなかろうか。

一　作品の布置結構

「プロシア士官」は元々"Honour and Arms"というタイトルで一九一三年に執筆、翌一四年に雑誌に掲載され、同年、*The Prussian Officer and Other Stories* の巻頭作品として出版された。ロレンスは「これまでで最高の短編を書きました」（*2L* 21）と、その出来栄えに強い自信をもっていたので、出版の際ガーネットが無断で現在のタイトルに変更したことに怒った（*2L* 241）。ここに登場する士官と従卒の関係に同性愛的なものを見るかどうかは時代によって変化するが、この短編の執筆から二年後のロレンスのケンブリッジ訪問と重ね合わせるとき、面白い構図が浮かび上がってくる。それは、『白孔雀』のシリルとジョージに始まり、この作品を経由して『恋する女たち』の、とりわけ、後に破棄される「『恋する女たち』のプロローグ」のバーキンとジェラルド、『羽鱗の蛇』のドン・ラモンとシプリアーノへと続く系譜に見られる男性同士の緊密な関係に対する肯定的描写と、一九一五年にケンブリッジで出会ったケインズを代表とする「同性愛者」を蛇蝎のごとく嫌う感情との複雑な交錯という構図である。この構図はこの作品にも、二人の男性の関係が、従卒の世界認識を広げるという肯定的側面と、しかし彼が予感した自然との一体感を獲得する一歩手前で死ぬという否定的な側面を同時にもつという形で反映している。自ら二年前にこのような作品を書き、こうした一見不可思議な関係に深い関心を示しておきながら、ケンブリッジでいざ実際にそうした臭いを振りまく人間に出会うと極度の嫌悪を感じるとは一体どういうことなのか？「なぜ偉大さに近づいているほぼすべての男に同性愛の傾向があるのか知りたいものだ」(*2L* 114)という言葉と、「男と女が愛の中で出会えば、偉大なる即座の統合が起きる。男同士が出会えば即座の分解だ。何世代にもわたる統合的な生の最高の成果であるこの複雑な状態が、同性愛へと分解されるのだ」(*2L* 448)という、相反する響きのする言葉とが、なぜほんの二年の時を経て表明されるのか？ ロレンスの性倒錯観を探るとは、同性同士の関係に対する彼の深層の複合感情を探ることでもある。

二人の主人公はロレンス特有の二元論的人物造形のプロトタイプともいうべき人物である。士官は四〇歳の好男子だが、その描写は一貫して「青」や「冷たさ」のイメジャリーを伴う。「冷たい火を放つ青い目」と「緊張した身体」をもち、「常に自分を抑えつけて」おり、「結婚したいと思う女性に出会ったことがない」(*PO* 1-2)といった、知性に悩まされる典型的近代人。一方の従卒は二二歳で「活気に溢れ」、「立派な身体が自由に動き回り」、「思考などしたことがなく」、「本能のままに行動し」、「感覚のみを通して生を受け取ってきた」(2-3)若者、すなわち「血の意識」が優先する、古代的生存様式を無意識下に秘める存在として提示される。当然この二つのプロトタイプは葛藤を引き起こす。

しかしこの葛藤を同性愛的と取っていいだろうか？ たしかに士官は、ときに愛人をもつこともあったが、結婚したいとまで思う女性はおらず、それどころか女性との接触は「偽物の快楽」で、そもそも「女性など求めてはいなかった」(6)。一方従卒にはガールフレンドがいるので同性愛者とは考えにくい。それゆえこれは一見、士官が従卒に一方的な同性愛的感情を抱き、従卒がその犠牲となる物語であるように見える。しかしもう少し突っ込んで考えてみよう。

二人の最初の葛藤である、従卒がワインをテーブルにこぼし、士官がののしる場面では、この事件以後「二人は未知の感情によって結びつけられることになった」(3)と、いきなり意味深長な言葉が現れる。第二のエピソードでは、従卒の手の傷を見つけた士官はこれをわがことのように感じ、理由を尋ねるが、斧で傷つけたとそっけなくいって仕事を続けるのを見て、自分を避けていると感じて怒るばかりか、その指を握り締めたいと思い、そのため「熱い炎が血管を駆け巡る」(4)。この「炎」という語は二人の互いに対する感情描写に繰り返し使われる鍵語の一つだ。こうした感情を抱く士官は、次のエピソードでは従卒の顔に手袋を投げつけ、彼の眼が怒るのを見て満足を覚える。さらに、彼にガールフレンドがおり、「話すためではなく肉体的な接触のために」会いにいっていることを勘付くと、士官は「苛立ちで気が狂いそうに」なり、「自分をつかんで離さない情熱を必死で認めまいとした」(5-6)。それを抑えつけようとするとますます苛立ち、ベルトで従卒の顔を打つ。さらには、従卒に夜間の外出を禁止するばかりか、食後の片付けをしている彼を背後から狂気のように蹴り、「心臓が激しく鼓動する」。後に従卒が部屋に入ってくると「喜びで胸が痛いほど震えた」(7)。耳に鉛筆を挟んでいる理由を問われた従卒が答えに窮していると、士官の「青い目に微笑が浮かんできた。[……]その微笑みは突然士官の顔面で炎のように燃え上がり、従卒の腿に激しい蹴りが入れられた」。従卒が去った後の士官の反応に彼の内面が特徴的に表れている。「一人残った彼は、考えないように身体をこわばらせた。本能が考えるなと命じたのだ。彼の内部の深いところでは、情熱を満たされた喜悦が強力にうごめいていた。そこへ大きな反動の苦悩がやってきて、彼の中で何かが恐ろしい勢いで崩壊した」(8)。

士官の感情描写にはサディスティックな語彙が多用され、従卒はその犠牲になるのだが、しかしこれほどの虐待を受けながらも、よく見ると彼の中にも、士官への単純な憎悪を超えたある不可思議な感覚が生まれる。「すべては彼と士官との間でのことだった。全世界には二人しか、彼と士官しかいなかった。〔……〕もし士官が存在しなければ彼は生きられる。しかし彼がコーヒーをもっていったとき、士官の腕が震えるのを見ると、すべてが崩れ去るのを感じた。そして、まるで自分が粉々に分解するように感じながらその場を去った」(10)。これは愛憎を伴う独特の関係で、広い意味での同性愛と見ることもできよう。二人は痛いほどに相手の存在を感じているが、相手をどうしたいのか、あるいはどうしてほしいのかもわからない、といった関係である。

この愛憎半ばする感情は従卒を未知の境地にいざなう。軍事演習で堂々と指揮をとる士官を見ると、大きな閃光で身体と魂が燃え上がり、彼から命令を受けると心は閃光で飛びはね、身体は力を回復する。しかしその一方で、体内に若いエネルギーが凝縮して徐々にある核ができ、士官は自分より非現実的に見えてくる。士官にビールを差し出すと、従卒の中で「炎」が燃え上がる。士官は彼に話しかけたいのだが、できないまま、二人は「緊張して静かに」立っている。突如、従卒の中で「本能が解き放たれ、〔……〕強い炎で二つに引き裂かれたかのように士官に飛びかかる」。そして絞殺するのだが、その途中でも後でも、「救済」と「満足」という言葉が何度も使われる。しかし同時に、「ここで彼自身の生も終わった」(14-15)という謎めいた言葉が出てくる。

この謎はとりあえず次のように解けないだろうか。生からの疎隔感を感じていた士官が肉体の無意識に浸って生きてきた従卒に同性愛的感情を抱き、従卒もそれを嫌悪しながらいつしか引き込まれ、二人ながら未知の世界へ進入する。サディスティックな扱いを受けていた従卒はそれからの解放を求めて士官を殺すが、その「解放」はあるレベルでのことで、別のレベルではそれによって自らの死をも経験する。「世界はまったく変わってしまった」(16) と。その後の逃避行で、「これは人生なのか、違うのか」といった言葉や、「満足」「恐怖」「楽しい」「パニック」「救い」などの言葉で気持ちの揺れが表現されるが、死が近づき、喉の乾きや苦痛も自分とは別物と感じられるという一種の幽体離脱的な体験を経て、「彼はありとあらゆる事物の中で分裂してしまった。[……] 清らかに冷たく、美しくそそり立つ山々は、彼が失ったものをもっている」(20) と感じるに至る。こうして「喪失」が強調されるのだが、しかし結びでは、従卒の死体は今にも生き返りそうな様子であることが示され、ある種のアンビヴァレンスの中で物語は幕を下ろす。

二 「プロシア士官」をめぐる批評史

作品の考察に入る前に批評史を概観しておきたい。最も早い言及の一つである一九一四年に無署名で『アウトルック』誌に載った書評は、当時の倒錯に関するアンビヴァレントな見方を反映している。評者はここに見られる「微妙な残虐さ」をドイツの「集団的非人間性」に帰するという、いかにも戦時を感じさせるコメントをしながら、「彼[士官]のいじめには邪悪さが感じられるが [……] 従者が彼を殺す際に感じる喜びの微妙な質にもわれわれを考え込ませるものがある」(Draper, 81-82)と、早くも「殺す際に感じる喜びの微妙な質」に気づいている。

この後、「同性愛」をめぐる論が増える。ムア(Moore)は一九五四年に、この作品には「同性愛の示唆が見られる」(180)といい、ハウ(Hough)も一九五六年に「サディスティックな擬似同性愛的関係」(171)を見て取っている。しかしスピルカ(Spilka)は一九五五年に、まったく逆に、二人の関係に「同性愛的なものはまったくなく、血盟兄弟的関係の一表出である」(172)と断言する。しかし一九六二年にはまたヴァイス(Weiss)が、この作品は「同性愛の完全な支配下にあり[……]サディスティックな残酷さとマゾヒスティックな屈従、そして喜悦に満ちた報復の完全なパターン」(93)が認められると述べる。[5]エイデルマン(Adelman)も一九六二年に、士官の従卒に対する「情熱」は同性愛的だといい、その根拠を、士官の虐待が、顔を打つことから徐々に従卒の下半身に向けられ、そのことで「強烈な満足」(447)を覚えるところに見出している。

しかしその後は、こうした同性愛か否かといった視角は影を潜め、従卒の「無垢の無意識の眠り」を士官の「意識」が暴力によって破り、それへの反応として殺人を犯す、といった基調低音が一般的となる。こうした見方の一つの源泉は、どうやら一九三四年のフリーダ(Frieda Lawrence)の評にあるようだ。「士官と従卒という正反対の性質の二人の奇妙な闘争は、とりわけロレンスには意味ありげだった。[……]上位にあるが不幸で意識的な人間が、単純で満足した気質の人間を妬む。私はロレンス自身がこの二人の人間のように感じた。つまり彼の内部の分裂、意識的および無意識的人間の分裂を象徴しているかのように」(68)。ロレンスが自己の内部の分裂を二人の人間に投影したとする見方は鋭いが、しかし以後に受け継がれるのは「彼の内部」を除外した部分である。一九六五年にフォード（Ford）は、ロレンスは「神経症の大半の原因は動物の段階から意識段階へと進化したことに伴って生じた『内面の隔絶感』」だと信じており、(6) この作品はこの見方の物語化、「無垢な従卒が意識的な士官におびき寄せられてエデンの園から意識の世界へと転落する物語」（79-80）だと読む。続いてクッシュマン（Cushman）も、この短編集のみを論じた一九七八年の著書の中で、従卒が「士官によって、『眠りという暖かな肉体的経験』から呼び覚まされ、暖かい生命の谷から凍りついた永遠の死へと移行する物語」（171）だと述べている。

この見方の変奏曲は今日まで続き、「プロシア士官」論の主流を成しているが、一九八四年にハリス（Harris）はこれをさらに発展させ、二人の「疎外された」個人が究極にまで接近したときに起こることを「幻視者」の眼で捉えた「リアリズムを超えた」（7）物語であり、「二人の内の一人だけとはいえ、新たな自己と世界とを発見する［……］再生の物語」だという。つまり従卒は士官を殺すときに「人生で初めて、恐ろしくはあるが強烈な人間関係をも」つことで真の自己認識を得たときわめて肯定的な読みを示す。ここでハリスは死および殺人を、A・マズローのいう「至高体験」のような特権的体験と捉えている。にもかかわらず最終的にハリスは、彼（ら）がいかなる自己認識を獲得したのかを曖昧なままに残し、「堕罪の魅力を知ることと、その究極的価値を主張したり、あるいは死は創造的でありうるというパラドクスに安んじることとは同じではない」（98）といった曖昧な言説に逃れることによって、「再生の物語」という言明をぼやかしている。フィニー（Finney）は、こうした流れとはやや異なり、近代西洋のキリスト教・民主主義的理想が生み出し、第一次大戦という形で現れた「集合的な死への欲動」（17）が、この作品の二人の主人公に生得的に流れているという。

フォードとクッシュマン以後、この作品の「積極的」意義をすくい上げようとする姿勢が目立つが、これは日本人論者において顕著である。鉄村春生は、この作品は、無垢な従卒が「邪悪な蛇」である士官によって自意識を知り、「血の意識」の生活から転落し、「最後には悪魔を絞殺してみずからも生の楽園を追われる」（一三二頁）物語で、士官と従卒の関係は『言』と『肉』の葛藤の寓意であるから、一方の死は全体の失敗であり、一方の死は他方の死」（一四一頁）であり、ロレンスはその悲劇を支える人間の暗い激情の本質を描いたと賞賛する。そして「暴力も殺害も根源にある力のドラマであり、現象」（一四二頁）だとして、暴力の非倫理性、さらにはその再生力さえも示唆しているようだ。

清水康也は、「兵卒の苦痛と快楽のない混ざった感覚が頂点に達したときに、若者の反逆は無意識的な殺人となる」として、そこにサド・マゾヒズム的関係をかぎとり、「殺人を犯した瞬間に、彼は生きた宇宙との最後のつながりを失った」（一四頁）と、一旦はハリス的「再生」を否定する。しかし直後には、「死という究極の境地は、孤立した個人において鋭く認識される自己破壊的な衝動であると同時に、それを超越する道が暗示されている」（一六頁）、あるいは「兵卒の死は、彼を出口のない『生の中の死』から解放して、『死の中の生』の有機的象徴関係へと導くが故に、創造的な死となりうる」（三二—三三頁）と、ほとんどハリスと同様の主張に切り替える。つまり同性愛による「破壊・解体」は「覚醒」を引き起こす「触媒」で、この作品はロレンスに一貫して見られる「否定のパトス」とその一変奏曲としての「カオス願望」の一表現であり、カオスはコスモスと一体であるがゆえに、この思想を具現化する主人公たちは死において「運命を甘受するのみならず、非日常性の只中での解放に身をゆだねる。この瞬間性は目的を成就し、彼らは真の意味での自己実現を達成する」（二五頁）と、「再生」譚に諸手を挙げて賛成している。

田部井世志子も、「従卒の存在は士官の内なる『真性なる人間』を刺激し、従卒の本質をその内部に見たいという願望を抱かせる」が、士官は「それを屈託なく受け入れることができない」(六一頁)と、ここまでは従来の説をほぼ踏襲する。しかし彼女の特徴は、従卒の殺人を「地霊に助けられるかのごとく」と読み、さらに、結末の従卒が生き返りそうだという描写は「自然における人間の、あるいは人間の内なる大地性の永遠性を喚起」(六三頁)していると読む点である。それは「人間に内在する大地性に対するロレンスの限りない信頼と希望」(六四頁)を表しており、それゆえこの作品には「存在に対する根本的楽観性――一時的休息の後の生命の復活という自然のサイクルに基づく楽観性」(六六頁)が見られると結論している。

井上義夫はこの作品に性倒錯を読み取ること自体、「精神分析学」という「或る外的な尺度を当てがう」(二〇七頁)行為だとしてその妥当性を退ける。[7] 彼自身、士官に「加虐性嗜好」(二一八頁)を認めてはいるが、あくまでこうした「尺度」を排し、士官と従卒に生と死の象徴を見るという正統的接近法をとる。そして解釈の最も困難な士官殺害以後の従卒の錯乱を丁寧に読み解き、これを「生の中に死が存在する」(二三一頁)というロレンスの洞察の象徴的表現と見る。しかしこの「生と死の合一」はロレンスの「絶望の只中の願い」(二三六頁)だという。

近藤康裕はこの作品にサド・マゾヒズムを読み取る少数派だが、「死の欲動の概念を導入し、『生の目的は死である』と述べるにいたるフロイトに先駆けた洞察を、ロレンスが独自の二元論とその脱構築をとおして示している」(六五頁)と述べ、フロイトとの共通性をすくい上げることでこの作品を歴史的文脈で読み解こうとしている。

以上、「プロシア士官」についての批評を概観してわかるのは、士官と従卒との間に同性愛的関係、あるいはサディズムやマゾヒズム的要素を強調する者は少数で、近年ではハリスに代表される「再生」を読み取る者が主流だということである。しかし後者を主張するためには、二人の、同性愛と呼ぶかどうかはともかく、明らかに「通常」を逸脱する関係が「再生」とどう結びつくかを明らかにしなくてはなるまい。端的にいえば、殺人にまで至るような倒錯的関係は「再生」を約束するのか、という問いに答えなくてはならない。

三　同性愛への揺れる視線

ロレンスは一九一五年三月のケンブリッジ訪問時に見たケインズの姿にはっきりと同性愛の「非」を感じ取った。その明瞭な表明はその翌月にデイヴィッド・ガーネットに宛てた書簡だが、これは彼にその兆候を感じてたしなめたものである。ロレンス自身何度も繰り返しているように、彼はそれに「道徳」から反対しているのではなく、ハイエナや禿鷹や黒いカブトムシが催すような狂気のごとき「強い嫌悪感」と「汚らわしさ」ゆえに嫌うのだという。あの日にケンブリッジで（パジャマ姿の）ケインズを見るまではプラトンやワイルドが間違っていると感じたことはなく、「それが間違ってるなんて本当に知らなかった」とその衝撃を告白し、だから君もそんなことはやめて「成熟して女性を愛しなさい」（2L 320-21）と忠告している。とてもこの二年前に同性愛をにおわせる作品を書いたとは思えないほどの直情である。一体このロレンスの二つの「顔」はどう関係しているのであろう。

この手紙と同じ日に、ロレンスはオットリン・モレルにもこう書いている。数日前にやってきたデイヴィッドとその友人、マクィーンとビレルたちは横柄で生意気で、「硬い小さな殻の中に入っていて、その中から言葉を発します。一秒たりとも感情が出てくることもなければ、敬虔さもありません。［……］私は彼らのせいで夢を見ましたが、それはサソリのように人をかむカブトムシの夢で、その巨大なカブトムシを殺したのです。［……］私が我慢ならないのはこの卑小な自我の群れが生む恐怖です。ビレルやD・グラントやケインズといったやつらです」（*2L* 319）。この手紙ではさらに「私はもう英国に我慢できない、あまりに邪悪で倒錯しているから」と書いているが、こうした言葉を考え合わせると、ロレンスの嫌悪感が同性愛と「自我の卑小さ」の同一視から生まれていると考えてほぼ間違いない。だからカブトムシを殺して「硬い殻」をたたき壊すというのは、彼らをその同性愛的傾向からたたき出すということになるだろう。(8)

ロレンスが同性愛にかくも強い死臭をかぎつける根底には、これも同時期の書簡に見られる次のような性愛観がある。私が女のところに行くのは「自己発見」のためだが、ではなぜ発見したのにまた行くのかといえば、「自己発見という経験を反復するため」だ。しかし反復を続ければこの経験は「発見」ではなくなり、単なる「快楽」追求となる。「すでに知っている反応を反復するのは快楽主義である。［……］男が女と交わるとき、彼は単に既知の反応を繰り返しているにすぎず、新たな反応、すなわち発見を求めているのではない。これは自慰のようなものだ」（*2L* 284-85）と。フロイトはこの快楽の反復を求める習性を「快楽原則」と名づけ、生物の最も本能的な行動と見るのだが、ロレンスにとってはこうした反復は堕落の一形態で、ほとんど悪なのである。

こうした見方は死の前年に書かれた「ポルノグラフィと猥褻」で詳述されている。このエッセイの鍵語は「自然」だが、それは彼の考える真正な性の根拠であり、「堕落」や「通俗」「野卑」（*LA* 242）と鋭く対立する。そしてこの「堕落」の一つを自慰に見出し、近代人の歪んだ性意識を「自慰と自意識の悪循環だ！」と一喝する。この見方は、同時代の心理学者や性科学者らが自慰への否定的見方を偏見だとして懸命に是正しようとし、そしてかなりの成功を収めつつあったことを考えると、いかにも時代錯誤的に見えるが、それは時代の変化に左右されないロレンスの確固たる性意識に裏打ちされている。いずれにせよ、自慰をこれほど激しく否定するロレンスであってみれば、すでに自己発見は済んでいるのに同じ行為のために女性のもとに行く男は「快楽主義者」であらざるをえない。ではロレンスは、自慰と同種の反「自然」的快楽主義を同性愛にも見出したのであろうか。

遡る一九一二年にロレンスはエドワード・ガーネットに、後者の『ジャンヌ・ダルク』の感想を書き送っているが、その中に次のような言葉がある。「残虐さは性倒錯の一形態です。［……］禁欲を貫く聖職者の中で性は情欲と化し、倒錯し、正気を失い、ついには異端審問に至る——その起源はすべて性的なものです。兵士にしても、男だけの集団で生活しているため女から満足を得ることはできません。男は買春で満足などできないのです。そのためありあまる性欲は欲求不満を起こして血の中に流れ込み、残虐な行為を求める。発酵した性欲が残虐さを生むのです[9]」（*IL* 469）。これは「プロシア士官」の前口上のような言葉で、彼の倒錯観が明瞭に表現されている。

一九二五年に出版された「王冠」でもこう書いている。「破壊的な肉欲に狂った兵士が、捕虜の女性を強姦するときにもこれとほぼ同じことが起きる。すなわち、創造とか生殖とか呼ばれるまさにその行為によって、一人の人間が他の人間を破壊できるのである。残虐な兵士においてはこれは嗜虐性となって現れる。［……］しかし文明人の場合はそれほど単純ではない。彼の嗜虐性はその犠牲者ばかりか自分自身にも向けられる。外皮の中にある自己を破壊し、分析し、打ち壊すのだ」（*RDP* 284）。士官と従卒は単なる残虐な兵士ではなく、ここでいう「文明人」である。その意味でこの二人は、加害者―被害者という表面の膜の下では、本質的に文明とその「崩壊の流れ」に囚われ、「死の活動」しかできなくなっている存在だ。となると、この作品の「悲劇」は、同じく崩壊の川に足をとられた二人の人間が、相手を破壊することで「肉体の、あるいは精神内部での感覚的満足、すなわち十全なる統一体を構成要素へと分解することから得られる深い満足感」（282）を得ることから生じると考えられる。「現在のこのような状況の下では、いかなる人間がどんなことをやろうと、その行為のことごとくが、還元的、分解的行為とならざるをえない」（281）のだから。このように読めば、多くの批評家が述べているような、士官が従卒の「無垢」をうらやむという解釈は妥当性を失う。しかし問題は、このように、この作品をロレンスの「形而上学」の具現として読むことから生じる欠落感である。なぜならこうした読みからは、後に詳しく見るような性倒錯の要素が可能な限り削ぎ落とされるからだ。その点で、ケンブリッジを訪問した一九一五年に書かれ、出版時には削除された「王冠」の初版の一節は注目すべき内容をはらんでいる。

その第一段落は、人間が知的意識の複雑さから逃れるために子どもになりたがるという前段落を受けて、やや唐突にこう始まる。「彼は肉体的接触に新たなはけ口を探す。彼は男たちを愛している、心から。この同性愛こそ、還元という行為の、溶解、分析、崩壊の流れの必然的な一部なのだ」。ここではっきりと同性愛という言葉が使われているが、この「崩壊の流れの必然的な一部」と断定された同性愛が、先に進むにつれてその性格を曖昧にする。還元と崩壊の潮流にのみ込まれたこの「下級のタイプ」の人間は「繊細すぎ」、「意識的すぎる」男性で、「兵士になるには、すなわち群衆感情の中に流れ込むには自分の個人性を意識しすぎだ」と感じている。彼らは「観念」に縛られた男性で、女性を求めるが、あまりに意識的で完全であるために、それを嫌悪すべきものと感じる。そのため「女性との関係はほとんどもたず、その愛はほぼ純粋に男性に向けられ」、「至上の満足は男性との結合の中に」見出す。しかし彼が愛するのは「彼よりも幾分未発達な男」、あるいは動物で、それなら「自分をそのレベルにまで還元あるいは貶めることができる」からだ。彼の基本的欲求は自己を「起源」にまで還元することだが、彼の同性愛は、そして動物とのつながりは、彼がこの「還元の流れ」に投げ込まれ、「腐敗の口」(472)に口づけしていることから生まれる。こうした「下級志向」は人類が包み込まれている「無の外皮」によるものだ。この外皮の中では崩壊と還元以外には起こりようがなく、戦争もその一部にすぎない。それもすべては「達成された形や意識や自己認識に固執して変えまいとする人間の一般意志」ゆえだ。そしてこの最も極端な形の男性が、「極度に意識的で、強い意志と伝統的慣習をもった」男たちで、彼らは「いかなるものとも個人的関係をもたず、単に機械的な存在」だ。そしてそれを「個人において体現しているのが同性愛者」(473)だというのである。

これはまるで士官への注釈ではないか。常に「考えることに悩まされ」てきた彼は、従卒の「無垢」で「自然」な生き方に嫉妬し、その嫉妬とない交ぜになった「愛情」を抱く。しかも彼は「馬を愛している」。この「意識的すぎる」人間、考えることに取りつかれ、「還元の流れ」に投げ込まれた近代人は、自意識という「牢獄の番人」に悩まされた同時代のT・E・ロレンスの鏡像でもある。アラブ反乱成功の立役者ともてはやされ、「アラビアのロレンス」という名声を手に入れた彼は、チャーチルからの植民地省への招聘も短期間で断ち切り、過去の栄光から逃れ、偽名で一兵卒として軍隊に入り、何も考えなくても、命令に従っていればいいだけの生活を選ぶ。彼にとって兵士は、自意識に悩まされていない人間の象徴であった。

> 私は低級な創造物を敬遠した。真の知性を獲得するのに失敗した姿をそれに重ねあわせてしまうからだ。そうしたものがいやおうなく目の前に現われると憎悪した。生き物に手を触れるのは汚らしいことで、向こうが私に触れてきたり、性急に私に関心を示したりするとぞっとした。こうした反応は、雪片がその本来のコースを落ちるように、私の中の原子が感じる嫌悪であった。もし私の頭が独裁者でなかったなら、今の私とは正反対の人間になることを選んでいただろう。私は女性や動物がもつあの絶対専制的な力を希求した。だから、一番情けない気持ちになるのは、兵士が女を連れて歩いていたり、男が犬を撫でていたりするのを見たりするときだった。彼らのように、浅薄で、そして完成された存在でありたいと願っていたからだ。しかし私の牢獄の番人は決して私にそれを許さなかった。
> （*Seven Pillars of Wisdom* 580-81 傍点引用者）

ここにはD・H・が同性愛者に感じたのと同じアンビヴァレンスが見て取れる。彼の中の「原子」は「低級な創造物」に対して「狂気のごとき嫌悪感」（D・H・の言葉）を抱くが、同時にその単純さ、「浅薄さ」は「完成された存在」とも映り、憧憬を禁じえない。彼らを見るとどうしようもない羨望の念が湧きあがってくるのに、「牢獄の番人」がそうなることを許さないというディレンマに陥ってしまうのだ。(10) T・E・

ロレンスはこの作品の士官のいわばネガであり、その苦しみの根は同じである。その証拠に、彼は先の文をこう補足している。「私は自分の下にあるものが好きで、喜びや冒険を下方に求めた。堕落にこそ確実性が、最終的な安全があるように思われた。人間はどんな高みにでも登ることができるが、しかし動物のレベルというものもあり、そこから下には落ちることはない。まさにそこが、休息し、満足を感じる場所であった」(581-82)。しかしこれは彼には許されない場所であった[11]。

ここで表明されている欲求はD・H・がこの作品で描いていることをなぞるもので、自意識の束縛から逃れられたら人生は何と楽だろうという近代人特有の密かな欲望である。だからD・H・がこの作品で二人の関係の肉体的側面を描かなかったのは当然で、それは副次的意味しかもたない。「王冠」の削除部分でも、「もし世論が反対すれば彼ら[同性愛者]は実際の性行為は行わないだろう。しかし精神においては事態はまったく同じなのだ」(473)といっている。それゆえこの作品中の関係は、世にいう肉体的側面が強調される同性愛とは似て非なるものだ。また同時に、D・H・にとってもT・E・にとってと同様、同性愛はやはりキリスト教的意味で貶められたもので、決してそこに積極的意味を見出してはいない。D・H・が士官をこのように造形したのは、生涯女性との性的交渉をもたなかったT・E・と同じ病を共有する近代人、D・H・流にいえば「ボッカチオ的」に通常の快楽を享受するには「あまりに繊細で意識的」な、「ノリ・メ・タンゲレ」の具現としての典型的近代人を描くためであった。

以上の考察から、ロレンスの「同性愛(者)」という言葉に込めた意味の特殊性が見て取れる。人間はみな「崩壊の流れ」にのみ込まれ、その中では破壊的行動しかできないが、その中でも下級の人間がいて、それが同性愛者だ。しかも彼らは「女性との還元的・崩壊的な関係から得る単なる官能的な喜びでは満足できない」繊細で意識的な存在だという。つまりロレンスの「同性愛（者）」という言葉の使い方は、自身の中でも揺れているだけでなく、通常の精神医学や性科学といった科学的アプローチとも異なる、きわめて形而上学的あるいは観念的なものである。彼は「同性愛」の肉体的・行為的側面よりもはるかに強くその精神的・象徴的な側面に着目し、「崩壊の流れ」という時代の趨勢の一象徴として捉えている、というよりむしろ、無理やりその役割を押し付けている。こうした点を考えると、ロレンスが「王冠」のこの非常に重要な部分を、同性愛という言葉をすべて削除して大幅に書き換えたのは当然だ。同性愛という言葉とその担う象徴があまりに唐突かつ曖昧で、読者の理解を得られないと考えたのだろう。その意味では、同性愛に結びつけて考えるものと、それとは無関係とするものに二分されるこれまでの批評も、見直しが迫られる。なぜならロレンスは、まだ曖昧な形ではあるが、倒錯とは、フロイトと同様、文化の存立要件である理性の支配とそれによる欲望の抑圧とを一時的にせよ乗り越えようとする欲求の産物であることをこの作品で示そうとしたからだ。「プロシア士官」では倒錯は「性」の次元を飛び越えている。

四　「愛情的世界内存在」への到達

性に限らずとも、一般に倒錯とは、「意識的」である状態を無理やり、ときには暴力的に飛び越えて「無意識的」存在に入り込もうとする営為である。それは社会の規範を破るがゆえに、社会的に見れば必ず「失敗」する運命にある。しかし行為者にとってその「失敗」は問題にならない。その一瞬の「忘我・脱我（ekstasis）」、つまり自己の欲求が文化の許容範囲を超え出ないかと常に理性の眼を光らせていなければならない状態を超出することがすべてだからだ。士官は従卒を痛めつける暴力にそれを見出し、従卒はその士官を暴力で死に追いやることに同じ超出を見出した。そのときそれぞれの人間はその存在を一時的に成就する。ロレンスが描きたかったのはその一事であり、それを倒錯（サディズム、あるいはマゾヒズム）と呼ぶかどうかは社会の、そしてそれを成立させている文化の側の問題である。

西洋はこうした形での超出欲求を常に「倒錯」として排除してきた。しかし慧眼な心理学者や性科学者はこの「倒錯」の深層にあるものに目を凝らした。その最初期の一人であるフロイトの倒錯観は「序」で概観したが、彼は「不快な多くの感動、例えば不安や、恐怖や、戦慄などは、多くのひとびとの場合に、成人してのちもずっと性的興奮をあたえる力をもち続ける。［……］マゾヒズム・サディズム的本能の主な根源の一つはこういう関係のなかにある」（「性欲論三篇」六三―四頁）ことを、さらには「残忍性と性欲動と［は］密接に関連して」おり、「サディストはいつでもまたマゾヒスト」（二八頁）、すなわちこの倒錯は能動性と受動性が同一人物において併存しうることまでも見抜いた。

同じく初期の代表的性科学者の一人であるハヴロック・エリスはこう述べる。「同性愛は自然界の通常の経路からの逸脱なのであるが［……］彼らは精神と肉体との葛藤に悩まされるためにしばしば、ただ地上の果実をむさぼり食べるために生まれてきた人々がなしとげる仕事よりも、はるかに高貴な活動を行っているのである。同性愛者はそれ自身の生体の構造の中にすでに刑罰を受けている」（三二七―二八頁）。彼はフロイトより時代に順応的であったのか、同性愛を反社会的なものと捉えているが、ここで彼がいう「逸脱」は上で述べた「超出」と同一線上にあるものだ。しかもこの「逸脱」に「高貴な活動」の契機を見るのは、先に引用したロレンスの「偉大さに近づいているほぼすべての男に同性愛の傾向がある」という見方と通底する。

一方、二〇世紀中葉、フロイトの斬新な解釈とそれにもとづく社会批評によって一躍カウンター・カルチャーの旗手となったN・O・ブラウンは、鮮烈な処女作『エロスとタナトス』で、「サディズムは内在する死の本能の外向性を意味していて、死の願望から殺害の願望への転換であり、有機体の中に内在する自己破壊の傾向を弱めて、それを生命を保ち豊かにするエロスの役目として有効な道に変えようとする、エロスによる転換である」（九〇頁）と述べたが、性倒錯にエリスよりもさらに積極的な契機を読み取ろうとしている。

同じく二〇世紀半ばに活躍した精神病学者のメダルト・ボスは、フロイトは「人間の愛の全体的な現実性を［……］『単に仮定された』部分衝動の集合に還元」（一七頁）したと、現在のフロイト批判の先駆となる見方を示しつつ、それでも性倒錯観においては強い影響を受けている。その最たるものは、「同性愛と妄想とは、人間の現存在形態の分裂病的な萎縮と崩壊との二次的現象」（一四三頁）だとする見方で、これをロレンス的にいえば、「他者を愛せない近代人」はその症状として「同性愛と妄想」に傾くということになろう。ボスの性倒錯観の基底となるのは、それを「恋愛」の変種と見ることである。「恋する我と汝及びその両者を通じて、全世界は、欲求と意図をもたない完全な静止した人間の永遠且つ根源的本質像にまで透明となるのである。それだから恋愛において、而して恋愛においてのみ、二つのもの、すなわち滅ぶべき内容と永遠の形式、事実と形相、模写と原図は真に統一され体験される」（四二頁）と。士官と従卒との関係はいわゆる恋愛ではない。しかし同時に二人の間には、言語化しえない強い牽引力ゆえに、ここでボスが恋愛の特徴として述べているのと非常によく似た状態が生まれている。士官は従卒への強い愛憎によって一時的にせよ、あるいは不完全にせよ、「思考に悩まされる」状態から抜け出て、「欲求と意図をもたない完全な静止した人間の永遠且つ根源的本質」にわずかながら近づき、また従卒は、その死の直前の譫妄・恍惚状態の中で、「滅亡と永遠」を同時に体験したのではないか。

しかしこうした解釈をする際に注意すべきは、ロレンスの中には、先ほど見たように、二人が「崩壊の河」にいるためにこれを享受できないという考えも共存していたという点である。彼がこの作品の結末にこれほど含みをもたせた、つまり、殺人にまで至るような倒錯的関係は「再生」を約束するのかという問い、換言すれば、従卒が士官を殺したのは殺そうと意図したのか、それともサディスティックな行為の過剰による意図せざる結果なのかという問いを無効にするような能動的な融合欲求を強く示唆する結末にしたのは、そのためではないか。

ボスは、サディストを動かすのは「性的行動なる生命肯定的行為によって生命を破壊し、或いは傷つけようとすること」であり、「殆どすべての倒錯的快楽の根底には『許されていないもの』に対する歓びが、それに対する恐怖と結びついているのが認められる」（二四頁）という。すなわちサディストは禁忌を犯すこと、そしてそこから生じる歓びと恐怖の特異な結合の形に快楽を感じるのだが、その形が「痛み」だという。ジョルジュ・バタイユの禁忌論を思わせるこうした指摘は、ボスが精神分析をしたエリッヒというサディスト・マゾヒストによって「実証」される。彼は性の相手の身体が自分のものだと信じるためにその身体をしばりつけなければならなかった。

彼女らが苦痛のために泣き叫んでいる時にのみ、私は彼女らの無抵抗性を確信できるのです。痛みのみが、あらゆるものに侵入し、体の外部から骨髄にまで侵入できるのです。［……］この痛みは、あらゆる外面的な外殻的なもの［……］をこえて、中心へ、内的なものへ、私が実際に存在しているところのものの中へ侵入して行きましたから。それは実際の生命の神経にふれたような感じです。神経があらわになり、真の現実が開かれます。そこには何らの隔壁はなく、事物の真髄そのものがあります。（一〇五頁）

硬い殻で覆われている人間同士を結びつけ、融合させるものとして、いやさらに、「事物の真髄」に触れるために、優しい接触ではなく、むしろ苦痛というこれ以上ないほど明確なものを使う――これはサディズムとマゾヒズムの要諦である。ボーヴォワールはサドの言葉を引きつつこういう。「心地よい感覚はあまりに優しすぎる。肉が最も劇的に肉としてすがたをあらわすのは、千々に引き裂かれ、血を流してであるからだ。『苦痛［翻訳では「苦悩」となっているが、文脈から考えて肉体的な苦痛の意味であろう」の感覚よりもいかなる種類の活発で鋭い感覚もない。その印象はたしかなものである』と」（三九頁）。すなわち、サディズムあるいはマゾヒズムと呼ばれている行為は、少数派という意味で「異常」とされているが、最も「鋭い感覚」を通した融合欲求の表出なのである。そしてこれこそT・E・ロレンスがデラアでトルコ軍に捕らえられて拷問を受けたときに感じたものなのであろう。彼は意識を失いそうになる鞭打ちの苦痛の中で「甘美さ」を感じる。そのとき、その苦痛を与える相手は、それを受ける側が好意をよせる人間である必要はない。絶対的に分離させられている二個の人間が、瞬間的にでもその殻を脱ぎ捨てて互いの中に入りたいというきわめて生物学的な欲求が、苦痛の授受という「共苦」によって乗り越えられることこそが肝要なのだ。士官の暴力もこう見ると、従卒との距離を縮め、できうれば相手の中に侵入したいという気持ちの表れと見ることができる。エリッヒは「世界と枠とは著しく堅く、抵抗に満ちていたので、恋愛は暴力の手段によってのみそれを征服することができた」（一一二―一一三頁）という。士官もまた「堅い世界」に住み、「自分を常に抑えつけていた」。彼の暴力はその世界を打ち破る方法であった。従卒をひどく蹴ったとき、その痛みは個人を隔てる壁を一時的にであれ消し去った。それが彼の「強烈な歓び」の根源であったが、実はその歓びは裏返しの形で従卒にも共有されていたのではないか。[12]

　エリッヒの行動を解釈するボスの次の言葉はこの事態を示しているように思われる。

> 　エリッヒは外部から殻をこわそうとする他に、内部からもそれを破ろうとした。殊に自分をしばり、自分の首をしめさせることによって。この場合、彼が能動的であるか、受動的であるかは、彼の体験にとって比較的小さな問題であり、この二つの体験様相はお互いに深く結びついているということを、彼ははっきりと述べている。縛りつけ、首をしめることは、それが能動的でも受動的でも、彼には何時も世界の狭さと不安の極度の亢進を意味した。彼はその時、彼の生命が極度に「圧縮」されるので遂には内部から「爆発」し、彼の世界の堅い壁を打ちこわして、彼の最も深い快楽が開放されると感じた。不安と暴力の束縛によって、現存在が極度に圧迫されることによってのみ最大の「幸福な快楽の開放」が得られると彼は期待していたので、個体の地上的な生命を問題にしないで、それを無意味なものに陥し入れ、体の外面の壁を無制限に引き裂こうとするところの快楽殺人のみがその解決をもたらしうると感じた。この際にも彼の空想的な体験は、自分と相手のどちらが死んで彼に性的な融合

をもたらすかは、はっきりしていなかった。(一一七―一八頁)。

この言葉は、サディズムの語源となったサドその人の、「他人の身に生じたこの苦痛の感覚によって、われわれの身に惹起される衝撃は、より以上に力強い震動をあたえ[……]快楽の行為においては自分がすべてであり、他人は無である[……]自然および法律によって相手の欲望に一時的満足をあたえるべく宣告された者が、どのような苦痛にあおうとも少しも問題にはならない。[……]問題となるのは、ただ欲望する者が満足するか否かということだけ」(二〇二頁)だという言明への明快な補足である。と同時に、フロイトのいう「サディストはいつでもまたマゾヒスト」であることの解説でもある。事実、サド自身がその性的放埓の中でサディズムとマゾヒズムの両方を体験しているし、作品の中でグロテスクな快楽殺人を繰り返し描く執拗さも、この説明を聞けばなにがしかの理解が得られるかもしれない。

士官と従卒のアンビヴァレントな感情と葛藤の極点において殺人が起きるのだが、そのとき彼が感じた「解放の情熱」と「歓び」、「魂の中の重い救済」、「なるべきようになったのだ」(15)といった感情が、エリッヒのいう「幸福な快楽の開放」にきわめて近似のものであることは明瞭であろう。その意味でこれを「快楽殺人」と呼ぶのは、あながち強引ではないだろう。少なくともこれは復讐という単純なものではない。

ボスはさらに明瞭に、「サド・マゾヒズム的行動の本質的な意図」は、「増大する抵抗と硬化の世界及び愛と献身の不可能性をつき破り征服し、どうにかして愛の融合を、それがいかに制限されたものであるとしても可能ならしめよう」とするものだとし、そうした行動による「殻の破壊によって開通された『二人の間の流れ』、この『共通の電流』こそエリッヒが彼の性的な恍惚の源として体験したもの」(一二二―

二三頁）だという。ロレンス自身、性交を電流の比喩で述べている。「われわれが知っているのは、性交において個々の男の血が強烈な生命の電流を帯びて——われわれはこれを表わす言葉を知らないので比喩で「電流」というしかない——女性の磁気を帯びた血に向かって強力に引きつけられ、頂点に登りつめるということだ」（*PU* 134）。ロレンスはここでエリッヒが述べていることを正確に理解できるはずだ。

しかし両者の間の決定的な違いは、ロレンスの描く関係がいわゆる「正常」な人間を想定している点だ。彼らはこの「愛の融合」、「二人の間に流れる電流」を「正常」な男女間の性関係において得ることができる。少なくともわれわれの文化はそう思うことを強いている。しかしエリッヒのような者たちは、先天的要因か後天的要因かはともかく、それに著しい困難を感じる。彼らはそれを「倒錯」と呼ばれる行動で、人によっては同性との間で成就しようとする。ロレンスはケインズらを見てこの「不可思議」な事実に触れ、激しい嫌悪と嘔吐感を覚えながらもなぜか引かれていく。彼はここに、まさにボスが「増大する抵抗と硬化の世界及び愛と献身の不可能性」と呼び、またロレンス自ら最晩年の『アポカリプス』において「個人はついに愛せない」という言葉で表現するに至る事態、すなわち近代人の宿痾の象徴を見出したのではないか。すなわちロレンスにとってこの「融合」は擬似融合だったのではないか。その意味で「プロシア士官」は、ケンブリッジ体験が誘発した倒錯的性のあり方に対する洞察への「予見」的作品ということができる。

自分の中にある同性愛的な要素に目覚め、その衝撃の頂点で愛の対象を殺してしまう従卒は、逃避行の中で、自分の中の核が「汚れなく冷たく、美しくそびえている山々」と同等のものだというぼんやりとしたヒントを得るが、それは成就されることなく彼は死ぬ。しかしそのことに気づいたことが、死んだ彼に再生の可能性があるかのごとき印象を与える。そしてその可能性は、死という「殻の破壊」を通して「共通の電流」を通わせ、もって「性的な融合」を成し遂げたという作者の暗示から出てくるようだ。このように二人は、ともに「崩壊の河」を流れ下るグドルンとジェラルドが殺し合いながらも一心同体であるように、相補物としての相手がいなければ自分がないと感じる。しかしむろんこの一心同体は「星の均衡」的な望ましいものではなく、近代の病の兆候である。

エイデルマンは、「融合欲求」に突き動かされたこの「快楽殺人」は、士官が従卒を「自分を殺すことに結実する情熱に駆り立てた」「企み」の結果であり、従卒がそれを実行したことこそが「彼の成就であった」(448)と見るが、これは鋭い点を突いている。その意味でこの「殺人」は無意識のうちの二人の共同作業だったといっていいだろう。つまり二人は選択の余地なくそうするように突き動かされたのだ。フォードは、従卒が殺人のときに見せる「強い炎」は士官の「青く冷たい火」によって点火された」(79)と見、これは従卒の無垢が、士官が代表する「意識によってエデンからおびき出された」(80)結果だとすることで、士官の意識性と従卒の無意識性を示唆するが、おそらく両者の違いは極小だろう。二人ともこの「殺人」に「情熱的」に、すなわち無意識的に身を任せたときに初めて、「近代以前」の人間の無垢を一時的に取り戻せたと感じることができたのだ。

ボスはエリッヒの、問題はどちらが首を絞めるかではなく、「だれかが首を絞められるということだ」という言葉に触発されて、「サジズムとマゾヒズムとの同時存在或は転換可能性」に思い至る。前に見たようにフロイトも、あるいはクラフト＝エビングもすでにこれには気づいていたが、彼らの解釈はどちらも不十分だと彼はいう。ボスはこの同時存在の根底に、「丸太の「ような」世界を何とかして打破し、愛情的世界内存在にまで到達すること」(一一七頁)を目指す志向性を見出す。これは士官と従卒との関係を見る上で示唆的だ。士官にマゾヒスト的側面は見つけにくいが、それでも、彼が従卒に暴力を振るった後で陥る自己嫌悪はマゾヒスト的である。従卒が士官の暴力をマゾヒスト的に受け入れていたとは読みにくいが、しかしハリスが指摘するように、彼はこの暴力によって通常の上官―部下の関係を超えて士官に「取りつかれる」。これらを見ると、両者の中にサディズムとマゾヒズムの同時存在あるいは転換可能性があったと考えられよう。その転換の結果が殺人という形になった。しかしその目的はあくまで、個人が硬い殻を作ってその中に住まざるをえない近代の人間関係を打破して「愛情的世界内存在にまで到達すること」であった。「殺人とは生命の核に、殺される者の核そのものに到達し、それを見つけて所有せんとする欲望である」(*SCAL* 79)。こう書いたロレンスは、人類の最大のタブーである殺人という生命を奪う行為が、近代においては端無くも逆のベクトルを秘めた行為へと転化したことを知悉していたのであろう。

以上の読みからすれば、この作品に、とりわけ二人の死に、ハリス等の「再生」論に代表される創造的要素を探り出そうとする試みは一見正鵠を得ているように見える。ハリスはこれを、殺人において「人生で初めて、恐ろしくはあるが強烈な人間関係」をもち、「他者と向き合い、抱擁することで自己を認識」し、それによって自分を「独立した存在」と見るようになる従卒の「再生の物語」と読む。しかしこの読みは二人の「愛の融合」を真正のものと見る誤りを犯している。注目すべきは、作中の二人がいかに「愛情的世界内存在への到達」を求めたとしても、そしてその結果作品が「再生」あるいは「覚醒」の物語に見えようとも、その枠組みは「われわれの真の現実」(*WL* 172)である「崩壊の河」の中にあるという点だ。たしかにそれはバーキンもいうように「創造の新たなサイクル」を萌芽としてはらんでいるかも知れないが、「われわれから出てくるのではなく、われわれの後に」(173)来るもの、すなわち、もしこの崩壊のプロセスがうまく一回転し、イェイツ的にいえばガイアが交替し、あるいはニーチェ的にいえばニヒリズムの底の岩盤にまで達すれば、僥倖として訪れるかもしれない実に不安定な再生なのである。先に見た清水も、二人は死において「運命を甘受するのみならず［……］真の意味での自己実現を達成する」（二一五頁）と述べるが、この「運命」はロレンスが近代によって捻じ曲げられたと考えている運命で、決して二人の「自己実現」を約束するものではない。彼らはむしろ近代の宿痾にそれと知らずに冒されている「犠牲者」であり、清水がこの物語の主題を「解体の魅力」（一一六頁）に見るのも間違いではないが、しかしそれはロレンスの、そしてわれらの時代の腐蝕的な魔力であって、肯定的に解釈すべき魅力ではない。このサイクルの次に「創造の銀色の河」が来ることを希求しつつ、忸怩たる思いで甘受すべきものなのだ。

同性愛をめぐる論で興味深いのは井上義夫の論である。彼は件の、パジャマ姿のケインズを見てすぐに同性愛に思い当たったとする「定説」に疑義を呈する。ではその日、ロレンスに狂気のような思いをさせたケンブリッジでの事件とは何だったのか？　井上はこの「謎」を解くために、ドストエフスキーの『白痴』と「プロシア士官」との類似性という意表をつく補助線を引く。すなわち、ムイシュキンの語る死刑囚と殺害後の従卒との世界を見る目の類似性である。「ひとたび『死』の領域に入り、その世界から逆に『生』を見た異常な瞬間」（一九七頁）を共有し、「『光』は物質の密度を帯び、『自然』は疼痛に似た存在感で震える」のを見た両者、このような人間を書くことのできるロレンスとドストエフスキーはともに、「世界の底で息を潜める」悪の世界を垣間見たという。そして同性愛は、「本当はこの［邪悪そのものの］『宇宙』が放つ臭気ほどのものでしかないので、肝要なことは、ケンブリッジ大学訪問が直接の契機となって生じたこの『悪の優越』の認識が、ロレンスの世界観と人間観を根底から揺すぶり始めた」（二〇〇頁）ことだと結論する。すなわち同性愛は「世界の原理」である「悪」の一顕現にすぎず、その意味においてのみ注目に値するという。要するに、ロレンスはフロイトやボス等が述べるような同性愛の積極的解釈を退け、同性愛は「崩壊の河」にあることの一つの表れだと考えていると見るのである。

おそらくは自らの内にもそれへの嗜好性・志向性を感じていたにもかかわらず、[13] 同性愛に本能的拒否反応を示すというアンビヴァレンスを抱えたロレンスが、あえてそれを匂わせる関係を描いたのは、明らかに何らかの意図があってのことである。もしこの関係から、多くの評者がいうような「再生」を読み取るとしても、それには細心の注意が要る。すなわち、彼らが何とかすくい上げようとしている「再生」は、バーキンのいう「崩壊の河」が果てまで行ったときに「銀色の創造の河」が立ち現れるかもしれないというかすかな希望であり、あるいは井上がいう、「この新たな認識は、ロレンスを、毒はさらに強い毒で制さねばならないという思いに誘った」(二〇〇頁)という、きわめてパラドクシカルな容貌を呈しているのである。

結語

士官と従卒はともにタナトスに導かれて死を、すなわち絶対的な安定性・恒常性である死を希求した。ブラウンはこういっている。「もし抑圧が克服されて、人間が自己に固有の生命を享有することができるようになれば、過去への退行的固着は解消するであろう。目新しさへの落ち着かない追究は快い反復の中に再吸収され、〈なる〉という欲望は〈ある〉という欲望の中に再吸収されるであろう。[……] 抑圧されている生命のみが時間を持ちうるのであって、抑圧されていない生命は時間を持たない、または永遠の中に存在する」(一〇二頁)。ここで彼がいう「永遠」は死としてではなく生としての永遠であるが、二人がたどり着いた絶対的な安定性・恒常性としての死は、抑圧の克服の成果ではない。二人はたしかにそれぞれの「融合欲求」を死の中で成就し、「愛情的世界内存在」に到達したかに見える。しかし、くりかえすが、この融合をあまり積極的なものとして取ることは避けねばならない。なぜなら、この融合、そして自分と山々との一体化の成就の暗示も、すべては「崩壊の河」の中での出来事だからである。

死に直面した人間が手に入れる自由をバタイユはこう称賛する。「死の限界にありながら、なにごとをも目ざさず、なにごとをものぞまない至高の態度は、一瞬の時のあいだに、決定的な錯乱を介して、十全性を自分のものにすることができるのである。［……］挑戦しようともせずに死ぬ瞬間には、少年時の熱狂的な動きが、ふたたび無益な自由に酔いしれることができるのである」(二五九頁)。これを「プロシア士官」の参照項として見るなら、従卒は最期の錯乱の中で生と死の境をさまよい、死の領域から生を見返す視線を思いがけず手に入れ、それによって「十全性」を、「少年時の［……］無益な自由」を手に入れたとも読めよう。しかしこの作品においてはこうした肯定的読みには注意がいる。つまりこの「自由」は文字通り「無益」、すなわち時代の「崩壊の暗い河」にすっぽりのみ込まれた中でもつ幻覚的な自由であるからだ。

ボスがフロイトの天才の証と見る言葉、「恋愛の驚くべき力は、これらの倒錯した様々の形態において最も明瞭に認められる」(「性欲論三篇」一六七頁)が正しいとすれば、二人の「倒錯」した関係も「恋愛」、すなわち、接触が不可能になった時代にあってその接触を何とか奪還しようとする欲求と見ていいだろう。

しかしこの「恋愛」は、ジェラルドとグドルンの「恋愛」を先取りしたもので、いかにそれが「恋愛的世界内存在可能性」(ボス、一六七頁)の必死の希求であったとしても、やはりそれは「崩壊の暗い河」の中で行われる、出口のない、あるいは生産性のない、関係であるしかない。その意味でこの作品は、人間がこの「暗い河」にのみ込まれている必然性・不可逆性の認識を、おそらくは作者自らも明瞭に意識しないまま、最も早く示したものといえるだろう。

ロレンスがこの作品で、同性愛に絡めてこうした自己の無意識の噴出を描いたのは、彼が佐藤淳二の指摘する意味での「啓蒙の結末」を感受していたからだと思われる。すなわち、「人間が科学を人間自身に適用すれば、人間のすべてを知ることができる。では、自分自身のすべてを知った(見た)自分というのは、知られた(見られた)側にあるのか、知っている(見る)側にあるのか」。この「パラドクス」に直面した人間は、「メビウスの輪のように絡み合っていて、常に表裏が反転し、ループしつつ、しかし自分にそのまま返ってくるわけではなく、いわば自分の裏側に潜り込んでくるような複雑な関係を[……]自分自身とのあいだにもたざるをえなくなった、そういう『二重体』」(佐藤、他、一六頁)になった、と。これはむろん、ロレンスが終生呪詛した「自意識の呪縛」の謂であるが、彼はその「結末」を予感、あるいは期待してこの作品を書いたのであろう。ここでは性倒錯的な臭いが濃厚に立ちこめているが、近代の病理である「啓蒙の結末」の表出はむろん性の領域に限られるわけではない。ロレンスはこのパラドクスの完全な表出を、この作品の執筆の翌年に始まる第一次世界大戦に見、再確認する。そこで目にしたものの新たな表象が『恋する女たち』で不気味に描かれる「崩壊の暗い河」だ。

ロレンスはこの作品の後、この「暗い河」に棲む「二重体」としての人間というパラドクスを、男根を象徴とする男女の接触を通して、さらには「宇宙と胸を突きあわせる」という究極の「直接的」関係の回復という方向で、一言でいえば「究極の健康」を目指すことで超克しようする。これは「啓蒙」に反抗し、敵対する運命にある、「啓蒙の必要な補完物」(佐藤、他、一七頁)であるロマン主義の系譜の(イェイツと並んで)「最後」に連なる者としてきわめて自然な反応であろう。しかしこの方向性には、フーコーが「無意識」と名づけた人間像、すなわち「ループを描いて自分自身の裏側に潜り込みながら自分自身を作り出すという不可能な実践を行いながら前進するほかない捩じれた輪」(佐藤、他、一六頁)としての人間というヴィジョンは取り込まれていない。これはハーバーマスやウィルバー的人間観、すなわち人間、とりわけ近代人を取り巻く窮状(「序」で述べた「ディレンマ」はその一環)には、ロレンスが夢見た「究極の健康」といった類の究極的な解決法はなく、人間はどのような困難が新たに現出しても、引き返すことなく、つまり過去に理想を見ることなく、「不可能な実践を行いながら前進するほかない」存在だとする見方である。そのような視点に立つ者にとって、近代と啓蒙という、互いが母であり子であるような関係にある両者は、人間にとって永遠の「未完のプロジェクト」であり続けるだろう。

「プロシア士官」という作品は、ロレンスがその創作経歴の初期において、こうした近代の未完性がはらむ問題に半意識的に気づき、それを、同性愛という自己の中で抑圧されていた性向をすくい上げて書き上げ、この問題へのさらなる探求の巨大な成果である『虹』と『恋する女たち』を生み出す跳躍台の役目を果たしたといえよう。

注

（1）興味深いことに、ダグラスはワイルドの死後ロレンスに関心を抱き、セッカーの手紙によれば、「あなた［ロレンス］や『虹』にいつも言及」（3L 708）していたという。

（2）この見方は現在では広く受け入れられているが、すでにサドは一七九五年に、同性愛は「体質の結果」（二一二頁）だと述べ、彼にとっては神の代替物であった「自然」が作り出したものは誤っているはずはないという彼独自の「不敗の論理」を使ってこれを擁護している。

（3）この点はハヴロック・エリスも同意見だが、この文脈で興味深いのは、生涯童貞を貫いた宮沢賢治が、エリスをはじめとする性科学の文献をよく読んでおり、性欲を詩作という「高度な精神活動」で昇華しようとしていたことだ。ある友人にこう語っている。「性欲の濫費は君自殺だよ、いい仕事は出来ないよ」（押野、三一頁）。しかし晩年、「禁欲は、けっきょく何にもなりませんでしたよ、その大きな反動がきて病気になったのです。［……］何か大きないいことがあるという、功利的な考えからやったのですが、まるっきりムダでした」（信時）と告白している。こうした賢治の身体観・性愛観の特徴を、押野武志は「小岩井農場」の一節を引用して「性的な身体への嫌悪」と見る。その一節とはこうだ。「じぶんとたつたもひとつのたましいと／完全にそして永久にどこまでもいつしょに行かうとする／この変態を恋愛といふ／そしてどこまでもその方向では／決して求め得られないその恋愛の本質的な部分を／むりにもごまかして求め得やうとする／この傾向を性慾といふ」（八三頁、傍点引用者）。さらに押野は、「賢治は、与えること、愛することはできても、与えられること、愛されることの意味を理解できなかった」（七七頁）とまで踏み込むが、こうした精神的態度は、同じく生涯女性を知らなかったT・E・ロレンスの友人評とぴったり重なる。例えばライオネル・カーティスはこういう。「ロレンスはいつも自分を、友情を、時間を、頭脳を、所有物を、とりわけお金を（もっているときには）惜しみなく与えた。しかし人から援助や物を受け取るのは嫌がった」（A. W. Lawrence, 261）。E・M・フォースターの言葉も同じトーンを響かせている。「自分が厳しい生活をしていればいるほど、ほかの人間は気持ちよく暮らせるように心をくばったのである。人を幸せにするためなら、労を惜しまなかったのだ」（二〇二頁）。

（4）ロレンスがどの部分を根拠に『ウィルヘルム・マイスター』をこう読んだのかは不明である。しかしそれはともかく、ここでロレンスは意図せずに西洋芸術の別の側面に触れている。つまり彼は、性倒錯に厳罰をもって臨んだ「西欧文明が、芸術の中では同性愛を讃美した」（ソレ、二七二頁）という点に気づいたのである。

（5）ただし注意すべきは、上記の評者が同性愛を否定的に見ることを前提に論じているのに対し、ヴァイスは、ロレンスが『息子・恋人』で突き詰められなかった男同士の問題を、同性愛を描くことを自分に許容することで「完遂」（93）し、「文学的解決」（76）を与えたと積極的に評価している点だ。

（6）これはフロイトが「文化への不満」などで示した見方で、フロイトに批判的であったロレンスが同様の見方をしているのは注目していいだろう。

（7）心理学などの「外的尺度」を文学作品に当てはめることに疑義を呈するのは井上だけではない。こうした疑義は、いかなる外的枠組みを当てはめても文学作品という混沌には迫りえず、その真の価値はあくまで内部から発見せねばならない、とい思いに基づくのであろう。これに異論を唱えるつもりはないが、本稿の目的は、序でも述べたように、ロレンスの作品を時代の思想潮流の中で捉えることであり、この作品に提示されている有様が「同時多発的」に現れた可能性を検証することにある。その際、過去、あるいは同時代の他の学問分野の見識を参照することは不可欠となる。参照の恣意性に十分留意すれば、ここで参照している心理学者たちの見解はこの作品の謎解きに資すると同時に、この「同時多発性」を浮かび上がらせてくれるだろう。

（8）ここにある「硬い殻」という表現は、後に見るエリッヒというサド・マゾヒストが自分に対して使ったのと同じ比喩である。一方は部外者（ロレンス）が、他方は当事者が使ったという違いはあるが、どちらも性倒錯の心情の説明として使われているのは興味深い。こうした見方は、同性愛を倒錯とは見ない現今の傾向とは大きく異なるが、ここで重要なのは、人間の大多数とは異なる性的志向／嗜好をもつ者は、内部からも外部からも「硬い殻」に閉じ込められた存在と感じられてきたという点である。

（9）サドも、古代ギリシア・ローマにおいて戦争が「男女の性を引き離して、この悪徳を普及させた」と同様の見方を示すが、そこからまったく違う方向に向かう。すなわち、同性愛が「国家にきわめて有益な結果をもたらすことが知れると、ついには宗教さえこの悪徳を祝福した」（二一五頁）と。

（10）T・E・自身の性意識はきわめて複雑で、同性愛を噂され、さらにはある若者に鞭打たせていたという記録もある。これは実証されたとはいいがたいが、彼自身、後に「牢獄の番人」から逃れるために入隊すると、娼婦を買ったり自慰をしたりする隊員の「精神の動物性」に悩まされながら、それに反抗するのは自己憐憫からで、そもそもそのような存在になるよう望んだのは自分だとほのめかす。しかし同時にそれは失敗すると予感しており、その理由として「ぼくのマゾヒズムはなお残り、これからも残るだろう」（*Selected Letters* 236）と謎めいたことをいっている。この点についての詳細は浅井雅志、『モダンの「おそれ」と「おののき」』第五、第六章参照。

（11）D・H・ロレンスが読んだゾラの『ナナ』でも、ナナの虜になって恐ろしい愛欲地獄へと落ちていくミュファ伯爵が生々しく描かれているが、彼にも同様の「堕落に確実性と最終的な安全」を求める嗜好・志向が読み取れる。ナナから動物として扱われても、伯爵は「自分の下劣な振舞いを愛し［……］もっと卑しくなりたいと熱望」（六六五頁）するのだ。それにしても、「［『虹』に］含まれている強烈な肉［この "meat" には「女体」の意味がある］に比べれば、ゾラの小説など子どもの食べ物みたいなものだ」（*2L* 462）と書いた『虹』の初期の書評子は、ゾラの（そしてロレンスの）どこを見ていたのだろう。

（12）『息子・恋人』でポールがバクスター・ドウズと殴りあった後、同性愛とも取れるような強い共感を彼に抱くようになるが、それもこうした力学の一顕現だろう。

（13）ロレンスの同性愛的嗜好については多くの証言がある。初期にはジェシーの兄のアラン・チェインバーズに、またコーンウォール時代には近くに住む農夫のウィリアム・ホッキングに強い同性愛的感情を抱いたといわれる。

引用文献

Adelman, Gary. "Beyond Pleasure Principle: An Analysis of D. H. Lawrence's 'The Prussian Officer.'" *D. H. Lawrence: Critical Assessments*. Vol. III. Ed. David Ellis and Ornella De Zordo. Hastings: Helm Information, 1993.

Cushman, Keith. *D. H. Lawrence at Work: The Emergence of the "Prussian Officer" Stories*. Sussex: Harvester, 1978.

Draper, R. P. Ed. *D. H. Lawrence: The Critical Heritage*. London: Routledge & K. Paul, 1970.

Finney, Brian. "Introduction." *D. H. Lawrence Selected Short Stories*. Harmondsworth: Penguin, 1982.

Ford, George H. *Double Measure: A Study of the Novels and Stories of D. H. Lawrence*. New York: Holt, Rinehart and Winston, 1965.

Harris, Janice Hubbard. *The Short Fiction of D. H. Lawrence*. New Brunswick, New Jersey: Rutgers UP, 1984.

Hough, Graham. *The Dark Sun: A Study of D. H. Lawrence*. New York: Octagon Books, 1979.

Lawrence, A. W. Ed. *T. E. Lawrence By His Friends*. London: Jonathan Cape, 1937.

Lawrence, D. H. *The Letters of D. H. Lawrence, Vol. 1*. Ed. James T. Boulton. Cambridge: Cambridge UP, 1979.（*1L*）

——. *The Letters of D. H. Lawrence, Vol. 2*. Ed. George Zytaruk & James T. Boulton. Cambridge: Cambridge UP, 1981.（*2L*）

——. *The Letters of D. H. Lawrence, Vol. 3*. Ed. James T. Boulton & Andrew Robertson. Cambridge: Cambridge UP, 1984.（*3L*）

——. *The Letters of D. H. Lawrence, Vol. 5*. Ed. James T. Boulton & Lindeth Vasey. Cambridge: Cambridge UP, 1989.（*5L*）

——. *The Letters of D. H. Lawrence, Vol. 6*. Ed. James T. Boulton & Margaret H. Boulton with Gerald M. Lacy. Cambridge: Cambridge UP, 1991.（*6L*）

——. "Pornography and Obscenity." *Late Essays and Articles*. Ed. James T. Boulton. Cambridge: Cambridge UP, 2004.（*LA*）「ポルノグラフィと猥褻」

——. *The Prussian Officer and Other Stories*. Ed. John Worthen. Cambridge: Cambridge UP, 1987.

——. *Psychoanalysis and the Unconscious and Fantasia of the Unconscious*. Ed. Bruce Steele. Cambridge: Cambridge UP, 2004.（*PU*）

——. *Reflections on the Death of a Porcupine and Other Essays*. Ed. Michael Herbert. Cambridge: Cambridge UP, 1988.（*RDP*）

——. *Selected Short Stories*. Ed. Brian Finney. Harmondsworth : Penguin, 1989.

——. *Studies in Classic American Literature*. Ed. Ezra Greenspan, Lindeth Vasey and John Worthen. Cambridge: Cambridge UP, 2014.（*SCAL*）

——. *Women in Love*. Ed. David Farmer, John Worthen and Lindeth Vasey. Cambridge: Cambridge UP, 1987.（*WL*）『恋する女たち』

Lawrence, Frieda. *Not I, But the Wind ...* Carbondale: Southern Illinois UP, 1974.

Lawrence, T. E. *The Selected Letters*. Ed. Malcolm Brown. New York, London: Norton, 1988.

——. *Seven Pillars of Wisdom*. Harmondsworth: Penguin, 1962.

Moore, Harry T. *The Priest of Love: A Life of D. H. Lawrence.* Carbondale: Southern Illinois UP, 1974.

Spilka, Mark. *The Love Ethic of D. H. Lawrence.* Bloomington: Indiana UP, 1955.

Weiss, Daniel A. *Oedipus in Nottingham: D. H. Lawrence.* Seattle: U of Washington P, 1962.

Yeats, W. B. *The Oxford Book of Modern Verse 1892-1935.* Oxford: Oxford UP, 1936.

浅井雅志『モダンの「おそれ」と「おののき」――近代の宿痾の診断と処方』松柏社、二〇一一年。

――「猥褻・過剰・エロティシズム――ロレンス、サド、バタイユの性観念」、『言語文化研究』第32巻第1-2号、松山大学、二〇一二年、一―三二頁。

井上義夫『新しき天と地――評伝D・H・ロレンスII』小沢書店、一九九三年。

――『ロレンス　存在の闇』小沢書店、一九九四年。

エリス、ハヴロック『性の心理4　性対象倒錯』佐藤晴夫訳、未知谷、一九九五年。

押野武志『童貞としての宮沢賢治』ちくま新書、二〇〇三年。

風間孝、河口和也『同性愛と異性愛』岩波新書、二〇一〇年。

近藤康裕『読むことの系譜学』港の人、二〇一四年。

サド、マルキ・ド『閨房哲学』澁澤龍彦訳、角川書店、一九七六年。

佐藤淳二、立木康介、道籏泰三「〈座談会〉「無意識」の生成とゆくえ（1）――二〇世紀の「無意識」をめぐって――」『思想』二〇一三年第四号、七―四二頁。

清水康也『D・H・ロレンス――ユートピアからの旅立ち』英宝社、一九九〇年。

ストー、アンソニー『性の逸脱』山口泰司訳、岩波書店、一九九二年。

セジウィック、イヴ・K『男同士の絆――イギリス文学とホモソーシャルな欲望』上原早苗、亀澤美由紀訳、名古屋大学出版会、二〇〇一年。

ゾラ、エミール『ナナ』川口篤、古賀照一訳、新潮文庫、二〇〇六年。

ソレ、ジャック『性愛の社会史』西川長夫、奥村功、川久保輝興、湯浅康正訳、人文書院、一九八五年。

立木康介、多賀茂、塚本昌則、鈴木雅雄「〈座談会〉「無意識」の生成とゆくえ（2）――二〇世紀の「無意識」をめぐって――」『思想』二〇一三年第四号、四三―八〇頁。

田部井世志子「〈物質的想像力〉と「プロシア士官」」『D・H・ロレンスと新理論』荒木正純、倉持三郎、立石弘道編、国書刊行会、一九九九年、五一―六九頁。

鉄村春生『想像力とイメジ』開文社、一九八四年。

信時哲郎「宮沢賢治とハヴロック・エリス――性教育・性的周期律・性的抑制・優生学」http://www.konan-wu.ac.jp/~nobutoki/papers/kenjiellis.html
バタイユ、ジョルジュ『文学と悪』山本功訳、ちくま学芸文庫、一九九八年。

フォースター、E・M・『フォースター評論集』小野寺健編訳、岩波書店、一九九六年。

ブラウン、ノーマン・O『エロスとタナトス』秋山さと子訳、竹内書店 一九七〇年。

フロイト、ジグムント「ある幻想の未来」『フロイト著作集3』浜川祥枝訳、人文書院、一九六九年。

――「性欲論三篇」『フロイト著作集5』懸田克躬、吉村博次訳、人文書院、一九六九年。

ボス、メダルト『性的倒錯』村上仁、吉田和夫訳、みすず書房、一九九八年。

ボーヴォワール、シモーヌ・ド『サドは有罪か』白井健三郎訳、現代思潮社、一九六一年。

「桜草の道」とオーストラリア――アイデンティティーの揺らぎ

山本　智弘

一　「桜草の道」に関する従来の論点

D・H・ロレンスの短編「桜草の道」は一九一三年七月に脱稿、翌一四年に改訂されたが、雑誌などに掲載されることは一度もなかった。その後、この作品は一九二二年発表の短編集『イギリス、我がイギリスよ』に収録されることで初めて日の目を見た。

物語は、ヴィクトリア駅に降り立ったダニエル・ベリーが、タクシー運転手をしている叔父で、この短編の主人公であるダニエル・サットンに出会う場面で幕を開ける。サットンは家族の厄介者であり、放蕩な性格の人物として描かれている。[1] 一八歳の時にベリーの叔母にあたるモードという女性と結婚して、その後スポーツ記者となる。二人の子どもに恵まれるのだが、夫婦関係は初めから冷え切っており、約八年の結婚生活の末にサットンは若い女性とオーストラリアに駆け落ちする。一時期ニュージーランドにも渡っている。しかしその女性に裏切られ、サットンの言うところによると、彼女がコーヒーに毒を盛ったため彼は死線をさまよう。体調が回復して、イギリスに戻った彼はタクシー運転手をしているが、機を見て再びオーストラリアに渡る気持ちでいる。そして現在のところ、モードとの離婚がまだ成立していない状態のままエレーンという若い女性とその母親ミセス・グリーンウェルと住まいを共にしている。

サットンはその人生経験、女性関係ともにドラマチックで派手な人物と言えるが、この設定の全てが作者ロレンスの想像／創造力から生み出されたものではない。身近にいる人物をモデルにして作中人物を創出するのはロレンスの常とするところであり、「桜草の道」もその例に漏れず、右記の経歴はロレンスの母方の叔父であるハーバート・ビアゾルの経歴にほぼそのまま当てはまる。「桜草の道」に言及する論考にはこの点を指摘しているものが散見する（Moore, 39; Pinion, 228; Kinkead-Weekes, 90）。

この作品の批評を概観すると、先に述べたモデル論以外では、病床に伏しているモードを前にしてサットンが感じる恐怖感を分析しているものが多い（Widmer, 25-6; Granofsky, 130-1; Delaveney, 157-8）。他にはこの作品における語りを取り上げているもの（鉄村、六五―八頁）、家父長制の視点からサットンの言動を検証しているもの（Kanwar, 66-73）などがある。しかし「桜草の道」は論じられることが比較的少ない作品であり、[2] 作品の評価に関しては、「出だしは期待させるがその他の部分はたいしたことはない」（Hough, 173）に代表されるように概ね低いと言える。

モデル論、主人公の心情分析、語り、家父長制。これらはこの作品を論じる時のキーワードではあるが、本稿ではここにオーストラリアというキーワードを加えたい。ロレンスの小説でオーストラリアとの結びつきが強いのは、当然『カンガルー』（一九二三年）やモリー・スキナーとの共作『叢林の少年』（一九二四年）

であるが、「桜草の道」は上記二作品よりも早くその背景にオーストラリアが描かれた作品である。そしてこの作品のサットンは単にオーストラリア帰りの人物であるというだけではなく、彼の振る舞いや心情描写を注意深く見ていけば、そこにはオーストラリアにまつわる言説がまとわりついていることが分かるのである。サットンがオーストラリアに移住していた正確な期間は作中で明らかにされていない。しかし三五歳のサットンが、一八歳で結婚し、その約一〇年後にオーストラリアに渡ったことと、イギリスに戻ってきて三か月になると冒頭でベリーに告げていることから推測すると、彼の移住生活は六年か七年に及んでいたと考えられる。

本稿ではイギリスとオーストラリアの関係を移住という視点から歴史的に概観することを出発点とし、それからロレンスとほぼ同時代の英文学作品において、オーストラリア移住がどのように描かれているかを検証したい。そしてその検証から見えてくる特徴が「桜草の道」にも散見することを指摘する。そしてサットンがモードの元を訪れる場面で描かれる彼の心情やこの物語の結末にもオーストラリアに関する要素が働きかけていることをアイデンティティーをキーワードにして論じたい。

二　移住地オーストラリア

イギリスからの入植者の一団がオーストラリアに最初に到着したのは一七八八年であった。[3]その四分の三は流刑となった囚人で、後は総監を始め文官、士官、海兵隊員たちである。オーストラリアが流刑植民地となったのは、それまでその役割を担っていたアメリカが独立したことが大きい。以降一八二〇年代までは囚人が移民者の多くを占めており、一般人の入植は少なかった。しかし次の二〇年間でオーストラリアに対する関心がイギリスで熱を帯び始める。その大きな要因は産業革命に伴い発生した人口増加問題である。この過剰人口を処理する有効な手段としてオーストラリア移住に次第に注目が集まっていくこととなる。

移住先としてオーストラリアを大きくアピールしたのは、経済学者で植民地政治家のエドワード・ギボン・ウェイクフィールドである。彼は一八二九年に「シドニー通信」という小冊子を出版して、その中で植民政策を組織的に実施することの重要性を訴え、多くの人の耳目を集めた。この政策に従って作られた植民地はイギリス本国の製品を売り込む安定市場となり、さらにはイギリスで人口増加のため激しい競争にさらされているあらゆる階級に成功の機会を与えることになる、というのがウェイクフィールドの主張であった。

他の人物では、例えば、植民地次官のウィルモット・ホートンが過剰人口問題の解決策としてオーストラリア移住を推奨し(彼は国に経済的負担となる貧者の移住に特に熱心であった)、一八四八年には植民地省大臣ヘンリー・ジョージ・グレイ卿がオーストラリアへの移住者に補助金を出す政策の正当性を訴え、その中で「オーストラリア移民は帝国全体に考えられる限り最大の利益をもたらす」(Hyam, 43)と述べている。

このような風潮の中、社会的・経済的弱者、職にあぶれた労働者・技術者を始め、さらなる成功を目論む裕福層や軍人など、実に多種多様な人々がオーストラリアに渡った。ロレンスに縁のある人物で言えば、『叢林の少年』の共同作者モリー・スキナーの母方の祖父ジョージ・ウォルポールが一八三三年に渡豪している。当時ジョージは八歳であった。彼の一族は元々相当の資産を持っており、渡豪後も当地で大成功を収めた裕福な植民者であった（朝日、六〇頁参照）。

一般人の入植も次第に行われるようになったが、移住候補地としてのオーストラリアは、アメリカ、カナダに次いで三番目の位置づけであった。渡航費（アメリカ、カナダの約八倍）と渡航日数（約三か月半）は経済的にも肉体的にも大きな負担であった。補助金制度も施行されていたが、それでも一八二〇年代から四〇年代に渡豪した移住者の数（約二〇万六千人）は、アメリカとカナダのそれと比べると、それぞれ約八分の一と約五分の一であった。

この位置づけに変動が見られたのは、一八五〇年代からである。ニューサウスウェールズ州とヴィクトリア州で金鉱が発見され、いわゆるゴールド・ラッシュが起きたのがその大きな要因であった。この結果、移住者の数はカナダを上回ることになるのである。その後、オーストラリアの経済は、一八九〇年代に一時不況に陥るものの概ね安定期を迎えることとなった。

一九〇一年、オーストラリアは英連邦加盟の自治国となり、その後いわゆる「白豪主義政策」という白人優先政策を実施することになる。この政策の影響で、第一次世界大戦までの期間、イギリスからの移民は全体の中でも大きな割合を占めることになった。この間オーストラリアの経済は好調で、移民を、特に農地への入植者を歓迎する傾向にあった。一方、イギリスでは国内の社会不安が増大するにつれて、移住に高い関心が払われるようになった。「桜草の道」のダニエル・サットンのモデルであるハーバート・ビアゾルが渡豪したのも、ロレンスが「桜草の道」を執筆していたのもこの期間にあたる。次の章では、英文学作品においてオーストラリア移住がどのように描かれているかを見ていきたい。

三　英文学作品におけるオーストラリア移住の描写

オーストラリア移住が過剰人口問題と相まってイギリス国内で大きな注目を集めていた頃、いち早くこの社会的動向を作品に反映させたのはチャールズ・ディケンズであったと言われている。ディケンズは自伝的小説『デイヴィッド・コパーフィールド』の第五七章「移民たち」でオーストラリアへ渡る人々の情景を描いている。

「移民たち」において中心的に描かれるのはウィルキンス・ミコーバーという人物である。彼は主人公デイヴィッドが身よりのない孤児であるという理由で、社会から冷遇されていた時に知り合った人物である。ミコーバーは怠け者の楽天家で、その後デイヴィッドが社会的成功の階段を駆け上がっていくと何かと彼にまとわりつくようになる。その存在を疎ましく感じたデイヴィッドは大叔母ベッチー・トロットウッドの協力を得て、ミコーバーとその家族をオーストラリアに移住させる。[4] オーストラリアはデイヴィッドにとって厄介者を排除するのに適した土地であったと言える。興味深いのは、「オーストラリア」と「厄介者」という結びつきが、その後の英文学作品にも随所に現れることである。

ディケンズの時代から少し時を進めて、ロレンスとほぼ同世代の作家の作品を見ていきたい。まずはジョージ・ギッシング（George Gissing）の『民衆』（*Demos* 1886）から、主人公リチャード・マティマーとその弟アリーとの会話を引用する。アリーは、こそ泥を繰り返しては刑務所に収監されるということを繰り返す一家の厄介者で、次の会話はアリーが刑期を終え、出所した直後に兄弟の間で交わされるものである。

「お前にしてあげられることはもうたった一つしかないよ」と兄は弟に言った。「オーストラリアまでの渡航費を出すから、向こうで自活してくれ」アリーはその申し出を断った。「じゃあその金をくれよ」というのが彼の返事だった。話し合いは結局無駄に終わった。（*Demos* 330）

厄介者が最終的には説得に応じなかった点を除いて、先の『デイヴィッド・コパーフィールド』のミコーバーの事例と状況はほぼ同じで、マティマーの意図は問題の多い弟の排除にある。そしてその排除先として選ばれるのはオーストラリアである。

続いてジョージ・ムア（George Moore）の『エスター・ウォーターズ』（*Esther Waters* 1894）からその一場面を引用したい（この小説はロレンスが一九一〇年一月二八日付のブランチ・ジェニングズ宛の書簡で、読みたいので送って欲しいと頼んでいる作品でもある（*IL* 154）。小説のヒロインであるエスターは、彼女の母親が再婚した後、その再婚相手、すなわち継父に家庭の経済的理由で強制的に追い出される。ある日、そのエスターを異父妹のジェニーが訪ねる。ジェニーはまず母親が亡くなったことをエスターに告げ、その後継父とその子どもたちの今後の見通しについて語り出す。

「父さんはオーストラリアに行くの。イギリスはもうイヤになったし、それに鉄道の仕事を首になったから、移住することに決めたんだって。もうほとんど決まったも同然だよ。父さん、斡旋業者のところに行ってきたんだけど、一人二ポンド払えって言われたの。うちみたいに子どもがいっぱいいると、ちょっとしたお金が必要になるの。それであたしが置いてきぼりにされそうなのよ。あたしはもう大きいから自分で何とかやっていけるだろうって、父さんが言うんだもの。もしあたしがお金を工面したら連れて行ってやる、でもお金がなきゃダメだって。それでお姉ちゃんのとこに相談に来たのよ」(119)

このようにジェシーは母親の死を告げに来るのを口実に、お金の無心という本来の目的を話し出す。自身も生活に余裕がない状態のエスターではあるが、苦慮の末二ポンドをジェシーに渡す。「一人二ポンド」という条件には、当時イギリス政府が実施していた渡航費用補助政策の影響が見られて興味深いが、それよりもここで注目したいのはオーストラリア移住を決断したジェシーの父親の人物像である。エスターの継父もまた厄介者の系譜上にいるのだ。右記の引用からもうかがえるように、仕事面では優秀とは言い難く、お金がないのでジェシーを置いていこうとするなど家族愛にも欠けている。また彼が登場する場面を読むと、彼は何かにつけ不平、不満を吐き散らし、金に汚い性格であることが分かる。そして非常に暴力的な一面があり、エスターを追い出す時も乱暴に振る舞い、さらには身重の妻の顔面を拳で殴りつける場面も描かれている。彼の妻はお産の最中に亡くなってしまうのだが、その時にも彼は妻に付き添うどころかパブで飲み明かしている。つまり彼もまた言動に問題の多い厄介者で、そのような人物がオーストラリアに移住するという展開が『エスター・ウォーターズ』にも見られるのである。

次に「桜草の道」とほぼ同じ時期に書かれたアーノルド・ベネット(Arnold Bennett)の『カード』(*The*

Card 1911）から、主人公エドワードと彼の母親が朝食の席上で会話をしている時、地方の名士であるウィルブラハム家のことを母親が話題にする場面を見てみたい。

「末っ子はセシルという人でしたね。こちらではどうしようもなくなって、オーストラリアに渡ったけど、お酒がたたって亡くなったと聞いてます［……］」
「彼は実際オーストラリアに行ったけど、酒がもとで死んでなんかないよ。突然行方が分からなくなったと思うと、一財産築いてひょっこりシドニーに現れたって話だよ」（97）

このように母親と息子エドワードのセシルという人物に関する認識には大きな隔たりがある。注目したいのは信憑性が曖昧な噂話というレベルにおいても、オーストラリアと否定的なイメージが母親にとっては自然に結びついている点である。

問題のある人物がオーストラリア移住をするという傾向は、ロレンスと同世代の作家からさらに時を進めた時代の作家にも見られる。一九八八年に出版され、その年のブッカー賞を獲得したピーター・ケアリー（Peter Carey）著『オスカーとルシンダ』（*Oscar and Lucinda* 1988）（一九九七年にレイフ・ファインズ、ケイト・ブランシェット主演で映画化もされた）では、一九世紀後半のオーストラリアを主な舞台として、オスカー・ホプキンスとルシンダ・リプラストリアーの恋／旅物語が展開される。オスカーはプリマス同胞会の牧師の家に生まれながらも、イギリス国教会に宗旨替えし、さらには競馬を手始めに様々なギャンブルにのめり込んでいく。やがて罪の意識にさいなまれた彼は、オーストラリアに伝道に赴くことを決意するのである。オスカーもまた言動に問題の多い厄介者と言える。

ここまでの検証である傾向がどの作品にも見受けられるのが分かる。それはオーストラリアへの入植の最盛期（一九世紀半ばから第一次世界大戦まで）に描かれた、あるいはこの時期を物語の時代設定とする英文学作品においてオーストラリアや、オーストラリア移住への言及がなされる時、そういった言及は否定的なイメージと関連して度々述べられるということである。[5] ではここまで見てきたオーストラリアに移住する人物の特徴の数々と、「桜草の道」のダニエル・サットンのそれとを比べてみよう。甥のベリーはサットンを評して次のように述べている。

この叔父が母方の一家の厄介者であり、末っ子であり、お気に入りだったことをベリーは知っていた。世間体をはばかることはなかった。だらしがなくて、賭け事が好きな連中と交際し、賭け、酒、犬や鳥の品評会、それに競馬に入れあげていることもベリーは知っていた。（124-5）

また物語の終盤、叔父と現在一緒に住んでいるエレーンとその母親ミセス・グリーンウェルと対面した時、ベリーは次のような印象を受ける。

二人とも自信が無く、どのような態度を取ればいいのか決めかねていた。叔父が誰にでもそうしたように、この女性たちも脅しつけていたことが既にベリーには理解できた。（133-4）

サットンにはここまで指摘したオーストラリアに移住する人物の特徴――厄介者、飲酒、ギャンブル好き、そして右の引用からうかがえる暴力的な性質――がほぼ全て備わっている。[6]いわばサットンはオーストラリア移住者にまつわる否定的な言説やイメージが凝縮された人物とも言えるのだ。では次に、このサットンが別居中の妻モードを訪ねる場面をオーストラリア移住をキーワードにして分析したい。

四　サットンの恐怖感

サットンがモードを見舞う場面は、サットンの感情が大きく揺れ動く最も劇的な箇所であり、「桜草の道」に関して分析している論考の多くはこの場面を取り上げている。モードは妻に先立たれた居酒屋の主人とともに暮らしているのだが、彼女は現在肺病を患い、死の床に伏している。サットンはモードの寝室に入った直後からここを出るまで強い恐怖感に襲われる。

　それからやっとのことでサットンは病人に目を向けた。まっすぐで、黒い、一杯に見開かれた目とぶつかった。強い衝撃を受けて彼は逃げ出しそうになった。何か目に見えぬ炎が彼を包んで骨を焼き、肉を溶かしているかのように少しの間苦痛に耐えていた。［……］
「やあモード、調子はどうだい」
居酒屋の主人はベッドに背を向けて立っていた。サットンは有罪を宣言されて今にも逃げだそうとしている人間のように、ベッドのそばに立ったまま恐怖に駆られて妻を見ていた。（130）

サットンはモードとの対面の間、常にこのような恐怖感を覚える。右の引用にあるような「衝撃」、「苦痛」、「恐怖」を始め、「真っ青」、「パニック」、「震え」などの言葉も多用され、彼が感じている恐怖の大きさが伝えられている。モードに自分が死んだ後はサットンとの間にできた子どもウィニーの面倒を見てくれるように頼まれ、その依頼を引き受けた時も「ぼうっとして何も理解できない」(130)状態になるほど動揺している。

サットンがモードの寝室で終始恐怖に囚われているその原因は、死に対する彼の恐怖感の表れであるとする意見が多い(Widmer, 25; Delaveney, 157; Granofsky, 130)。確かに、死への恐怖感に至る伏線は物語の冒頭から敷かれている。駅でベリーと再会した直後、サットンはベリーの母親、すなわちサットンの姉が亡くなったことを聞く。死因が癌だったことを聞いたサットンはもう一人の姉の名前を出して「また癌か。ジュリアもそうだった。うちが癌の家系だったとは知らなかったな」(124)と言う。死の影が色濃いモードの様子から、自らも癌に襲われて死ぬ未来を思い浮かべた可能性は高い。ベリーもサットンが死に対して恐怖感を抱いているのをモードとの対面の前に二回感じとっている(124, 127)。

確かに、サットンが感じている恐怖の原因は死に対する恐怖にある、というのは非常に明瞭な解釈である。しかし同じく癌の家系であるベリーがモードとの対面時に恐怖を感じてはいない理由にもこの解釈で説明が付くであろうか。例えば、同じ場面に現れる次のようなサットンの心情を説明する際には死への恐怖以外の要因が考えられないだろうか。

それから突然ベッドの上の顔をはっきり見分けようとして、サットンはもう一度彼女を見た。[……]遠くから自分を見つめるモードの疲れた目は、彼の心をかき乱し、サットンは自分がどこにいるのか分からなくなった。くぼんだ頬と、今や突き出ているように見える彼女の口は、彼には異質なもので、それを見ると恐怖で一杯になった。自分のアイデンティティーを失ってしまったような気がした。

(130 傍点引用者)

自分の居場所に対する不安とアイデンティティーの喪失。[7] これらは死に対する恐怖感の表れとも捉えられるが、傍点で示した箇所は現在のサットンの状況にも符合しているのが分かる。彼はイギリスからオーストラリアに渡り、現在はイギリスに戻っているが、再びオーストラリアへ向かう決意を抱いている人物である。つまり彼の帰属意識がどこに向いているか不明瞭である、という点から考えればサットンは「自分がどこにいるのか」分からない人物と言える。

またアイデンティティーに関してオーストラリア移住の観点から述べれば、イギリスからの移住者の大半は自分の居場所やアイデンティティーに対する不安（先に渡豪した者がイギリスにいる家族や知人を後に呼び寄せる連鎖移民（chain immigration）は別として）を抱えていたということを指摘したい。移住者には自分のスペースや住居を希求する傾向が多く見られたが、それはその不安感を解消する気持ちの表れの一つであった。例えば、オーストラリアに向かう船上において、フランセス・ソーントンという女性は日記に次のようなことを記している（日付は一八八二年八月七日）。

私の二部屋の整理整頓で午前中は忙しかった。おかげで今は本当に落ち着いた気分(フィール・アット・ホーム)だ。海上にいることをほとんど忘れてしまう。(Hassam, 67)

居心地の良いスペースの確保に熱心だったのは彼女だけではない。イギリスからの移住者の日記を見れば、彼女と同じような行動をして、同じ心境に至った人が他にも数多くいたことが分かる。
では船上からオーストラリアに降り立った後、そこで自分の住居を持つことがイギリスからの移住者にとってどれほど重要であったかを示す例を幾つか列挙していきたい。いずれも一九世紀後半の例である。

「一家団欒を自分の家で(イン・アワ・オウン・ハウス)」――これが海を渡ってきた何千人もの移住者の理想とするところであった。(Troy, 21)

「自分の家(ホーム・オブ・ワンズ・オウン)を持ちましょう」という不動産屋の提案は、何千人ものイギリスからの移住者の心に強く訴えるものであった。(Crowley, 184)

デヴォン州からやってきたある移住者は、自分たちの家(ハウス・オブ・ゼア・オウン)を建てるまで居住区近くのブリキ小屋に一家で住むことになると知って落胆した。[……] 彼の妻は自分たちの家がブリキ小屋だと分かった時、その心臓が口から飛び出しそうな気がした。もう人生の終わりだわ、と彼女は夫に言った。(Clark, 512)

本国を離れて異国の地に移住する者にとって、最適な生活環境を求める気持ちが「自分の家」を所有するという形で表れるのは当然のことであったと言える。興味深いのは、このような「自分の家」への執着がサットンにも見られる点である。モードを見舞いに行く直前、オーストラリアでの経緯が一通り語られた後、ベリーとサットンの間に息苦しい沈黙が流れる。ベリーは話の接ぎ穂として、サットンに現在の住まいについて尋ねる。

「それじゃあ、間借りしているのですか」と甥は尋ねた。
「いや、自分の家（ハウス・オブ・マイ・オウン）にいる」と叔父はけんか腰に言った（127）

サットンが「自分の家」という表現を、しかもベリーに挑むように使っているこの台詞は、この引用の前に言及した家を巡る移住者の複数の言説から見られる願望と共鳴しているように思える。[8]

これらのことを考えてみると、サットンが感じている恐怖感は、従来指摘されてきた死への恐怖だけがその全てではないように思われる。つまり、オーストラリア移住者が抱く居場所やアイデンティティーに対する不安[9]を彼も潜在的に持っており、モードが醸し出す死の雰囲気を彼が肌で感じた時、しかもそれを彼の家以外の空間で感じた時、その潜在的な不安が顕在化したのではないだろうか。この点から考えれば、物語の前半でサットンがベリーと再会して会話をしている時に、「混血に見える男性（mongrel-looking man）」（124）という単一ではないアイデンティティーを持つ人物にサットンが唐突に注意を向ける理由にも説明が付くように思われる。そしてモードの対面に話を戻せば、この場所が自分の家ではなく、他人の家であることもサットンにとって大きく影響したと考えられる。

一枚の小さな彩色してある絵があった。鐘の上に鳥が一羽とまっていて、その下にあるツタの群葉に巣がある。［……］素晴らしく鮮やかな緑のツタの群葉で、その中にある巣を見た人はいなかった。彼を除いては。（130）

サットンの意識は鳥ではなく、彼の願望の反映である巣（鳥の家）に向いている。そして寝室にいる四人（サットン、ベリー、モード、居酒屋の主人）の中で、この絵はおろかその巣にまで着目しているのはサットンだけである。そしてこの絵は、モードと対面している間、サットンにとって唯一心のよりどころとなっている。対面を終わりにして、モードの寝室を辞去する勇気を与えるのもこの絵なのだ（131）。総合的に考えてみると、オーストラリア移住者特有の不安を共有しているサットンが、その不安をあおり立てる他人の領域で死を体感したことが彼に大きな衝撃を与えた可能性も十分あると言えるのではないだろうか。

五　モードの寝室とサットンの家――二つの空間

モードを見舞った後、サットンはベリーを夕食に誘い、車で帰宅する。ベリーは彼の家でエレーンとその母親であるミセス・グリーンウェルに紹介される。サットンはモードとの対面時とは打って変わり恐怖感などみじんも感じさせず、モードの寝室における彼とは別人のようである。これ以外にもモードの寝室とサットンの家での描写を比べた場合、多くの相違点があることに気づく。

大きな違いの一つは室内・室外の描写の違いである。モードからは死の雰囲気が漂っているにもかかわらず彼女の寝室は「明るくて暖かい」(129, 131)や「悪くない寝室だった」(131)という描写がそれぞれ二回使われて表されている。一方、サットンの家は「庭は荒れていた」、「折れた果樹」、「壊れた柵」(132)などの言葉でその外部が描写されている。また室内の様子は、「古い家で、かなり暗く、家具も乏しい」(132)と描写されており、ミセス・グリーンウェルが腰掛けている椅子に至っては「陰気な家の陰気な遺品から取りつけたような」(132)と表されている。また母娘の食事が「明らかに粗末」(133)と表現されることからも、ここの暮らし向きがそれほど良くないことが分かる。モードの寝室とサットンの家は陽と陰で対照的に表現されていると言えよう。

このような表層的な違いに加え、指摘しておきたいのはモードの寝室とサットンの家ではそれぞれ部外者扱いされる人物が異なることである。モードの寝室ではサットン、サットンの家ではベリーである。これは一見当然の状況ではあるが、注意したいのはそれぞれの場面において部外者であるという点が強調されていることである。まずモードの寝室での場面から引用する。

「何だい、モード」彼はおびえながら尋ねた。
するとと途切れがちのかすれた声がまた聞こえた。その声があまりに恐ろしかったので何と言ったのか聞き取れなかった。少し沈黙が続いた。
「ウィニーのことを頼めますか」居酒屋の亭主が窓際から通訳した。［……］
サットンは物珍しげに室内を見回した。［……］洗面台の隅には薬の瓶が沢山まとめてあった［……］タンスの上には見知らぬ人々が写った写真もあった。

（130-1 傍点引用者）

この引用で分かるように、サットンは肺病の影響で聞き取りにくいモードの台詞を通訳してもらい、物珍しげに室内を見渡し、その時にタンスの上にある見知らぬ人々が写った写真に気づく。法律上、二人はまだ夫婦ではあるが、両者の関係がほぼ断絶していることがよく分かると同時に、サットンがここではいかに部外者たるかも伝わってくる。また、サットンの視点を通じて室内の様子が伝えられるという点で彼は観察者でもある。そして彼だけが気づく室内の物に、前の章で取り上げた巣を持つ鳥の絵とこの引用にあるように見知らぬ人々が写った写真が含まれているのは、これも前の章で述べたようにサットンがアイデンティティーに潜在的な不安を持つ人物であることを示唆しているようで興味深い。

一方でベリーの場合も同じように彼がサットンの家では部外者であることが強調されている。彼もまず「物珍しげに」家の外に立つ（132）。そして室内で彼は後に引用する場面にも見られるように「客」（visitor）という言葉で五回形容されている。またサットンの場合と同じく、室内にいる他の誰もがもはや注意を向けないものに気づくのも彼である。

物珍しげに足下に寄ってきていたテリアたちをベリーはあやし、窓から見える、雨で濡れて荒れ果てた果樹園にちらりと目をやった。この部屋もまともな家具はなく、やや暗い部屋だった。（133）

飼い犬の行動を表すのにここでも「物珍しげに」という表現が使用されることで、ベリーがここでは客という部外者であるということが伝えられているのと同時に、ベリーがこの家では彼の視点から家の内外の様子が伝えられるという点で観察者であるということもこの引用から分かる。注目したいのはともに部外者／観察者であるサットンとベリーの違いである。サットンが「明るくて暖かい」寝室で終始非常に大きな恐怖感に襲われ、自らのアイデンティティーの揺らぎを感じるのと比べて、ベリーの場合は「やや暗い部屋」においても徹頭徹尾、冷静で物語り終了直前の彼の独白からも窺えるように冷徹と言っても過言ではない観察者である。サットンの場合と異なり自らのアイデンティティーが揺らぐことはない。この際だった違いは本稿で取り上げている論点――サットンは他のオーストラリア移住者と同じくアイデンティティーに対する不安を持っている人物である――を補足する上でも重要に思える。

もう少し相違点について述べると、モードとの対面においてはサットンが恐怖を感じる人物であったが、彼の家においては彼が恐怖を与える人物となることが挙げられる。それはサットンが車を車庫に止めに行き、戻ってきた際の描写に端的に現れている。

彼が外の踏み段を駆け下りてくる重い足音が聞こえた。犬たちが立ち上がる。エレーンは客［ベリー］のことを忘れてしまったらしい。まるで命を吹き込まれたみたいだ。しかし神経質になり、怖がっている。母親は自分の無実を証明するかのように突っ立っていた。

　サットンはドアをさっと押し開いた。大きな図体で、荒々しく、濡れた大きな灰色の外套のまま食堂へ入ってきた。

「やあ、くつろいでるかい」と彼は甥に聞いた。（134）


　サットンの言動に、モードの前では見られなかった粗暴さと快活さが戻ってきている。また彼の室内での第一声は「くつろいでいるかい（メイキング ユアセルフ アットホーム）」という客人に対して使う常用的な表現ではあるが、前の章で指摘したように彼が「家（ホーム）」というものにある種の執着心を持つ人物であることを思い起こせば、この月並みな表現も暗示的に響く。恐怖という側面に話を戻せば、エレーンは引用にあるようにサットンに恐れを感じている。しかし「命を吹き込まれた」という描写にも見られるように、エレーンはサットンに恐怖を感じながらも、彼に愛情も感じている。この後もエレーンのサットンに対する感情は愛情と恐怖の間で終始揺れ動き続けるのだが、この点については後述する。一方、母親のミセス・グリーンウェルはサットンが姿を現す前から、自分に落ち度はないかと気にしている。「自分の無実を証明するかのように」という表現は、「有罪を宣言されて今にも逃げだそうとしている人間のように」（130）という前の章でも引用した表現と類似しているが、後者の表現はモードの前でおびえるサットンを表すものであった。サットンはモードの寝室にいた時とは立場を変え、罪を問われる者から罪を問う者になったかのようである。

　この後サットンはエレーンとミセス・グリーンウェルに対して支配的に振る舞い続ける。その振る舞いはまるで横暴な主人が子どもと召使いを手荒に扱う様を連想させる。サットンの横暴な主人然とした様子は、エレーンが彼を怖がっている雰囲気に喜びを感じたり（134）、エレーンが三度も上着を脱ぐように頼んでもその要求をなかなか聞き入れないところ（135）などに現れている。モードの寝室の場面ではサットンが「子どもっぽい魔法の感情」を感じたり、「恐怖におびえる子どもだった」（130）と描写されていたのだが、この家ではそれとは対照的に「ほぼ成熟した体」（135）という表現が彼に用いられており、子どもとして描写されるのはここではエレーンである。彼女は二一歳の成人女性であるのに、アンジュ・カンウォー（Anju Kanwar）の指摘にもあるように（*The Sound of Silence* 70）、終始子どものイメージで描かれる。例えば、彼女は「未成熟」（133）、「少年のように反抗的」（134）と描写され、サットンは彼女を名前で呼ぶことはなく、終始 'girl' という言葉で呼びかける。そしてミセス・グリーンウェルは、「家政婦のような」、「奴隷的な」（132）、「こき使われ、踏みつけられてきた」（133）女性と描写され、その追従的、奴隷的な性質が随所で強調されている。興味深いことに、この三者の関係と、一九〇〇年から一九三〇年の間にオーストラリア郊外の農村で見られた状況、そして二〇世紀初頭のオーストラリアの無産階級家庭で見られた状況には共通点が多々ある。

> オーストラリアでは、貧しい農村の女性と子どもは奴隷のように働いた［……］相当な貯えがない家族にとって［……］生活は過酷で、その環境は妻と子どもにとって搾取的だった。（Tonybee, 91）

> 男性に経済的に依存すること。それは暴力的で経済的にうまくいってない男性に依存しなければならない女性と子どもに不幸をもたらした。（Uhlmann, 12）

農村（サットンの家は郊外の農村地域にある、132）、貧困（粗末な家具と食事）、過酷な労働を強いられる女性（ミセス・グリーンウェル）、子ども（エレーン）、暴力的で経済的にうまくいっているとは思えない男性（サットン）。サットンの家の外部／内部には、オーストラリアにまつわる言説との共通点が見受けられる。右記の二つの引用で述べられている状況はオーストラリアだけに当てはまるものでなく、アメリカ、カナダといった移住先だけでなくイギリス国内においても該当する場合は大いにあると考えられる。しかしベリーの観察では暮らし向きが良いとは言えないとされているにもかかわらず、オーストラリアの環境と共鳴する部分が数多くあるこの家でオーストラリア移住経験者のサットンがくつろいだ様子を見せているのは確かである。つまり彼が恐怖感を感じることもなく、自らのアイデンティティーも揺らぐことなく、自然に振る舞い続けることができるのは、オーストラリアに執着心を持つ彼が擬似的なオーストラリアの空間、いわばオーストラリアの我が家に身を置いているからとは言えないだろうか。

しかし注目したいのはこの擬似的なオーストラリア空間で、サットンの過去の経験——一緒に移住した女性が彼を置いて別の男性の元に走ったという経験（127）——もここで再現されるであろうことである。一見、完全な被支配者に見えるエレーンとミセス・グリーンウェルは「不愉快な男たちには慣れていて、距離を置いて接しているように思えた」（134）と描写され、実は面従腹背的な一面があることを感じさせる。つまり彼女たちはカンウォーの言葉を借りれば「サットンが思っているほど愚直でもお人好しでもない」（Kanwar, 68）のである。上着を脱ぐようにサットンに言う場面（135）に明らかなようにエレーンにはサットンに愛憎相半ばする気持ちを抱いている。彼女がサットンの好きな犬ではなく、猫を腕に抱いている（132）のもこのような彼女の複雑な心境を示唆してるように思われる。そしてベリーはサットンとエレーンの関係が長く続かないことを予見し、その予見が間違いではなかったことを示す次の文章で物語は終わっている。

「あの娘は叔父を捨てるだろうな」と彼［ベリー］はつぶやいた。「憎しみが高じて、叔父をひどい目にあわせるだろう。それから他の男と駆け落ちするだろう。」

そして娘はその通りにしたのである。（136）

サットンは過去に自らに降りかかった厄災を擬似的なオーストラリア空間においても再体験することになったのである。物語はここで終わっているため、サットンがその後オーストラリアに再び渡ったのか、それともイギリスに留まったのかは分からない。しかしこの物語のタイトルの由来である『ハムレット』（*Hamlet* 1600）からの一節[10]にもあるように彼が歩むのは桜草ではなく、茨の道であるのはほぼ間違いなさそうである。

注

（1）「桜草の道」は放蕩者が歩む道の隠喩である。その由来は『ハムレット』第一幕第三場で、長い旅に出るレアチーズに妹オフィーリアがかける言葉「でもお兄さま、あの罰当たりの牧師のように、相手には天国に登る険しい茨の道を説いておきながら、自分では手に負えぬ道楽者みたいに、あちこちと戯れに桜草の道を歩き回って、自分の説教を忘れてはいけませんよ」（*Hamlet* 1076）にある。

（2）例えば、ポール・ポプラウスキー（Paul Poplawski）編纂の『D・H・ロレンス事典』（*D. H. Lawrence: A Reference Companion* 1996）にはこの作品のビブリオグラフィーが一点も掲載されていない（324-5参照）。

（3）オーストラリア移住、及び後述の『デイヴィッド・コパーフィールド』に関しては、ジェフリー・シェリントン、加茂恵津子訳、『オーストラリアの移民』；ブライアン・マーフィ（Brian Murphy）、『もう一つのオーストラリア—移民という経験』（*The Other Australia: Experiences of Emigration* 1993）；関根政美ほか著『概説オーストラリア史』；藤川隆男、「人口論・移民・帝国」；松村昌家「ヴィクトリア時代の移民——その現実と虚構——ディケンズの「移民たち」の章に則して」を参考にした。

（4）一般的に、ミコーバーのモデルはディケンズの父親であると考えられている。ディケンズの父親は、息子が作家としての名声を高めていくにつれて、金銭をねだるようになった。ついには出版社などを相手にゆすりに近い行為を繰り返すようになる。業を煮やしたディケンズは一八九三年に両親をロンドンから遠く離れたデヴォン州に移住させている（松村、一二三頁参照）。

（5）一九二三年に発表された『カンガルー』の場合、主人公サマーズがオーストラリアに移住した大きな理由はヨーロッパへの幻滅であり、本稿で指摘している厄介者のイメージで彼は描かれていない。一九二四年出版の『叢林の少年』の場合、主人公ジャックはスケープゴートにされた感が強いとは言え、イギリスのカレッジから追放された人物なので、本稿で指摘している構図が当てはまるとも言える。

（6）オーストラリアから帰国した人物で言えば、トマス・ハーディ（Thomas Hardy）「丘の家の侵入者」（'Interlopes at the Knap' 1884）のフィリップ・ホール、ジョージ・ギッシング『ネザー・ワールド』（*The Nether World* 1889）の主人公マイケル・スノードン、コナン・ドイル（Cona Doyle）のホームズ・シリーズの一つ「ボスコム谷の惨劇」（'The Boscombe Valley Mystery' 1891）に登場するジョン・ターナーなどが挙げられる。マイケル・スノードンとジョン・ターナーはそれぞれあまり触れられたくないオーストラリアでの過去があるものの「桜草の道」のサットンとは異なり一財産を築いて帰国した人物である。経済的に失敗して帰国したフィリップ・ホールとサットンはその状況が似ているが、ホールは再び渡豪する気を全く持っていない一方で、サットンにはその意志が強くある。例えば、酒場でベリーと話す内容は、「オーストラリアのことばかり」（128参照）である。

（7）アンジュ・カンウォーは「桜草の道」で描かれる女性たちの分析を試みている。サットンがオーストラリアに共に渡った女性の名前を作中で呼ばず「無名」状態であることと、エレーンの存在を無視している場面が複数あることを挙げて、サットンは女性のアイデンティティーを否定しているとカンウォーは述べる。ここからカンウォーはサットンの家父長的な態度を指摘するのだが（67-70参照）、残念なことにモードに関しては分析が行われておらず、女性のアイデンティティーを否定するサットンがなぜモードの前では自身のアイデンティティーに不安を覚えるのかという問題には触れていない。

（8）サットンはこのように（'I'm in a house of my own,'）言っているが、この家は本当に彼の家なのだろうか。彼はイギリスに帰ってからまずモードが住んでいる場所へ転がり込もうとして拒絶されている（126参照）。経済的に余裕がないはずの彼がエレーンと知り合った後、彼女の元に転がり込んだ可能性も否定できない。

（9）ここでアイデンティティーという語の定義について触れておきたい。本稿七頁の「桜草の道」（139）からの引用で、筆者は'identity'を「アイデンティティー」と訳し（筆者が確認したのは二点だけだがこの単語には「何者（であるか分からなくなった）」（梅田訳、一二三頁）や、「正体（をなくしてしまった）」（西村訳、一〇二頁）という訳が当てられている）、以後本稿でもこの言葉を用いている。そのため一三九頁の訳語はいわゆる今日的な意味合いで用いられる「アイデンティティー」、つまりロレンスが存命中にはその定義として存在していなかった意味合いも含む訳語になっている。ロレンスの死後に登場したこの言葉の定義で、なおかつ本稿の論点にも関連性が強くあると思われる定義を *OED* で見ると 'Belonging or relating to identity, as in identity crisis, a phase of varying severity undergone by an individual in his need to establish his identity in relation to his associates and society as part of the process of maturing.' という定義がある（この定義文の最初に出てくる 'identity' は 'The sameness of a person or thing at all times or in all circumstances; the condition or fact that a person or thing is itself and not something else; individuality, personality.' という定義の 'identity' を指す）。そして「自己認識の危機（identity crisis）」という意味合いで用いられる用例として最も古いものは一九五四年の用例が記載されている。注目したいのはこの定義の最後にある「成熟の過程（the process of maturing）」という記述である。本稿でも触れるが、サットンはモードとの対面時に鳥の絵を見て「子どもっぽい魔法の感情（feeling of childish magic）」を感じたり、「恐怖におびえる子ども（child in horror）」（130 傍点引用者）と描写されている。しかし、その後彼の家では「ほぼ成熟した体（almost mature form）」（135 傍点引用者）と表現されている。そして彼の家ではモードの寝室にいた時と異なり自らのアイデンティティーに対する不安を感じている様子は窺えない。この観点からすれば、彼は *OED* の定義に即するかのように「成熟の過程」を経て「自己認識の危機」を脱したとも言える。しかし筆者はこれを根拠にロレンスが「自己認識の危機」という概念をそれが定義される何十年も前に既に認識し、作品に残していたのだとしてロレンスの先見の明を単に論じたいわけではない。しかしロレンスが精神的疾患や心理的問題に対して大きな関心と鋭敏な観察力を持っていたことは否定できない。それは例えば一九一五年五月一四日付のシンシア・アスキス宛の書簡で、ロレンスが彼女の長男であるジョンの奇抜な行動に関心を寄せ、その原因を彼なりに分析して長舌に述べていることからも窺える。ジョンはいわゆる自閉症（この病気が認知されるのは一九四〇年代初頭）を患っていたのだが、当時の医学ではジョンの行動に診断を下すことはできなかった（*2L* 335-8, 335 の注参照）。しかし、このジョンをモデルにした少年ポール（彼もまたサットンと同じく競馬に夢中である）が主人公の短編で一九二六年に発表された「木馬の勝ち馬」（'The Rocking-Horse Winner'）には自閉症の症状の幾つか、特に特定の物や行動に対する非常に強い執着心と体を前後に揺らす（ロッキング）行動が数多く記されているのである。

（10）注（1）の『ハムレット』からの引用参照。

引用文献

Bennett, Arnold. *The Card.* 1911. Cirencester: The Echo Library, 2005.

Carey, Peter. *Oscar and Lucinda.* Queensland: U of Queensland P, 1988.

Clark, Manning. *A History of Australia.* Victoria: Melbourne UP, 1993.

Crowley, Francis Keble. *Colonial Australia, 1875-1900.* West Melbourne: Nelson, 1980.

Delaveney, Emile. *D. H. Lawrence: The Man and His Work: The Formative Years: 1885-1919.* London: Heinemann, 1972.

Doyle, Conan. 'The Boscombe Valley Mystery' 1891. *The Original Illustrated 'STRAND' Sherlock Holmes.* Hertfordshire: Wordsworth Editions, 1998. 159-174.

Gissing, George. *Demos*. 1886. Middlesex: The Echo Library, 2008.

——.*The Nether World*. 1889. Ed. and Introd. Stephen Gill. Oxford: Oxford UP, 1999. 倉持三郎、倉持晴美訳『ネザー・ワールド』彩流社、一九九二年。

Granofsky, Ronald. *D. H. Lawrence and Survival: Darwinism in the Fiction of Transitional Period*. London: McGill-Queen's UP, 2003.

Hardy, Thomas. 'Interlopes at the Knap' 1884. *Wessex Tales*. 1888. South Carolina: BiblioBazzr, 2007. 157-92.

Hassam, Andrew. *Sailing to Australia: Shipboard Diaries by Nineteenth-Century British Emigrants*. Manchester: Manchester UP, 1994.

Hough, Graham. *The Dark Sun: A Study of D. H. Lawrence*. London: Gerald Duckworth, 1956.

Hyam, Ronald. *Britain's Imperial Century, 1815-1914: A Study of Empire and Expansion*. 3rd ed. Hampshire: Palgrave Macmillan, 2002.

Kanwar, Anju. *The Sound of Silence*. New York: Peter Lang, 1999.

Kinkead-Weekes, Mark. *D. H. Lawrence: Triumph to Exile 1912-1922*. Cambridge: Cambridge UP, 1996.

Lawrence, D. H. and M. L. Skinner. *The Boy in the Bush*. 1924. Ed. Paul Eggert. Cambridge. Cambridge UP, 1990.

Lawrence, D. H. *Kangaroo*. 1923. Ed. Bruce Steele. Cambridge: Cambridge UP, 1994.

——.*The Letters of D. H. Lawrence*. Ed. James T. Boulton. Vol. 1. Cambridge: Cambridge UP, 1979.（*1L*）吉村宏一、杉山泰ほか編訳『D・H・ロレンス書簡集I』松柏社、二〇一〇年。

——.*The Letters of D. H. Lawrence*. Ed. George Zytaruk and James T. Boulton. Vol. 2. Cambridge: Cambridge UP, 1981.（*2L*）

吉村宏一、今泉晴子、霜鳥慶邦ほか編訳『D・H・ロレンス書簡Ⅵ』松柏社、二〇一一年。

——. 'The Primrose Path'. 1922. *England, My England and Other Stories*. Ed. Bruce Steele. Cambridge: Cambridge UP, 2002. 123-36. 梅田昌志郎訳「快楽の道」『ロレンス短編集』、旺文社文庫、一九七七年。一〇七―一三三頁。西村考次訳「桜草の道」『D・H・ロレンス短篇全集2』鉄村春生ほか監訳、大阪教育図書、二〇〇三年。一九二―二一〇頁。

——. 'The Rocking-Horse Winner'. 1926. *The Woman Who Rode Away and Other Stories*. Ed. Dieter Mehl and Christa Jansohn. Cambridge: Cambridge UP, 1995. 230-43.

Moore, George. *Esther Waters*. 1894. Montana: Kessinger Publishing. 2004. 林木博美訳『エスター・ウォーターズ』英宝社、一九九九年。

Moore, Harry T. *The Priest of Love: A Life of D. H. Lawrence*. Harmondworth: Penguin Books, 1976.

Murphy, Brian. *The Other Australia: Experiences of Emigration*. Melbourne: Cambridge UP, 1993.

Pinion, F. B. *A D. H. Lawrence Companion: Life, Thought, and Works*. London: Macmillan, 1978.

Poplawski, Paul. *D. H. Lawrence: A Reference Companion*. London: Greenwood Press, 1996.

Shakespeare, William. *Hamlet*. 1600. *The Complete Works of William Shakespeare*, New York: Gramercy Books, 1990. 1071-1112.

Tonybee, Claire. *Her Work and His: Family, Kin and Community in New Zealand 1900-1930*. 1955. Wellingon; Victoria UP, 1995.

Troy, Patrick Nicol. *A History of European Housing in Australia*. Melbourne: Cambridge UP, 2000.

Uhlmann, Allon J. *Family, Gender and Kinship in Australia : The Social and Cultural Logic of Practice and Subjectivity*.

Aldershot: Ashgate, 2006.
Widmer, Kingsley. *The Art of Perversity: D. H. Lawrence's Shorter Fictions*. Seattle: U of Washington P, 1962.
朝日千尺『D・H・ロレンスとオーストラリア』研究社、一九九三年。
シェリントン、ジェフリー『オーストラリアの移民』加茂恵津子訳、勁草書房、一九八五年。
関根政美ほか著『概説オーストラリア史』有斐閣、一九八八年。
鉄村春生『想像力とイメジ　D・H・ロレンスの中・短編の研究』開文社、一九八四年。
藤川隆男「人口論・移民・帝国」『新帝国の開花』松村昌家ほか編、研究社、一九九六年。一〇九―二八頁。
松村昌家「ヴィクトリア時代の移民―その現実と虚構―ディケンズの「移民たち」の章に則して」『民衆の文芸誌』
　松村昌家ほか編、研究社、一九九六年。一一七―三七頁。

娘に託された奇跡――「馬仲買の娘」における再生の意味

横山 三鶴

一 はじめに

「一度死んでしまえばそれで終わりだ。終わってしまえば光はないのだ。再び生き返ることなんてあるものか。あの水の下にはまだまだ無数の人間が入るだけの余裕があるのだ。」

「二人だけで十分よ」と彼女は呟きながら言った。(*WL* 184)

『恋する女たち』の第一四章「湖上のパーティー」の場面で、ジェラルドは湖に落ちた妹を救おうと何度も水に潜ったが、彼は妹を捜しあてることすらできなかった。そればかりか、恐怖に怯え、無力感に襲われることになる。先に飛び込んだ若者も巻き込んで、この湖の水は二人の命をのみ込んでしまった。絶望的な現実、まるで死の世界を目の当たりにしてきたかのようなこのことばに、読者ですら水の下の世界に引き込まれそうな恐怖を覚えてしまう。まさにこの時のジェラルドがそうであるように。

同じ時期、ロレンスは短編「馬仲買の娘」を執筆していた。この作品は、一九一六年、「奇跡」というタイトルで執筆されていたが、一九二一年一〇月、現題名の「馬仲買の娘」として改稿され、一九二二年四月、『イングリッシュ・レビュー』に掲載された後、『イギリス、我がイギリスよ』に収録された。しかし、執筆当初の原稿が存在しないため、正確な日付については断定できない。(1) アメリカの雑誌向けの詩を送った際、一九一六年一一月一三日付のピンカー(J. B. Pinker)宛ての手紙に「詩の後は現在創作中の別の短編で、こちらは小説のタイプ原稿を発送したら仕上げる予定です」(*3L* 29)とあり、ケンブリッジ版では、これを「奇跡」であると推測している。一九一七年一月一二日付で、「奇跡」として完成した原稿をピンカーに送り、この物語についてロレンス自身は、「美しい物語で、幸福に終わる」(*3L* 74)と述べている。

実際、この作品は死と再生をテーマにした物語として読まれ、象徴的でおとぎ話のように展開する物語である。そして、この作品にも象徴的な水の場面があり、死と生を分ける場所として物語の中心に描かれている。ロレンスは、『恋する女たち』では難解で理解されることすら拒むような世界を描きつつ、この作品に関しては、シンプルなプロットを用いて、明らかに「読まれる」ことを期待していた。そこで、まず注目しておかなければならないのは、原題の「奇跡」である。執筆当時、ロレンスは何を奇跡と捉えたのか、奇跡は何を意味するのか、そもそも奇跡はあるのだろうか。

一九一六年、ロレンスは『恋する女たち』の大半を、そしてこの物語をコーンウォールの地で執筆したが、戦争が最も身近に迫った厳しい現実であったにもかかわらず、戦争そのものを描くことはなかった。「『恋する女たち』の序文」でロレンスは次のように述べている。

［……］時代に関してははっきりと定められないままの方がいいと思っています。それによって戦争の無残さが登場人物の中に当然のこととして認められるからです。（*2P 275* 傍点引用者）

登場人物の中に込められた戦争の無残さとは何なのか。戦争に触れることなく、その時代の危機的状況をどのように描こうとしたのか。ロレンスにとっての一九一六年という状況を踏まえて、まずは、奇跡ということばに託された意味を明確にする必要がありそうだ。

では、現題である「馬仲買の娘」はどのような意味を持つのか。本稿では、世の中が大きく変わろうとしている中で、この作品を新しいヒロイン誕生のための「母親の呪縛からの解放」の物語として位置づけてみたい。「娘」ということばには、少なくとも二世代の時代の推移が込められている。ヒロインのメイベルはロレンスが描いた娘としてどのような役割を果たしているのだろうか。この作品は母親不在の物語であるが、不在であることこそが重要な意味を持つ。いかなる状況にあっても娘の人生の原点はまず母親にあるからだ。そして再び水は、単に死と生を分ける場所であるだけではなく、メイベルにとって娘から女として生まれ変わるために必要な舞台でもある。と同時に、この作品は、ロレンスの描く娘たちの生き方の転機となる物語にも見えてくるのである。

二 「奇跡」という物語

物語はパーヴィン家の男兄弟三人と妹メイベルが、朝食の食卓を囲んでいる台所の場面で始まる。父親のジョウゼフ・パーヴィンは、教育はないが馬仲買人として成功していた。景気のいい時代、厩舎は馬で溢れ、仲買人や馬丁たちが四六時中出入りしていたが、景気が傾き父親も亡くなると、子どもたちには借金と脅迫だけが残された。破産の通告を受け、いよいよ兄弟は今後の身の振り方を考えなければならなくなった。母親はメイベルが一四歳のときに亡くなっており、三人の兄弟たちはメイベルに、嫁いだ姉のところへしばらく行くように勧める。そこへ医師のジャック・ファーガソンがやってきて、次男のフレッド・ヘンリーと、夜飲みに行く約束をして帰って行った。その後の物語の展開は、馬仲買の娘メイベル・パーヴィンと、このジャック・ファーガソンの二人の人物に絞られる。メイベルは母を亡くしてから、ずっと母親の思い出の中に生きていた。友人を作ろうともせず、父親の面倒をみて、無能で自分勝手な兄弟たちのために家事を切り盛りしてきた彼女が選んだ道は、死であった。それこそが、最終的に自分のとるべき道であると決めていたのだ。

一方、ジャック・ファーガソンは地域の診療所で働く補助医師で、炭鉱夫や鉄工夫の家から家へ薬を持って走り回るのが日常であった。その日の午後も彼は患者を診に出かけていた。するとメイベルが池の中に入って行くのが見え、彼は自分が泳げないということも忘れて夢中で彼女を助け、蘇生させる。自分の外套で彼女を包み、彼女の家へ連れて帰り、火のそばに寝かせて濡れた衣服を脱がせ、乾いた毛布でくるんで手当てをする。意識が戻ったメイベルは自分が裸体であることに気づくと、唐突にファーガソンに自分を愛してほしいと要求する。彼は、それまでの行為は、医師としてのプロフェッショナルなことだと自分に言い聞かせ抵抗していたが、からだを引き寄せられ、偶然手が彼女の肩に触れた瞬間、抵抗できない欲求が湧きあがり、今度はファーガソンから愛を告白する。

メイベルという娘はいったいどのような人生を送ろうとしていたのか。彼女はこれまでこの世に現実感を持って生きることができず、死への願望を抱き続けていた。彼女にとって母は神の栄光を授けられている唯一の存在であり、亡き母に近づくことが自分にとっての成就であった。

［……］なぜ考えなければならないのだろう。なぜだれかに返事をしなければならないのだろう。これでおしまい。それだけで十分なのだ。どこにも逃げられない。もう、小さな町の大通りを、人目を避けながらこっそり歩く必要もない。もうこれ以上、店に入っていちばん安い食料品を買ったりして、自分の品位を下げる必要もない。これでもう終わりなのだ。彼女はだれのことも、自分自身のことすら考えなかった。何も考えず、ただひたすら、自分自身の成就に、自分自身の栄光へと近づいており、神の栄光を授けられている亡き母の元に向かっているのだという一種の恍惚状態に入っているようであった。（*EME* 143）

ここで彼女が考える「自分自身の成就」「自分自身の栄光」とは、母との一体化、つまり死を意味する。彼女にとって死は、生きること以上に積極的な選択であった。ところが、思い通りに死の世界に足を踏み入れたところで生へと連れ戻される。次は、息を吹き返した途端、目の前にいた医師、ファーガソンへの愛に目覚める。ファーガソンはというと、医師とはいえ炭鉱地帯で奴隷のようにこき使われているにすぎない。自分自身も溺れかけるという死に近い状況を経て、意識を押しのけてからだの中から突きあがってくる欲求に従って、この繰り返される日常という閉塞感から解放される。というわけで、この物語は一般的に愛の物語、そしてメイベルとファーガソン二人の再生の物語と評されている。では、奇跡はこれまでどのように解釈されていたのだろうか。

この死と再生の物語の中には、「目の力」と「皮膚接触の秘儀」という二つの力学の作用があると、鉄村春生氏は指摘する（四一七頁）。「接触」は、一九一五年の短編「指ぬき」においても、作品の最後で、失われた関係を再び取り戻し新たな関係を見出すためのキーワードとして使われていた。J・H・ハリス（J. H. Harris）は、「指ぬき」が再生の方向性を示しているのなら、「馬仲買の娘」はこのジャンルの例証であると述べている（125）。「指ぬき」は、かつて信じていた「目に見えるもの」を失ってしまった（夫が戦争で顔にひどい傷を負い、妻には今までとは別人に思えた。妻はしばらく夫の顔を見ることもできなかった）夫婦が、手を重ねて触れ合うことによって、過去は過去として、そこから新たな関係を築いていけると確信する物語である。手と手の接触は二人の人生の希望を託す出発点となったのである。そしてさらに、接触をテーマに、新たな展開を試みたのがこの作品ということになる。鉄村は二人をめぐる偶然の接触が奇跡の刹那であり、「すべてを純化する転換点」（四一六頁）と位置づけている。この展開をJ・スチュアート（J. Stuart）は水と土の抑圧から、火と気へと解放される過程であるとし、タナトスからエロスへの転換、エロスの勝利と分析する。

また、「見られる」ということは、相手に恥をさらすことでもある。この点で、B・A・シャピロ（B. A.

Schapiro）は「恥」をキーワードとし、「お互いがお互いの自意識に直面し、それによって感じる羞恥心を克服しながら、愛に向けて葛藤する」と述べている（73）。物語の始まりからメイベルはすべてを失っているが、ファーガソンについては、職業的な自己を徐々に脱ぎ捨てていくプロセスが描かれていて、お互いに自意識を捨てて恥をさらしたことで愛し合える。シャピロによれば、その可能性こそ、この物語が伝える奇跡なのだ。

一方、R・グラノフスキー（R. Granofsky）は、この作品でロレンスは、ファーガソンを通してロレンス自身の「生存、病、自信」に対する恐れを女性に投影していると評している。死から生という動きをドラマ化し、伝統的な読みにのっとって読めるようにプロットは仕組まれているのだが、結婚期と異なりロレンスが生きるか死ぬかの不安を抱えていたこの移行期に、物語はそう単純であり得るのだろうか、という疑問を投げかける。

物語は結婚の可能性を示唆して終わるけれども、果たしてそれは幸せなのか。物語の最初でパーヴィン家の長男、ジョーは結婚することになっている。ここでは、飼いならされて生気を失っている馬のイメージとも重ねて、「結婚して束縛の身となるだけだ。もう人生は終わりだ、すぐに支配される動物になるのだ」（*EME* 140）と述べられているように、最初から結婚に対しては悲観的な見方が植えつけられているのではないか。そして、この物語が象徴的な再生を通しての二人の救済の物語であるなら、なぜ洗礼の水がぞっとするほど悪臭を放ち、汚いのか。

さらにグラノフスキーは、ファーガソンがメイベルを助ける池の場面と、物語の後半でお互いの復活のテーマが最高潮に達すると思われる場面との恐るべき類似性に注目する。ファーガソンが池に入って行ったとき、彼は水に対する恐怖を次のように感じている。

彼は思い切ってゆっくりと池の中へ足を踏み入れた。底は深く柔らかい粘土だった。足をとられ、水は死の冷気のように彼の両脚にまとわりついてきた。[……]冷たい水が腿、そして腰、さらに腹の上まで上がってきた。下半身はすべて、ぞっとするほど冷たい水のなかに浸かってしまっていた。そして池の底はどこまでも柔らかく不安定であったため、頭からつんのめってしまうのではないかと不安でたまらなかった。泳げなかったので、怖かった。(145)

さらに、彼は深い方に進んで死に物狂いで彼女を探りあてる。からだのバランスを崩しては沈んで窒息しそうになり、「狂ったようにもがいていた」(146)。この、まるで「死の冷気のように」(145)まとわりつき悪臭を放つ泥水の描写と、「わたしを愛してくださるのね」(148)と囁きながらファーガソンの足にまとわりついてキスをするメイベルの描写が似ているというのだ。また、キッチンでのメイベルは、池の中で彼女を助けている間ファーガソンの太腿にまとわりついて彼を脅かしていたどろどろした水の擬人化である。池の水は洗礼の水ではなく、腐敗、死の世界を象徴していて、涙も含めて女性のセクシュアリティは、男性を死のような深みに引きずり込んでいくとも読み取れる。メイベルを「死」と同時に「象徴的な再生」の両方の担い手としてみるのは、読者にとって困難ではないかとグラノフスキーは述べ、この矛盾がその時期のロレンスの女性に対する曖昧さを反映していて、さらに物語の表面下にロレンスの生存不安があると分析する。ロレンスが現実にはこのような純化された愛による奇跡を信じていなかったからこそ、この作品は最終的に「奇跡」にはならなかったとグラノフスキーは結論づける（Granofsky, 165-6）。
確かに、この作品には、奇跡の物語のように見せかけて現実は果てしなく絶望的だという二重の解釈が仕掛けられている、と読むグラノフスキーの議論も説得力がある。しかし、この議論の欠点は、結婚という結末にとらわれすぎている点にある。奇跡は物語の結末を意味しているのではない。「指ぬき」と連動する物語としてみれば、ファーガソンとメイベルの二人のからだが触れ合う瞬間にこそ、奇跡の瞬間が描かれているはずである。メイベルが蘇生されてからの「目の力」と「接触」が交錯して描かれている場面を検証してみよう。

メイベルは自殺を図るという自分の行為についてよく理解していて、それは正当なことだと思っているのだが、ファーガソンに蘇生され、濡れた服を脱がされていることに気づくと「じゃあ、わたしを愛してくださるのね」（148）と言う。そのあまりの唐突さに、彼は「魅入られたように」（148）突っ立って彼女を見つめる。魂が溶けていくように感じ、そこから彼のからだと心は、揺れながらもメイベルに引き寄せられていくのである。メイベルはファーガソンの両脚に抱きつき、キスをする。これが、キッチンでの最初の接触である。

ファーガソンにしてみれば、彼女を愛するなど考えたこともなかったし、愛したいと思ったこともなかった。彼は、彼女を蘇生させたのは自分が医師であるからで、個人的な感情は持ったことがない、男としてからだに触れたわけではないのに、愛だと思われるのは不愉快だと自分に言い聞かせる。メイベルは、あの「力強い愛の祈りと、超越した、ぞっとさせるような勝利の光に輝いて」（148）彼を見つめている。無力でありながらも、彼にはまだ屈しようとしない何かがあった。あくまでも個人的な感情を否定し続けるのだが、目の力だけでは屈しない何かをぶち壊す次の偶然が、彼に降りかかる。

彼女が彼を自分の方に引き寄せようとしてバランスを崩したそのとき、偶然ではあるが、彼の手が彼女の肩に触れる。二度目の接触である。それによって彼は、「心臓が燃えて、胸の中で溶けてしまったように」(149)感じている。その正直なからだの反応こそ、偶然にもファーガソンのからだの中で起こった奇跡だったのだ。そして、からだの中で疼くものが自分の活力になっていくのを認めざるをえない。

このときのメイベルの視線はどうか。「不安と疑いで大きく見開かれ、顔からは光が消えかけ、恐るべき灰色の影が戻り始めていた」(149)。ファーガソンは「物問いたげな視線」(149)が自分に触れたことに耐えられず、その視線の背後に潜んだ死の表情にも耐えられない。やがてメイベルの目に涙が浮かぶ。かつてあれほど無表情だったメイベルの顔は輝き、美しいとさえ思わせる表情へと変わっていく。光と影が交錯しながらも、彼女の表情は、徐々に死の淵から甦り生気を取り戻していくように描写されている。

ファーガソンはメイベルの不安な目、疑わしそうな目を見ると、その目の表情に耐えられず、彼女を抱きしめたりキスをしたりする。彼女が再び死の世界へ戻るのを怖れているかのように。「ぞっとするような歓喜の輝き」(150)には怯えながらも見ていたいと思う。そして、診療所に戻るのを引きとめる彼女の「大きく見開いた、緊張した、疑わしそうな目」(152)に心が疼き、慰めのキスをして、「すぐに、すぐにでも結婚しよう」(152)と言うのだ。

メイベルの目はどれだけの表情を持っているというのか。そして、視線は常にメイベルからファーガソンに作用しているようだ。それは徐々に力を増していく。池で助けられるまでは、メイベルはファーガソンを意識して見ようとはしていない。彼女が見ているのは別の世界だったからだ。しかし、ファーガソンの方は彼女のその危ない視線を意識していた。最初に気になったのは彼女の「危険な目」(141)、そして「不吉な目」(144)。彼女の視線に合うたびに彼のメイベルに対する関心が深まっていき、彼のからだは否応なく反応しているように思える。後半、ファーガソンが彼女を蘇生させて連れ帰ったキッチンでは、視線に力が増し、巧みに「目の力」と「接触」の二つの作用が絡み合ってファーガソンに働きかけ、意識に逆らう力を生じさせている。蘇生してからは、メイベルはほとんどファーガソンを見つめ続けていて、その視線がファーガソンの心とからだの動きを左右している。偶然彼の手が彼女の肩に触れた瞬間から、泥まみれの衣服を脱ぎ捨てるようにあらゆるものが彼からそぎ落とされていき、その過程が手に取るように描かれている。

この、接触によって訪れた意識を脱ぎ捨てる瞬間こそ、奇跡の瞬間と捉えることはできないだろうか。「愛してほしい」と言ったメイベルも、「結婚しよう」と言ったファーガソンも自信に溢れているわけではない。どうしようもない不安に捕らわれているのが現実である。ただ、この突然訪れたような奇跡の瞬間に、二人がどう立ち向かうかが問題なのだ。果たして、この物語の方向を支配する池の水は、生命の水なのか、死の水なのか。

三　「銀色の生命の河」と「暗黒の崩壊の河」

ここで再び、冒頭で引用した『恋する女たち』の「湖上のパーティー」の場面を考察する。

「もう一つの河、暗黒の河さ。僕たちは、いつも銀色の生命の河のことを考えている。その河は世界中に明るく活気を与えながら流れて行き、さらに流れて輝く永遠の海へ、そして天使が飛び交う天国へと流れ込んでいくんだ。でも、もう一つの河、それこそが僕たちの逃れられない現実なのだ。」(*WL* 172)

あの大惨事が起こる直前に、バーキンは湖の水を見ながらこのように語っていた。バーキンは「不安をかきたてる」(172) ような沼地の臭いを感じとっていたのだ。彼の言うもう一つの河というのは「暗黒の崩壊の河」(172) で、それこそが今われわれの置かれている現実であるとバーキンは考える。暗黒の崩壊の河はだれの中にも流れていて、すべてはそこから生まれる。人は漠然と美しい生命に憧れ、天国や永遠の魂を思い描いて生きていこうとするが、実際は限りなく暗い、死へと向かう現実を生きているのだと言わんばかりである。この水は、そこにいる人物たちがどちらの河をめざすのかを示す象徴的な場面だと思われる。バーキンは後に「この死の過程を通って生き抜きたい」(186) とアーシュラに語っている。

一方、ジェラルドは、水の下にある死者の領域「無数の人間が入るだけの余裕」(184) の方に引き込まれているようだ。「湖上のパーティー」の場面では、ジェラルドは何度も湖に潜っていた。その度に水の中には無限の世界が広がっていると感じている。間違いなくそれは死の世界であるのに、そこに引き寄せられるかのように、そして今まさにその水は二人の人間の命をのみ込んだばかりだというのに、何度も潜っている。あたかも死の世界から逃れられない自分の運命に挑んでいるかのように。いや、むしろ彼の行為は、潜在的な死への欲求を表しているようでもある。そしてその彼に惹きつけられるグドルンもまた、同じく暗い崩壊の河の流れに引き寄せられているのだ。

　それを象徴するかのように、グドルンとジェラルドが出会う場面で、水面に群がる蝶を眺めていたアーシュラとは対照的に、泥土に生えている水草をじっと見つめていたグドルンの姿が思い出される。そこへ、ボートに乗ったジェラルドが現れた。そのとき彼女は、この男が自分にとって「あの青ざめた世界やその住民である機械化された坑夫たちの泥沼から這い上がるための脱出口」（119-120）になるのではないかと直感的に感じとっている。なぜなら、炭鉱主であるジェラルドも同じ泥土から出発したからだ。確かに、二人は共感し合い、刺激を求め合うことはできた。しかし、満たされることはない。泥沼の世界を支配できても、そこから脱出することはできないのだ。

　現代の人々は、バーキンの言う「死に従属した生」（183）を生きている、そんな絶望感が伝わってくる。人類は「死を越えた生」（186）に向かうことができるのか、このまま「死に従属した生」に向かい続けるのか、ロレンス自身もその瀬戸際に立って両方の流れを見つめていたに違いない。それがまさに彼にとっての戦争の意味するものであった。それがコーンウォールでの一九一六年の現実であった。

　そして「馬仲買の娘」のファーガソンも、ジェラルドを想起させる人物として登場する。最初に登場したとき、彼は次男のフレッド・ヘンリーに会いにパーヴィン兄弟の家へやって来た。フレッド・ヘンリーは、背筋が真っすぐで、手足もすらっとしていて、機敏で「動物であれば、支配される側ではなく支配する側」（138）とあるように、生命力を内に秘めた男だと想像できる。ファーガソンは、そんなフレッド・ヘンリーに魅かれている。医者のくせに風邪をひいているとフレッド・ヘンリーにからかわれながらも、からだを酷使して働いていた。自分のからだを痛めつけ、それを刺激に変えているかのようだ。疲れきってはいるようでもある。

のだが、それを渇望していた。医師でありながら、からだを使って働く労働者に一種の憧れを抱いていた

［……］ただひたすら仕事ばかり、単調でつまらない仕事ばかり、せっせと炭鉱夫や鉄工夫の家から家へと走りまわっている仕事ばかりだ。彼はそのことで疲れきっていた。と同時にそれに対する渇望もあった。労働者の家庭のなかに入って、いわば彼らの生活の最も奥の部分にまで入り込むことは、彼にとってひとつの刺激だった。神経は興奮し、満足した。荒っぽく、口下手で、きわめて感情的な人たちの生活そのものの中へと、かなり近くまで行くことができた。こんな地獄の穴のようなところは嫌いだと言って不満をもらしてはいた。しかし実際は、それが彼を興奮させ、粗っぽくて感情の激しい人たちに触れることが神経に直に作用する刺激剤になっていたのだ。(144)

彼にとって、労働者の生活との接触は刺激でもあった。そもそも、彼の関心は、女性ではなく男社会にあったともいえる。半人前の医師としてまず男社会で認められようと、奴隷のように走り回って働いていたところに、突然メイベルという女性が介入したという解釈も成り立つ。しかもその女性は、人と関わるのが煩わしく死の世界しか見つめていなかったのだから、男性にとって決して魅力的な女性ではなかったはずである。あまりに無愛想なため、実際、兄弟からはブルドックとまで呼ばれていた。しかし、池での出来事をきっかけに、そこからメイベルのアクションに対して、ファーガソンの中で様々なリアクションが起こり始める。自分の中に起こった変化に戸惑いを感じながら、ファーガソンの心は揺れ、意志と本能

との葛藤が繰り返される。「この女を愛するつもりなどなかった」（148）わけだし、医師である自分が女に屈することは不快なのだが、メイベルのからだに触れたことで彼の意思は崩れてしまう。愛していると認めたことが真実でありながらも、真実であってほしくないと思う。このことが皆に知られたらと思うと屈辱であり、苦痛だと思っているのに、目の前にいる女性に身を投げ出したいと思うのだ。

それは、あの「死の冷気」（145）さえ感じた泥水の中で彼女のからだに触れたとき、自分の手の中で彼女の生を感じたという事実を否定することができないからである。このとき、彼が彼女の生命を感じなければ、二人は冷たい水から抜け出すことはできなかったであろう。水の中で虚しくもがいて、ただ自分自身を消耗させたジェラルドとは異なり、ファーガソンは無意識のうちに自分の命を顧みず彼女を助けようとした。そして、彼女の生を取り戻すことに成功した。メイベルは死を望んでいたにもかかわらず、救いにきたファーガソンを死に巻き込むことはなかった。偶然にではあるが水の中でからだが触れ合ったことが、メイベルの生死は言うまでもなく、彼のからだと心に影響を及ぼした。この泥水は生命の河へと流れを変えようとしているかのようである。だとすれば、この池の水は、現代という時代を象徴するがごとく、どろどろとした悪臭を放つ泥水であるからこそ意味があるのではないか。

『恋する女たち』では、バーキンとアーシュラがこの時代を生き抜くための「生命の河」を模索するのに対し、ジェラルドとグドルンは「暗黒の崩壊の河」へと果てしなく呑み込まれていく。[4] その違いはどこにあるのか。この二人は、からだを触れ合っても、からだと心が共に満たされることはない。この二人の関係を象徴しているのが、ジェラルドの父親が亡くなった後、泥まみれになったジェラルドがグドルンの寝室に現れた場面である。そのとき、ジェラルドは「自己の保証」（344）と救いを求めて、グドルンのところにやって来たはずだ。ジェラルドが一方的に欲求を満足させているとき、グドルンは抵抗することすらできず、「彼の苦い死の毒汁で満たされるべき器」(344)として存在していたというのだ。ジェラルドはというと、欲求が満たされた後、母の胸に抱かれる幼児のような感覚で癒されていた。グドルンが冴えた意識の中で無感覚に横たわっていたことすら気づかずに。このようにこの二人には、お互いが共鳴し合える関係は望めない。意識を脱ぎ捨てる奇跡の瞬間も訪れない。泥まみれのまま、決して純化されることはないのである。

　ファーガソンとメイベルの関係は物語の終わりと同時に始まる。自ら望んで進もうとした死の世界から引き戻され、何も失うものはない状態のメイベルと、シャピロが述べていたように、意思と本能の葛藤の中で現代人の「生」を邪魔している自意識を徐々に脱ぎ捨てて素の状態に近づいていくファーガソンは、少なくとも崩壊の河へは向かわないであろう。とにかく二人は、泥にまみれながら泥水から脱出した。そして、泥にまみれたかつての生活からも抜け出そうとしている。それは、まさに瀬戸際の状態からでも、まだ人は脱出することができるのだということを示唆している。いや、今こそ抜け出さなければならないという危機感を際立たせているのかもしれない。だからこそ、この物語は、奇跡を起こす物語でなければならないのだ。

四　「母親の呪縛からの解放」の物語

　批評、そして読者の反応が大きく分かれるのは、この二人が泥水から抜け出した後の場面であろう。場面はパーヴィン家のキッチンなので、再生の舞台としては、泥の池に続いてお世辞にも美しい場所とは言えない。いかにも不自然に思えるのは、ファーガソンがメイベルを蘇生させたと答えたとき、彼女が「じゃあ、わたしを愛してくださるのね」(148)と言ったところであろう。ファーガソンが服を脱がせたのは自分だと答えたのは、医師が死にかかっている一人の女性を蘇生させるのは当然であるという意味であるにもかかわらず、「じゃあ」とは、あまりに唐突ではないか。そして、葛藤があるとはいえ、ファーガソンの「そうです」(150)という答えも、彼がその後「ぼくはあなたと結婚したい」(152)と言うことも不自然ではないか。むしろ滑稽ではないのか。このような唐突で不自然な展開が現実に期待できるだろうか。[5]

唐突で、不自然で、現実には起こり得ない展開が当然のこととして許されるとしたら、それは、まさにおとぎ話的展開である。おとぎ話ならば、読者は、奇跡的展開も当然のこととして受け入れる準備がある。ロレンスは、幸せに終わる、特にプロポーズで終わる結末という読者に読ませるための常とう手段を、この作品に用いたようだ。プロットとしては、グリム童話の「いばら姫」もしくはペロー(Charles Perrault)の「眠れる森の美女」に似た展開であることは、だれもが容易に気づくことだ。プロットの展開という点で、後に書かれた短編「プリンセス」が、いわゆる「眠り姫」の物語のハッピーエンドを反転させた物語であるとするならば、この「馬仲買の娘」はまさにグリム童話の「いばら姫」そのままの結末に近い。[6]もちろん、主人公は、王女でも王子でもなく美しくもないのだが、運命的な巡り合わせで、いわば眠りのような状態から目覚めるという点で、また、王子の口づけ、つまりからだとからだの接触が、一瞬にして人生を変えた(口づけをするのはグリム童話)という点で。愛の勝利は、確かにいつの時代も人々に希望を与えてくれる。しかし、この「眠り姫」パラダイムを、母と娘の関係という視点で見るとどうなるだろうか。メイベルの突然の目覚めは、昔話の深層にある意味を探ることで、愛の勝利以外の別の意味を持つのである。それは「母親の呪縛からの解放」という意味であり、ロレンスの描くヒロインの成長には不可欠の要素なのだ。

先に述べたように、この物語の中で重要なのは眠り姫の「眠り」の意味である。眠り姫が一五歳になったある日、仙女の予言通りにつむに触れ一〇〇年の眠りにつく。一五歳という年齢は思春期、すなわち少女から結婚が可能な女性に変わる時を意味する。したがって、河合隼雄氏によれば、少女が何らかのつむのひと突き（生理的な変化であったり、異性を意識するような出来事であったり）を経験してから女性として開花するまでの準備期間をその眠りが象徴していると解釈できる。[7] だから、ペローの話には、「待つことで失うものなし」（一七三頁）という教訓が付け加えられている。これは、一見理想の夫を待つという、女性にとっては受動的な教訓ではないかと考えられがちであるが、そうとは限らない。つまり、一〇〇年の眠りは、女性が成熟のために必要な時間を意味し、その「時」の大切さを強調するものなのである。必要な時を経たからこそ、王子が現れて王女が目覚めたとき、当然のように王女は王子を受け入れることができるのだ。「あなたでしたの、王子様。ずいぶんお待ちしましたわ」（一六五頁）と。この象徴的な眠りの「時」の持つ意味を、この作品の娘、メイベルにあてはめることができる。

「馬仲買の娘」では、メイベルは一四歳で母親を亡くしている。ちょうど思春期にさしかかったところである。その後メイベルは、他者と関わりを持とうともせずひたすら愛する母との思い出の中に生きていた、ということを考えると、メイベルと母親の関係は親密であったに違いない。姉ですら立ち入ることのできない世界が、この母娘にはあったのであろう。少なくともメイベルにとっては母親がすべてであった。愛情深い良い母のままこの世を去った母親は、彼女が女性として生きていくために必要なことを何も教えず、生きる力さえ与えずに去っていたのだ。姉が結婚し、父は再婚し、彼女は孤独になる。それから二七歳になるまで、メイベルの人生は、まるで時間が止まったかのように、眠っているも同然の人生だった。そのことを象徴するかのように、彼女にとっては、母親の眠る墓地にいること、墓に花を供え墓石を洗うことが、母親に近づくことができる至福の時でもあった。

そうすることで、メイベルは心から満足した。母の世界と直接関わっていると感じていた。まるでこの仕事をすることで母との微妙で親密な関係が持てるかのように、純粋な幸福に近い状態で、丹念に労を惜しまず仕事を終えた。というのも、今実際にこの世で送っている人生は、母から受け継いだ死の世界よりもはるかに現実味に乏しいものだったからだ。(143)

この場面が、不在であるがゆえに親密な母娘関係のすべてを物語っている。

当然のことながら、生活が立ちいかなくなりすべてが終わったと思われたとき、彼女の行き先は母のところ以外には考えられない。まるで、そのときを待ち望んでいたかのようだ。娘に生きる力を与えるという点で、この娘にとっての愛すべき母には本来の母性が決定的に欠落している。愛すべき母であるがゆえにメイベルの成長にとっては否定的である。兄弟たちにとってメイベルは、母の亡き後自分たちの世話をし、家事をきりもりしてくれる母親の代役でしかなく、彼女は自分の人生など考えることもなく母親がやっていた仕事をこなしていた。その役割が終われば、彼らにとって彼女は無用なのだ。親密すぎる母娘関係以外、娘は母からは何も引き継いでいなかったようだ。眠り姫がつむの使い方を教えられなかったことが悲劇を招いたように、メイベルは自分の女性性を開花する機会も、意識すら持つこともできなかった。当時の多くの女性がそうであったように、母親の人生はおそらく家族の世話をするだけの人生だったので、そこがメイベルにとっての本質的な不幸であった。メイベルにとっては、母、すなわち死。進むべき方向に、他の選択肢はなかった。

メイベルは迷うことなく運命を池の水にゆだねたわけだが、彼女にとっては皮肉なことに、結果としてその水は子宮の役割を果たすかのように彼女を再び陸へと送り出す。その瞬間から、メイベルの意識から母親は消えている。無口だった彼女は饒舌になり、視線ですらそれまでと違う意味を持つ。もはや遠い死の世界ばかりを見つめることはなく、目の前の相手をきちんと見つめている。ファーガソンの行為を一つ一つ確認すると「生まれ変わったような明るいいつつましやかな目」(148)をして、「わたしを愛してくださるのね」(148)と言うのだ。眠り姫が「あなたでしたの、王子様」(一六五頁)とさらりと言ったように。

この物語をおとぎ話風のハッピーエンドにしたのは、明らかに二人の再生を示唆するロレンスの意図が働いていると思われるが、「結婚したい」とファーガソンに言わせたこと自体がハッピーエンドではない。読者はロレンス独特のひねりがかけられていることに気づく。最後の文章を見てみよう。

「いや、僕はあなたが欲しい。あなたが欲しい」と、彼はただ無闇に答えるだけだった。そのものすごい口調に彼女はひどく驚いた。彼が自分のことを必要としなくなるのではないか、という恐怖よりも。(152)

彼女の最後の目の描写は「あの大きく開いた緊張した疑わしそうな目」（152）であって、歓喜の目ではない。そして、その目の表情が、去ろうとしたファーガソンを引きとめた。こんな姿の自分が愛されるわけがないという恐怖に怯えるメイベルを、ファーガソンは彼女が驚くほど激しく求めようとしたのである。そこには、切ないほど孤独に怯える現代人の姿が垣間見られる。この作品は、愛の成就を示唆しているのではなく、お互いがお互いを「失いたくない」という、いわば追いつめられた二人の強い衝動が美しく、この「終わり」が「始まり」の可能性を示したオープンエンドになっているのである。

メイベルにとっては、死という母親の呪縛から自分を解放してくれただけで、目覚めたときに目の前にいたファーガソン医師が、それを愛と呼べるのなら、十分に愛の対象となり得たのだ。命を助けてくれただけでなく、女性として生きる機会を与えてくれたのだから。いつの時代も、母性は、息子に対してだけでなく娘に対しても危険な要素を孕んでいるものだ。どんなかたちであれ、母親の呪縛を断ち切る、あるいは乗り越えることが、娘たちに与えられた試練であり、責任である。

ロレンスは「危険な母性」「貪る母」について、主に母親と息子との関係を中心に描いてきた。言うまでもなく、それを描いた数々の作品は、ロレンス自身の経験から生みだされた。では、ロレンスが描いた娘たちはどうであったか。たとえば、『息子と恋人』のミリアムのように、親密な母娘の関係、母親のピューリタン的な道徳観、潔癖すぎる性意識が娘の恋愛や自立の足かせとなった例もある。『虹』のアーシュラが母親を嫌悪し、母親とは違う生き方を求めて葛藤するのは、ある意味健全な娘の成長の証といえる。しかし、ここでは、それとは対照的に、不在であるがゆえに娘に影響を与えるという点に注目したい。明らかに「母親不在」という点では、「牧師の娘たち」のルイーザ、『堕ちた女』のアルヴァイナの例がそうだ。

ルイーザの母親は自己愛が強く、娘の生き方が自分の意にそわないと、娘を無視する。彼女は、自分が母親としての責任を担いきれないとわかると都合よく病気になり、何もせずに愚痴だけは言うという厄介な母親である。ルイーザが階級の異なる男性と結婚し、自分の選んだ道を生きていくには、両親の視界から消えなければならなかった。一方、アルヴァイナは二重の呪縛と闘う運命を担うことになる。病気がちで無関心な母親に代わって彼女を立派な「家庭の天使」に育てあげようとした家庭教師のミス・フロストという女性は、無関心な母親以上に、彼女を古い価値観で冷たく支配しようとする。アルヴァイナは「眠る」ことはなく、果敢に現実を受け入れて行動し続けたが、彼女が母と代理の母という二重の呪縛から解き放たれるためには、彼女を目覚めさせる生命力の強い男の力が必要であった。また、イングランドを捨て、イタリアの片田舎で何もないところから自分の人生を始める覚悟も必要であった。しかし、メイベルのように死んだ母親ばかりを何年も慕い続ける娘は、他には登場しない。これほど、積極的に死を望み、生きる力を失った状態で登場する娘もいない。

ルイーザとアルヴァイナは、責任を放棄した母親に対抗し、無責任な母親を踏み台にして自分の人生をつかんだ娘たちである。一方、メイベルは、自分の母親によって、しかもその死をもって、眠りの魔法をかけられた娘である。いかなるかたちであれ、自己における母親の呪縛を断ち切ることが、まず娘の成長の一歩となるのだということが理解できる。出版するにあたって、ロレンスがこの物語を「馬仲買の娘」としたということは、新しい時代のヒロインに託された役割を、メイベルも担っているということである。娘たちは、母親の呪縛、母親に象徴される古い女性の生き方を断ち切ってこそ、一人の新しい女性として生きることができるのだ。

五　おわりに

ロレンスにとって一九一六年は非常に厳しい年であった。個人的にはラナニムの挫折、オットリン・モレル、J・M・マリ、キャサリン・マンスフィールドといった友人たちとの決裂、社会的には第一次世界大戦、徴兵の不安。そういった行き場のない閉塞感、先の見えない絶望的な状態の中で、肉体的にも精神的にもぎりぎりの状態であった。創造的な世界へ突き進んで行けるのか、世界の崩壊に巻き込まれてしまうのか、ロレンス自身が危機的な状況を身をもって感じながら、現代人の抱えている問題と、この時代をいかに生き抜くことができるのかを『恋する女たち』で模索していた。

戦争に触れることなく時代の危機的状況を描くためには、様々なかたちで身近な「死」を描く必要があったのであろう。「馬仲買の娘」と『恋する女たち』を同時期に書かれた作品として横軸に並べて考えると、『恋する女たち』に描かれていた「生命の河」と「崩壊の河」、もしくは「死を越えた生」と「死に従属した生」というテーマを、「馬仲買の娘」では、シンプルにおとぎ話風に描いているとはいえないだろうか。

そして、一九一六年という横軸から時代の変化という縦軸に視点を移してみよう。馬仲買という商売はすでに過去のものである。父親の死と、最後に残された荷馬車用の馬たちが去っていくシーンは、一家の歴史とともに一つの時代が終わろうとしていることも示唆している。時代はもう、鉄道と車の時代なのだ。そして、三人の息子のうち、長男は結婚が決まっており相手の親に仕事の世話をしてもらっていた。下の二人は都会へ働きに出て行くという現実的に生活をしていくための手段を確保していた。メイベルは、上の兄には女中になるようにと言われ、下の弟には看護師の訓練でも受ければいいのにと言われているが、実際にはだれも彼女の生活を本気で心配してはいないし、作者であるロレンスも、この作品では、ヒロインに何らかの職業につき自立して生きるという現実的な選択はさせなかった。この物語では、彼女は時代を切り開いて生きるヒロインではなく、実社会とは無縁のヒロインになる必要があったのだ。

ロレンスがこの作品でメイベルという「娘」に託したのは、時代の変化に立ち向かってたくましく生きていくことではなく、家庭の役割からも、社会の役割からも、そして亡くなった母の呪縛からも、まずは解放されて個としての生きる力を取り戻す、ということであった。その方がはるかに重要だからだ。まず、潜在的な死の願望を否定しなければ、次の生はない。しかも、それは決して意識的にではなく、もっとも本能に近い部分で直感的に感じとらなければならない。その原点に戻った時が、新しい時代のヒロイン誕生の時となる。この物語には最小限の人物しか登場しない。最初に登場した家族の関係も希薄である。色もほとんど使われていない。メイベルが母親の墓に供えた「ピンクがかった白色の菊」(143) の色は生命力とは程遠い。唯一、キッチンの暖炉の火の色だけが生命の炎を連想させる。それだけに、何もない状態のメイベルとファーガソンが際立ってくるのである。と同時に、この色のない風景は、ロレンスの心の中の風景のようにも見えてくるのだ。再生の奇跡を経験した二人は、果たしてこの時代を生き抜くことができるのか。『恋する女たち』でバーキンが「銀色の生命の河」と呼んだ河が存在しうるとするならば、ロレンスは「馬仲買の娘」の泥の池にこそ、その奇跡の源流を夢見たのかもしれない。

注

（1）一九一六年一月九日付けのオットリン・モレル宛ての手紙に、「短編の前半を書き終えた」という内容の記述があるが、ケンブリッジ版ではこの一月に言及された作品は特定できないとしている。

（2）「『恋する女たち』序文」において、ロレンスは、理論や状況といった外から押しつけられる運命などは偽りで、内なる願望や向上心を刺激する創造的で自発的な魂からの刺激に応えることこそ真の運命だと述べている。古い観念に縛られず、新たな情熱、思想を生みだそうと、自身の魂と葛藤する人々こそ生き延びるのだという考えの背景には、まさに人間が生き延びるか、滅びるかの瀬戸際にあるというロレンスの危機感が窺える。

（3）「馬仲買の娘」の翻訳については、『D・H・ロレンス短篇全集2』より、鉄村春生訳を参考、引用させていただいた。

（4）『恋する女たち』における「崩壊の河」の意味については、鎌田明子「「崩壊の河」に棲むグドラン」を参照。

（5）ロレンス批評の原点ともいえる *D.H. Lawrence: the Novelist* において、F・R・リーヴィスは、この物語をストレートに「愛の物語―愛と生の勝利の物語である」と評価し、この場面を引用した上で、皮肉はないと断言している。接触の正当性などというものは、よくよく考えれば信じがたいものであるが、この最後の愛を描いた場面は、十分あり得ることであり、あるがままの姿を描いたものなのだと、あくまでも肯定的に捉えている。

（6）厳密には、グリムの「いばら姫」とペローの「眠れる森の美女」は異なる点があるが、ここでは、ほぼ共通のプロットを持つ「眠り姫」の物語として捉える。ペローの場合、王女が目覚めてからも続きがあり、王子の母親が実は人食いであったという話が続く。「プリンセス」が「眠り姫」の物語の反転であるという指摘は、Harry T. Moore, *The Intelligent Heart: The Story or D. H. Lawrence*（Harmondsworth: Penguin books, 1960）p. 411. にあり、「眠り姫」の物語と「プリンセス」の悲劇的結末については、霜鳥慶邦氏がレイシャリティという点から論じている。（『ロレンス研究』第一三号）また、閉ざされた世界で眠っている状態の姫を、「接触」によって王子が外の世界へ連れ出すというプロットでいえば、「僕に触れたのはあなた」も「眠り姫」パラダイムの典型的な作品といえる。それについて鉄村春生（『D・H・ロレンス短篇全集3』作品解説）を参照。この作品でも母親は不在である。

（7）「いばら姫」および「眠り姫」の眠りの意味については、河合隼雄『昔話の深層』（福音館書店、一九七七年）一二五―一三二頁に論じられている。ここで、否定的な母性について、「娘が母親に否定的なコンプレックスを持つあまり、娘は母になることを恐れ、自らの女性性をさえ否定しようとすることがある」と述べられている。

引用文献

Granofsky, Ronald. *D. H. Lawrence and Survival: Darwinism in the Fiction of Transitional Period.* London: McGill-Queen's UP, 2003.

Harris, Janice Hubbard. *The Short Fiction of D. H. Lawrence.* New Brunswick: Rutgers University Press, 1984.

Lawrence, D. H. "The Horse-Dealer's Daughter." *England, My England and Other Stories.* Ed. Bruce Steele. Cambridge: Cambridge University Press, 1990. 137-152.（*EDE*）「馬仲買の娘」

——. "Foreword to *Women in Love.*" *Phoenix II: Uncollected, Unpublished, and Other Prose Works by D. H. Lawrence.* Ed. W. Roberts and H. T. Moore. Harmondsworth: Penguin Books, 1978. 275-276.（*2P*）「『恋する女たち』序文」

——. *Women in Love.* Cambridge: Harmondsworth: Penguin, 1995.（*WL*）『恋する女たち』

——. *The Letters of D. H. Lawrence.* Eds. James T. Boulton and Andrew Robertson. Vol III. Cambridge: Cambridge UP, 1984.（*3L*）

Schapiro, Barbara Ann. *D. H. Lawrence and the Paradoxes of Psychic Life*. New York: State University of New York, 1999.
Stuart, Jack F. "Eros and Thanatos in Lawrence's 'The Horse Dealer's Daughter'" *Studies in Humanities* 12, 1981, 11-19.
河合隼雄『昔話の深層』福音館書店、一九七七年。
ペロー『ペロー童話集』朝倉朗子訳、岩波文庫、一九八二年。

Ⅲ

氷柱の向こう側──「馬で去った女」の射程

有為楠 泉

はじめに

一九二四年夏、アメリカに二度目の滞在中であったロレンスは、ニューメキシコ州タオスからロッキー山中カイオワ・ランチに移動した。ロレンスは同年六月に「馬で去った女」（"The Woman Who Rode Away"）の執筆を開始したが、前年の一九二三年に『ケツアルコアトル』を、そして一九二四年一一月から翌一月にかけて『羽鱗の蛇』を書いたので、「馬で去った女」の執筆はこの両者の狭間の時期にあたる。そして、初のアメリカ訪問以来抱き続けていた先住民（インディアン）の習俗と宗教への関心が、また新たな捌け口を求めて再燃していた時期であった。「馬で去った女」は『セント・モア』の執筆時期とも重なり、これらの比較的長い短編小説に共通して描かれたニューメキシコ州やメキシコの山中の風景とそこでの登場人物の体験は、西洋文明とアメリカ大陸先住民族の原始宗教に接点はないというロレンスの確信を伝えるものとなる。

ロレンスは同年に出版されたE・M・フォースター（E. M. Forster）の『インドへの道』（*A Passage to India* 1924）に強い関心を抱き、フォースターがヒンドゥーの文化と宗教を十分理解しているとは言えないとしながら、少なくとも白人文化を真正に批判しているとして共感を表明している。[1] その共感は「馬で去った女」における白人文化に対する批判的言説にも通底すると言えよう。『インドへの道』のマラバー洞窟の場面に対応するごとく、「馬で去った女」では最後の儀式の執り行われる岩棚の場面が暗示的に描かれる。本稿第一章では、そういった場所の設定を含めて、作品成立の経緯を考える。

「馬で去った女」に対する批評としては、すでに一九五〇年代にリーヴィス（Leavis）やハウ（Hough）が、現代文明の問題に対するロレンスの真摯で深淵な思考を指摘して以来、いろいろな解釈や評価あるいは批判がなされてきた。それらは大きく言って、西洋とは異質な先住民の文化を理解し、人間の生に関わる問題を提起するものとしてこの作品を受け止める肯定派と、主人公の女性が生贄にされるという点からもっぱらロレンスのアンチ・フェミニズム的要素を指摘する批判的見解とに賛否が分かれる様相はあったが、またそれにとどまらず、第三世界を扱う新しい文学という観点からの読みを強調するキンキード＝ウィークス（Kinkead-Weekes）の議論やその後に隆盛したポストコロニアル的批評などさまざまな読み方が存在してきた。本論第二章ではその概要を取り上げ、それらの批評の系譜が提示する意味を検討したい。

第三章ではそれを踏まえて、これまでの批評においてあまり論じられてこなかった、「女」としてのみ表現されている名前の無いヒロインの五感の働き、とりわけ視覚・聴覚・皮膚感覚の機能に着目して、彼女の存在理由を考察する。馬で去った「女」の体験は、彼女の目による認知行動に加えて、インディアンの部族民との接触の中で生じる恍惚感・幻覚・精神的混乱といった知覚神経の異常な高揚――或る種の生と死の重層体験――と深く関連していると考えられるからである。タイトルに表れる「アウェイ（away）」という語の真の体現者としてのこの「女」の行動を辿ることで、ロレンスがこの作品に託した異文化像とその先に見据えた宇宙観を明らかにするのが、第三章、ひいては本論全体の狙いである。

第一章　作品の成立と「女」の出自

メキシコの北西から南東に長さ二四〇〇キロメートルにわたって連なるシェラ・マドレは、東・西・南の三つの山脈からなる。その山中に銀鉱山を所有するオランダ人レダーマンの妻が、この作品のヒロインである。「女」としてしか表現されず、最後まで名前が明らかにされないこの女性は、結婚する以前はカリフォルニア州バークレー出身の陽気なブロンド娘であったが、歳の離れた夫によって大事に囲われていたので精神的には未発達、しかも夫と二人の子供だけと暮らす山中の生活によって生気を失っている。だが、或る日彼女は夫と鉱山技師の会話を聞いて、山の遥か向こうに住むというインディアン部族の村に向けて出奔する。

この作品にはモデルが存在することが知られている。一九二三年一〇月、ロレンスはメキシコ西岸をオランダ人画家と旅行した。その折、シェラ・マドレ山中ナヴァホア近くのミナス・ヌエヴァスという土地で銀山を所有するスイス人エイモス・イェガー（Amos Yeager）とその妻に会っている。妻は大柄な三五歳の女性で、多忙な夫との間に四人の子供がおり、隣人が四五マイル離れた場所にしか住んでいないような状況で暮らしていた。ロレンスは後からこの妻に本を送り届けてやるように知人に頼んでいる。この女性が「馬で去った女」のヒロインと重ね合わせて見られるのは自然のことである。

また、ロレンスはこの旅行の際、合衆国との国境に近いメキシコ北辺の州ソノーラとチファファの奥地に住むインディアン部族について知ることになった。そこからさらに南に下った辺りのウィチョル族（the Huichol）が、この作品に登場するチルチュイ・インディアン（Chilchui Indians）のモデルとなったと考えられている。[2] さらに、一九二四年五月一七日から一八日にかけて、ロレンスは合衆国ニューメキシコ州でカイオワ・ランチからタオスに向かう途中、アロヨ・セコ村を馬で訪れる機会があった。その際にインディアンが儀式に使った洞穴を見学し、それが「馬で去った女」の最終的儀式の行われる場所のモデルとなった。

このように、この作品は当時のロレンスの行動軌跡から、物語としてのお膳立てが整えられたと考えられる。だが同時期に書かれた作品の中でも「馬で去った女」に際立った特徴があるとすれば、それは主人公が最終的に最も完全な形で西洋社会から離脱している点である。「アウェイ（away）」を単に「遠くへ、離れた場所へ」の意味に加えて、西洋から先住民の世界への移行を示していると捉えると、『セント・モア』、「プリンセス」、「馬で去った女」、『羽鱗の蛇』など、ほぼ同時期に書かれた作品において、インディアンやメキシコの土着の人間と接触するヒロインたちの中で「アウェイ」の程度の最も高いのが、この「馬で去った女」の主人公である。たとえば『羽鱗の蛇』ではケイトがインディアンのシプリアノとの結合によって先住民の文化体系に入っていく展開に「アウェイ」の共通点が見られる。ただし、ケイトの先住民文化体系への参入を促す契機には、ラモンの政治性・政治活動が介在する。またケイトには最後まで逡巡があり、それが小説の読者への問いかけにもなっている。「プリンセス」のドリーは、インディアンを彷彿とさせるスペイン人の末裔の男と行動を共にし、山中に入っていくけれども、事件の後ほぼ元の自分に還って山中の体験を忘れてしまう。『セント・モア』のルウは、イギリスやアイルランド、さらに種牡馬をめぐる紆余曲折の後、メキシコ人のフェニックスとともにロッキー山脈の奥地に分け入り、小さな牧場を発見してそこを買い取る。山中の牧場周辺の大自然が彼女に与えるインパクトは強烈で、極めて啓示的でもある。しかし、牧場を手に入れるという行為そのものはあくまでも西洋資本主義経済の原則に則っており、自分の所有する土地を足場にしている点からすれば、必ずしもその行動を「アウェイ」と言うことはできないかもしれない。それらのヒロインたちと比べると、「馬で去った女」の主人公の行動は、無鉄砲のそしりを免れないほどにはるかに直情径行型であり、引き返す余地が全く残されていない。反面、主人公の逡巡・熟考の期間が極めて短く感じられるストーリーの直行性が、作品にドキュメンタリー的好奇心の喚起、危険の予感、サスペンス的効果を生み出していることも確かである。したがって、この「アウェイ」の程度とそれが暗示するものを探ることが、この作品の理解に重要な鍵となると筆者は考える。

第二章　「馬で去った女」をめぐる批評の変遷とその論点

白人女性が生贄になるという素材の特異性からして、個性的な作品と言える「馬で去った女」は、その読み方に応じて評価が分かれてきた。その主だった批評の変遷を概観すると、この作品の特性が顕在化する。一九五〇年代、リーヴィスによるロレンスの復権が行われると、「馬で去った女」も作品として深く検討されるようになり、好意的な評価を受けた。リーヴィスはこの作品が「人間の生に対するロレンスの関心の強さと真摯さ」(Leavis, 332)を表現しているとし、そこに見られる「現代文明の諸問題への真面目で深い反応」を評価し(332)、宇宙についてのインディアンの感性を想像力豊かに理解していることに業績を見出した(332)。ハウも「馬で去った女」をロレンスの「最も完全な芸術的業績」(Hough, 146)とし、「ストーリーに潜む陽気さと恐怖の間の深い曖昧性」を認識しつつ、「同時代の世界に対する彼の最も深淵なコメント」と結論づけた(146)。

しかし、一九六〇年代から七〇年代にかけては、批判的見解と好意的評価が拮抗するようになる。批判的見解としては、たとえばモイナハン(Moynahan)はこの作品が「根本的に冷酷な話」(Moynahan, 178)と断定し、その中心となる行為を「弁明不可能であって、面白さもない」として(178)、その後に続く批判的見解の出発点となった。女性解放論者のミレット(Millett)は、「政治」を「一方が他方をコントロールする力関係」(Millett, 23)と定義して、「性の政治学」の歴史的思想的背景をさまざまな角度から分析したが、特にロレンス、ヘンリー・ミラー、ノーマン・メイラー、ジャン・ジュネについて個別研究をした。そして、ロレンスの作品の中でもとりわけ「馬で去った女」を、「男根崇拝に捧げられる生贄としての女」(285)の物語に託された「ポルノグラフィックな夢への拘泥」と断じて激しく攻撃した(285-93)。フェミニストだけでなく、良識派のカーモード(Kermode)も「あからさまな原理と人種的優越で物語が終わっている」(Kermode, 119)としてやや批判的な見方をしている。一方、好意的な批評の数も増加した。たとえば、カヴィッチ(Cavitch)は、ハウが述べた「陽気さと恐怖の間の曖昧性」をさらに「象徴的行為の意味に対して作家自身が持った予測と反発の感情」に結びつけた(Cavich, 168)。カウアン(Cowan)は、リーヴィスによる評価を受け継ぎ、インディアンと他の「犠牲(生贄)」を用いる宗教との類似性の検討を進めた（Cowan, 70-78）。またクラーク（Clark）も「犠牲」の文化を理解することの擁護をこの作品に見出している（Clark, 309-11）。

一九八〇年代以降、文学の世界全般で方法論やイデオロギーの面からさまざまな読み直しが行われるようになると、「馬で去った女」についても同様に読み直し・再評価の動きが加速した。目立った系譜としては、西洋の植民地主義に通底する先住民支配のもたらした軋轢を視野に入れた批評の増加がある。八〇年代後半、バルバート（Balbert）は、『メキシコの朝』におけるインディアン（モゾ）の生と思考方法についてのロレンスの描写を分析し（Balbert, 257-58）、「蛇」の詩にも共通するプリミティブなものに対する賞賛と反発の混じった見方、闇と光の存在について検討した（259-60）。そして「馬で去った女」のような重苦しい短編小説が、そういった文化間対立をエッセイよりも一層明解に提示すると論じた（255-71）。

一九九〇年、キンキード＝ウィークスは「馬で去った女」を第三世界から出現した新しい文学という立場から考えることを主張し、主人公の女性が生贄にされるという点でアンチ・フェミニズムの頂点と指摘されてきたこの作品を、もっと別の観点から読むことの重要性を指摘した。生贄のシーンに至るまでのインディアン部落における女性の処遇、太陽と月に象徴される男女の関係など、ロレンスの主要テーマである「想像力と生命の源としての性的関係」の叙述はもちろん存在するが、この作品の物語のより大きな次元として、ロレンスがキップリングを除いて唯一、第三世界の文化と宗教の下にあるものを想像しようとした作家であることを論じた。主人公の境遇への不満は、フェミニストの言う女性解放との関連よりも、メキシコにおける白人の植民地主義との関連が大きいと言う。犠牲となる終盤の扱い・残虐性については、白人の種族差別主義に対するインディアンの反発によるとするが、それがロレンスの考えを示すものかどうかについては、ロレンスのフィクションにいつも見られるように、ストーリーに問題を釘づけにしたまま終わってしまうので、この作品の中では答えが出されていない、しかし議論は『羽鱗の蛇』へとつながっていく、とキンキード＝ウィークスは主張した（Kinkead-Weekes, 251-63）。

フェミニズム批評に関する見直しもあった。ドレイパー（Draper）は、ミレットに始まったロレンスに対する激しいフェミニズム批評を、比較的穏健な立場で検討し直した（Draper, 158-69）。しかし、フェミニストの流れを汲むコントレラス（Contreras）は、従来この作品に歴史的文化的コンテキストにおける読みが欠落していたとして、モダン・プリミティビズムの広い伝統においてインディアンの文化がロレンスに対して有した意味を評定する必要性を論じ、先のキンキード＝ウィークスによる論をその先駆として取り上げつつ、その不十分さに批判を加えた。コントレラスは、ヘレン・デルパーやジョン・ブリトンの著作に明らかな一九一〇年代から二〇年代に盛んであったインディジェニズモ（先住民優先主義）の歴史的流れの中でロレンスを検討する必要があると述べ、ロレンスがプリミティブなものに対する西洋文明の視点に対して厳しい批判的言動を示しはしたが、メキシコをその本質において悪や死と結びつけたことから、結局のところ、第三世界の文化と宗教に対するロレンスの想像は、基本的にインディアンと暴力を結びつけるヨーロッパ人の考えを露呈するものであると批判した。しかも、「女」とインディアンという登場人物の組み合わせが、その企ての結節点となっていると指摘して、反フェミニズム批評に対する再度の反撃に出た（Contreras, 91-101）。一方、ロバーツ（Roberts）は、ヨーロッパ人の意識と他者表象としての現地人の意識の遭遇がロレンスの紀行文学の本流となっている点を踏まえて論じており、「馬で去った女」の物語も、「野蛮なものとの遭遇」というよくある文化的パラダイムと、未知で異質ではあるが非常に人間的な事実との直面という状況との「弁証法」に基づいて構成されていると述べる。その上で、この作品にはセクシュアリティが厳密に排除されているのに、従来それが異常に性的な扱いをされてきたとしてこれまでの批評の流れを批判し、先述のフェミニズム批判に対するコントレラスの反批判をさらに批判して除けた（Roberts, 103-06）。

また、さらに世紀の変わり目をまたいで、方法論的にいろいろな手法を用いた批評が登場した。民俗学的観点に着目したマッカラム（McCollum）は、ルネ・ジラールの「暴力と聖なるもの」の理論[3]を援用し、セクシュアリティの危機と文化の危機が重層構造になった「馬で去った女」では、「犠牲（生贄）」が文化の再生の重要な要素となっていると指摘した（McCollum, 230-41）。マッカラムは、この作品において、近代の病の終焉が近代女性の排除もしくは再生に結びつけられており、最古の儀式の犠牲を女性の生贄の形にすることによって、女性が文化の救済を実現することをロレンスは表現しようとしたと述べる。実際、ロレンスはこの時期、フレイザーの『金枝篇』やジェーン・ハリソンの『芸術と儀式』を読んでいたし、プエブロ・インディアンの崇拝する巨大なマリア像を見たり、スー族の少女の生贄の例や、アステカ文明の生贄の儀式についても知悉していたことが分かっている。西洋文明において女性の中心性が失われたことを悼んでいたロレンスが、「馬で去った女」においてその回復を企てたとマッカラムは論じた（230-41）。「馬で去った女」を象徴主義の観点から分析したトヨクニ（Toyokuni）は、この作品で描写される「夕日」・「洞穴」・「植物」・「自然」等さまざまなものに「明と暗」「生と死」「豊穣と枯渇」「復活と死」の対立概念が表象されていることを明らかにし、物語全体の終焉自体が「死と再生」の表象となっていると論じた（Toyokuni, 107-27）。ジョーンズ（Jones）はロレンスの後期の短編に見られるコメディの技量を検討し、それらの作品が世間からの離反とそれに代わる生き方を提示していると述べた。ジョーンズは、ロレンスの作品にある陽気で冗談めいた要素はエガートとワーゼンの編集による『D・H・ロレンスとコメディ』（一九九六年）を始めとして、しばしば検討されてきたことであるが、それは単なる遊びでなく、辛辣であると同時に傷つきやすいものであり、後期作品では特にそれが、主人公の失踪や、不満足な人生を拒否して意味ある生を模索する姿に重ね合わされていると論じて、「馬で去った女」をその典型とした（Jones, 130-45）。若干遡るが、ファーニハフ（Fernihough）編『D・H・ロレンスのためのケンブリッジ・コンパニオン』（*The Cambridge Companion to D. H. Lawrence* 2001）では、キンキード＝ウィークス、コロネオスとテート（Coroneos and Tate）、エガート、バルディックによる四編の論文が「馬で去った女」に言及している。後者二編はこれまでの批評に依拠し、キンキード＝ウィークスの論文も先述した彼自身の論を再度強調するものであるが、コロネオスとテートの議論は、生の「不思議な暗い部分」（"queer dark corners"）に対するロレンスの関心と扱いを短編から小説の類にまで跡づけ、さらにバタイユとの近似性を論じている（Coroneos and Tate, 103-17）。

以上で概観したとおり、「馬で去った女」をめぐる批評の変遷には、或る種の系譜、あるいは批評の傾向が存在することが明白である。第一は、この作品が西洋文明とは異質の先住民文化・宗教に対するロレンスの深い関心と理解を示すものとして評価する立場である。そして、ロレンスの先住民文化・宗教に対する関心と理解は、西洋文明の側が優越意識を完全に脱却して初めて可能となると考える文化相対主義的立場に立脚していること、また、先住民文化・宗教についてのロレンスの観点は、「光と闇」・「生と死」のテーマに深く関わっていると論じるものがその典型である。第二の系譜は、この作品のストーリーそのものの特異性に着目して、暴力と性、あるいは女性やマイノリティとしての先住民の問題に対するロレンスの視点が根底的な強者の意識を有しているとして批判する立場である。この観点は「馬で去った女」をめぐって、とりわけフェミニズム対反フェミニズムの立場からの論争を何度も誘発してきた。第三は、さまざまな方法論上の実践的応用と捉えることができるだろう。ポスト・コロニアリズム、イメジャリーの分析など、方法はさまざまである。そして、第一、第二、第三のいずれの系譜の批評にしろ、この作品において表象されるインディジェナスな文化・習俗・宗教に対する作者ロレンスの濃密な関心と反応から、さまざまな切り口と評価が生み出されてきたことは明らかである。

第三章　感覚機能と「女」の行動の行方

前章で取り上げた批評の変遷および系譜の中で、筆者は基本的に第一の系譜に与するものであるが、これらの批評の中でほとんど検討されてこなかった観点として、主人公の五感の働きに注目したい。そして、主人公が出奔からインディアン部落での犠牲の儀式に至る過程で体験する五感の機能の変化を、ロレンスの先住民文化・宗教に対する関心を検討する上での手がかりとする。白人女性の主人公がメキシコ先住民族の異質な文化・宗教の世界を体験する描写において、彼女の感覚機能が重要かつ有効な手段として頻繁に記述されているからである。本章では、主人公（これ以後、「女」と表記する）の感覚機能がどのように表現されているのかを検証しながら、「女」の行動の経緯を、ひいては「馬で去った女」という作品が狙う標的の表象とその射程を明らかにしていきたい。

ストーリーの中で「女」の目は一貫して機能し続ける。そもそも「女」はレダーマンと結婚した時、「この結婚は冒険になるだろう」と考えていたが、それは夫の人格のゆえではなく、夫をとりまく環境に起因することは明らかだったと書かれている(*WWRA* 39)。そして実際彼女はそれを自分の目で見ることによって理解していく。

彼女は彼が成してきたものを実際に見た時、心が萎えた。巨大な緑色に覆われた、果てしない山々、そしてひとけのない孤立した場所の真ん中には、銀の採掘から出た濃いピンク色の乾いた土の山。[……]花で飾った閉ざされた中庭から見上げると、銀を採った土のカスの巨大なピンク色のピラミッドと採掘工場の機械類が、空を背景にして目に映った。(39)(傍線は筆者。また引用一行目の「見た」は原文もイタリックで強調されている。)

彼女の視界にあるものはこの常緑樹に覆われた山々とピンクの採掘カスの山だけであるし、彼女が夫のへこんだフォード車で時々連れて行ってもらうことのある山間の死んだような町へ初めて出かけた日には、市場で肉と野菜の並べられた陳列台の間に犬の死骸がそのまま放置されているのを見かけたのであった。明らかに、彼女の目に映ったものが周囲の状況として描出されている。

その後、夫と若い鉱山技師の会話から、山々のはるか向こうには、最も未開の先住民族が暮らしていることを知ると、「女」は閉塞状況から抜け出すことへの願望を抑えきれずに出奔する。やがて山中で三人のインディアンに出会い、どこへ行くのかと尋ねられた時に、彼女は「チルチュイ・インディアンの所へ行きたい、彼らの家を見て、彼らの神を知るために」（47傍線筆者）と答える。彼女の行動は、まず新しいものを見ることから始める一般的な認知スタイルと言ってよいだろう。しかし、後述するように、彼女のこの視覚による認知作用は最後まで一貫して機能し続け、この物語の展開に大きな関わりを有するのであり、以下にそれを検証する。

先述したように「女」の目は常にものの外観を映し出している。他方、それと対照的なのは、彼女が出会ったインディアンたちの目である。彼らの目は、「女」を見ているようで実際には女と認識しておらず、ものの外形を通過した何か別のものを見ているのであり、「非人間的」な目と表現されている（47）。チルチュイ族の村で引き合わされた長老や最長老の目はさらにその度合いが強く、彼女をじっと射るように見るものの、通常、人が別の人間を見るのとは違う、「彼女には何かわからないもの」（51）、「決して見えるはずがないもの」（54）を見ているのであった。それに対して、「女」の目は、時に意気消沈して、鮮やかな色の花も、「死んだ者にならい、そう見えるに違いないように」（50）色褪せて見えることがあるが、ものの輪郭を見失うようなことはない。視覚は彼女の最も基本的な行動パターンである。現象としての世界は身体の知覚作用によって体験されることによって「存在」の意味を示す、という世界と身体の両義的相互依存的関係性の認識は、フッサールの現象学からメルロー＝ポンティを経て繋がる西洋近代および二〇世紀の身体論的思考の基本であるが、それを持ち出すまでもなく、知覚、とりわけ目（視覚）は認知パターンとして最も重要かつありふれたものであり、「女」の行動はそれに対応しているのである。

では、チルチュイ族との接触の中で、彼女の五感の働きおよびその変化はどのように表現されているのだろうか。最長老から「チルチュイ族の神へおまえの心臓を捧げに来たのか」と問われ、イエスと答えた後で、「女」は柵で囲った庭の中の小さな家に閉じ込められる。その時、儀式用の大きな家から太鼓の長くて低い音や意味の分からない甲高い話し声が聞こえる。彼女はあたかも死者から発せられたかのようなその声に耳を澄ます（55）。だが、ハーブと蜂蜜の混ざった飲み物を与えられ、体に倦怠感を覚えると、感覚器官は逆に非常に鋭敏になっていく。たとえば、カウチに横たわった彼女は、村の音に耳を澄ますと子犬のキャンキャン吠える音や遠くの足音、つぶやき声もはっきり聞き分けられたし（56）、杉や松の木の燃える匂いで、煙の臭いを鋭くかぎ分けられ（56）、日没の黄色い空にもはっきりと明るい星を認めることさえできるようになる（56）。これらはみな、諸感覚（"senses"）が非常に鋭敏になっていることを示していると言えるだろう。しかし、さらに彼女の感覚器官の変化を辿ると、彼女は「感覚が空中に拡散したかの如く、花が開く音や、空気の層が流れて交叉するたびに天空の鳴らすクリスタルのような音を聴き分けられ、また大気中を上下する蒸気が宇宙でハープのような音を立てているかの如くに感じる」（56-57）。これらの体験は、言わば幻聴の兆しと考えられるのではなかろうか。ペットの小犬の子宮に子が宿って身二つになる音が聞こえるし（59）、回る地面がたてる巨大な弓矢の飛ぶような大きな音を聞いた気がするようになる（59）。冬が到来して雪が降り、夜の冷え込みが厳しくなる頃、「女」は体力も意志の力も弱まるが、飲み物を与えられると、感覚は「ある種の高揚した神秘的な鋭敏さ」へと解き放たれ、「自分が物事の調和へと拡散していくような気分」になる（62）。すると、天空で星々が話し合う鐘のような声が聞こえ（62）、雪が小鳥のようにさえずるのが聞こえ（62）、また突然、見えない月に別れを告げる雪の声が聞こえるようになる（62-63）。明らかに幻聴と言ってよいであろう。

メキシコを含めてアメリカ各地の先住民族には、幻覚を引き起こすハーブを、特にシャーマンが用いることによって儀式を行う風習がある。ロレンスがチルチュイ族のモデルにしたメキシコ高地に住むウィチョル族は、二一世紀の現在でもなお、ペヨーテと呼ばれる強烈な幻覚作用をもたらす植物を用いることが知られている。しかし、ここで注目したいのは、「馬で去った女」で描出される幻覚症状は、先に指摘したように、もっぱら幻聴、つまり聴覚に関するものに限られている点である。幻覚症状としては、一般に幻視が幻聴と並んで想定される。実際、ウィチョル族にはシャーマンの幻視を形にした糸絵(ヤーン・アート)と呼ばれるサイケデリックな民族アートが存在することからも、幻覚に幻視が伴うことは十分推測される。しかしながら、「馬で去った女」においては、幻視は描出されていない。敢えて避けられていると言ってよいかもしれない。先述のごとく、ハーブの飲み物を飲んだ後、「女」の感覚器官はすべて、聴覚だけでなく視覚も嗅覚も、非常に鋭敏になったとされているのに、幻覚と思われる描写はもっぱら幻聴に関するものについてなされており、幻視に関する描写はほとんど見当たらないからである。諸感覚が非常に鋭敏になっていったとされる中で、「女」の幻覚症状として幻聴だけが強調して描出されているわけである。では、その理由は何なのか。

聴覚と視覚に関連して、ロレンスのエッセイ「ナイチンゲール」("The Nightingale")には興味深い記述がある。孔雀の雄が羽根を広げた姿を見た時、人はこれ見よがしの孔雀の自己主張にすぐに気づくのに対して、鳥の世界で一番威勢のよい鳥であるナイチンゲールが歓喜に溢れた元気な鳴き声を上げるのを聞いても、人は常にナイチンゲールの歌声を耳にすると悲しくわびしくなると思い込んでいるとして、ロレンスは次のように書く。

耳は目よりも鋭さの点でずっと劣る。例えばだれかに「君をすごく好きだ。君は今朝とてもきれいです」と言うとしよう。実際にはその声が激しい憎悪で震えているかもしれなくても、言われた彼女はそのことばをすっかり信じるだろう。耳はまったく愚かで、ことばの中にどれほどの偽金があっても受け取ってしまう。ところが激しい憎悪の光がチラリとでも目や顔をよぎると、それはすぐさま気づかれてしまう。目はそれほどに抜け目なくすばしこい。（*P* 41-42）

聴覚は視覚よりも容易に騙されやすいということであり、興味深い考えである。しかし、この考えだけを「馬で去った女」において「女」が幻視ではなく幻聴を経験することの理由にあてはめるのは些か無理があるように思われる。再度検討を続けたい。

この物語は冒頭から、彼女の目を通して周囲の描写が進行している。「女」の出奔とチルチュイ族を訪れる目的は、「彼らの家を見て、神を知る」ことであった。その場合、もし彼女の視覚が幻視によって狂わせられることになれば、その時点で彼女が「彼らの家を見る」ことは事実上不可能、あるいは少なくとも不正確とならざるを得ない。ハーブの飲み物によって「女」が幻視を起こすとなれば、彼女の目を通したものの描写はストーリーとして全く異なった性質を持つことになると言えるだろう。現実と幻覚の二重構造をヒロインの目を通して読者が追体験するというメタフィクション的性格を帯びることになるとさえ言えるかもしれない。しかし、この作品にそうしたメタフィクション的な創作意図を読み取る必要があるかは疑問である。実際、この物語で、「女」の視覚は、最後の岩棚の場面に辿り着くまで、一貫して明快である。それは次のような最終場面における「女」の認知行動によって確認することができる。そしてそれこそが、「女」が往々にして幻聴にとらわれながら、ほとんど幻視に陥ることのない理由と関連すると筆者は考える。

自分が生贄となることを知って、その場所に運ばれていく途中、乗せられた篭の中からその状況を逐一観察している彼女の目は、強烈な観察力を示すという点で極めて印象的である。目だけが彼女の自由意志で動いている。

> 彼女は、大きな青い目を釘づけにして篭の外を見た。目の下には、疲労から青ざめたくまができていた。この雪の輝きの中、野蛮で豪勢な人々の手にかかって、自分が死ぬことになると分かっていた。そして、切り立った重々しい山の上方の青い空の輝きを凝視しながら、考えた。「私はもう死んでいる。今のこの死んでいる状態から、これからすぐにそうなるはずの死んだ状態に移っても、一体どんな違いがあると言うのだろう。」［……］
>
> 奇妙な行列は、踊り続けながら、雪の平原をゆっくりと進み、やがて勾配のある松林に入った。彼女は銅褐色の男たちが銅青色の木の幹の間を、踊るような足取りで進むのを見た。やがて、ついに彼女も、揺れるかごに乗ったまま、松林に入っていった。（68-69 傍線筆者）

そして生贄の岩棚で四肢を抑えつけられた状態になった時も、なお彼女は周囲を見つめている。

彼女は何が起きているか全て分かっていたが、ほとんど何も感じなかった。空の方を向いて、黄色い太陽を眺めた。それは沈みかけていた。氷柱が彼女と太陽の間に影のように垂れていた。黄色い太陽光線が、洞穴の半分を照らしているのに気付いた。じょうご型の洞の最奥にある火をともした祭壇にはまだ達していないけれども。

［……］

今や彼女はこれが男たちの待っているものだと理解した。（70 傍線筆者）

このように、物語の冒頭から最後まで「女」の目は機能し続け、ストーリーを牽引していることが確認できる。

では、視覚と聴覚以外の感覚器官はどのように機能していたのか。この点も確認しておく必要がある。他の感覚機能として、「女」の触覚、味覚、嗅覚に関する描写も見出される。彼女が部族の最長老に初めて面会した時、古老は「女」の裸身を指で押して閲する。不思議と「女」は羞恥心を感じないが、指先で皮膚をなぞられる毎に「あたかも死神が触れているかのように」（55）感じる。皮膚感覚が死を認識している状態である。味覚については、蜂蜜で甘くしたハーブの飲み物を口にした際に、「女」は「独特の味がする」と反応する（56）。また嗅覚についても、彼女はこの飲み物の持つ奇妙ないつまでも漂う香気を感じ取り、先に指摘したように、これを飲んだ後、彼女の嗅覚は鋭敏になる（56）。そして、幻聴で雪の声を聞いた時には、雪が落ちてくる上空の見えない月に向かって、月が太陽と和合することを願い、和合の甘い匂いを嗅ごうとする（63）。そうしたのは、チルチュイ族の考えでは、白人が彼らの太陽を奪って以来、太陽が彼らインディアンの男たちに、そして月がインディアンの女たちに宿ることもなくなって久しいということを、「女」は長老の息子の若いインディアンから聞いて知っていたからである。

つまり、チルチュイ族との接触の中で、「女」の五感は全開していることが理解できる。中でも彼女の目は、チルチュイ族の世界とそこから引き出される自分の存在のありようについて知るために、一貫して機能し続けている。そのため、「彼らの家を見て、神を知る」という「女」の出奔の目的はほぼ貫徹していることになる。「女」のこの体験が示しているのは、白人と先住民族（インディアン）の社会という二つの相容れない体系の存在について、白人である「女」が、後者の世界における白人のイメージを自分自身の姿で確かめながら、明確化しているということである。片や、レダーマンの銀山・養豚場経営が象徴する富の追求に基づいた資本主義経済に支配され、大地に根差す豊潤な地母神的女性崇拝から遠ざけられて、性が生理学的あるいは政治的存在へと貶められてきた西洋近代の世界。片や、山・谷・森林・雪の自然に囲まれ守られながらも、かつて自分らのものであった太陽を奪われ、太陽と月が各々宿る男と女もともに力を無くした状態にあると考えて、かつての力を取り戻そうとするアステカ文明の末裔たちの世界。これら二つの世界は接点がなくて交わらないが、相手の世界をどこまで見る（体感する）ことができるかの極限的試みが、「女」の行動であると言えるだろう。どこまで理解するかということではない。理解よりは、むしろ、どこまで体感し、知悉するかということの、究極的体験と言ってよいだろう。「女」の体験は、苦痛と死の予感を伴い、生贄の舞台に横たわる彼女の命は、氷柱の向こうに輝く太陽が洞穴の最奥に到達する瞬間、長老の手によって奪われることになるだろうが、「女」はそこから逃れようとはしていない。

「女」のこの行動は、極限的状況において人がどのような生あるいは死を選択するのかについての判断を暗示していると読むことができるのではないか。この点について、ロレンスがかつてエッセイ「平安の実相」(“The Reality of Peace”)で述べた次のような箇所と関連させて考察してみたい。このエッセイの中でロレンスは、人が平安の河の流れに身を委ねるのに際して求められる「古い生活の破壊から生じる苦痛と死の後にやってくる、新たなるものが成就するであろうという内なる暗示」(*RDP* 28)について語っている。また、それには「人間だれもが犠牲を要求される」のであり、その犠牲とは、「自分の意志と理解力」を「何か他の存在するものに服従させるのではなく」、「未知なるものからやってくるこの上なく精妙な暗示に対して従う」ということだと述べている(28)。さらに、そこで求められる「崇高な勇気」とは、「われわれすべてを死から救ってくれるような、死に直面してなお傲慢に微笑んでいる者の示す勇気」ではなく、「内面から生じる最も完璧な暗示に自らを委ねる勇気」のことだと述べている(29)。「馬で去った女」で、洞穴の生贄の舞台に横たわった「女」が長老の振りかざす刀剣と氷柱の向こうの太陽を見据え、状況を認識し、なおたじろぐことがないのは、この後者の勇気、自己の内面から湧き出る暗示に自らを委ねているがゆえのことではないのだろうか。

本論文の「はじめに」でも述べたように、ロレンスの他の作品と比べて、「馬で去った女」の行動は、逡巡・熟考の期間が極めて短い直情径行型であり、それゆえに、危険の予感・サスペンスの度合いも大きくなる。「女」に限らず、そもそも「女」に出奔の願望を焚き付けた若い鉱山技師が抱いていた、そしておそらくすべての人間の抱く、未知のものへの憧れとそれを知ることへの願望とロマンティシズムは、この作品のストーリーの特異性を下支えするものである。しかし、同時に、その願望とロマンティシズムが原動力となって、ヒロインが究極的状況において生のあり方を選択するのに際して、自分に忠実であること、内なる暗示に自分を委ね、それを受容することを可能にしている。そしてまた、それが単なる紀行文には存在し得ないカタルシスをこの作品の中に創出している理由であると考えられる。「見ること」を通して「アウェイ」を体現した「女」は、近代西洋の社会からの脱出を果たし、メキシコ先住民族の世界に飛び込んだ。しかし、それを見極め、自己の死を予見しながらなお、さらに先を見つめているその目の射程は、もはや岩屋の内にとどまってはいないと思われる。家から出奔して以来、一貫して機能し続けた「女」の目。その目が犠牲の儀式の岩棚で最後に氷柱の向こう側に見ているものは、今や目に見えるものではない。「女」はここに至って初めて、目に見えないものを凝視しているのである。それは幻視ではない。己の内なる暗示に従った勇気ある行為としての凝視である。ハーブによって引き起こされた「女」の幻覚症状として描出された事柄がもっぱら幻聴に関わるものであり、幻視は描出されなかったことも、ここにきて再度思い当たる。見えないものを見る目を彼女が獲得するのは、ハーブの引き起こす幻視によってではなく、「古い生活の破壊から生じる苦痛と死の後にやってくる、新たなるものが成就するであろうという内なる暗示」（*RDP* 28）によるのである。その目は、これまで彼女が体験し、見据えてきた近代西洋とメキシコ先住民社会という二つの世界を越えて、人間の生と死が内包される巨大なコスモスに向けられていると言ってもよいだろう。少なくとも、「女」の目に託されたロレンスの目はそこに向いている。「馬で去った女」という作品の標的と射程もそこにある。

注

（1）ロレンスは『インドへの道』に関して、何度か書簡で言及している。白人による有色人支配の時代の終焉とその先を見据えることの重要性をフォースターが認識していることをよしとしながら（一九二四年七月二三日付フォースターへの書簡）（*5L* 77）、『インドへの道』が人間関係の描写のみに終始していることへの苛立ちを隠さず（同年七月二三日付M・セッカーへの書簡）（*5L* 81）、それでも『インドへの道』執筆をもってフォースターを「同時代で最良の人物」（八月八日カルロ・リナティへの書簡）（*5L* 91）と評価した。

（2）メキシコの先住民族であるウィチョル族は、高地の土地柄に助けられてスペインの侵略に屈することなく独自の文化を継承している数少ないインディアン部族の一つである。今日に至っても、太陽・雨・大地・動物・植物など自然の精霊を崇拝している。また、サボテンの一種ペヨーテの強烈な幻覚作用を用いたシャーマニズムの存続が知られている。ウィチョル族の風習については、T. S. Pinkson, *The Shamanic Wisdom of the Huichol* (Rochester: Destiny Books, 1995) 他を参照した。

（3）『暴力と聖なるもの』（一九七二年、英訳一九七七年、邦訳一九八二年）、『身代りの山羊』（一九八二年、邦訳一九八五年、英訳一九八六年）などの著作のあるルネ・ジラールは、神話・民俗学・文学において明らかとなることとして、儀式による殺人が文化と文明の基本にあり、その場合、暴力は暴力崇拝と関連するのではなく、再生と聖に関連づけられるとしている。

引用文献

Balbert, Peter. "Snakes Eye and Obsidian Knife: Art, Ideology, and 'The Woman Who Rode Away.'" *D. H. Lawrence Review* 18.2-3（1985-1986）: 255-73.

Cavitch, David. *D. H. Lawrence and the New World.* New York: Oxford UP, 1969.

Clark, L. D. *The Minoan Distance: The Symbolism of Travel in D. H. Lawrence.* Tuscan: University of Arizona Press, 1980.

Contreras, Sheilla. "These Were Just Natives to Her: Chilchui Indians and 'The Woman Who Rode Away.'" *D. H. Lawrence Review* 25.1-3（1993-1994）: 91-103.

Coroneos, Con and Trudi Tate, "Lawrence's Tales". Fernihough, 103-18.

Cowan, James C. *D. H. Lawrence's American Journey: A Study in Literature and Myth.* Cleveland: University of Case Western Reserve Press, 1970.

Draper, R. P. "The Defeat of Feminism: D. H. Lawrence's *The Fox* and 'The Woman Who Rode Away.'" *Critical Essays on D. H. Lawrence*. Ed. Dennis Jackson and Fleda Brown Jackson. Boston: G. K. Hall, 1988. 158-69.

Fernihough, Anne（ed.）*The Cambridge Companion to D. H. Lawrence*. Cambridge: Cambridge UP, 2001.

Hough, Graham. *The Dark Sun: A Study of D. H. Lawrence.* London: Duckworth, 1956.

Jones, Bethan. "Disappearing Tricks: Comedy and Gender in D.H. Lawrence's Late Short Fiction." *New D.H. Lawrence*. Ed. Howard J. Booth. Manchester: Manchester UP, 2009. 130-47.

Kermode, Frank. *Lawrence.* London: Fontana, 1973.

Kinkead-Weekes, Mark. "The Gringo Senora Who Rode Away." *D. H. Lawrence Review* 22.3（1990）: 251-65.

Lawrence, D. H. *The Letters of D. H. Lawrence: Vol.V*. Ed. James T. Boulton and Lindeth Vasey. Cambridge: Cambridge UP, 1980.（*5L*）『書簡集V』

——. "The Nightingale." *Phoenix: The Posthumous Papers of D. H. Lawrence*. 1936. Ed. Edward D. McDonald.Harmondsworth: Penguin, 1978. 40-44.（*P*）「ナイチンゲール」。訳出に際して、今泉晴子氏訳（吉村宏一ほか編『不死鳥、上』山口書店に収録）を参照した。

——. "The Reality of Peace." *Reflections on the Death of a Porcupine and Other Essays*. Ed Michael Herbert. Cambridge: Cambridge UP, 1988. 25-52.（*RDP*）「平安の実相」。訳出に際して、浅井雅志氏訳（吉村宏一ほか編『不死鳥、下』山口書店に収録）を参照した。

——. "The Woman Who Rode Away." *The Woman Who Rode Away and Other Stories*. Ed. Dieter Mehl and Christa Jansohn. Cambridge: Cambridge UP, 2002. 39-71.（*WWRA*）「馬で去った女」

Leavis, F. R. *D. H. Lawrence: Novelist*. 1955. Harmondsworth: Penguin, 1994.

McCollum, Laurie. "Ritual Sacrifice in 'The Woman Who Rode Away': A Girardin Reading." *D. H. Lawrence: New Worlds*. Ed. Keith Cushman & Earl G. Ingersoll. London: Associated UP, 2003. 230-42.

Millett, Kate. *Sexual Politics*. 1970. Urbana: University of Illinois Press, 2000.

Moynahan, Julian. *The Deed of Life: The Novels and Tales of D. H. Lawrence*. Princeton: Princeton UP, 1963.

Pinkson, T. S. *The Shamanic Wisdom of the Huichol*. Rochester: Destiny Books, 1995.

Roberts, Neil. *D. H. Lawrence, Travel and Cultural Difference*. Basingstoke: Palgrave Macmillan, 2004.

Toyokuni, Takashi. "D. H. Lawrence's 'The Woman Who Rode Away'—The Woman Who Died and Revived—." *Otaru Shoka*

Daigaku Jinbun Kenkyu 76 (2008): 107-27.
ジラール、ルネ『暴力と聖なるもの』古田幸男訳、法政大学出版局、一九八二年。
――『身代りの山羊』織田年和、富永茂樹共訳、法政大学出版局、一九八五年。

馬ではなく、蛇が……
──「セント・モア」におけるキー・イメージ

田部井 世志子

はじめに

D・H・ロレンスの「セント・モア」(“St. Mawr”) は、一九二四年の六月から九月にかけて、アメリカ南西部ニューメキシコ州タオス近郊のカイオワ牧場で書かれた中編小説である。最終的に一九二五年の三月に校正を終え、その年の五月に「プリンセス」と一緒に収められて発表された。近年、『オックスフォード現代イギリス文学選集』の中にも組み込まれ、「とても人気のあるテキスト」として「目立つ存在」になってきた本作品であるが (Brown, 23)、これまでの批評[1]の中で、まず取り上げるべきはF・R・リーヴィス (Leavis) だろう。リーヴィスはこの作品を、T・S・エリオットの『荒地』と比較し、「ずっと創造的で、かつ技巧的にオリジナルな要素を提示し」た、「豊かで [……] 完結した創造物」として評価し (271)、ロレンスの「しなやかで創造性溢れる自由な言語、生き生きとした豊かな言語」については、「現代において彼の横に並ぶ者は存在しない」(272)と、同時代の作家や詩人の中でもとりわけロレンスを高く評価する。作品を好意的に評価する批評家は他にもおり、たとえばエコロジー的な観点で論を展開するA・O・エーラート(Ehlert)は、「セント・モアを救出しようというルウの決意は、すべての命ある存在が等しく権利を持っているという彼女の信念が本物かどうかを試す試練になる」とし、またルウの在り方にエコロジー的発想を見出し、「ルウはバーキンよりも更に一歩進んでいる」(124)と高く評価している。K・ウィドマー(Widmer)も作品の「断片的」で「荒削りな」点は認めつつも、「異彩を放つ小説」(75)だという。

このように「セント・モア」を好意的に評価する批評家が存在する一方で、「敵意に満ちた」(Bleakley, 114)厳しい批評を下す批評家が多いのも事実である。「ほとんど最悪といってもいいくらい」(151)だというE・ヴィヴァス(Vivas)しかり、また、K・セイガー(Sagar)も一九二一年当時の中・短編全般に対して、ロレンスは物語を自分の思想──とりわけ当時の彼の人生における「人間嫌い」で「絶望的」な思想──を伝えるための「単なる乗物(ヴィーイクル)」にしてしまっており、彼の芸術にとっては「悲惨な」ことだった("Introduction" 26)と厳しく評価する。

セイガーに対して、A・ブリークリー(Bleakly)は、「人間嫌い」という言葉を別の視点から捉えることで「反人間中心主義」という言葉に、また「絶望的」を「勇敢な」という表現に置き換えることで、微妙にニュアンスを変化させ、物語を評価する立場をとっている(114参照)。それでも前掲のセイガーの指摘は謙虚に受け止める必要があるだろう。実際、この作品の登場人物たちの多くはロレンスのメッセージを伝えるためのステレオタイプになっていると考えられるからである。ロレンス自身が「全人的な人間」

ではなく、ステレオタイプの人物を描き、筋の面白さよりもメッセージの伝達を求めたのであれば[2]、彼のこの種の作品は、一種の寓話[3]として読む方がむしろ読者にとっても興味深いメッセージが伝わり、有意義なのではないだろうか。

もっともロレンスの物語には、単純な寓話ではなく、ざっと読んだだけではよく分からない筋の展開を持つものがある。ロレンス文学を読むにはそれなりの知識や考慮が必要なのだ。読み方を知っているか否かで、読みの深さ、メッセージの受け取り方が異なるのであり、そこには謎解きの面白さがあるといえるだろう。

「セント・モア」にも違和感を覚える人物描写や筋の展開などは多々あるが、中でも本稿において特に焦点を当てたいのは、タイトルにもなっている中心的な存在、馬のセント・モアが物語の後半において「ほとんど奴隷のように雌馬の後を嗅ぎまわる」(132) 存在として描写され、忽然と物語から消えてしまうという筋の設定である。このような展開について納得がいかない批評家は多く[4]、そのためにこの作品を低く評価することにも繋がっている。たとえば鉄村春生氏も「前半であれほどルウを強烈に魅了しきった馬は、後半部になると魔力を自然にゆずり、凡庸な雌馬と恋の道行きとしゃれて物語から消える」(二五四頁)といった内容ゆえに、「セント・モア」は「偉大な作品になりそこなった」(二五三頁)という。氏は更に、本作品を「二枚貝」(75) のようだと「非難」するW・ティヴァトン (Tiverton) をはじめ、本作品に対して批判的な批評家たちの共通点を次のようにまとめている。

[……] 批評家はいずれも、ロレンスのモチーフ処理のぎこちなさをいいあてると同時に、前半部に

おける、隠喩とも呼べるセント・モーと現実との巧みな融合のドラマと、後半部における瞑想、内省、註釈、旅行記といった形での哲学の跋扈との不協和音を突いている。（二五四頁）

この作品をやはり「異彩を放つ一篇の小説」に他ならないと評価し、とりわけ後半を称えるA・バージェス（Burgess）でさえも、この作品には「ロレンス特有の傾向――果実を二つに切り分けるように、物語を二つの部分に分裂させてしまう傾向――が見られる」（163）と、難色を示さざるを得ない。

以上のような問題を抱えている点を考慮すると、K・ブラウン（Brown）が「セント・モア」の意義を認めつつも、ロレンスへの導入作品としては好ましくないというのも納得がいく（23参照）。物語が「気まぐれ」で「分かりにくい」ために、初めてこの物語と出合う一般読者には「不満を抱かせる」ものとなってしまうというのである。更にブラウンは、最終的にはリーヴィスを擁護するものの、ロレンスは「セント・モア」において、ポスト構造主義の今日にあっても「最高級の芸術」には必須と考えられる概念――「全体が統合された有機的なもの」――を満たしていない点を指摘する。しかし、果たして作品は本当に一貫性がなく、「有機的」で「統合された」ところはないのだろうか。

以下本論の第一章では、物語前半におけるモアの役割を確認し、途中降板の意味を探り、第二章では、物語が実際に有機的に統一されておらず一貫性に欠けるのか、という問いにメスを入れてみよう。イメージや象徴に目を向けて作品を読み直すことにより、物語が一貫性を持った、しかもメッセージ性の強い興味深い寓話となっていることを論証できればと思う。

馬といえば、セイガーが指摘するように（*Life* 246-52参照）、『虹』のアーシュラを追いかける馬や『恋する女たち』のジェラルドに制御される馬など、長編はもちろんのこと、鉄村氏が述べるように中・短編においても多く扱われており（二四二―四三頁参照）、ロレンスにとって重要な象徴であることが分かる。「セント・モア」において馬には固有の名前が付与され、しかもそれがタイトルにもなっていることから、モアの存在は更に重要性を増していると言えるだろう。セント・モアの名前の由来などの詳しい情報についてはブラウンに委ねることとし、[5] ここではロレンスが「偉大なパン神」を連想させる存在としてモアを描いている点を強調したい。実際ルウの視点を通して生命力に満ち溢れるモアにパン神を見ることができる（60-61, 66参照）。

ギリシア神話の半人半獣神の牧神、パンとは作中人物の神秘家カートライトがいうように「すべてのものの中に隠れて存在している」「秘められた神秘」、「秘められた原因」（65）であり、内田憲男氏も「原始的異教世界の生命を体現した象徴的な動物」（二六一頁）であるという。そのパン神は今や「人間がほとんど気がつかない」うちに死んでしまったとロレンスは「アメリカのパン神」（"Pan in America"）の中で嘆く（*P* 22）。このようなパン神の死を、ロレンスは我々人間の内なる「馬的要素」の死として捉えている点も忘れてはならない。一九二四年一月九日に『笑う馬』の編集者であるW・ジョンスンへ送ったロレンスの書簡を以下に引用してみよう。

そしてここでは馬は死んでしまっている。彼が後ろ足で蹴飛ばすことはもはやないだろう。［……］**パン神は死んだ**。偉大な**パン神は死んだ**。［……］もし我々の内なる馬（的要素）が永遠に死に絶えてしまうとしたら、それは恐るべきことだろう。もっともヨーロッパでは既に馬は死に絶えてしまっているように思えるが。（*The Letters of D.H.Lawrence* 591-92）

このように見てくると、物語の中のモアの出現は、パン神、あるいは人間の内なるパン的要素の蘇りと捉えることができるだろう。

神聖なるモアが、毒蛇の存在にあわてふためき、暴れ出し、モアを制御しようとするリコを振り落とし、一生足が不自由になってしまうような大怪我を彼に負わせてしまう(81)。鉄村氏に「もっともドラマティック」（二四八頁）といわしめ、物語の「ターニングポイント」（Inniss, 170）を演出することになるこの挿話の意味するものは一体何なのだろう。リコは当然のことながら自分に怪我をさせた「邪悪な」馬を殺してほしいと思い（81）、ルウも転倒してもがいているモアの姿に「何かぞっとするもの」を幻視し、「ただただ邪悪な」(78)ものを感じとっている。しかしここで見逃してはならないのは、混沌状態になってしまったのは、馬と騎手のどちらが「悪かった」からなのだろうとルウが自問自答するということ、そして「愚か者め！」とうなり声を発した時のリコの顔を思い出す際、ルウは「同じ恐怖でも［モアに対する恐怖よりも］**ずっと激しい**恐怖」（78-79 傍点筆者）を覚えたという事実である。ルウの逡巡する様子を以下に引用してみよう。

こんな惨事を引き起こしたのは彼［セント・モア］の内なる自然で野生的な要素ゆえなのだろうか。あるいは、彼が復讐のために自己主張をする奴隷だからなのか。もし後者であれば、彼は撃ち殺してしまわなくてはならない。そんな彼が死んでしまった姿を見れば、とても満足を覚えることだろう。
しかし、もし前者の場合は……。（82）

最後の一文に至るルウのこの意識の流れから、彼女が前者――こんな惨事を引き起こしたのはモアの「内なる自然で野生的な要素ゆえ」であるという捉え方――の方を信じていることが分かる。「すべての悪には内なる卑劣さがある」ものだが、再三、モアの「高貴さ」を見るにつけ（他にも83参照）、彼には「卑劣さや「不誠実」なところがなかったと思い直す。フェニックスやルイス、ウィット夫人も本当に悪いのは誰なのかが分かっているといい（71-72, 85）、フェニックスはリコに、馬から落とされるとしたら、それは乗り手の問題、つまり、制御の仕方を知らないリコの問題だという（85）。

しかし、悪気がないからといって、リコを振り落とすモアの行為は正当化されてしかるべきなのだろうか。この問題を考えるにあたり、物語におけるリコの役割も見ておく必要がある。彼を怪我へと追い込むことになったモアの行為の意義が見えてくるだろう。リコはハンサムで背も高く、顔は「彫が深く」、いでたちもまさに「社交界のために完璧に準備された」、「英雄的な外観」の持ち主だった（33-34）。しかしその外観の裏には、「自分自身の内に何かが欠けているということに対する恐怖」が存在するという（34）。彼には一体何が欠けているのだろう。

ここで特に注目したいのは、リコが機械文明の権化、あるいは機械人間として描かれているという点である。彼は馬を「お金の浪費」と捉え、命あるものよりもむしろ機械の車の方が好きだという(32)。また「機械のように」と直接的に描写される場面が何度もある(94他にも40, 41参照)。このように見てくると、彼に欠けているのは「大地の奥深くから直接生命の炎を供給させる[……]純粋な動物人間」が持っていて、「固定化された機械的な存在」には求めるべくもないもの、つまりルウが求める「驚異の念(ワンダー)」こそがリコに欠けている(62)と考えて問題はないだろう。「驚異の念」を現代人が失いつつあることは、ロレンスが「人生と讃美歌」("Hymns in a Man's Life," *2P* 598)の中でも述べていることだった。「驚異の念」に欠けるリコは、リーヴィスも述べるように、まさに機械文明の恩恵に浴し、それを良しとする「現代の文明『生活』の代表」なのである[6](274)。

「邪悪な」リコの状況が彼個人の問題であるだけではなく、人類全体の問題でもある点に注目すべきだろう(79)。リコが『恋する女たち』の中のジェラルドなど『チャタレー卿夫人の恋人』のクリフォードへと繋がる一連の人物造形のタイプに分類されることは、M・ブラック(Black, 236)やセイガー(*Art* 196)の言葉を待つまでもない。エーラートも指摘するように、自然を自分たちの都合の良いように変えようとし、自然を征服したい人間たちなのだ(125)。「アメリカのパン神」の中でもロレンスは、メカニズムに吸収され、機械人間になってしまった現代人に対して次のように批判の目を向けている。

> 人間は人生を生きること以外に何ができるというのか。人生は、人間と、人間を取り巻く生ある宇宙との間の生き生きとした繋(つながり)といったもの以外に、何に存しているというのか。ところが人間は、その繋と絶縁し、ますますメカニズムにのめり込んでいく。そして、自分がその主人である機械や装置

以外はすべて排除する。つまり機械の神となるのだ。（P27）

「自動車や他の機械」を「賢明にも発明した」人間ではあったが、今や「機械の神」になってしまい、高貴さを失ってしまっているというわけである。このように、ロレンスが問題にしているのは、リコに代表されるイギリス社会の人間の生の在り方、表層的なものを大事にし、生命力を失った機械人間の在り方なのだ。

自然を都合良くコントロールしようとする機械人間リコ。それは自分たちの都合で蛇を殺す人間存在と重なる。それこそが彼の「間違っている」（79）所以なのである。このように見てくると、物語の中でリコがモアに跨（またが）ろうとした際、モアがまるで「悪魔」を見たかのように飛びのく理由も理解できる（68）。生命原理を象徴するモアにとって、「機械的な非生命原理」（飯田、一二五頁）を象徴する機械人間リコはまさに悪魔のような存在なのだ。リコとモアではどちらが「より邪悪」なのかといえば、それは既に見てきた通り、ルウにいわせればリコの方なのである。

また、転倒しているモアを見ている時にルウが受け取った幻影も考察に値するだろう。モアが腹を見せながらもがいている姿を見た時、ルウは「悪」の啓示を受け取る。リコをはじめとするイギリス社会の人間は無論のこと、モアの「引っくり返された」姿も「悪」そのものとしてルウの目に映るのである。彼女は「一種の無感覚」（78）状態に陥りながら、「悪」が「暗灰色の波」のように大地に押し寄せるという「悪の幻影」を見るのだった。

> ホッとできる時は一瞬たりともなかった。全世界が大いなる洪水で覆われたのだ。すべての国家、白い肌、茶色、黒色、黄色の肌をした人間たちがすべて、知らぬ間に圧倒的な勢いでせまってくる悪の奇妙な洪水の中に巻き込まれてしまった。[……]**積極的な**悪の、広大で神秘的な力が解き放たれたのだ。(78 傍点筆者)

ノアの時代の大洪水[7]を想起させるルウのこの幻影を通してロレンスは、地上が「悪」の大洪水で覆われており、人間は誰一人その潮流から逃れる術を持たないということを伝えようとしている。この幻影については、その大洪水の出所が「アジアの核」であることから、新井英永氏(Arai)も指摘する通り、コロニアリズム的視点での議論をはじめ、様々な批評家が議論をしてきた[8](90参照)。しかしながら、筆者の関心はその悪の大洪水が「積極的(ポジティブ)な悪」と表現されている点にある。「人間がおそらく誰も望んでいない」邪悪な大洪水であるが、そもそもどうして転倒するモアの姿から、そのような「積極的な」幻影を見ることになるのだろう。ルウの大洪水の幻影がモアの転倒シーンで起こったことに着目すると、リコを振り落とすというモアの行為にルウは、「悪」かもしれないがそこに「積極的な」意義を見出していることが分かる。その「邪悪な」破壊力はイギリス社会、ひいては機械文明社会全般に対する「脅威」(75)であると同時に、「積極的な」ものでもあるというわけである。人間の営みにおいて破壊が必要であることを自然の摂理に喩えている箇所を物語から引用してみよう。

> 人間は先に進むにあたって、破壊する必要がある。木々が新たに芽を出すために葉を散らすように。

生命や物事の蓄積は腐敗を招くのだ。生命は創造を繰り広げるためにも、自らを崩壊させる必要がある。(80)

季節の循環と同様、生命の刷新のためにも古いものを破壊する必要性があるという。それは、個々の人間にとっては邪悪以外の何ものでもないとしても、自然の側からしてみれば「積極的」であり、内田氏のいう「創造的な破壊」(一六七頁)、リーヴィスのいう「健全な」(291) 破壊行為と捉えられる。だからこそルウはそのようなモアの内に力を見出したのだろう。破壊による刷新であり、生命の蘇りの可能性に対する希望である。

以上見てきたことから、生命の衰退の原因ともいうべき機械文明の権化であるリコを、その支配の座から引きずり下ろすモアの行為は、リーヴィスも主張する通り、「生命による異議申し立て」(287) であり、そこに人間に対する生命力溢れる大自然の報復の構図――人間が自然界のものを自分の都合の良いように扱おうとすることにより、逆に自然によって報復されるという構図――を見出すこともあながち牽強付会とはいえないだろう。溢れるばかりの生命力で満ちている自然界を、機械文明によっていたずらに支配・制御しようとすることに対し、ロレンスは問題提起をしているのだ。

これまで、イギリス社会を構成する人間全般の象徴としてリコを、また自然あるいは神としてモアを捉えることで、自然の人間に対するいわば報復として挿話を見てきた。実は馬のモアは自然や神であるだけではなく、人間全般をも象徴している点に注目する必要がある。以下の引用は、リコを振り落とした後、のた打ち回るモアの姿を見ながら、ルウが回想する場面である。

彼女は人々にも［モアと］同じ状況を見た。人間もまた、邪悪な騎手と一緒に後ろに転倒し、のたうち回っている。しかも、騎手は押しつぶされながらも依然として人々を支配しているのだ。［……］人類は馬と同様、顔のつるつるした見ず知らずの邪悪な騎手によって手綱を握られている。騎手自身が邪悪で、顔はつるつるしており、一見ハンサムに見えるが、人類を御しながら蛇の亡骸を通り過ぎ、最後の崩壊へと突き進む。

人類は［……］食屍鬼［墓をあばいて死肉を食うという悪鬼］によって御され、もはや自らを制御できなくなっている。（78-79 傍点筆者）

機械、あるいは機械文明という「邪悪な騎手」である「食屍鬼」は、人間を無理やり制御し、がんじがらめにしているという関係図が見えてくる。大方の人間は今や馬をはじめとする「野生の動物」（82）ではなくなってしまい、食屍鬼のような機械によって「飼いならされ、家畜化され」（Ehlert, 118）てしまっている。そのような状態から抜け出し、自由・解放を求める必要があるのだ。モアの「積極的な悪」、つまり騎手を振り落とすという一種の破壊力は、ここでは「邪悪」なる「食屍鬼」の支配を無効にし、それから自由になるために必要な破壊力だったといえるだろう。

モアは理不尽な「食屍鬼」の支配に対して、それを振り落とす力、あるいは勇気を持っており、そうすることで自由を獲得できた。果たして同様の状況にある人類はどうだろうか。

自由！奴隷たちをいかに解放してやろうとも、ほとんどの奴隷は自由にはなれない。家畜のように彼らは結局、主人よりも自由の方を恐れているのだ。そして、もし誰か寛大な主人によって自由にしてもらったとしても、ついには、足蹴にすることに何らのやましさも感じないような、意地悪なボスのところに転がり戻ってしまう。何故そのようになるのかというと、彼らにとっては本当の自由、つまり、厳しく孤独で責任感を伴う自由よりも、足蹴にされても奴隷状態である方がはるかにいいからだ。(81-82)

家畜のような存在になってしまった人間は、一種の奴隷状態にあり、主人よりも自由を恐れるという。このように、物語の中では邪悪の根源たる機械の権化ともいうべき「食屍鬼」リコを振り落とせるモアと、機械やその文明から抜け出せない人間との対比が著しい（他にも60-61参照）。

以上、見てきた通り、物語前半においてモアは二重の知恵のメッセンジャーとしての役割を果たしていることが分かる。すなわち、リコを振り落とすことにより、一つはパン神として生命の意味とその脅威を示し、もう一つは、人間全般をも象徴することで、機械文明からの自由を求める尊厳をメッセージとして伝えるという役割である。このような重要な役割を果たし、ルウをアメリカへと誘（いざな）ったモアであるにもかかわらず、舞台がアメリカに移ってからは、ロレンスの眼差しはモアから遠のく。テキサスに渡ってからのモアは、既に見てきた通り「ほとんど奴隷のように」雌馬を追いかけ回すだけの存在として描かれ、以後、モアの出番はなくなる。また、物語の終盤では、「美しいセント・モア」は「幻覚」に過ぎなかったとさえ語られる（137）。

前半で果たしたモアの役割を考慮すると、このようなモアの扱いはますます理不尽に思えるだろう。それゆえに物語は一貫性に欠けるという意見も理解できなくはない。だがここで、物語を「単なる乗り物」と主張するセイガーの論に従い、作品をロレンスの思想を伝えるための寓話と捉えれば、少なくとも作者はモアの役割がその段階で終わったと考えていることは明らかだ。ではロレンスの関心は一体何に移っているのだろうか。

物語の最初から最後まで登場し、モアから確かなメッセージを受け取ったルウに焦点を当てれば、物語は一貫して彼女の自由・解放の探求と自己覚醒の物語となり、彼女を追えば、ロレンスの関心も見えてくるだろう。モアを通じて生命の重要なメッセージを受け取ったルウは、自分を「何かがこの状態から運び去ってくれない限り」、「荒廃」の道を進むしかないとさえ感じる（94）。人間存在に耐えられず、このままでは「病気になってしまいそうだ」と母親に手紙でこぼす（118）彼女は、機械文明からの解放を求め、リコの象徴する「無価値なもの」ではなく、「価値あるもの」を探すために「荒野」を求めてイギリスを去り、アメリカへ渡る決意をするのだった（80参照）。アメリカと一口にいっても、彼女が求めたのは、「自動機械的」なエネルギーを感じさせる映画作りの舞台ともいうべきテキサスではなく（132）、サンタフェでもなく、彼女は更にどんどん北へと向かい、最終的には人間的なものを一切寄せつけない原始的な大自然を求めて山へと入って行く（134）。タオスの近く、ロッキー山脈の麓にあるラス・チーヴァスという農場に辿り着き、そこで目にする大自然の壮大さ、潜勢力を目のあたりにしたルウの心はときめくのだった。「この場こそが求めていたところだ」（140）というルウの言葉から、ロレンスの関心はモアから大自然へと移ったことは明らかだ。

モアを『天路歴程』（J・バニヤン）のエヴァンジェリストになぞらえるセイガーは、「メッセンジャー」（*Life* 269）としての役割が終わったからには、モアはエヴァンジェリストと同様、物語から姿を消すのは「当然」だという（*Life* 271 他にも "Introduction" 28 参照）。内田氏はモアだけでなくルイスとフェニックスにも言及し、ルウが「別世界を暗示する」彼らを重要な存在だと感じるのは「現在の生活から抜け出したいという彼女の渇望」ゆえであり、アメリカという「別世界」に辿り着いたからには、彼らが「全く意味のない存在に変わってしまう」のも無理はないという（一六六—六七頁参照）。D・スティフラー（Stiffler）も、一旦、自己認識に至ったルウには、もはやモアの存在は必要なくなり、象徴的な力を失ってしまったという（84）。いずれももっともな論であるが、依然として疑問は残る。どうしてロレンスは「奴隷のように」（81）と表現するまでモアを貶める必要があったのだろうか。

ルウがモアを残して北へと移動したのが、雌馬を追い回すモアに「奴隷」を見てからであることを想起すると、モアの隷属性に鍵があるといえる。モアはリコに乗りこなされることはなかったが、ルイスやフェニックスという、共に「動物」を感じさせる人間によって乗りこなされる存在であり、ロレンスは馬から奴隷のイメージを払拭することができなかったのだろう。同時に、本能的に性的なものに突き動かされることも、ある意味、奴隷状態に他ならないというロレンスのメッセージを読み取ることも可能だろう。

いずれにせよ、そのような奴隷状態に甘んじる存在であるという点で、モアは我々人間を喚起させるのである。物語の中で馬が人間の象徴にもなっていたことを考えると、モアは最終的にルウにとって「卑小な」人間を想起させる存在になってしまったのだ。大自然の中に入り込み、「男女の性が生まれる以前の太古の世界」（145）、つまり生殖や性欲を超越した非人間的な大自然そのものに身を委ねていったルウ。隷属性という人間の属性の一つを想起させるモアは、その段階の彼女にとって、もはや求める存在ではなくなったと考えられる。(9) モアが喩えられるパン神が半人半獣神であり、人間の要素を半分備えた存在であったのも故なしというわけではないのである。

モアを途中降板させるくらいであれば、そもそもタイトルを「セント・モア」にしなければ良かったのではないかという議論も可能だろう。しかし、あれほど崇高だったモアに人間と同様の隷属性を付帯させることで、また、モアを途中で退場させてしまうことで、読者に違和感を持たせることになるものの、逆説的に次の二つの効果をあげているといえなくはない。一つには、人間と大自然を繋ぐパイプ、あるいはエーラートの言葉を用いれば「橋渡し」(119) としての役割を果たしたモアが、人間にとって、より身近な存在であることが印象づけられる結果になっている。また、ルウを開眼へと導いた重要なモアを途中降板させることにより、モアよりも重要なものが存在する可能性へと読者の意識を誘う逆説的な効果も考えられるだろう。当時のロレンスは、人間、あるいは馬をはじめとする人間に近い動物よりは、むしろ非人間的な大自然そのものに目を向けさせたかったのだろう。モアを人間と同様、奴隷的で卑小な存在と感じさせる、もっと壮大な存在、それこそが大自然であったのだ。

第二章　物語の一貫性を保つイメージ

ルウに焦点を当てれば、「セント・モア」は彼女の意識覚醒に向かう物語として一貫したものとなっていることは既に触れた。それでもモアが途中降板し、重要な象徴的イメージが失われてしまうことで作品全体の統一感が失われてしまっているという意味では、既述の議論は依然として終止符が打たれてはいない。

そのような中ブラウンは、一般の読者が作品を読む限りでは「全体が統合された有機的なもの」という読後感は得られないだろうと主張しつつも、物語全般に渡ってケルト（ウェールズ）とインディアンのモチーフが絡み合っている点などに注目すれば、リーヴィスと同様、高く評価できると興味深い説を提示している（23-25参照）。またブラウンは、モアが喩えられていたパン神のヤギのイメージが、後半でルウの行き着いた農場の名前に対応していることを喚起させることによっても、統一の問題に答えようとしている。もっとも、それがあくまで「雌ヤギ」という意味を持つ「ラス・チーヴァス」である点に、少々アイロニーを感じ取ってのことであるが（25参照）。

「人類の二つの端（サイド）」[10]を「一つに結び合わせる努力が最もうまく実っているのが『セント・モア』である」（81）と本作品を高く評価し、一貫性が無いという批判に対して真っ向から反論するのはスティフラーである。スティフラーは、モアを「物語の最も強力なイメージであると同時に最も大きな失望」であるとし、「『セント・モア』における統一的なイメージは馬ではない」（81他にも87参照）といい切る。物語の前半、イングランドでは「もう一つ別の世界」を暗示する「終始一貫した力強いイメージ」であったモアであるが、後半、アメリカにおいてルウの「アイデンティティが確立して」以後は、その力を失ってしまい、モアが物語を統一するイメージではなくなっているのは明らかであるという。そこでスティフラーは、むしろ馬と同様「もう一つ別の世界」を喚起させ、作品に「首尾一貫性」（81）を与え、「イマジズム的統一性」（85）を持たせているのは花だという。更に、花の中でもとりわけユリの花に焦点を当てている。

彼女［ルウ］は自分の居場所を見出した。そして地霊がその場を彼女に提供したのだ。それを提供したのはユリであって馬ではないというのが一番適切だろう。［……］そして、ユリは『セント・モア』において、ルウの経験にとって中心的な役割を果たしている。［……］『セント・モア』においてロレンスは人類の二つの端（サイド）を一つにするためにどうするといいのかを模索しており、そして見つけたのがチョウユリだった。しかもそれは、物語の二つの部分［前半と後半］を統一する花のイメージの一つでもある。（88）

スティフラーはこのように、物語全体を統一するイメージは馬ではなく花、中でもユリの花だという。花も確かにロレンスにとって重要な表象であり、前・後半を通して描写されており、中でもユリ（リリー）は一九二二年に出版された『アロンの杖』の重要な登場人物リリーを想起させる。しかし同時に花に関しては、傷の治りかけたリコを熱心に看護する女性、リコと同類の人間として描かれる女性がフローラ（花）という名であり、また同じ名前が「島を愛した男」の第二の島で、結局は男に「従属」しつつも、強い「意志」で相手をコントロールしようとする女性にも付けられていた。いずれもロレンスの求める男女関係を結ぶことができない女性として登場している。一方で、「口先だけの邪悪な」（79）存在、自意識の強い観念的なものに取りつかれる現代的な女性（74参照）にあえて花を想起させるフローラという名前を付けているロレンスが、同時に作品の中で花を自然力（生命力）の一貫したイメージとして使っているという主張には少々違和感を覚えなくはない。

さて、筆者がここで注意を喚起したいのは、山の奥深くに入って行ったルウの視界に、花やヤギよりもずっと壮大な大自然が広がっているということ、そして更に、その大自然が大蛇（龍）のイメージで描写されているということである。以下の引用では、ニューイングランドの女が対峙する壮大な大自然の地霊が大蛇のイメージで描写されている。[11]

農場に対する愛情は時にはある種の嫌悪感のようなものに変わった。［……］山々に残酷な電流が流れた。それから、とても神秘的であるとはいうものの、最悪なもの、それは地霊の敵意であった。人の手の加わらない、創造途中の地霊、それはまるで何か大きな蛇鳥のようであり、永久に人間を攻撃しているかのようであった。人間が更なる創造を目指そうとどんどん苦闘を繰り返すことに対して憎しみを感じつつ。（150 傍点筆者）

龍を想起させる大きな蛇鳥のイメージで描かれる、このような大自然に対し、ニューイングランドの女は恐怖を感じるのだった。また風も「大蛇の広大な巣であるかのような松の木の針葉の間で、蛇のようにシュー ッ、シュー ッという音をたてていた」（144）というように、大蛇に喩えられる。更に次の引用でロレンスは、ギリシア、ローマ神話の逸話を想起させ、文明をヘスペリデスの園にある林檎（りんご）などになぞらえ、それを何とか得ようとする人間から守ろうとする龍の存在を持ち出している。[12]

文明が新たな動きを見せる時はいつも、無数の勇気ある人間たちの命が犠牲になってきた。彼らはへスペリデスの林檎や黄金の羊毛を得ようと努力をする中で、「龍」に敗れ倒されてきたのだ。創造の過程において、より低い段階の、古い時代の半ば卑しい野蛮さを克服し、次の段階を勝ち取るための努力の過程で倒されてきたのだ。（151）

黄金の林檎や羊毛といった宝物、人間の手では本来どうしようもないものを手に入れようとして龍との闘いに挑み、そして破れるという筋設定は、まさに本作品の中で人類が大蛇（龍）のイメージを持つ大自然を自分たちの都合の良いように牛耳るためにそれと闘うというイメージに繋がるだろう。

人間より偉大な存在であり、人間による征服を良しとせず、悪意さえ示す大自然の大蛇（龍）、地霊との遭遇の場において、ルウはそれこそが自分の求めるものであると次のようにいう。

私を愛し、私を求める何か他のものが存在しているの。［……］それは地霊なの。ここ、この牧場に存在している。［……］人間よりも私にはずっとリアルに感じられるわ。それは私を慰め支えてくれているの。［……］それは野性的で、時には私を傷つけたり、また消耗させたりすることがあるわ。［……］でも、それは偉大で、人間より、人々よりも偉大で、宗教より偉大なの。［……］野性的でここでずっと私のようなものを待ってくれていた地霊のために自分を捧げることは、私の使命なの。私はとうとうここに来たんだわ！（155）

K・イニス（Inniss）も物語を「『源から直接』生命力を得るために野性的な龍の潜勢力との関係を求める

個人の探求」(174)だと述べている。当時はロレンスが蛇と鳥の合体したケツァルコアトル神話に関心を示していた時期であり(Brown, 23参照)、やがて『羽鱗の蛇』となる作品の構想を練っている時期でもあったことを考慮に入れると、イニスも指摘する通り、当時のロレンスは大自然を龍や大蛇のイメージで描く準備が既にできていたことは疑いの余地がない(171他にも173参照)。[13]

更にここで、そもそも物語前半の重要な挿話——モアがリコを振り落とした挿話——において、その原因が蛇であったこと、そして蛇のその死が、物語の方向性を大きく変える引き金になっていたことを想起しよう。

> それは死んでいるクサリ蛇だった。道から少し離れたところにある葦の生えた小さな窪地の水たまりで水を飲んでいたのに、石で殺されたのだった。[……]その日の朝、殺されたのだった!(77-78)

エーラートはこの場面を取り上げ、毒蛇であるクサリ蛇に対して驚き、「本能的に起こりうる危険に対して警戒態勢を取った」モアは、自然のサインを読み取り「環境に適合した」、いわば「環境に関する教育者」であるという(122)。更に、毒蛇の危険性を原始の人々と同様に本能的に感じ取ることができるモアと、そうではない人間との対比が著しい点を指摘するエーラートの解釈は確かに説得力がある。[14] しかし、この挿話の意味はそれだけだろうか。注意深く読むと、実はモアが驚き反応したのは、毒で危害を与えるかもしれない生きた蛇に対してではなく、「死んでいるクサリ蛇」(傍点筆者)に対してであることが分かる。あえて「死んでいる」という形容詞をここで入れたのは何故なのだろう。

ここで、ロレンス文学における蛇の象徴に改めて注目してみよう。馬の表象の重要性については既に見てきた通りであるが、同時に、ロレンスにとっては蛇もまた、創作活動を開始した初期段階から他の動植物に勝るとも劣らぬくらい重要な表象である。ロレンスはそれを、いわゆるエデン神話において人間を堕落させた悪魔のような悪的存在というよりは、むしろ異教的な、自然の潜勢力を表すものとして[15]、初期の『越境者』において既に用いている（Tabei, "A Revaluation of *The Trespasser* (I)" 参照）。

「生命の王」としての蛇の重要性をはっきりと前景化したのは、やはり「セント・モア」と同時期に書かれた「蛇」という詩だろう。大地（女性）の中へと入っていく蛇（男性）の姿を見て罪悪感や恐怖を感じる詩人の「教育の声」と、蛇を崇拝する内なる本能との葛藤が著しい。先の挿話を理解するには、「蛇」の詩における詩人の葛藤、そして更には蛇を殺す行為を「生命の王」を殺す行為と捉え、そこに人間の「卑小さ（ペティネス）」を読み取る詩人のメッセージを想起する必要がある。そもそも物語の中の蛇も人間の手により石で殺されていた（77）ことを想起すると、ロレンスがあえてクサリ蛇に「死んでいる」と修飾したのは、モアと同じ生命原理の象徴である蛇の死に、モアを直面させるためであると考えられるだろう。モアの驚き、動揺も、生命の衰退を感じ取ったことによる驚き、恐怖であり、ひいては蛇を殺した人間の「卑小さ」に対する驚き、怒りであったと捉えることが可能となろう。

「生命の王」でもあり、大地の内部に存する「暗黒の太陽」のメッセージを伝える「大地のメッセンジャー」ともいうべき存在（"The Hopi Snake Dance," *MM* 78 他にも 82 参照）でもある蛇が人の手により殺されていた場面を契機に、物語は大きく展開していく。蛇の死骸を見ることにより、生命の危機的状況というメッセージがモアに伝わり、人間にとって近しい存在であるモアはそれをルウへと引き継ぐ。意識化を促されたルウは、蛇による生のメッセージの非人間的な具現を、壮大な龍あるいは大蛇のイメージとして大自然の中に見るのである。以上のように、蛇（龍）をキーワードに物語全体を見ていくと、そこに一貫性が見て取れるのである。

花を論じ、そこに一貫性を見ているスティフラーも、「（大）蛇」のイメージを花に重ね合わせていた事実を忘れてはならないだろう。彼は花々が「毒牙を剥き出しにした口」を持っているということに注目しつつ、それらが「生命の王」（「蛇」）を象徴すること、そして更にデヴィルズ・チェアーにおける蛇とイメージ的に結びついていることも指摘していた（87）。その「生命の王」と詠われる蛇そのものが作品に登場していたのであるから、それを無視するわけにはいかないだろう。

また、セイガーも述べるように、ロレンス文学において生命力の象徴として「馬と蛇は［……］大事」（*Life* 252 他にも "Introduction" 30 参照）なものであるが、「セント・モア」ではロレンスの両者の扱いがはっきり分かれたといえる。支配されるに値しない主人の手綱さばきに反抗し、隷属を嫌ったモア。それは確かに本能に従った高貴な行動だった。同時に、イギリスを離れストレスから解放され、雌馬を追いかけるモアを「奴隷的」と形容するロレンス。モアがルウの追究する非人間的な大自然の潜勢力をも象徴することがなかったのは、人間によって制御される存在という隷属のイメージを馬から払拭できなかったからに違いない。人間の支配を免れ得ず、人間と近しい存在である馬と比較すると、人間的な要素を感じさせない生命体である蛇や壮大な大自然を具象化する龍（大蛇）のイメージこそが、大自然の象徴として当時のロレンスが求めるものだったのだろう。

花、とりわけユリの花も、また馬も、確かにロレンスにとっては重要な象徴を担ってはいるが、[16] 以上見てきた通り、物語の重要なエピソードに密接に関わり、イメージ的にも前・後半で、より緊密に連動し、我々読者に強烈なインパクトを一貫して与えるイメージは、人間に身近な存在であるそれらの表象より、むしろ（大）蛇、あるいは龍であるといえる。

おわりに

作品はルウの自己覚醒の物語としてプロット的に一貫性があるだけでなく、イメージ的にも前・後半を通じて統一されているということを見てきた。馬ではなく蛇（大蛇、あるいは龍）を中心とした生命力を喚起させる表象によって物語のイメージは統一されているのだ。

蛇の死骸との遭遇から物語は大きく展開し、そこで蛇のメッセージはモアからルウへと確実に伝わり、彼女は、少なくともイングランドから脱出し機械文明社会や人間を避け、モアのような奴隷状態から抜け出すことで自由・解放を求め、最終的に大自然の大蛇（龍）の懐へと飛び込み、それとの対峙を求めることで自己確認の道へと進んでいった。いわば隠遁者のような状況になっていく物語の結末が、果たして彼女の救いの可能性に繋がるのかどうかという重要な問題についての議論は、紙面の都合上、別の機会に譲りたい。[17]

ロレンスという作家は登場人物の扱いに関して、必要がなくなれば作品の舞台裏に引っ込めてしまうというように「ぞんざいな」（Widmer, 70）扱いをすることがよくある。聖なる存在であったモアでさえ、人間と同様、「奴隷のように」雌馬の後を追い回す存在にし、途中降板させてしまうのだ。読者を煙に巻き、一貫性を損なっているように思わせるこの筋立てについては、作者の意図はどうであれ、既に論じたように、逆に批評家や読者に違和感を覚えさせ、意識化をより強く促すという「効果」を生じさせているのだ。そういう意味では、たとえ物語の途中で降板したとしても、モアの存在の重要さが揺らぐわけではないということを付言しておきたい。

「セント・モア」のストーリーは面白くないと思う読者もいるかもしれない。しかし別の醍醐味が作品にはある。物語を象徴やイメージにこだわって読み解くと、モアがリコに危害を加えた挿話から、自然によって引き起こされる大災害の構図を読み取ることができ、物語は機械化が加速度的に進みつつある現代における警告の書として読めるのだ。同時にモアが人間に喩えられていることの意味を考えることで、モアの見せる抵抗と破壊力が、人間の機械に対する抵抗、自由の追求として捉えられる点も確認した。更に、モアの表象のみにこだわるのではなく、同じ「生命力」の象徴である花や、とりわけ蛇や龍のイメージなどにも目を向けると、ロレンスのそれらの扱いの違いや、それぞれの役割が明らかとなり、作品がより深く味わえるということも強調しておきたい。ロレンス文学を十分堪能するには、作品を「象徴的」かつ「儀式的」なものにしている「ロレンス的象徴群」を把握することで作品理解を目指す必要があるとは、H・T・ムア（Moore）の言葉であった（202 参照）。

以上見てきた通り、本作品は一種の寓話として、現代のイソップ物語として、重要なメッセージを読み解くことで知的好奇心を満足させてくれる。ロレンスはモアやルウを通して、現代のような生命力の枯渇状態から脱却するために、「積極的な悪」、あるいは「創造的」かつ「健全な」破壊力をもって機械文明社会の支配から脱却することの必要性、そして、今一度、大自然に身を任せ、「生命の鼓吹者」のメッセージと対峙し、それに耳を傾ける必要性を訴えているのである。ロレンスこそが大蛇ならぬ、まさに大自然のメッセンジャーであるといえるだろう。

注

（1）これまでの批評の概要については、ハリス（Harris, 291）、ブリークリー（114）も参照のこと。

（2）ロレンスのこの傾向は、一九一四年六月五日、E・ガーネット宛の手紙の中に見出すことができる。自らの関心は「全人的な人間」から「人間の根源的な要素」に変化した、つまり「ダイヤモンドの歴史を辿ること」ではなく「炭素」そのものを描くことに関心が変化したと彼は宣言している（2L 182-83）。

（3）セイガーがモアをJ・バニヤンの寓話『天路歴程』のエヴァンジェリストに喩えているのは故なしというわけではないだろう。

（4）ワイルド（Wilde, 324）、スティフラー（81）や新井氏（一〇二頁）も、物語の一貫性の欠如について、これまで批評家たちが大いに議論してきたことを指摘している。

（5）ブラウンは「セント・モア」という名の実在の聖者への言及、また、その語に隠されたウェールズ語の意味や、言葉の由来など、多くの情報を紹介してくれている（24-25 参照）。

（6）リコは他にも「無価値、無用、くだらないもの」の象徴（51）とみなされたり、「有害（ミスチヴァス）」（90）で常に「ポーズ（アティチュード）」（32 他にも 101 参照）を保とうとする人間としても描かれる。

（7）因みに当時ロレンスは、ノアの時代の大洪水に、すべてを破壊し新たに再生させる力を見出していた（"Books,"

P 733 参照)。

(8) バックリー (Buckley, 44)、他にも、浅井氏 (「第一六章」) を参照のこと。

(9) ウィドマーも、ルウの求めるものはモアの象徴するものというより、「原始的なもの」との「より直接的な経験」だったと述べている (71)。

(10) 「人類の二つの端(サイド)」とは、ロレンスがメイベル・D・ルーハンへの書簡の中で使った表現であり、「我々のサイド」と「白人社会が生まれる以前の時代から綿々と続く決定的な黒い流れ」の両サイドを指す (*4L* 111)。

(11) 「地霊」("The Spirit of Place") の中でロレンスは「すべての大陸には、その大陸固有の偉大な土地の霊というものがある」と述べている (*SCAL* 17)。また、ロレンスが「ホピ族の蛇踊り」("The Hopi Snake Dance") の中で、蛇を「地霊」に語りかける存在として謳い上げていたことを想起することは無駄ではないだろう (*MM* 82)。

(12) 他にも作品内には、writhing (26, 81)、poisonously (132)、poison (154) といった、蛇を喚起させるような単語が頻用されている。またモア自身も snake-like (34) と描写されている。

(13) 「地霊」の一部の要素である「悪意・敵意」がネズミなどに喩えられたりすることはあるが (143)、大自然全体を表す「地霊」そのものを象徴するものとしては、やはり (大) 蛇のイメージが圧倒的である。また、ロレンスにとって、蛇と龍が両者とも生命の「潜勢力」を表すという点で緊密に繋がったイメージであること、そして将来『アポカリプス』において明確に両者が「偉大な」生命の鼓吹者という重要な象徴として定着していくことを確認しておこう (Chap. 16 参照)。また、『越境者』の中でも海を中心とした大自然が、蛇や龍のイメージで描かれていることも指摘しておきたい (Tabei, "A Revaluation" 101-02 参照)。

(14) リーヴィスも同様の捉え方をしている (288 参照)。

（15）脱皮をはじめとする蛇の様々な属性は、生命の神秘を太古の昔から人間に感じさせ、畏怖の念を起こさせてきた。そのため、特に東洋や異教の地において人々は蛇を崇拝の対象あるいは神と奉るようになり、今日でも尚、蛇にまつわる多くの神話・伝説・民話が残っている。

（16）馬や花はもちろんのこと、生命力を象徴するものは様々ある中で、蛇（龍）は「生命の王」であると同時に「偉大なる崩壊の霊」でもあり（“The Crown,” *2P* 407 他にも 389, “The Reality of Peace,” *P* 679 参照）、両義的かつ、より豊かな表象であるといえるだろう。

（17）一旦は隠遁者のような生活を求めることは、同時期に書かれた「島を愛した男」の主人公キャスカートにも見られる志向であり、そのプロセスがあってこそ、その続編である「死んだ男」における主人公の再生が可能になっているということを指摘しておきたい。拙論（Tabei）“An Ecological Interpretation of ‘The Man Who Loved Islands’” を参照のこと。

引用文献

Arai, Hidenaga. “The ‘Core of Asia’ and the Core of Evil in D.H.Lawrence’s *St. Mawr*.” *D.H.Lawrence: Literature, History, Culture*. Ed. Michael Bell, Keith Cushman, Takeo Iida, and Hiro Tateishi. Tokyo: Kokusho-Kankokai P, 2005.

Black, Michael. *D.H.Lawrence: The Early Philosophical Works*. London: Macmillan P, 1991.

Bleakley, Alan. *The Animalizing Imagination: Totemism, Textuality and Ecocriticism*. Basingstoke and London: Macmillan P, 2000.

Brown, Keith. “Welsh Red Indians: Lawrence and *St Mawr*.” *Rethinking Lawrence*. Ed. Keith Brown. Milton Keynes and

Philadelphia: Open UP, 1990.

Buckley, W.K. “D.H.Lawrence’s *Gaze* at the Wild West.” *D.H.Lawrence Review 25*. 1-3（1993 & 1994）: 35-47.

Burgess, Anthony. *Flame into Being: The Life and Work of D.H.Lawrence*. London: Heinemann, 1985.

Ehlert, Anne Odenbring. *“There’s a Bad Time Coming”: Ecological Vision in the Fiction of D.H.Lawrence*. Stockholm: Uppsala, 2001.

Harris, Janice Hubbard. *The Short Fiction of D.H.Lawrence.* New Brunswick, New Jersey: Rutgers UP, 1984.

Inniss, Kenneth. *D.H.Lawrence’s Bestiary: A Study of His Use of Animal Trope and Symbol.* The Hague/Paris: Mouton, 1971.

Lawrence, D.H. *Apocalypse and the Writings on Revelation.* Ed. Mara Kalnins. Cambridge: Cambridge UP, 2002.（*A*）『アポカリプス』

——. “Books.” *Phoenix: The Posthumous Papers of D.H.Lawrence*. Ed. Edward D. McDonald. New York: The Viking P, 1968.（*P*）「本」

——. “The Crown.” *Phoenix II.* Ed. Warren Roberts and Harry T. Moore, Harmondsworth: Penguin, 1968.（*2P*）「王冠」

——. “The Hopi Snake Dance.” *Mornings in Mexico and Other Essays*. Ed. Virginia Hyde. Cambridge: Cambridge UP, 2009.（*MM*）「ホピ族の蛇踊り」

——. “Hymns in a Man’s Life.” *Phoenix II.*（*2P*）「人生と讃美歌」

——. *The Letters of D.H.Lawrence.* Ed. Aldous Huxley. London: Heinemann, 1956.

——. *The Letters of D.H.Lawrence Vol. II 1913-16*. Ed. George J. Zytaruk and James T. Boulton. Cambridge: Cambridge UP, 1982.（*2L*）

——. *The Letters of D.H.Lawrence. Vol. IV 1921-24*. Ed. Warren Roberts, James T. Boulton, and Elizabeth Mansfield. Cambridge: Cambridge UP, 1987.（*4L*）

——. "Pan in America." *Phoenix*.（*P*）「アメリカのパン神」

——. "The Reality of Peace." *Phoenix*.（*P*）「平安の実相」

——. "The Spirit of Place." *Studies in Classic American Literature*. Ed. Ezra Greenspan, Lindeth Vasey, and John Worthen. Cambridge: Cambridge UP, 2003.（*SCAL*）「地霊」

——. "St.Mawr." *St. Mawr and Other Stories*. Ed. Brian Finney. Cambridge: Cambridge UP, 1987.（*SM*）「セント・モア」

Leavis, F.R. *D.H.Lawrence: Novelist*. Harmondsworth: Penguin, 1976.

Moore, Harry T. *The Life and Works of D.H.Lawrence*. London: Urwin Books, 1963.

Sagar, Keith. *The Art of D.H.Lawrence*. Cambridge: Cambridge UP, 1975.（*Art*）

——. "Introduction." *D.H.Lawrence: The Complete Short Novels*. Ed. Sagar and Melissa Partridge. Harmondsworth: Penguin, 1988.（"Introduction"）

——. *D.H.Lawrence: Life into Art*. Harmondsworth: Penguin, 1985.（*Life*）

Stiffler, Dan. "Seeds of Exchange: *St. Mawr* as D.H.Lawrence's American Garden." *D.H.Lawrence Review: D.H.Lawrence in the Southwest* 25. 1-3（1993 & 1994）. Austin, Texas: The U of Texas at Austin, 1996: 81-90.

Tabei, Yoshiko. "An Ecological Interpretation of 'The Man Who Loved Islands'." *D.H.Lawrence: Literature, History, Culture*. Ed. Michael Bell, Keith Cushman, Takeo Iida, and Hiro Tateishi. Tokyo: Kokusho-Kankokai P., 2005.

——. "A Revaluation of *The Trespasser*（I）: A Modern Adam Expelled from the Paradise." *An Annual Report of Graduate*

School of Humanities in Ochanomizu U No. 9. 1986: 93-106.
Tiverton, Father William. *D. H. Lawrence and Human Existence.* New York: Philosophical Library, 1951.
Vivas, Eliseo. *D.H.Lawrence: The Failure and the Triumph of Art.* Evanston: Northwestern UP, 1960.
Widmer, Kingsley. *The Art of Perversity: D.H.Lawrence's Shorter Fictions.* Seattle: U of Washington P, 1962.
Wilde, Alan. "The Illusion of *St. Mawr*: Technique and Vision in D.H.Lawrence's Novel." *D.H.Lawrence: Critical Assessments Vol. III The Fiction (II)*. Ed. David Ellis and Ornella De Zordo. East Sussex: Helm Information, 1992.
浅井雅志『モダンの「おそれ」と「おののき」』松柏社、二〇一一年。
飯田武郎『D・H・ロレンス文学にみる生命感――自然、生命、神秘』イーフェニックス Book-mobile、二〇一一年。
内田憲男『ロレンスの贈り物――新たな＜生＞の探求』英宝社、二〇〇九年。
鉄村春生『想像力とイメジ』開文社、一九八四年。

「社会的自己」の桎梏から解き放たれて――「太陽」試論

井上 径子

綺麗にしていてもしていなくても、わたしの本当のよさは太陽によって認められている。それならどちらでも同じことではないか。[1]

はじめに

一九二五年アメリカからヨーロッパに戻ってきたロレンスが最初に書いた作品にあたる「太陽」[2]は、日光浴を通して女性が、再生する、あるいは「社会的自己」の桎梏とも言うべきものから解き放たれ、健全な個としての真の自己を回復する可能性を示唆した物語である。筆者がここで「社会的自己」と呼ぶのは、自意識やエゴ、位置性（ポジショナリティ）[3]とも関連するいわゆる対人化された自己で、本能や直覚と結びつく真の自己とは相対立する、言うならば、人が「自分はこうあるべき」と意識的にも無意識的にも認識している自己と定義しておきたい。主人公ジュリエットを病に陥らせたものこそ、彼女の「社会的自己」の桎梏と見られる。現代人と分裂した自己というのはある意味ロレンス普遍のテーマと言えるが、ロレンスは、ここでも一部取り上げる「愛らしい女」（一九二七年）や、「青いモカシン」（一九二八年）といった極めて晩年の作品においても、「社会的自己」の束縛より離れられず、真の自己と相克するエゴの欲望に支配され、「貪り食う母」となって生きる女性を悉く醜悪に描いていること[4]からも、彼がいかにこの「社会的自己」の縛りが女性にとって有害で、また根深いものであると捉えていたかが窺える。そもそも女性、ことにロレンスが主として描くヴィクトリア朝的価値観を引きずる社会に生きる女性たちは、「家庭重視（ドメスティック）のイデオロギー」[5]に支配され、娘、妻、母という男性との関わりにおいてしか自らの役割が認められず、個としての存在意義が顧みられなかったことからも、男性以上に「社会的自己」の縛りを受けていると見られる。ちょうど欧米では「ラ・ギャルソンヌ」や「フラッパー」と呼ばれる女性たちが[6]「自由」を謳歌し始めた時代に「太陽」を発表したロレンスは、女性が解き放たれる独自の方途をこの作品で追求している。冒頭に引いた、ジュリエットの内面が吐露された言葉は、当時の価値観に照らすと明らかに爆弾発言と言える。本論文では、この言葉が意味するところを、日光浴がジュリエットに及ぼした影響とあわせて明らかにしていきたい。

なお「太陽」には、他のロレンスの多くの作品と同じく二つの版が存在し、初版は一九二五年一二月に書かれ、一九二六年秋『ニュー・コテリー』誌に掲載されたのに続き、九月にロンドンのE・アーチャーから出版され、第二版は一九二八年四月に書かれ、九月にパリのブラック・サン・プレスから出版されている。これら二つの版に関しては当初、一九二九年四月五日付けの書簡でロレンスが一九二八年版を「無削除版」と呼んだことから、最初の版が短縮版だと一時は考えられたが、この説をケンブリッジ版は否定しており、実際二八年版は、二六年版にロレンスが加筆修正したものとJ・H・ハリスも指摘している(Harris, 198)。本論文ではケンブリッジ版が採用する一九二八年版を主として扱い、必要に応じて初版にも言及したい。

一 「灰色」の世界から太陽のもとへ

「日の当たるところに彼女を連れて行きなさい」(一九頁)という医師の言葉で始まるこの物語では、主人公ジュリエットは実業家の夫モーリスをニューヨークに残し、息子と乳母、そして母親と連れ立って転地療養に地中海に向かう。船出の際、モーリスは涙を流して別れを惜しむが、「彼と彼女の人生において二人が加える力の一撃は、まるで正反対の方向に進もうとするエンジンのように、互いを粉砕し合っていた」(19)と描写されるように、二人の関係は表面化しないところですでに破綻しかかっていた。ジュリエットはともかくもモーリスとの別離を歓迎し、「習慣という、一年にも生涯にもわたる、鉄のような根深いリズム」(19)に例えられる、変わりようのないニューヨークでの生活を後にし、地中海に向け、ハドソン川より出航する。船上からジュリエットが見る「大西洋は、溶岩のように灰色だった」(20)と述べられる。このジュリエットが後にする大西洋、ひいてはニューヨークでの生活を象徴する「灰色」は、かつて『堕ちた女』(一九二〇年)でイギリス中産階級社会の生活に行き詰まりを覚え、故郷を後にしたアルヴァイナが見たイギリスを象徴する色でもあり、[7]この作品でも、退廃したイメージの象徴として頻繁に用いられる。倉田雅美氏はジュリエットが後にしたニューヨークを、「人間知性により機械化され無機質となった」

社会（倉田、八頁）と述べている。ロレンス自身も書簡で一九二三年に訪れたニューヨークを、「鮮明な印象を与えるものは何もなく、ただ人を疲弊させる」（*4L* 477）と述べており、一九二四年にも「ニューヨークは相変わらず機械でできたように凝り固まっていて、自然に逆行している」（*5L* 15）と描写している。ジュリエットが見るニューヨークには、ロレンス自身が感じ取った荒廃した空気がそのまま映し出されていると見られる。

ジュリエットがやってきたのは、家の前に果樹園が一面に広がる、海を見下ろす一軒家で、緑一色の貯水池やレモンの木の茂み、また小さな洞穴から湧き出る泉などがある広い庭がついていた。だが、もとより「太陽に懐疑的」（19）だったジュリエットは、環境は変わったものの、内面的には何も変わらないことに苛立ちを覚え、初めは日光浴をする気になれずにいる。ちなみに、シチリアでジュリエットが過ごすこの別荘は、ロレンスがフリーダと一九二〇年三月から一九二二年二月まで滞在したタオルミーナのフォンターナ・ヴェッキアがモデルになっており、この土地の自然はロレンスに安らぎを与えたと言われ、彼はこの地で多くの作品を生み出している。[8] 一方ジュリエットは、転地療養にやってきたにもかかわらず、一向に医師の指示通り裸になって日光浴をしようとしないため、同伴してきた母親はそんな娘に腹を立て、早々に退散する。そんなある日ジュリエットがベッドから見た日の出の光景が、彼女を日光浴に駆り立てることになる。

裸になった太陽が水平線の上に堂々と立ち昇り、まるで水滴を振り切るように夜を振るい落とす姿を、彼女はあたかもはじめて見たかのようだった。太陽は裸で無敵だった。彼女は太陽のもとに行き

たくなった。そこで彼女の中で密かに、日の当たるところで裸になりたいという欲情が湧き上がった。（*WWRA* 20）

二　真の自己の目覚めと女性性の根源との融和

この物語が一般には女性の性の喚起の物語として読まれることはルーダーマンも指摘するところであるが（Ruderman, 158）、先に引いた描写にも見るように、J・H・ハリスは、ロレンスがここでジュリエットの性の喚起を描き出すのに用いる言語は、同時に、太陽が象徴する男根の力強さを引き立たせ、両者は呼応し合って均衡を保っていると指摘する（Harris, 200）。まさに太陽に見る「男根の力強さ」によって欲情を喚起されたジュリエットは、ついに日光浴をすることに決め、太陽と海に向かって突き出した糸杉の木のある岬を見つけ、そこで服を脱ぎ、太陽に向かって胸を差し出す。この際彼女は、「自分を譲渡しなければならないという残酷さに苦痛を覚えた。だが結局、それが人間の恋人ではないことに歓喜した」（20）と描写されている。この「人間の恋人ではない」という描写は二八年版で付け加えられたものである。太陽が「人間でない」一方、二八年版ではジュリエットもこの後度々「子宮」や「ハスの花」に例えられ、第二版では初版にも増して作者が、ジュリエットと太陽の「交わり」を、脱人格化した生命と生命の交わりとして描こうとしていることが窺える。さらに、

彼女は、太陽が自分の骨、ひいては感情、思考にまで浸透していくのを感じることができた。感情

に深く根ざした緊張は緩み、思考に覆いかぶさった冷たく陰鬱な塊は解け始めた。彼女の全身が温まり始めていた。彼女は自分に起ころうとしていることの不思議さに、半ば当惑していた……疲れ果て、冷たくなっていた彼女の心は溶けだし、溶けていくなかで消散していった。ただ彼女の子宮だけは依然張りつめたままで、絶えず抵抗していた。それは太陽に対してさえ、抵抗しようとするのだった。（***WWRA*** **21**）

この最後の「子宮が抵抗する」という描写は二八年版で付け加えられたものであり、実際二八年版ではこの先も、初版にはない「子宮」（あるいは「ハスの花」）が「閉ざされた」、または「開いた」という描写が頻出する。胎児がその中で発育する子宮は、もとより乳房以上に産みの性である女性性の象徴であると言えるが、この作品と執筆時期が近い『チャタレー卿夫人の恋人』（一九二八年）においては、メラーズの子を宿したことで彼に対する敬慕の念を募らせる主人公コニーに関して、「彼女は自分の胸（ブレスト）の内に、我意という悪魔を抱いていたので、彼女の子宮の中で穏やかに高まってきて満ち溢れる崇敬の念に戦いを挑み、それを砕きつぶすことができただろう」（141）と描写されている。このようにロレンスが胸（ブレスト）を「意志・意識」の象徴として描き、そして「子宮」をその対極に据えていることからも、子宮は意識の制御下から離れた女性性の根源として捉えられる。ここで、初め太陽の光さえ伝わらないほどにジュリエットの子宮が緊張していることは、彼女の社会的自己の抑圧がいかに強いものであるかを伝えていると言える。だがジュリエットが日光浴を続けるうち、その子宮にも、太陽の温もりは徐々に伝えられる。

そして彼女の張りつめた子宮は、依然閉ざされていたが、太陽が神秘的にそこに達するにつれ、水面下にある百合の蕾のように、ゆっくり、ゆっくりと開いていった。水面下にある百合の蕾のように、子宮は、太陽に向かってゆっくりと膨らみ、ついには、太陽に向かって、ただ太陽だけに向かって、大きく膨らんだ。

彼女は全身でもって太陽を知った。（*WWRA* 23）

こうしてまさに太陽と「一体」となったジュリエットがさらに日光欲を続けるうち、自らの変容を自覚する時が訪れる。

それは単なる日光浴ではなく、はるかにそれを超えたものだった。彼女の内深くにある何かが開けられ、解き放たれ、彼女は捧げられたのだ。自分が知っていた意識や意思よりも深いところにある神秘的な力によって、彼女は太陽と結び付けられ、そして太陽の光線が彼女の全身を、そして子宮を巡った。彼女自身、彼女の意識的な自己は二義的なもので、二義的な人間、傍観者と言ってもよかった、本当のジュリエットは、彼女の体の奥深くにある太陽という暗黒の流れの中にいたのだ。

（*WWRA* 26 傍点筆者）

ここでジュリエットは「太陽と結び付けられる」ことを通して、これまで接触を失っていた自らの女性性の根源と融和したと言えるだろう。同時に彼女は、これまで「自分自身」だと思っていた「社会的自己」

に抑圧されていた、真の自己の存在に目覚めている。さらに、カーラ・コメリニがこの箇所の描写に関して、「この物語の主人公は最終的に太陽を崇拝するだけでなく、その太陽の一部となり、かくして、万物を照らす太陽との直接的で完全なつながりを生み出している」(Comellini, 40)と述べるように、「太陽と結び付けられ」、真の自己との接触を取り戻したジュリエットは、同時に自らが、太陽とそれが照らす万物をつなぐ媒体にもなっていることを認識したと捉えられるのである。では、実際ジュリエットが「社会的自己」の桎梏より逃れ、真の自己、女性性の根源との接触を取り戻し、万物の有機的なつながりに目覚める過程をロレンスがどのように提示しているか、作品を振り返って見ていきたい。

三「新しい女」とボブ

ここで、この作品でジュリエットがボブ・カットで登場していることに留意しておきたい。ロレンスの作品でボブにしているのはジュリエットだけではなく、「愛らしい女」(一九二七年)のセシリアや「最後の笑い」(一九二四年)のミス・ジェイムズらもロレンスはボブで登場させているのであるが、ここで、一部時代背景と併せてこの「ボブ」について見ておきたい。

ジュリエットが後にしたニューヨークは、ジャズ・エイジと呼ばれる時代の最中(さなか)にあり、第一次世界大戦終結後、ジャズが時代の流行の音楽となり、享楽的な都市文化が発達し、大量消費時代、マスメディアの時代の幕開けとも言われる時代にあった。一九世紀後半から二〇世紀初頭にかけては、ヴィクトリア朝時代のいわゆる「家庭の天使」と対比される、女性の自立を謳う「新しい女」が台頭した時代でもある。

アメリカでは一九二〇年に女性が参政権を獲得し（イギリスでは一九二八年に男女平等選挙権が認められ）、一九二〇年代は「新しい女」の中でも特に「フラッパー」と呼ばれる、従来の社会的・性的規範に囚われない、独立心旺盛で享楽的な若い女性たちが自由を謳歌し始めていた。フランスでは一九一九年に女性にもバカロレアを受ける資格が与えられ、女性が教育を受け、男性に経済的に依存せずとも生きていける時代に差しかかり、「ラ・ギャルソンヌ」と呼ばれる解放された女性が支持されるようになっていた。彼女たちは、従来は男性の領分とされていた世界に足を踏み入れるようになっただけでなく、一九二〇年代の半ば頃には、胸やウエストを際立たせない直線的なワンピースを着て、髪はボブにしていた。[9] 一方アメリカでは、「太陽」の初版が書かれたのと同年、スコット・フィッツジェラルドの『グレイト・ギャツビィ』（一九二五年）が発表されている。二〇一二年バズ・ラーマンによりリメイクされた同小説の映画（日本では二〇一三年上映）の冒頭では、ニューヨーク郊外にあるギャツビィ宅で連夜繰り広げられるパーティ・シーンで、髪をこぞってボブにした若い女性たちが自由奔放に振る舞う姿が一際目を引く。[10] 同じく一九二五年、パリのミュージック・ホールで活躍したマルセイユ生まれのドレアンというシャンソン歌手は、「彼女は髪を切ってもらった」という歌を発表している（ヴァイスマン、九九頁）。ちなみにロレンスの妻フリーダも一九二五年、バーデン・バーデン滞在時に美容院でボブにしてきており、[11]「太陽」が執筆された当時ボブが欧米で流行の最中（さなか）にあったことは言うまでもない。そしてこの流行の火付け役となったのが、ギャルソンヌ・ファッションの発信源となっていた先進的デザイナー、ココ・シャネルの通称で知られるガブリエル・シャネル（一八八三―一九七一年）であった。[12] シャネルは一九一八年、当時彼女を愛人として囲っていた恋人アーサー・カペルと別れることを心に決めた際、カペルがこよなく愛した、腰まで届く美しい黒髪をバッサリ切り落とした。このことからもボブ・カットは、女性たちが「自分は誰のものでもなく自分のもの」という認識にいたった証ともみなされる（ヴァイスマン、八九頁参照）。

ボブという髪型が象徴するのが、「自分は誰のものでもなく自分のもの」だという認識、ひいては女性にとっての「自由」だとするなら、「太陽」において、ジュリエットがボブで登場するにもかかわらず、（「社会的自己」の桎梏から）実は少しも「自由」になっていなかったことは、当時ギャルソンヌ・ファッションで装った女性たちが、実際は「『自由という視覚的言語』」を実践していたに過ぎなかった」（Chaney, 230）というチェイニーの指摘と同様に示唆的であると言える。

四「社会的自己」と鏡

「太陽」に話を戻すと、シチリアのジュリエットの生活で彼女の小間使いを務めるマリーニンという六〇代の女性がいる。この女性について多くは語られず、「何千年という年月を経た鋭敏さと長年にわたる経験を底に秘めた、半ば嘲笑めいた目をした女性」（24）と描写される謎めいた人物でもある。ある日マリーニンは、裸で日光浴をするジュリエットに、「女性は綺麗にしていれば、太陽に自分を見せてもいいのよ。ねえ、そうでしょう?」（24）と声を掛ける。やや唐突に口にされるこの言葉の意味には解釈の余地があるが、二六年版ではこの箇所は、「お日様のご機嫌を損ねたくなかったら、あなたは綺麗にしていなくてはいけませんよ」（32）であることと、また何れの版でもこの時マリーニンは、「ボブ・カットにしたジュリエットの金髪が、左右こめかみのところで巻き毛が固まって雲のようになっている」のを認め、「抜け目ない笑いを浮かべ、鋭い視線をジュリエットに向けて」言っていることから、これは、女性は身だしなみを整えるべきであるという戒めとして受け取れる。ジュリエットの髪型はボブであり、本来自然のままでスタイリッシュに見える髪型なのであるが、因習的価値判断に照らすなら、「固まって雲のようになった髪」とは、櫛の通っていない、つまり手入れが怠られた髪であり、鏡を見て身だしなみを整えることを怠っている顕れである。パトリック・ホーガン（Patric Hogan）によると、鏡を覗きこむということは誰にとっても、特に中産階級に属するヨーロッパの女性にとって、社会的行為に従事することを意味する(88)。ホーガンによると、人間のアイデンティティは、経験的（プラクティカル）アイデンティティと反映的（レフレクティブ）アイデンティティからなっている。前者は、習慣によって無意識に形づくられる個人の行為からなり、日常接する他者の行為と密接に関わり合うものであるのに対し、後者は、知覚的、概念的に捉えられた自分、また視覚による自分のイメージ、ひいては自分の感情、考え、行為の意識的な性格付けで、ラカンやサルトルの言葉でいうエゴにもあたる。ホーガンは、ヨーロッパの中産階級社会では、鏡に映った自分を凝視することが、女性の経験的（プラクティカル）アイデンティティの一部になっていると分析する（87）。つまり、欧米の中産階級以上が属する社会では、女性は習慣から、意識的にも無意識的にも、他者の目に映る自分を装っているのである。

　先ほどのマリーニンの言葉に戻ると、マリーニンは、人前では髪を梳いて身だしなみを整えた状態でいる、という女性として最低限の「社会的行為」を怠っているジュリエットをたしなめたと見られるのであるが、そこで間髪を容れずに、「わたしが綺麗にしているかどうかなんて、誰が知るものですか」とマリーニンの言葉を突っぱねたジュリエットは、次のように感じている。本論文の冒頭にも引いた言葉であるが、綺麗にしていてもそうでなくても、わたしの本当のよさは太陽によって認められている。それならどちらでも同じことではないか。

ジュリエットの内面が吐露されたこの言葉は、因習的価値観に真っ向から挑みかかる発言とも言える。そもそもヴィクトリア朝期以前より、特にレディと呼ばれる中産階級以上の女性にとって、鏡を見て身だしなみを整えることは必須であったと見られる。その一例として、ジェイン・オースティン（Jane Austen）の『高慢と偏見』（*Pride and Prejudice* 1813）を一部見ておきたい。この作品では、主人公エリザベスが、訪問先のビングリー家で風邪をひいて寝込んだ姉ジェインの容態を案じるあまり、雨上がりのぬかるんだ道を三マイルも歩いて姉を見舞う場面がある。この時ビングリー家の居間に通された際、「足からスカートの裾まで泥まみれになり、髪をひどく振り乱した」エリザベスの様相は「ほとんど人間離れしている」と、ビングリー家の令嬢たちの辛辣な誹謗の的となる。唯一彼女が後に結ばれるダーシーが、「運動で上気した彼女の顔色の美しさ」に印象付けられることで、作者がビングリー家の令嬢たち側にいないことは見受けられるのであるが、姉を思いやる感情が先走ってエリザベスがとった行動は結局、「田舎者ならではの礼儀作法に対する著しい無関心」（30）だと嘲弄されて終わる。レディと呼ばれる女性たちは、いかなる状況においても、鏡を見て自らの身だしなみを顧みないまま人前に出ることは以ての外だったのである。『高慢と偏見』に見るこのエピソードからも、欧米の中産階級以上に属する社会において社会化された女性の生活は、「鏡」と不可分であったと言える。

ここで筆者が注目するのが、「太陽」において「鏡」が不在であること、シチリアでのジュリエットの生活空間に鏡が一切描かれていないことの意味である。ホーガンも指摘するように、鏡を見ることは社会的行為であり、ロレンスは常々、女性が社会的行為に従う媒体として、「鏡」を効果的に作品に挿んでいると見られる。その例を一部見ておきたい。

五「鏡に映る自己」を生きる――「愛らしい女」ポーリンの場合

「太陽」の初版が出た翌年に執筆された「愛らしい女」という作品に関しては、一般には『息子と恋人』(一九一三年)のパロディ的側面が強調されるが、[13] ロレンスはこの作品で、他者の目に映る自分の姿の呪縛より生涯離れることができなかった女性を描き出している。「完璧なまでに上品で、素晴らしく年を取らない女」[14]として登場するポーリン・アテンボローは、「顔の肉にも弛んだところがなく」、七二歳にして依然「蝋燭の灯りのもとでは三二、三歳に見える」という類まれな若さと美貌の持ち主であった。ポーリンの外観に関する描写で注目しておきたいのが、「彫が深すぎない顔立ちのなかで、その大きな目だけが一際目立って、彼女という人間をよく表していた」(357) ことである。この「一際目立って大きな目」は言うまでもなく、彼女が過度に「意識的」であることを象徴する。実際ポーリンの姪セシリアは、おばの美貌が、「彼女の目尻の皺と彼女の意志の力を結びつける目に見えない針金」(357) によって装われたものであることを知っている。日中、セシリアの前では、ポーリンの目は疲れ、やつれを見せ始め、そのまま数時間彼女は年老いた様相を見せている。ところが、息子ロバートの帰宅とともに、ピーンと、彼女の意思と顔の間に張り巡らされた不可思議な細い針金が張られ、疲れて弛んでいた目はにわかに輝きを取り戻し、まぶたは、きりっとした弓形を描くようになり、額でたよりなく漂っていた妙な形の眉は、皮肉がこもった趣を見せ始め、そうして、魅力を全開にした正真正銘の美しい淑女が現れるのだった。（*WWRA* 357）

さらに「意志の力」で若さと美貌を装うポーリンは、自分がいるところでは決して電灯をつけさせず、代わりに蝋燭を灯し、「その灯りの明暗を、自分に一番ふさわしいと思う具合に巧みに調節する」（361）という周到ぶりである。そしてポーリンはその美貌でもって、息子ロバートを魅了し続ける――「彼は母親に魅了されていた。完全に魅了されていた。そして残りの部分は、生涯にわたる混乱で麻痺してしまっていた」（361）と述べられるように、この「美しい」母親の影響力から逃れられないロバートは、精神的不具の状態に陥っていた。一方、ポーリンの美貌のカラクリを知っているセシリアでさえも、「ポーリンには常に感心させられ、五年たった今でも、おばの輝きには言葉を失うほどであった」（359）と述べられるように、ポーリンは息子と姪の称賛を集めて生きることで充足している。しかしながら、ポーリンがこの美貌をすべて失う瞬間が突如訪れる。ある日ポーリンはロバートの兄で夭折した長男ヘンリーだと称する声を聞く――「俺を殺したみたいにロバートを殺すな！」（三六九頁）。これは実際シシリアの仕業であったのだが、その声はポーリン目掛けて、「俺が死んだのはお前のせいだ！」（370）と言い放つ。この一件があった後のポーリンの変貌ぶりは、彼女が受けたショックの大きさを物語る。その日夕食に現れたポーリンは「言いようのない苛立ちによって、もみくちゃの仮面をつけたような顔をして座っていた。彼女は老けて見えた、非常に老けて見え、魔女のようであった」(371)。冒頭で「完璧なまでに上品な女」と描写されたポーリンは、今や「狂った犬のようにがつがつとだらしなく夕食を食べ、その姿は召使たちも仰天するほど」(371)で、もはや優雅で美しい女性の面影は見る影もなかった。実はこの夜、セシリアはポーリンが食卓に現れる前、おばが普段避けている電灯をあえて点けていたのだが、「ポーリンは明かりが強すぎることに全く気付いていなかった」(370)という描写に見るように、彼女の意志の力はもはや機能しておらず、「彼女の体はかつての優雅な仕草を繰り返そうとするのだが、神経がぷっつりと切れてしまったため、その仕草はぞっとするほど下手な真似事のように目に映る」(371)のであった。ポーリンに美貌を保持させていたのは、「自分は誰からも称賛されている」という確信であり、その確信が突き崩された瞬間、彼女の美貌を保持する意志の力は立ち所に失われたのである。結末でロバートは母親のことを、「彼女は美しかった。だから人の生命を食いものにした。彼女は人の魂に吸い口を入れ、その人に必須の生命を吸い上げてしまう」(372)類の女であったことを暴露している。J・H・ハリスも指摘するように、ポーリンは「ロレンスが描く貪り食う母の最たる例」(Harris, 229)であるのだが、このポーリンも「不老の秘訣」として日光浴をしていた。「太陽」で日光浴をする際に、「[太陽に]自分を譲渡しなければならないという残酷さ」(21)に苦しんだジュリエットとは裏腹に、ポーリンは、太陽をも掌握しようとする様が、未簡約版の方に克明に描かれている。

　太陽から充分生気を吸い取ったら、日光浴はそこまで。吸い取った生気を今度は太陽が吸い返してしまうから。太陽から生気を吸い取っても、そこで太陽の思うままになって自分の生気を吸い取らせ

てはだめよ。(254)

ヘンリーに成りすましてポーリンを非難した際のセシリアは、「日差しを浴びてほてって獰猛になっていた」(368)と描写されており、「生命の宇宙原理」とも捉えられる太陽[15]までもを貪り食おうとしたポーリンは、太陽に成敗され、先に見た大変貌を遂げたと言えるだろう。このポーリンが亡くなる前、部屋に閉じこもり、もう誰とも会わなくなる段になって自分の部屋の「鏡を取り外させた」(372)ことは[16]、彼女の人生が他者の目に映るためだけのものであったこと、つまり彼女が「社会的自己」に隷属して生きたことを裏付けている。

六「鏡」を通さない容姿の認識

ポーリンはエゴイズムの極端な戯画化的色合いが強いとはいえ、「鏡」は女性の「社会的自己」と密接に結びついており、『チャタリー卿夫人の恋人』において、コニーが鏡を見て憂える自らの姿――精神的に崇高なものばかりを追い求める夫クリフォド・チャタリーとの生活の中で「無視され、否定されてきた」ため、「輝きが失われた」(74)彼女の裸体――は、コニーが縛られる「チャタレー卿夫人」という「社会的自己」の反映に他ならない。ロレンスは「鏡」を、女性を「社会的自己」に縛り付ける媒体として認識していたと見られる。例えば『堕ちた女』において、申し分ない「レディ」として育てられたアルヴァイナが、ある時、恋人チッチョが去った後、彼に対する愛欲の発作から床に倒れこみ、枕を胸に抱え、無意識のうちに体を揺らすという場面がある。その激情が去った後、「鏡」の前に立って身だしなみを整えたアルヴァイナは、「鏡」を前に、「自分は冷静沈着で、こんなことにはまったく無関心で、自分を狂おしくさせるものなど何もないし、自分が平静を失うことなどありえない」（*LG* 176）と自分に言い聞かせる。つまり「鏡」は衝動に流されそうになった彼女を「社会的自己」に立ち返らせる役割を担っているのである。『堕ちた女』については稿を改めるが、アルヴァイナがイギリスにいる間中、「鏡」は彼女の生活について回る（アルヴァイナが「鏡」を覗きこんで身だしなみを整える場面が随所に挟まれている）のに対し、イタリアに行ってからのアルヴァイナの生活から「鏡」が完全に姿を消すことは、「太陽」でロレンスがシチリアでのジュリエットの生活から「鏡」を切り離していることと併せ、単なる偶然とは思えない。

先に見たように、ポーリンという人物は「見る」という行為の象徴とも捉えられるが、自らの容姿に対する認識を差し置いても、「視覚」というのはロレンスにおいて、すべての感覚の中で一番官能とかけ離れたものであることに留意しておきたい。ロレンスは、『無意識の幻想』（一九二二年）において次のように述べている。

> われわれはあらゆるものを見ること、一面的な客観的好奇心から逐一目を通して見ることに躍起になっている。われわれの内側には何もなく、目を凝らしてひたすら外側を見ようとするあげく、目はわれわれに報復し、われわれはまともにものを見ることができなくなる。近視眼的になり、自分を守るために閉じこもっているのと同じ状態になるのである。（*PU* 65）

「太陽」において、初めての日光浴を終えたジュリエットは、「太陽によって盲目にされ、目をくらまされ、半ば視覚を失った状態で、帰路についた。この見えていないという状態は彼女にとって意味深く、またこの半ば意識が失われた、暖かで重みのある状態は、貴重な宝物のようであった」（22）と描写されていることに注目しておきたい。視覚、あるいは意識に過度に依存することで「まともにものを見ることができなくなる」のだとすれば、ジュリエットが「太陽によって盲目にされ、半ば視覚を失った状態」になることは意味深い。そして先の「愛らしい女」に見たように、意識、ひいては視覚に過度に依存していたポーリンが生涯「鏡」、つまり他者の目に映る自分の姿に囚われ続けたのとは裏腹に、「太陽」でロレンスは、太陽の光を浴びて「肉体の女（ウーマンオブフレッシュ）」（34）となったジュリエットを、極力自意識から遠ざけようとしていると見られる。作中、彼女が自分の姿を見る場面が二か所ある。貯水池で水浴をする際、レモンの葉の下で緑色の黄昏の光を直に浴びながらジュリエットは、「全身が血色よく赤々と輝き、それが金色に変わっていくこと」を認め、「自分は別人のようで、確かに別人になっていた」（24）ことに気づく場面と、全身日焼けし、血色のよい生気に満ちた肌色になった彼女が、生き生きとバラ色に輝く胸と太ももを見ながら、「わたしは別人ね」とつぶやく場面（二七頁）がそれにあたる。何れも、彼女は鏡を通して自分の姿を見るのではなく、ただ肢体を見下ろすのであり、ジュリエットが自分の姿の反映——他者の目に映る自分の姿を意識する描写は、作中どこにも見当たらない。エラートは、「ジュリエットが自分の肌の色の変化、肌が黄金色になる、つまり大地の色と同化してきていることに気づくことは、ジュリエットが、自分が有機的な生命体に取り囲まれていることに気づき始めたことを見事に象徴している」（Ehlert, 149）と述べる。従来女性が姿見を通して自らの容姿を意識・認識することは象徴的意味での社会的行為、あるいは自らを真の自己と切り離す行為であったのに対し、ここで、黄昏の光を浴びながら、姿見を通すのではなく、そのまま見下ろした胸と太ももが、自らの踏みしめる大地の色に同化してきていることを認めるジュリエットにおいて、自らの容姿の認識は、自然との融合、ひいては自然と有機的につながる真の自己に向かっていると言えるのではないか。(17)

七「脱」人格化されるジュリエット

ジュリエットの変容ぶりは、シチリアにいる彼女のもとを突如訪れた夫モーリスの視点からも伝えられる。モーリスはまず、「あの人格化された(パーソナル)アメリカ女が消滅している」(34)ことを見て取り、そして「あの悪霊のように執念深い人格化された(パーソナル)アメリカ女を再び呼び起こすことを恐れた」(35)と描写されている。ここで"personal"という語を「個人的な」という一般的意味で取ると、ロレンスが捉える生命の核とも通じる「個が確立された(インディヴィデュアル)」という言葉と混同しかねないが、「人格(パーソン)」という言葉はロレンスにおいて、本質的な自己とは異なる「他者の目に映る自分」を意味することに留意しておきたい。ロレンスは「デモクラシー」において、個人(インディヴィデュアル)とは、分離されないもの、分離できないものにあたるのに対し、人格(パーソン)は、ラテン語で役者の仮面、あるいは芝居の登場人物を意味するペルソナを語源とし、また「音を出す」という言葉「ソナーレ」とも語源が同じである可能性があることから、人格(パーソン)とは「他者の目に映った人間」のことであり、人格性(パーソナリティ)というのは、人からその観客に伝えられるもの、すなわち、人に具わった伝達可能な印象を指すのであると述べている(*P* 710)。ニューヨークにいた頃のジュリエットを形容するのにこの

「人格化された（パーソナル）」という言葉が一八年版で書き加えられていることは、ジュリエットがニューヨークでの生活でいかに「社会的自己」に支配されていたかをロレンスが強調するものと見られる。実際「社会的自己」に抑圧されるジュリエットがどれだけ「病的」であったかが、モーリスの回想を通して伝えられる。

……赤ん坊が生まれてからの妻の物言わぬ恐ろしい敵意は彼をひどく怯えさせていた。それというのも、彼女自身にはどうしようもないことだということがわかっていたためである。女性とはそういうものだった。自分に逆らってでも、彼らの感情は逆流するのだ。それは恐ろしく、凄惨を極めるものだった。自分自身に対してさえ感情を逆流させるような女と一つ屋根の下で暮らすことは、まったくもって恐ろしいことだった。彼は妻の激しい敵意という流れにのまれ、自分は身動きが取れなくなっていると感じていた。妻は自分自身も、そして息子までをも追いつめていた。（*WWRA* 35）

そしてジュリエットの「逆流した感情」はそのまま息子ジョニーに向けられていた。

母親という責務にさいなまれ、彼女は息子のことがひどく気に掛かり、あたかも、子を生んだからにはその全存在の要求に応えなくてはならないかのように感じていた。それで、たとえ息子の鼻水が出ていても、嫌悪感を覚え、胸をえぐられる気がするのだった。あたかも「さあ、自分がこの世に生み出したものを見るがいい！」と、自分に言い聞かせなくてはならないかのように。（*WWRA* 22）

これらの描写からは、ジュリエットがかつていかに「母親」という限定された役割に閉じ込められていたか、ひいては、女性として、個人としての彼女の存在価値が顧みられていなかったかが窺える。そもそも、日光浴をし始めたジュリエットに関して、初め「彼女は太陽をほとんど感じなかった。彼女の胸は、熟れることなく萎びようとする果実のようだった」(21) と描写されているのであるが、実際母となり、我が子にミルクを与え、然るべき機能を果たしてきたジュリエットの胸が、「熟れることなく萎びようとする果実」に例えられるのは、彼女の母性が彼女の女性性と乖離していたことを伝えている。さらに、シチリアに訪ねてきたモーリスに対して、ジュリエットはもとの生活に戻ることを拒み、「わたし、東四十七丁目には帰れないわ」(34) と告げている。ここで彼女が自分の帰り先を、アメリカともニューヨークともマンハッタンとも呼ばず、「東四十七丁目」という極めて限定された空間をあげていることは、彼女の生活がそこに所在する家、「家庭」内に限られていることの顕れとも受け取れる。

一方で、「有難いことに、あの威嚇するような悪霊につかれた女は、日に当たって取り除かれたようだった」(35) と感じるモーリスは、ジュリエットに対して新たな欲情を覚えるようになる。ここで、一九二八年版は、作品の拡張によって独我論的趣が強くなり、豊かな言語も損なわれ、また語りもぎこちなくなっている (Harris, 199) と初版をより高く評価するJ・H・ハリスは、初版のモーリスを作者はより好意的に描いていると指摘するが、このハリスの指摘は必ずしも当てはまらないと見られる。確かに二八年版では一部モーリスに対する批判の辛辣さが増し、初版の結末に見る「彼もまた男であり、世の中に立ち向かう彼の男としての勇気が完全に失われることはないであろう」(44) という描写は、二八年版では、「モーリスには奇妙で取るに足らぬ男という烙印が押されており、善良な市民ではあっても、太陽の裸眼によって犯罪者のような烙印を押されている」(38)という描写にすり替えられている。しかし二八年版ではまた、初版には見られないモーリスの健全な欲情も描かれている。シチリアに到着し、日に焼け、輝かんばかりのジュリエットの姿に衝撃を受けたモーリスは、次のように感じている。「彼は一個の人格（パーソン）としての彼女にはなじみがあった。だが今目の前にあるのはもはや一個の人格（パーソン）ではなく、妖精のように霊魂を欠いた、敏捷で太陽のように力強い肉体で、それが臀部を軽快に動かし、魅惑するのである」(33)。「一個の人格（パーソン）」という言葉と併せ、この描写は二八年版で書き加えられたものである。このはつらつとしたジュリエットを前に「灰色のスーツに身を包んだモーリスは完全に場違いであった」(二六年版、39)(二八年版、33)という双方の版にある描写に続き、二八年版では次の描写が加えられている。「奇妙な戦慄が彼の腰部と足に走った。彼はひどく恐れた。自分が取り乱した勝利の喚声を上げ、この目の前にいる日に焼けた肉体を持つ女に跳びつきそうな気がしたのだ」(33)。二六年版にある「彼もまた男だった」という描写は消失しようとも、依然モーリスは男であり、そして注目しておきたいのは、この後の箇所でもまた、「ジュリエットの日差しを浴びて熟した肉体」に対して「欲情を募らせる」(34)モーリスに対し、「ジュリエットの意に反し、彼女の子宮の花は開き、花弁を震わせるのだった」(35)という描写が加えられていることである。彼女の意志の及ばないところで、モーリスの健全な欲情に対して、ジュリエットの中の「女性」が呼応しているのである。このことは、ジュリエットとモーリスとの関係に一条の光を差すと言えるだろう。結末でジュリエットが「彼女にとって太陽の化身」(30)として現れる農夫と、互いに惹きつけ合いながらも結局夫との関係に留まることは、『チャタレー卿夫人の恋人』でコニーがすべてをかなぐり捨ててメラーズと結ばれることと比較すると、ジュリエットが「社会的自己」の桎梏から逃れられずにいる顕れとも受け取れるかもしれない。だが、少なくともジュリエットとモーリスとの関係は、コニーとクリフォッドの関係のように前途にまったく希望が見出せないものではなく、また農夫とその妻との関係も、メラーズとバーサ・クーツのように破壊的には描かれていない。このように双方の夫婦の絆を截ち切るまっとうな理由がない状態でどちらの夫婦関係も壊されることなく物語が終っていることは、ロレンスが後に「チャタレー卿夫人の恋人について」(一九二九年)において表明する、「結婚はある意味不可侵である」(107)というキリスト教的結婚観を支持する態度を堅持したものと、筆者は受け取っている。[18]

八　ジョニーとの関係に反映される日光浴の影響

日光浴がジュリエットに及ぼした影響は、彼女と息子ジョニーとの関係に最も顕著に顕れている。以前の彼女が「母」という社会的役割に囚われていたことは先にも見た通りであり、実際「子は彼女を苛立たせ、彼女の心は片時も休まらなかった。彼女は、あたかも息子が吸う一息一息に責任があるといわんばかりに、恐ろしく、ぞっとするほど息子に対して責任を負っていた。彼女がそんな状態でいることは、彼女にとって、子にとって、また他のだれにとっても、苦悩の種になっていた」(22)とも描写されている。ジュリエットが過度に「責任を負っていた」息子は、まさしく母親の支配下にあり、一人の個人ではなく、彼女の所有物であったと言える。だが、日光浴を終えてジョニーのもとに帰ってきたジュリエットは、「餌を求めてせっつく鳥のように、母親を求めて走り寄ってくる息子に対して、かつて覚えていた、どうしようもない苦悩に満ちた愛」（22）を、一切感じていないことに驚く。むしろ彼女は、しがみついてくるジョニーの手に憤りを覚え、そんな息子に触れられたくないとすら思う。だがここでジュリエットが、日光浴を通して「女性」として目覚めたことで我が子に対して無関心になったわけではないことは、以後彼女が息子に対して見せる気遣いを通して伝えられる。ジョニーの目に、「太陽に対する恐れ」（25）を見て取った彼女は、以後、自分が日光浴をする糸杉の木のあるところに連れて行き、ジョニーも裸にして遊ばせる。自分が横になって日光浴する傍ら、一人遊びしている息子には再三の注意を払い、彼が立ち上がってよちよち歩きを始めるとすぐさま起き上がり、よろめいてサボテンに倒れ掛かりそうになると、すばやく飛んで行って助け、「まあ、わたしったら山猫みたい！」と自分でもその敏捷さに驚く。

実際ジュリエットが「もはや懸念や意思という重圧をかけなくなったこと」（23）で、ジョニーは尚一層すくすく育つ。ほどなく母親の心配りを殆ど必要としなくなった彼は、「一人遊びをしながら、もはや自分が一人でいることに気づいていないよう」（27）になり、かつて息子を抱き上げたジュリエットが、「こんな愚鈍な体をしていてはいけない」（22）と案じた彼には、「今ではバランス感覚が養われ、遊びに専心する幼い動物のように、何か起こった時には素早く反応することができるようになっていた」（27）。ジョニーがこうして着実に成長し、自立していく姿には、ジュリエットの健全な母性が反映されており、もはや彼は彼女の所有物ではない。ジュリエットは今や息子に、一人の個人として敬意を払い、然るべき愛情を傾けていると見られる。フロイト派の精神分析学者エーリッヒ・フロム（Erich Fromm, 1900-80）が、あらゆる種類の愛において必須の要素と考える「敬意」という概念が、ジョニーに対するジュリエットの愛情が健全なものになっていることを裏付ける。

敬意を払うとは畏怖の念を抱くことではなく、敬意の語源が「見ること」にあるように（respicere = to look at）、人をありのままの姿で見ること、その人独自の個性に気づく能力を意味する。敬意を払うとは、愛する人を、自分が用いる対象物として必要とするのではなく、その人を支配することなく、その人がその人自身のために、ありのまま成長し、開花していけるよう気遣うことである（Fromm, 26 傍点筆者）

「太陽」の主題の中心となるのは明らかに「親の影響力」であると捉えるルーダーマンも、「この物語には、ロレンスが捉える子の精神的発達における親の適切な役割が見事に例示されている」（Ruderman, 158-9）と指摘する。「実際物語が進むにつれ、子は身体的にも情緒的にも母親から離れていくが、母親との結びつきは保持しており、そしてジュリエットの方も、子に情緒的充足を見出す必要はなくなった」と見るルーダーマンは、「子が自分から離れて成長することを認められるようになったジュリエットは、「貪り食う母」にならない術を学んだ」（Ruderman, 178-9）と述べている。

さらに、ジョニーが蛇と遭遇するエピソードが、ジュリエットと彼との親子関係が健全なものになっていることを裏付ける。ある日ジョニーは蛇を見つけ、ジュリエットは、息子が指差すのが蛇だと知り、一瞬心臓が止まる思いがするが、恐れるべきか否か判断に迷って母親を見る彼を、「母親の中にある太陽の平静さが安心させた」（27）と描写されている。そこでジュリエットは、ゆっくり、しっかりした声で、「蛇は噛むから触ってはいけない」ことを伝え、二人はともに蛇が去っていくのを静かに見守る。この際、息子にあえてむやみに蛇を恐れさせることをしなかったジュリエットに関して、「彼女は、太陽の不思議な鎮静する力に満たされた。その力は魔力のように彼女がいる場所全体を満たし、彼女と息子とあわせ、蛇もまたその場所の一部なのだった」（28）と描写されている。ルーダーマンと同じくこの親子の関係を最も重視するエラートは、子というのは常に自らが育った社会を映し出すものであり、また新しい影響力に対して逸早く反応するものであることから、ジュリエットと息子との関係の変化はこの作品のエコ・クリティシズム的解釈の中心に来る（Ehlert, 146 参照）と述べる。エラートは、ジュリエットの肉体だけでなく思考にも直に影響を及ぼす日光とは、太陽光であり、水力や風力と併せて太陽光は、エネルギー資源の中で、環境・生態系に害を及ぼさない数少ない正真正銘の「クリーン・エネルギー」であることを注視した上で（Ehlert, 150 参照）、太陽に鎮静されることによって、「蛇を追い払うことも殺すこともせず、それが自分や子どもがそうであるように、その場所の一部」だと理解するようになったジュリエットは、周囲を「全体像」として、つまり世界は数多くの小さな生命体が一体となったものであると捉えており、今日全体論的認識（ホウリスティック・アウェアネス）と呼ばれる生命観に到達していると分析している（Ehlert, 153-4 参照）。エラートも指摘するように、ジュリエットが日光を浴びて真の自己を回復することで、同時に自らと宇宙との連帯とも言うべきものを見出していることは、ジョニーが蛇と遭遇するこのエピソードでも裏付けられるのである。そしてジュリエットが到達したとされる、エラートの言う「全体論的認識」は、ロレンスが最晩年に著した『アポカリプス』（一九三一年）で展開する生命観、宇宙観に発展していくことは言うまでもない。

おわりに

最後に、「太陽」でジュリエットを通してロレンスが描き出そうとした生命観、宇宙観と相通じる『アポカリプス』の結末部にある一節を見ておきたい。

> わたしの目がわたしの一部であるのと同様、わたしは太陽の一部である。わたしはわたしの足が知り尽くした大地の一部であり、わたしの血液は大海の一部である。〔……〕精神を除いて、わたしの中で単独で絶対的なものなどありえず、そして精神は、それ自体では存在しえず、水に反射した太陽の表面の輝きにすぎないことにわれわれは気づくのである。
>
> わたしが個人主義を唱えるなら、それはまったくの迷妄にほかならない。わたしは偉大なる全体の一部であり、そこから逃げ出すことは決してできない。だがわたしはわたしのつながりを否定し、それを截ち切り、断片になることは**できる**。
>
> われわれが求めるのは、殊に金銭に関わることのような非有機的な紛い物のつながりを打ち砕き、宇宙、太陽、大地、そして人類、国家、家族との生ける有機的つながりを再構築することである。太陽とともに始めよ、そうすればほかのものは、漸次、緩やかに、生じてくるであろう。（*Apocalypse* 126）

ジュリエットは、太陽の光を浴び、自らの女性性の根源と接触することを通して、宇宙との「生ける有機的つながり」の中にある真の自己の存在に目覚めたと言える。ここに見る、男性性のシンボルを超越した、まさに「生命原理」として捉えられる「太陽」を前にしては、ロレンスが女性を「原初の状態に引き戻す」ことで、「男性優位のまかり通る世の存続」を目論んだと言ったケイト・ミレット（Kate Millet）の分析などは意味を成さなくなる。[19]ロレンスがジュリエットを向かわせたのは、男性に対する従属ではなく、宇宙との連帯に見出される自由であり、彼女が太陽と一体化することから得た「綺麗にしていてもしていなくても、わたしの本当のよさは太陽によって認められている」という認識、これは、「社会的自己」――他者の目に映る自分がどうであれ、太陽の光を浴び、同じく太陽の光に照らされる万物との有機的つながりの中にいる自己を見失わずにいる限り、自分の真価が損なわれることはないという確信ではなかったか。かねてより、自分は「作品を書くことを通して、選挙権を与える以上に女性にとって有益なことをする」[20]と断言していたロレンスは、ここで一つ目的を達成したと言えるだろう。

「新しい女」が台頭してきた時代に、女性の衣服に革命をもたらしたココ・シャネルは、男性が望むウエストの細さやバストを強調した従順な女性に着せるためではない、快適性と機能性を重視したシンプルなスタイルを生み出すことで、女性を解放したと言われる（ヴァイスマン、五五頁）。そのシャネルが、彼女の最も伝説的デザインとなる「シャネルの黒のミニドレス（リトル・ブラック）」[21]を発表したのと同じ一九二六年、「太陽」を発表したロレンスは、そこに「社会的自己」の桎梏より解放された女性を描き出した。奇しくも、ロレンスが、女性が「解き放たれる」方途を見出したのは、シャネルがヨーロッパ人女性の間に流行させたと言われる「日光浴」[22]を通してであった。ジュリエットは、髪をボブ・カットにし、ヴィクトリア朝的な抑圧された性愛観[23]とも決別し、一見時代にならった「新しい女」の様相を多分に呈しているが、彼女は、「社会的自己」の縛りから解き放たれたところに宇宙との連帯を見出した、いわば「ロレンス流の新しい女」であったことを確認し、結びとしたい。

注

（1）D.H. Lawrence, "Sun," *The Woman Who Rode Away and Other Stories*, Dieter Mehl and Christa Jansohn eds. Cambridge: Cambridge UP, 2002.「太陽」二四頁。本文からの引用は、主として用いる二八年版はこのケンブリッジ版からとし、初版はペンギン版からとし、本文中にはどちらの版かを明記した上、頁数のみ記す。

（2）ロレンスは一九二二年三月から一九二五年九月まで、セイロン、オーストラリア、アメリカ、メキシコと執筆の拠点を転々と移していた（ポプラウスキー、六一八頁参照）。

（3）「他者が私を何者であると名指ししているのか、他者との関係で自分がどのような者として立ち現われてくるのか」という認識は、ポストコロニアリズムにおいては「位置性（ポジショナリティ）」と呼ばれる（千田、二六九頁）。

（4）ジュディス・ルーダーマン（Judith Ruderman）が「前エディプス期」大地母神（マグナメーター）の破壊性を具えた女性を「貪り食う母」と呼んだことは知られるところであるが、ルーダーマンは、一九二〇年以降のロレンスの作品では、「貪り食う母」との闘いがロレンスの主たる関心事になっていると指摘している（Ruderman, 21）。「『息子と恋人』を書いた時点でロレンスは、家庭と子の世話のみに縛られることが女性にとってどれほど破壊的なことであるか、そしてその破壊性が女性を、子（また夫）を窒息させることに導くのだということを見て取っていた」と分析するルーダーマンは、ロレンスの自家撞着として、ロレンスは女性が男性を窒息させることを非難しつつも、後期のリーダーシップ・ノベルズでは、弁解もせず断固として女性を家庭という狭い領域に閉じ込めていると見ている。だが同時にルーダーマンは、たとえ女性が社会進出を遂げた二〇世紀終盤にあっても依然、「夫が元気を回復するために妻が家庭の中心にいる」というロレンスが描いた図式は廃れていないことも併せて指摘している（Ruderman, 35）。

（5）一九世紀中頃までにイギリス中産階級に定着した、ジューン・パーヴィスのいう「家庭重視のイデオロギー」によると、女らしさというのは家庭的であること、他者に対する奉仕と従順さ、またか弱さと同一視され、女性は社会的にも経済的にも男性に依存することが望ましく、女性の役割は娘・妻・母という、男性との関わりにおいて規定されるため、男性との関係を除いた個人としての女性の有用性は顧みられなかったというものである（Purvis, 4）。

（6）「ラ・ギャルソンヌ」は、ヴィクトル・マルグリットの小説『ラ・ギャルソンヌ』（一九二二年）に由来する。このヒロインは、髪をボブにし、知性をもって男社会に頼らず生き抜く。「ラ・ギャルソンヌ」は英語圏では「フラッパー」と呼ばれる（Chaney, 223 参照）。

（7）アルヴァイナが船上より見るイギリスは「灰色の細長い棺」に例えられている。（*LG* 294）。

（8）一九二〇年に『恋する女たち』と『堕ちた女』を脱稿し、またこの間、「大尉の人形」（一九二三年）、「てんとう虫」（一九二三年）、「キツネ」（一九二〇年）が完成され、さらに『アロンの杖』（一九二二年）は一九二二年一月に脱稿寸前であった。（倉田、八頁参照）。

（9）フィッツ・ジェラルドの原作にボブを特に強調する描写があるわけではないが、この映画のシーンからも、「ボブ・カット」はこの時代の女性を再現する際の一つのキーワードとして受け取れる。

(10) シャネルにならって女性がこぞって髪を切ったことから、社交界の名士ボニ・ド・カステラヌは、「もはや女性はどこにも存在しない、残っているのはシャネルが作り出した少年たちだけだ」とこぼしたと言われる(Chaney, 231 参照)。

(11) フリーダの新しい髪型にロレンスは嫌悪感を示したことが伝えられている(Callow, 181-2 参照)。

(12) 先に引いたチェイニーの指摘とも重ねられるが、主としてボーイッシュなスタイルで、髪型はボブ、ドレスは腰部のくびれがないストレートなシルエットで、胸を平らに見せるものだった(ヴァイスマン、九一頁参照)。

(13) ルーダーマンは、ポーリンがモレル夫人、ひいてはロレンスの母リディアと酷似していると指摘する(Ruderman, 157)。

(14) D.H. Lawrence, *The Woman Who Rode Away and Other Stories*, Dieter Mehl and Christa Jansohn eds. Cambridge: Cambridge UP, 2002、357 頁。「愛らしい女」は、一九二七年二月から三月に書かれ、五月に改稿とともに簡約化が行われ、*The Black Cap: New Stories of Murder and Mystery compiled by Cinthia Asquith*(1927)に掲載される(ポプラウスキー、二六八頁)。このケンブリッジ版には簡約・未簡約双方の版が各々収録されており、ここでは主として *Black Cap* に収録された簡約版を用い、本文中には頁数のみ記す。

(15) ルーダーマンは、一九二一年以降の作品ではロレンスは太陽を生命の宇宙原理として描き、人間の行動のパラダイムとして提示していると述べている。(Ruderman, 158)。

(16) 作中に実際ポーリンが鏡を覗きこむ場面は一切ないが、この一文に託された「鏡」の効果は絶大であると言える。

(17) ここで「真の自己」にちなんで、ロレンスがいう「根源的な個人意識」という概念を見ておきたい。『不死鳥』の編者によって「個人意識と社会意識」と題された、初期の頃に書かれたとされる随筆でロレンスは述べている。

わたしかあなた、わたしかそれ、などという観念が人間の意識に生じると、個人意識は社会意識に取って代わられる。社会意識とは、真の個人意識を真二つに引き裂くこと、主観と客観に、一方に「わたし」他方に「あなた」もしくは「それ」というふうに、引き裂くことを意味する。「あなた」や「それ」を明確に「わたし」とは異なるものとして感知すること、これが社会意識である。「あなた」または「それ」は「わたし」との連続体である、つまり目と鼻のように異なってはいるが分離してはいないものであると感知すること、これが個人の原初的、もしくは根本的ともいうべき意識であり、「天真爛漫とか純真」の状態なのである。

こういう根本的な意識が崩壊すると、真の個人も消滅してしまい、後に残るのは社会的な個人だけとなる。これは主観と客観の意識はあるが、天真爛漫で純粋な個人意識を持たない生き物である。天真爛漫で根源的な個人意識だけは、神秘的で分析することができない。これは原形質の中の不思議な火花であり、個人という姿をとって現われた生命そのものなのである。人は主観と客観の意識に分裂すると、その人の全存在は分析可能となり、つまるところ、死滅するのである。（P 761 傍点筆者）

（18）「チャタレー卿夫人の恋人について」においてロレンスは次のように述べている。

キリスト教は、この世界に結婚を持ち込んだ。われわれが理解している結婚のことである。キリスト教は、国家という大きな支配体制の内側に、家族という自治体を築いた。キリスト教は、ある意味で結婚を不可侵のものとし、国家でさえも侵してはならないものとした。ともすると、結婚こそが人間に最高の自由を与え、国家という大王国の内部に自分自身の小さな王国を持つことを可能にし、不正な国家に対しては立ち上がって抵抗するという独立した足場を与えてきたのである。（一〇七頁）

なお、田形みどり氏は、「D・H・ローレンス思想と老荘思想との共鳴点に関する一試論——その2」において、ローレンスが一夫一婦制のカトリック教会の結婚観を支持していることを取り上げ、ローレンスを「性の解放者」と呼ぶのは不適切であると指摘している（田形、一五〇頁参照）。

（19）ケイト・ミレットは『性の政治学』（*Sexual Politics* 1969）において（「太陽」について論じることはしていないが、）次のように述べている。

ロレンスを審美的に大いに満足させた原始主義的密儀（カルト）には、政治的側面もある。ロレンスはフェミニズム運動に、男性が長年享受してきた男性優位がまかり通る世を、覆そうとするうねりを感じていた。そこで彼は、女性（少なくとも彼の非難の対象となる新しい女性）を、ひどく知識かぶれした敵とみなした。［……］ロレンスは、自らが肯定的に受け止める文明のある部分を、断固として男性の手中にとどめておこうとする。他方、彼は現実的でもあり、新しい女性が生まれた今、女性がその本性とされる原始的状態から現に脱してしまっていることを認めている。女性を原始の状態に引き戻すには、強行手段に訴えなくてはならない。女性の意志を打ち砕き、彼女らが新たに頼むようになった自我を破壊するのだ。（Millet, 285-6）

（20）*IL* 490.

（21）もとより、シャネルによる「解放」とロレンスの「解放」とが意味を異にしていることは言うまでもないが、このドレスがあまりに多くの女性に普及したことから、「シャネルの黒のミニドレス」をアメリカのファッション雑誌『ヴォーグ』は、「シャネルがデザインしたフォード車」と称したという（ヴァイスマン、九七頁参照）。「奇抜さは服装ではなく、女性の中になくてはならない」という、個性を重視したシャネル独自の哲学（Chaney, 371）とは裏腹に、このドレスは衣服の規格統一の時代の扉を開き、ある意味において女性の個性を没する方向に向かっているとも言える。

（22）当時ナチュリズム・ヌーディズムが興隆してきた時代にあり、一九二一年には、ヌーディズムを扱った雑誌、イギリスでは *Health and Efficiency*、フランスでは *Vivre d'Abord* が各々出版されるようになるなど（Mussel, 2）、日光浴が注目される動きは高まっていたと見られるが、チェイニーは、「一九一五年の時点ではまだ、日焼けした肌は日に当たって働かざるをえない貧しさの証であり、日光欲など常軌を逸した行為であった」と述べ（Chaney, 103）、「一九二〇年代までにシャネルが流行らせたことの中に、日光欲も含まれる」ことを指摘している（Chaney, 210）。

（23）性的に抑圧された当時の女性の性愛観の一例として、ロレンスの次の書簡を見ておきたい。一九一〇年ブランチ・ジェニングズに宛てた書簡において、当時の恋人アグネス・ホルトについて、ロレンスは次のように述べている。「彼女は未だヴィクトリア朝中期の価値観で物事を見ようとし［……］男性が雄であること、キスは単に前奏で、その先起こることを予期させるものであること、愛とは主としてやがて充足して満ち足りる肉体的共感であることを認めようとしないのです」（*IL* 153）。

引用文献

Lawrence, D.H. *Apocalypse*, Harmondsworth, Middlesex, Penguin Books, 1974.「アポカリプス」

——. *A Propos of Lady Chatterley's Lover*. Middlesex, Penguin, 1961.『チャタレー卿夫人の恋人について』

——. *Fantasia of the Unconscious and Psychoanalysis and the Unconscious*. Harmondsworth: Penguin, 1971.

——. *Lady Chatterley's Lover*. Harmondsworth: Penguin, 1961.

——. *The Letters of D. H. Lawrence* Vol. IV. Warren Roberts, James T. Boulton, Elizabeth Mansfield Eds. Cambridge: CUP, 2002.（*4L*）

——. *The Letters of D. H. Lawrence* Vol. V. James Boulton, Lindeth Vasey Eds. Cambridge: CUP, 2002.（*5L*）

——. *The Lost Girl*. John Worthen Ed. Cambridge: CUP, 2002.（*LG*）『堕ちた女』

——. *Phoenix: The Posthumous Papers of D. H. Lawrence*. E. D. McDonald Ed. London: Heinemann, 1936.（*P*）

——. "Sun", "The Lovely Lady".（*The Black Cap* version）, *The Woman Who Rode Away and Other Stories*. Dieter Mehl and Christa Johnson Eds. Cambridge: CUP, 2002.（*WWRA*）「太陽」（一九二八年版）、「愛らしい女」

——. "Sun" *The Woman Who Rode Away and Other Stories*. Harmondsworth: Penguin, 1950.（*WWRA*）「太陽」（一九二六年版）

Austen, Jane. *Pride and Prejudice*, Strand, London, Penguin, 1994.

Callow, Phillip. *Body of Truth: D.H. Lawrence: The Nomadic Years, 1919-1930*, Chicago, Iva. R. Dee, 2003.

Chaney, Lisa, *Coco Chanel: An Intimate Life*, New York, Penguin, 2012.

Comellini, Carla. "Sicily in D.H. Lawrence's Imaginary" *Conservation Science in Cultural Heritage* 8, Bologna University Press,

2008. URL: http://id.nii.ac.jp/1060/00004986

Ehlert, Anne Odenbring. "There's a bad time coming" *Ecological Vision in the Fiction of D.H. Lawrence*, Uppsala, Sweden: 2001.

Fromm, Erich. *The Art of Loving*, New York: Perennial, 2000.

Harris, Jannis Hubbard. *The Short Fiction of D.H. Lawsrence*, New Brunswick, New Jersey, Rutgers University Press, 1984.

Hogan, Patrick Colm., *Colonialism and Cultural Identity*, Albany: State University of New York, 2000.

Millet, Kate, *Sexual Politics*, New York, Avon, 1971.

Musell, Gary L. *A Brief History of Nudism and the Naturist Movement in America*, Southern California Naturist Association, 2010.

Paul Poplawski, *D.H. Lawrence: A Reference Comparison*, Greenwood Press, USA, 1996）木村公一、倉田雅美、宮瀬淳子編訳『D・H・ロレンス事典』鷹書房弓プレス、二〇〇二年。

Purvis, June. *A History of Women's Education in England*, U.K. and Philadelphia, Open University Press, 1991.

Ruderman, Judith. *D.H. Lawrence and Dvouring Mother*, Durhan, North California: Duke University Press, 1984.

Weissman, Elisabeth. *Coco Chanel*, Maren Sell Editeurs, Paris, 2007）深味純子訳『ココ・シャネル　時代に挑戦した炎の女』（阪急コミュニケーションズ、二〇〇九年）

倉田雅美「D・H・ロレンス一九〇八年―一九二五年――"Sun"をめぐって」*dialogos* 7号、東洋大学学術情報レポジトリ、二〇〇七年、URL http://id.nii.ac.jp/1060/00004986/

田形みどり「D・H・ローレンス思想と老荘思想との共鳴点に関する一試論――その2」『海――自然と文化』東海大学海洋学部、二〇〇六年、一四一―一五二頁。

千田有紀「アイデンティティとポジショナリティ――一九九〇年代の「女」の問題の複合性をめぐって」上野千鶴子編、『脱アイデンティティ』勁草書房、二〇〇五年、二六七―二八七頁。

『ヴァージン・アンド・ザ・ジプシー』のイヴェットの持つ共感力
――『フロス河の水車場』のマギーとの比較から

藤原　知予

一．はじめに

ロレンスの後期の中編小説『ヴァージン・アンド・ザ・ジプシー』（以下『ヴァージン』と略記）は、彼の最後の長編小説『チャタレー卿夫人の恋人』（以下『チャタレー』と略記）に着手する直前に執筆され、プロットや人物設定において類似点が多く見られるため、『チャタレー』の習作的作品に位置づけられている（Britton, 32; Cushman, 154）。その一方で、同書には、ロレンスが青年期に愛読したヴィクトリア朝女流作家ジョージ・エリオット（George Eliot）の『フロス河の水車場』（*The Mill on the Floss* 1860）（以下『フロス河』と略記）ともアナロジーが多く見られることから、これを書き換えた作品だと論ずる批評家もいる（Bardi, 36）。しかし、『ヴァージン』の先行研究において、この見解は少数派であり、まだ十分に議論されたとは言えない。ロレンスは『フロス河』を愛読し、当時の恋人であるジェシー・チェインバーズ（Jessie Chambers［ET］）と、ヒロインのマギーについて批評を交わし、自身の第一作目の小説『白孔雀』の執筆において、物語設定を手本にもしている（ET, 102）。この伝記的事実をもとに作品分析を行うと、ロレンスがいかにマギーのプロットを読み込み、影響を受けていたが分かる（Black, 21-27; Siegal, 74-75）のだが、エリオットのロレンスへの影響を指摘した先行研究は、多くがロレンスの前期の小説を扱ったものに偏っており、後期の作品については議論が不十分である。その原因は、作家としての円熟期にあるロレンスが、エリオットについてほとんど言及しなくなったことが考えられる。しかしながら、後期の作品『ヴァージン』のイヴェットは、ヴィクトリア朝的慣習の抑圧への反発、ジプシーへの憧れ、洪水との遭遇など、多くの点において『フロス河』のマギーのアナロジー的ヒロインであると言える。論者はすでに、ロレンスが特に愛読した『フロス河』が『ヴァージン』に与えた影響を、アルトゥール・ショーペンハウアーの哲学を手掛かりに二人のヒロインのジプシーとの関係や、両作品の結末における洪水の意味を比較分析し、イヴェットがマギーのアナロジー的ヒロインであるということを考察した（Fujiwara, 2012）。本論は、ロレンスの持っていた共感概念を手掛かりとしてマギーとイヴェットを比較し、ロレンスがマギーを発展させたヒロインとして『ヴァージン』のイヴェットを生み出したという見解を示す試みである。[1] 方法として、ロレンスの作品における共感を論じた最新の研究であるカースティ・マーティン（Kirsty Martin）の議論の問題点を、『フロス河』の読みを補いながら指摘、反論し、マーティンが、ロレンスの考える共感とは対照的なものだと論じるマギーの共感が、実はロレンスの共感概念の原点になっており、その観点から、マギーがイヴェットの原型モデルとなっていることを示したい。

一—一．これまで『ヴァージン』はどう読まれてきたか

本題に入る前に、『ヴァージン』の執筆、出版背景と、作品がどう読まれてきたかについて述べておく。『ヴァージン』はロレンスの生前には日の目を見なかった作品で、作家の死後すぐの一九三〇年にフィレンツェのオリオリ社から出版された。「太陽」や「陽気な幽霊」と並んで『チャタレー』を執筆し始める直前に書かれたため、『チャタレー』の習作とみなされることが多い。また同書は、これら後期の作品と同様に、淑女が低い階級のアウトサイダーに惹かれていくという、ロレンスとフリーダの伝記的要素が盛り込まれた作品である（Britton, 78）。『ヴァージン』のヒロインの暮らすセイウェル家は、フリーダの最初の嫁ぎ先であるウィークリー家がモデルとなっており、イヴェットとその姉ルシールの母は、夫と娘たちを捨てて若い男と駆け落ちをしたシンシアという女性で、フリーダをモデルとして生み出された。イヴェットはフリーダの娘バーバラ・ウィークリーがモデルであり、バーバラがスポトルノに住むロレンス夫妻のもとに滞在したことがきっかけで、ロレンスは一九二六年に『ヴァージン』の執筆に着手した（Pinion, 55）。『ヴァージン』は、ヴィクトリア朝的道徳規範や伝統的なキリスト教批判の要素を持ち（Eris, 286）、神話的要素とアイロニカルなリアリズムとの混在する作品である（Guttenburg, 99-100）と評されてきた。M・ラリー（Margaret Lally）は同書を「異色」な作品であると述べ、ロレンスが、死の直前のひどい体調不良の状態で執筆した『ヴァージン』は、フリーダの娘バーバラとの交流によって呼び覚まされた、フリーダの先夫ウィークリー氏との過去のいざこざや、フリーダの子供に対する過去のロレンスの激しい嫉妬など、

ロレンスの「悪い思い出」や「悪い自己」がにじみ出た作品だと論じている。作家の過去の痛みが露呈した『ヴァージン』は、死への恐怖と相まって、ロレンスがその他の作品で明確に表現しているエロスの愛を描き切れず、結末部のヒロインのセクシュアリティの行方の曖昧さを筆頭に、異彩を放っていると分析する（136）。ヒロインの一貫した曖昧さや作品のオープンエンディング（Cushman, 167）も、この作品が異彩を放つ原因の一つであろう。クッシュマンは、『ヴァージン』のジプシーと『チャタレー』の森番を比較し、ジプシーの性格は、『チャタレー』の森番のメラーズよりも理想化されており、描写が一面的であると批判的にとらえている。労働者階級のメラーズを最終的に伴侶に選ぶコニーよりも、ジプシーとの恋愛の行方や二人の性的な関係の有無が曖昧に描かれているイヴェットの方が、セクシュアル・アイデンティティが乏しいと指摘しており、それが『ヴァージン』のオープンエンディングの所以であると論じる（161-63）。ウィドマー（Kingsley Widmer）は『ヴァージン』のジプシー、ジョー・ボズウェルを、中流階級的秩序や近代文明を拒否する悪魔性を持つ「悪魔的な恋人」と呼び、狡猾でアモラル（道徳規範から離れた）な存在であるが、同時に優しさと憤怒を示すことによって男性性を主張する人物であると分析している（64）。以上、『ヴァージン』の先行研究を概観したが、同作品を共感のテーマで論じた研究は未だなされていない。次節では、「共感」を切り口として『ヴァージン』を読む意義を論じる。

一―二．なぜ「共感」なのか。ロレンスの考える共感とはどのような概念か。

本節ではまず、「共感」という語がどのような意味で用いられてきたのかを、時代の流れに沿って概観し、ロレンスの考える「共感」がどのような概念なのかを探る。

「共感（"sympathy"）」とはどのような概念なのか、そして英文学や哲学において、どのような意味合いで用いられてきたのだろうか。"sympathy"をオックスフォード英語辞典で引くと、本来「似ている資質を持つ者同士や、同じ影響を受けたり、類似点によって互いをひきつけたりする間柄に存在する親近感や調和」という定義で用いられていたことが分かる。英語の"sympathy"は、ギリシャ語の"sympathes"に由来し、"sym（共に感じる）"という意味と"pathos（感情）"という意味から成る（Albrecht, 441）。アリストテレス（Aristotle）が『修辞学』（*Rhetoric*）において、「我々は、年齢、品格、性質、社会的地位または出生で我々に似た境遇の人を気の毒に思いやすい」（六二三頁）と述べているように、"sympathy"と、それが発展して二十世紀に生まれた"empathy"という語は、ギリシャ悲劇の時代に用いられていた「哀れみ（"pity"）」に取って代わった概念だと言う。英語の"sympathy"は、一六〇四年に初めて出版された英語の辞書の中で、「他人の立場に自分を置いてみたときに持つ感情」という意味で「共感（"fellow-like feeling"）」と訳された。

共感の概念の形成に最も貢献したのは、一八世紀から一九世紀初頭のスコットランド学派による道徳哲学である。「共感」の概念を初めて体系的に論じた道徳感情哲学者であり経済学者のアダム・スミス（Adam Smith）は、人間には他人の感情を観察するとき、自然に共感する能力が備わっていると考えた。また、人間が他人と分かち合うことができる感情には、「悲しんでいる者に対する哀れみ、不幸な者と共に感じる苦悶、成功した者に対する喜びなど」が含まれると述べている（Davis, 3）。このように性善説的な見解を確立した一八世紀の道徳哲学は、ヴィクトリア朝において、より自己満足的で自己欺瞞的な色味を帯びるようになった。産業革命後に募った労働者の不満を抑止し、社会秩序を守るためのプロパガンダとして共感が奨励され（Houghton, 274）、共感の精神を前提とする慈善事業が、自発的な善行というより宗教的義務として自己欺瞞的に実行された（275）。チャールズ・ダーウィンやハーバート・スペンサーなどの思想に代表されるように、めざましい科学の発展を遂げた同時代において、共感が生物としての自己保存や社会活動に不可欠な要素であるとも考えられた（Davis, 2-3）。

二十世紀に入ると、"sympathy"の新たな類義語が生まれた。エドワード・ティッチェナーが、ドイツ哲学界では一九世紀末までにすでに重要な概念として認識されていた「感情移入」という意味のドイツ語"einfühlung"を、一九〇九年に"empathy"という英語に翻訳した。さらに、ドイツ人哲学者のセオドア・リップスは、この概念を心理学的なコンテクストにおいて精査し、定義づけた。「共感（"sympathy"）」が、観察者が行為者の感情をどう感じるかという受動的な意味が強い一方で、「感情移入」という意味での「共感（"empathy"）」は、慎重で知的な努力を通じて他者の心に入る、より能動的な試みを示す（Davis, 5）。

以上のように、「共感」という語は、時代や社会の推移と共にその定義が広げ深められ、様々なコンテクストで用いられてきた独特の言葉であると言える。ではロレンスはどのような意味合いで共感という語を用いているのだろうか。

エリオットが、共感の主題を最も多く扱ったヴィクトリア朝の作家の一人であると言われている（Greiner, 299）一方で、ロレンス作品における共感という主題は、十分に議論されてきたとは言えない。その原因はおそらく、一八世紀から一九世紀にかけて確立された「共感」という哲学概念に付随する道徳感情としての性質（生来の善意、慈善、ヴィクトリア朝的道徳規範など）が、これまで研究されてきたロレンスの人となりや、作家、哲学者としてのロレンスの思想とは相容れないように思われるからであろう。

自身の作品で共感のテーマを多く取り扱ったエリオットの研究においても、知的想像力を用い、道徳規範に照らし合わせて、それが同意するにふさわしい正しさを持った感情であるかどうかを確認してから相手の心情に寄り添うといった、知的道徳的感情として共感をとらえる見解から、道徳的に正しいかどうかという知的判断をするより前に、直感的に相手の感情や感覚を理解するという、感情論的な意味で共感をとらえる流れへと変わってきている。ロレンスが作家として生きた二〇世紀が共感を哲学的に追求する過渡期であったという背景と、共感を知性だけでなく感情や直感にも関係するより広い意味の概念としてとらえ、その観点から『ヴァージン』を評価し直すと、作家として円熟期にあった晩年のロレンスが作品を通して追求した、優しさに基づく理想的な男女関係を理解する上で、共感が非常に重要な概念であることが分かってくるのである。

ロレンスは「共感」という語を辞書とは違うユニークな意味合いで用いている。たとえば若かりし日のロレンスが、一九〇八年六月三〇日付けでブランチ・ジェニングズに宛てた書簡において、男は「性的共感（"sex sympathy"）」によって結婚に駆り立てられるという考えが綴られている（*1L* 69）。「性的共感」の概念は、前期の小説『息子と恋人』から読み取ることができる。ミリアムのモデルとなったジェシー・チェインバーズは、ポールとミリアムの恋愛の成就を阻もうとする母モレル夫人が、「もしミリアムが彼女の息子の性的共感を勝ち得たならば、母に勝ち目はないだろう」と考えていたと回想する（ET, 191）。実際青年ロレンスは、親子の関係であっても、異性の間には「性的共感」が通っていると考えていたようである（51）。ジェシーがモデルとなっている『息子と恋人』のミリアムは、セックスをキリスト教的自己犠牲の精神で捧げるものだと思っている（*SL* 334）女性であり、精神的な愛に憧れを持ち、肉体の愛を激しく拒絶する。青年ロレンスが考えた「性的共感」の概念は、一九二九年に書かれた「『チャタレー卿夫人の恋人』について」の中で、「男女の血の共感（"blood sympathy in the sexes"）」（*LCL* 326）という言葉によってより詳しく説明されている。ロレンスは、男女のセックスには「冷たく、血の通わない独りよがりなセックス」と「血の共感によるセックス」の二種類あり（239）、『チャタレー』のクリフォードは、すべての男女との血の共感を持てず、「温かな共感」を知らない人物であると論じている（333）。このエッセイによると、ロレンスにとっての「血の共感」とは、「宇宙と一体となること」、すなわち「肉体、性、感情、情熱を、地球、太陽そして星と一体化させること」だと言う（331）。この考えをミリアムにあてはめると、彼女はキリスト教的な精神主義によってセックスを汚らわしいものだと考えるあまり、ポールと血の共感を通わせる境地には到底達することのできない女性として描かれていることが分かる。ロレンスにとって、心だけでなく肉体を通して感じる、生き生きとした力強い感覚的体験に基づく共感は、単なる性的快楽を生み出すものではなく、血の温かさを通じて宇宙のリズムと一体となるという、神秘の境地にまで男女を導いてくれるものであることが分かる。一九世紀的な道徳感情としての共感とは全く性質を異にしたロレンスの共感について論じたマーティンの議論を用いて『ヴァージン』を読み、彼の議論の問題点を指摘し、反論することによってマギーとイヴェットが同じ種類の共感を実行するヒロインであることを示していく。

二．マーティンの定義するロレンスの肉体的共感

ロレンスの共感概念を心理学的に分析し、道徳感情ではなくアモラルな感覚として定義づけたのが、カースティ・マーティンである。マーティンは、ロレンスの共感が、相手の感情を理解しようとする知的作業によって得られる感情ではなく、相手の内なる感情を共に感じる、二十世紀に新たに生まれた“empathy”（「感情移入」）の概念とも違う種類のものであると主張する。それは単に他者の感情と同程度の感情を分かち合う行為ではなく、感情（“emotion”）を用いてその人物の信念、欲求、意図を知ることであり、それはしばしば共感される側の人間が予想する以上の奥深さを伴うことがあると言う（15）。さらにそれは、主に肉体の接触によって喚起される情動によって作用するもの（132）であり、内なる生の感情を伝え、我々の感覚を超え、認識できないような激しさをもって、我々の精神だけでなく肉体にも訴えかけてくるものである（23）。本論では、前節で述べたロレンス自身の言葉による共感を「血の共感」、それを考察したマーティンが定義するロレンスの共感を「肉体的共感」と呼ぶことにする。「肉体的共感」の例として彼が挙げているのが、エリオットの『ミドルマーチ』（*Middlemarch*）第一章で、ドロシアが妹と母の形見分けを行う場面である。禁欲を信条とするドロシアが、エメラルドの宝石の美しさに魅了され、思わず身に着けてそのひやりとした感覚を楽しみ、それを自分のものとする描写がある。

「まあ、なんて美しい宝石！」

突然きらめいた日の光のように、ふいに湧き上がった新しい感情の流れにむせんで、ドロシアは言っ

た。「色が匂いのように、こんなに深く人の心に差し込むとは、本当に不思議ねえ。だから、ヨハネ黙示録では宝石が霊的な表象とされているのね。まるで、天国の断片のようだわ。このエメラルドの指輪、他のどれよりも美しいじゃないの。」（13）

突発的に宝石に魅了され、自分の身に着けて恍惚とするドロシアは、その後すぐに、日ごろ実践している禁欲主義と矛盾した自分の行為に罪悪感を覚える。平井雅子（Hirai）は、ドロシアの見せる「弱さ」（*M* 13）は、禁欲主義に反してしまった道徳的な弱さではなく、モラルを超えて体と心に直接訴えかける性的な感覚が原因であると論じている（54）。マーティンは、このように直感的で本能から発せられる生の感覚を、「肉体的共感」の特徴と考えている。ドロシアが宝石に魅了され、身に着けるときの感覚のように、身体的感覚と、その感覚を惑わせるような感覚の混合した感情——最も真に迫るような、生の感情であるように思えながらも、自分の意識を超えてしまうようなもの——こそ、ロレンスが作品の中で追求しようとした「血の共感」を形成するものであると主張している（7）。さらに、感覚的な喜びや官能的体験を通して呼び覚まされる「肉体的共感」が、個人の意識を超越し、自然界の生命のエネルギーと共鳴するリズムに導かれて、「真に感じるとはどういうことか」、「生きるとはどういうことか」を認識させる働きを持つと言う（133）。マーティンは、自身の提唱する「肉体的共感」が、『チャタレー』のテーマになっていると主張する。コニーが階級の意識と葛藤しながらも、性愛の喜びによって真の愛に目覚めるという設定は、人間は社会的生物でありながらも、身体的で直感的な感覚に基づいた「血の共感」を持つことが重要であることを、ロレンスが意図していると論じている（183-86）。淑女が低い階級のアウトサイダーに惹かれていくという、ロレンスの後期の作品のプロットパターン（Britton, 78）に合致するイヴェットを、コニーの習作的ヒロインとみなし、マーティンの「肉体的共感」の議論を用いて考察してみると、イヴェットが身分も文化も異なるアウトサイダーであるジプシーになぜ強く惹かれるのかを理解することができる。次節では『フロス河』のマギーとイヴェットの共通点を、マーティンの共感概念を用いて考察し、彼の議論の問題点を指摘、反論しながら、マギーがイヴェットの原型であることを明らかにする。

三―一．マギーとイヴェットに共通する肉体的共感

本節ではまず、ロレンスがマギーをどのように評していたかを、伝記的側面から考察し、その後マーティンのマギー批評の問題点を指摘しながら、イヴェットとマギーに見られる共感を比較分析する。マギーはロレンスの「お気に入りのヒロイン」（ET, 98）であり、彼は一九〇八年に書いた書簡において、熱のこもったマギー批評を展開している。当時のロレンスの恋人・ジェシーは、ロレンスが持っていたマギーの印象について、以下のように回想している。

ロレンスは『フロス河の水車小屋』を賞賛していたが、いつも「ジョージ・エリオットは小説の途中でストーリーを台無しにしてしまう。」と断言していた。ヒロインのマギー・タリヴァーが不具のフィリップと婚約する設定が許せなかったようである。そしてよくこう言っていた。「あれは間違っている、絶対間違っているよ。マギーはあんなことをしちゃいけなかったんだ。」［……］マギーはロレンスの

お気に入りのヒロインだった。ロレンスは、特に好きだったしなやかなブナの木の枝を見ると、マギーの腕を思い出す、とよく言っていた。(ET, 97-98)

ブナの木の枝からほっそりとした色の黒いマギーの腕を連想するというこのエピソードからマーティンは、ロレンスが身体的感覚は個人を超えて自然と調和するリズムを持ち得ると考えていたと論じる(137-38)。この回想録からは、ロレンスがマギーというヒロインを、賞賛と批判の入り混じった目で見ていたことが分かる。ロレンスのマギー批判は、彼女とフィリップとの関係に向けられている。マギーは、幼いころから背中に障害を持つフィリップに優しい同情を抱き、彼の障害ゆえに、余計にフィリップを好意的に想っていた(178)。これは、思春期に達してからのマギーのフィリップへの愛情が、異性愛ではなく憐憫の情に根差していることの伏線となっている。マギーは、彼女を幼少のころから想っていたフィリップと結婚の約束までするものの、二人の関係を大反対する兄トムによって、マギーはフィリップと距離を置くことを約束させられる。フィリップは、マギーとトムの父の事業を破綻させた男の息子だったからである。それでもフィリップは、愛という自然な感情を否定することは、真の幸福への可能性を否定する愚行であると彼女を説得する。しかしマギーは、自己犠牲精神の名のもとに、涙ながらに彼を諦める意志を表明するのである。このマギーの言動からは、後に別の男性を愛して不本意とはいえ駆け落ちをする彼女の姿は想像できない。しかしその後、容姿端麗で男性的な魅力に溢れた紳士である、従姉妹ルーシーの婚約者スティーヴンと出会い、フィリップやルーシーへの罪悪感を持ちながらもスティーヴンを愛してしまい、彼と駆け落ちをしてしまう。ジェシーの回想録によると、ロレンスは、マギーがフィリップと婚約する設定を批判しているが、その理由はマギーが、幼いころからフィリップに対して持っていた憐憫の情を、男女の愛と勘違いし、その感情に基づいて結婚を約束してしまったことにあると思われる。ロレンスは、キリスト教的な哀れみや、自己犠牲、自己欺瞞に基づく男女の関係は、真の愛を実らせるものではないと考えていた。マギーのフィリップへの愛は、ロレンスの非難を浴びるものだったのである。

では、ロレンスはなぜマギーを「お気に入りのヒロイン」だと考えていたのだろうか。それは、マーティンがマギーには存在しないと考えている、「肉体的共感」の二つの特徴――「肉体の接触を通した官能的体験によって、最も真に迫るような感覚でありながら、意識を超えてしまうような感覚であること」と「太古から人間が持つ共通の感覚に基づいていること」――を、彼女が持っているからではないだろうか。「肉体的共感」の二つ目の特徴について、マーティンは自論の中で、マギーと『虹』のアーシュラを比較し、マギーの共感が個人的な感情に基づいているのに対し、アーシュラのそれは、彼女個人の過去ではなく、それよりも太古の過去に関係していると論じている。アーシュラは、自分が純粋で官能的な思慕を抱いてきた教師のウィニフレッドが叔父のトムと愛人関係になったことを知り、ウィニフレッドから「前史時代のオオトカゲ」(*R* 316)を連想し、泥のような下品さを感じ取る。ここでマーティンは、アーシュラの共感は、個人的感覚に縛られず、太古から人間が持つ共通の感覚に基づいていると分析する(135-36)。マーティンは、同じエリオットの小説でも、前期の作品『フロス河』のマギーに関しては、ドロシアの持つ直感的な共感能力を持つヒロインではなく、個人的感情に基づいた、一九世紀的な道徳感情としての共感を実践する人物であると考えているようだ。しかしマギーをより深く分析すると、マギーもまた、「肉体的共感」を持っていることが分かってくる。以下では、マーティンがアーシュラから読み取っている「太古から人間が共通して持つ感覚としての共感」が、マギーからも読み取れることを示し、マーティンの議論に反論していく。その後、ロレンスがマギーから読み取った「肉体的共感」がイヴェットに与えられていることを示し、イヴェットがマギーをモデルとした、アナロジー的ヒロインとして位置づけられることを主張する。

マーティンは、本能的に惹かれた従姉妹の婚約者スティーヴンへの恋心を諦めるときのマギーの心理が、自らの幼少期をいつくしむ思いや、自分を愛してくれた他者への感謝や恩義の念といった、自己の個人的過去に根差した共感であると論じている。フィリップとの婚約を解消した後、生まれて初めて情熱的にスティーヴンに恋をするマギーは、ボートで流されて行き着いた町で彼に結婚を申し込まれ、激しい葛藤の末それを拒む。駆け落ちというスキャンダルを起こしてしまったマギーにとって、その汚辱を晴らす唯一の術は、スティーヴンと結婚し、新妻として町に帰ってくることであった（477）。ヴィクトリア朝的因習にとらわれた田舎町では、男性とスキャンダルを起こした末にその相手と結婚しない女性は、一生不道徳な女だとみなされることになる。しかもマギーはスティーヴンへの愛を自覚するので、彼女がスティーヴンと結婚することは、願望を満たし、かつ社会的にも救済される唯一の方法だった。マギーはスティーヴンの強い説得を受け、衝動的な愛に身を任せてしまいそうになる誘惑と、そうすることによって悲しませることになる従姉妹やかつての恋人フィリップに対する思いとの間で大きく揺れ動くが、葛藤の末、スティーヴンの求婚を次のように話して退け、一人町へ帰ってくる。

私には思い出があります。穏やかな愛情があります。そして、完全な善への憧れがあります、それらはこんなにも強くわたしを捉えています、決していつまでもわたしから離れてはいないでしょう、戻ってきてはわたしを苦しめることになるでしょう——後悔しますわ。(489)

マギーの言葉からは、自分を愛し、信頼してくれていた人に対する感謝と恩義に根差した共感の念が、彼女の良心の礎となっていることが分かる。しかし、このマギーの良心を形成する共感を「個人的感情に基づいたもの」と判断しているところが、マーティンの議論の問題点である。マギーのプロットを、彼女に与えられたアンティゴネのイメージを用いてより深く分析すると、マーティンがマギーと対照化させているアーシュラが持つ「太古から人間が持つ共通の感覚に基づいた共感能力」も、ドロシアのような直感的で本能的な感情に基づく共感能力も、マギーが両方持ち合わせていることが分かるのである。マギーにはソフォクレス(Sophocles)のギリシャ悲劇『アンティゴネ』(*Antigone*)のヒロイン、アンティゴネのイメージが与えられているということはジョセフやモルスタッドを始め、多くの批評家が指摘しているが、社会で白眼視されることが分かっていても、自分の信念を貫き通して一人町に帰ってきたマギーの姿は、王命に背いて国の背徳者である兄の埋葬の儀式を執り行ったアンティゴネの姿と重なっている。ロレンスが一九一三年に執筆したエッセイ「劇場」によると、ロレンスの考えるギリシャ悲劇のヒーローたちの生き方とは、死をも辞さず「自己至高主義」(*TI* 145)を貫き通すことである。それはたとえ命をかけても、社会規範より己の信念を優先し、それに従って行動するという生き方である。最終的に自分の信念に従って決断を下すマギーの共感は、彼女に与えられたアンティゴネのイメージによってより高潔な倫理観に裏打ちされたものとなっている。アンティゴネは、人間の法ではなく、「天の不文律」(『アンティゴネ』39)

に従い、普通の人間ならば選択しない道を選ぶ。マギーも、時代や社会や法律に左右されない、太古から人間が守るべき不文律に従うという強い信念を持って、自分を愛し、大切にしてくれた人たちを傷つけないために愛を諦める。エリオットはエッセイの中で、ギリシャ悲劇に描かれるヒロインたちの苦悩や葛藤は、現代人にはもはや通用しないと論じるマシュー・アーノルド（Matthew Arnold, *Poems* xxv）に強く反論し、それらは今も私たちにとって最も身近に理解できる感情であると主張している（264）。ロレンスはマギーの精神の中に、普遍のアンティゴネ的人道を見、この点において彼女を賞賛し、お気に入りのヒロインに位置づけたのだろう。マギーは、マーティンが彼女にはないと判断した、アーシュラの持つ「太古の過去に関係している共感」を持ち合わせたヒロインであると反論することができるのである。

さらにマギーは、マーティンがロレンスの作品から読み取っている、感覚的な喜びや官能的体験を通して呼び覚まされる「肉体的共感」も持ち合わせるヒロインである。マギーはロレンスが理想とする、知的作用では説明できない、肉体的で本能的な男女間の情熱を、スティーヴンに対して抱いている。スティーヴンもまた、本能的な愛を感じる二人が結ばれることを自然の法則とみなしており、「自然法則の力は他の何よりも強い」（487）と言って、マギーが自分の愛を受け入れてくれるよう説得する。二人の間に通う感情は、感覚的な喜びや官能的体験を通して呼び覚まされる「肉体的共感」と考えることができる。マギーとスティーヴンが交わす「肉体的共感」は、たとえば次のような場面に表れている。

女の腕というものは、二千年もの昔、偉大なる彫刻家の魂に触れた。それゆえ彼はパルテノンの神殿にその姿を刻んだ。歳月を経ていたみ、損なわれた大理石の、頭のない胴体をいとしげにつかむその腕に、私たちは今なお感動する。マギーの腕はちょうどこのような腕である。しかもそこには生命の温かい色みがある。

狂わんばかりの衝動がスティーヴンをとらえた。彼はその腕に飛びつき、手首をつかんで接吻の雨を降らせた。しかし次の瞬間、マギーは彼の手を振り払い、傷ついた戦いの女神さながらに、怒りと屈辱にふるえて彼を睨みつけた。

「何をなさるの！」激しい動揺に息もつまって、彼女は言った。

「こんな失礼なことを、いつあなたにお許しして？」

彼女は身をひるがえして隣の部屋へ駆け込み、長椅子に座り込んであえぎ、震えた。ルーシーを、フィリップを―さらに彼女自身のよりよき魂を裏切るにも等しい、一瞬の幸福を許した罪の恐ろしい報いが、彼女に訪れたのである。この刹那の幸福は、ライ病にも似た忌まわしい病毒を持っていた。（453）

この場面は、ロレンスが読み、マギーの腕の美しさをブナの木にたとえて賞賛していたというエピソードで、ジェシーの回想録に綴られている場面である。マギーは、スティーヴンの婚約者であるルーシーと、自分と婚約していたフィリップに対する罪悪感にさいなまれながらも、スティーヴンとの肉体の接触による官能的体験に「幸福」を感じている。スティーヴンの性的衝動と、マギーが感じる「病毒のように恐ろしい刹那の幸福」は、二人の間に通い合う「肉体的共感」が生み出したものである。マギーの共感を、個人的過去に根差したものでしかないと判断するマーティンは、彼女も「肉体的共感」を体験するヒロインであることを見落としているが、ロレンスはまさにこの点において、マギーを賞賛していたのではないかと思われる。

　マギーがスティーヴンと交わした「肉体的共感」はマギーを書き換えたヒロインと言われている『ヴァージン』のイヴェットからも読み取ることができる。序論でも触れたように、イヴェットは、その人物描写、設定において、マギーとの類似点を多く持っている。共にヴィクトリア朝的道徳規範を重んじる家庭に抑圧を感じ、階級や因習にとらわれない自由な生活を送るジプシーに憧れを抱く。幼いマギーは、当時の美的道徳的規範を逸脱した容姿や言動のために、母親や親戚から厳しく戒められ、精神的抑圧を感じる。そして自分がより評価され、自由に生きられる空間を求め、ジプシーの集落へと飛び出していくのである。イヴェットもまた、慣習にとらわれた息の詰まる家庭に嫌気が差したとき、ジプシーの幌馬車で共に暮らしたいと妄想する（29）。

『ヴァージン』は、マギーがスティーヴンと通わせた「肉体的共感」と同種の感覚をジプシーと交わすことによって、イヴェットが心身共に成長を遂げていく物語である。イヴェットは、何度も「曖昧」で、「はっきりつかめない」（7）と描写されている。人生にしっかりと向き合おうとせず、自分の信念を持たない、未熟な乙女として描かれている。


　彼女はいつも催眠術にかかっているように見えた。彼女が完全に陽気な気持ちになることはなかった。彼女の内面の深いところでは、耐えられないような苛立ちがうごめいていた。彼女はそれを感じるべきではないと思い、感じてしまうことを嫌ったが、そのために事態は一層悪くなった。自分がなぜそのように苛立ってしまうのか、全く分からなかった。（11）

イヴェットの持つ曖昧さやつかみどころのなさの原因は、自分が本当にしたいこと、すべきこと、つまり人生における信条を見出せず、ただ社会が決めた「こうあるべき」という規範に従って漠然と生きることに本能的な苛立ちを感じながらも、自ら状況を打破するきっかけもなく、流されて生きていることである。彼女はマギーと同様、厳しいヴィクトリア朝的道徳規範に従う家庭で、息の詰まるような思いで生活している。物語は、「自分の人生には、重要なものが何もない」（40）と感じていたイヴェットが、階級や社会の道徳規範にとらわれる自己と葛藤しながらも、ジプシーとの肉体的な関わりを通して、生き生きとした生命の炎に触れ、人生における真の高潔さを理解していくプロットとなっている。

イヴェットが初めてジプシーと出会う場面で、彼女は社会のアウトサイダーであり、自分よりも社会的下位にあるはずのジプシーに孤高の高潔さを感じ取り、彼の男性性に本能的に訴えかけられるような体験をする。放浪者の身でありながら、中流階級の英国人男性に頑として道を譲らないジプシーの大胆さから、社会的立場の違いを恐れないジプシーの誇りをイヴェットは感じ、魅了されていく。父親を筆頭に、自分の周りにいる男性はすべて、英国的な社会規範の中で飼いならされた「飼い犬」（42）であると軽蔑してきたイヴェットは、ジプシーが「自分より強い存在であり、これまで出会ったことのあるすべての男性の中で、一番彼女の考える強さを持ち、自分より強い唯一の男」（24）であると感じ、常識を超えて彼の男性性に本能的に惹かれていくのである。ジプシーと初めて出会って以来、レディ・オブ・シャロットのように彼が物売りに来るのを無意識のうちに待ち焦がれていたイヴェットは、ジプシーの妻が不在の金曜日に訪ねてくるよう彼に誘われ、実際に訪ねていく。ジプシーは幌馬車の中で手を洗うようイヴェットに勧

め、密室に誘う。この場面で、

彼女の意志は体から離れてしまい、彼に支配されていた。彼の暗い影が彼女に覆いかぶさっていた。［……］彼女は、彼から放出される黒い、奇妙なものが彼女の四肢を濡らし、彼女の意志を完全に洗い流してしまうように感じただけであった。彼女は彼を暗い、完璧な力として認識した。（四六―四七頁）

ジプシーの男性性に魅了され、彼に抗えない力を感じるイヴェットは、意志が「体から離れて」、忘我状態に陥っている。この場面におけるイヴェットは、マーティンが論じるところの、自分の持つ肉体的な生の感覚でありながら、自らの意識を超えている状態にあり、「つかめるようでつかめない、直感的で本能的な共感」（8）に圧倒されている状態である。ジプシーこそが、他の男性とは違うと彼女に思わせる唯一の男性であることを意識し、イヴェットは彼に度々思いをはせる。

まっすぐな鼻、ほっそりとしていて表情豊かな唇、何事にも動じず、意味ありげにじっと見つめる黒い目。その目は彼女の中のある生命にかかわる、未知の部分をあやまたず射止めるように見えた。（42）

イヴェットのセクシュアリティは、「彼女の中にある生命にかかわる未知の部分」と描写されている。

イヴェットの意志を奪う黒い目を持つジプシーもまた、彼女を「むき出しの欲望を持って」(37)見つめる。イヴェットの中産階級的な意識を呼び戻す役割を果たすフォーセット夫人は、ジプシーの欲望を下品だと憤り、非難するが、物語の中で、ロレンスの代弁者の一人であると考えられるイーストウッド少佐は、

欲情は人生の中で最も素晴らしいものです。それを実感できる人は王様ですし、そういう人に対する以上に妬ましいと思うことは、私はありません。(57)

とジプシーの純粋な本能的欲望を、尊いものととらえている。ジプシーの欲望は、イヴェットとルシールが考える、「低い種類の性」ではなく、「低くない、別の種類の性」(53)に分類される。作家ロレンスは、イヴェットとジプシーの間に通う純粋な欲情を、明らかに肯定的に描いているのである。その感覚はセイウェル家が固執するヴィクトリア朝的道徳規範を逸脱しているが、真の情熱は道徳家の見解を超えたところで妥当であるというロレンスの見解を表している(Widmer, 184)。一節で論じたロレンスの「血の共感」は、純粋な欲望や官能的体験によって呼び覚まされるだけのものではなく、後に『チャタレー』の中でコニーとメラーズの関係によって彼が描く「優しさの教義」(Britton, 251)へとつながっていくものである。イヴェットとジプシーの関係が、『チャタレー』のコニーとメラーズを思わせる場面がある。

そして彼は熱いコーヒーをふきながら、ただ一つのことだけ、神秘的な果実である彼女の純潔、すなわち彼女の体に宿っている完璧な優しさだけを感じ取っていた(46)

ジプシーがイヴェットの肉体が宿す優しさを感じ取ることのできる能力は、ロレンスが「『チャタレー卿夫人の恋人』について」の中で論じる「温かい共感」(333)であり、肉体に息づく生命のエネルギーと調和する神秘的な力として描かれている。イヴェットもまた、ジプシーと視線を合わしたり、言葉を交わしたりするときに感じる、意識を奪われるような感覚が、純粋でむしろ高貴なものではないかと認識し始めるのである。

イヴェットは自分にはこれまで気付かなかった高潔さが、感受性の鋭い清潔な血肉を持つ人間にのみ備わった高潔さがあることに気付き始めた。しかしセイウェル家の人たちは、それを彼らのいわゆる道徳というものでみごとに汚していたのだ。彼らは常に高潔さを汚していた。彼らは生命を信じない者たちだった。それに対して、シンシアだった女はたぶん、道徳を信じない者であるだけだったのだ。(28)

イヴェットが自身に備わっていると認識する高潔さは、道徳にとらわれない純粋な官能的体験によって生命のエネルギーに共鳴する力であり、マーティンが定義する、感覚的官能的体験を通して個人の意識を超越し、生命のエネルギーと共鳴することによって、真に感じることや生きることの意味を認識するという意味での「肉体的共感」に不可欠な要素である。ロレンスの代弁者と考えられる『ヴァージン』の語り手は、この感覚を持っていないセイウェル家の人々を、「生命を信じない者(“the life unbelievers”)」と呼び、ヴィクトリア朝的道徳観にがんじがらめとなり、真の高潔さを持ち合わせていない者として描き出している。イヴェットが「生命を信じる者」としての共感能力に目覚める原因は、ジプシーとの出会いだけではない。山田晶子（Yamada）が指摘しているように、イヴェットの母への理解もまた、非常に重要な要素である(18)。夫と子供を捨てて駆け落ちをした母シンシアは、物語では回想においてしか登場しないが、「生命力に溢れて偉大に輝く、敏捷で危険な太陽」(7)と形容され、生命を信じる者としての強烈な存在感を家族に残している。イヴェットは、自分の振る舞いが不道徳だと家族から非難されるたびに母に思いをはせ、自分は母親から譲り受けた、生命を信じる者としての高貴さを持っていると確信していく。この高貴さは、「感受性の鋭い清潔な血肉を持つ人間にのみ備わった高潔さ」と表されており、一般常識や道徳観とは別の尺度で人の本質を見ようとする力である。富裕な技師である夫の元を離れ、年下のイーストウッド少佐と共に駆け落ちし、まだ離婚が成立していないにもかかわらず、すでに彼と同居しているフォーセット夫人と交流を始めるイヴェットは、フォーセット夫人と同じ状況で、家族を捨てて愛に生きた母のことを本能的に理解していると考えられる。

三―二．洪水のもたらす効果

これまで論じてきたように、イヴェットは、マギーとスティーヴンと同種の「肉体的共感」をジプシーと交わすことで、生命を信じる者としての高潔さに目覚めていくヒロインである。しかし生命を信じない者たちである彼女の家族が固く守っているヴィクトリア朝的道徳規範により、彼女の、生命を信じる者への目覚めは幾度となく中断される。もともと自分の人生に対して受け身であり、自分だけの力では生き方を変えられない、曖昧なイヴェットの背中を押す役割を果たすのが、クライマックスシーンの洪水である。本節では、洪水が果たす役割と、それを経験したイヴェットの変化について、マギーと比較しながら論じる。

洪水を経験するまで、イヴェットの内面では、生命を信じる者としての自己と、生命を信じない者（道徳を信じる者）としての自己がせめぎ合いを繰り返し、生命を信じる者への完全な目覚めを妨げる。たとえばそれはイーストウッド少佐とその婚約者フォーセット夫人との交流を父に禁じられる場面に見られる。セイウェル牧師はフォーセット夫人に、自分を捨てた妻の姿を重ね、夫人と交流を始めたイヴェットに妻と同種の堕落の影を見て取り、激怒する。母シンシアへの恐れを自分に向けている父の姿に、イヴェットは「生まれつきの卑しい性質」を感じ取り、一方で自分は「生まれつき自由な性質」であることを確認し、父に対する静かな軽蔑を持つのである。フォーセット夫人たちとの交流の断絶に至るまで、イヴェットには幾度にもわたり、生命を信じる者への目覚めの機会が与えられているが、未熟なイヴェットは、生命を信じない者たちに取り囲まれた家庭で暮らしているために、常に彼らの影響を受け、自身の力で生命を信じる者に覚醒することができない。フォーセット夫人へ別れの手紙を書いた後イヴェットは、ジプシーの自由な世界を夢想しながらも、生命を信じる者として生きることは不可能なのかと、半ば諦めの境地に立っている。

彼女は今、あのすらっとした、みごとな形のジプシーの胸に抱いてもらいたかった。一度きり、一度きりでいい、彼の腕に抱かれ、慰められ、自分の存在を確かめたかった。ただひたすら彼女を怖がるだけの不愉快な父とは反対に、ジプシーに自分の存在を確信させてもらいたかった。

同時に彼女は、自分の考えが忌まわしく、精神異常の犯罪者のものだったらと思うと、恐怖でたじろぎ、しっかり歩くことさえできなくなった。歩くたびに、恐怖でかかとが傷つけられるような気がした。その恐怖、生まれつき卑しい性質の者である彼女の父親や、人間の、そして卑しい群れを成すものすべてが持つ、ひどく冷たい恐怖によって。［……］

しかし彼女は、人間というものについての新しい考えにかなり早く順応した。生きていかなければならなかったのだ。［……］それに人生にあまり多くのことを期待するのは幼稚である。そういう訳で、彼女は戦後世代のすばやい適応力を持って、新しい事実に順応した。父は変わらないのだ。彼はいつも体裁を繕っていた。彼女も同じことをするだろう。彼女も体裁を繕うだろう。［……］彼女の共感する心が崩れていくにつれて、彼女が持っていたさまざまな幻想が消えていった。彼女は外面的には何の変わりもないように見えた。しかし内側では、きびしく超然としていて、自分の心が分からなくなっており、復讐心に燃えていた。［……］しかし復讐心は、人間に対する彼女の新しい見方に表れた。教区牧師の堂々とした立派な外見とは裏腹に、彼が弱々しく、個性のない人間であることを見て取った。それゆえ彼女は彼を軽蔑した。それでも彼女は、ある意味では彼を好きであった。感情というものはとても複雑である。（62）

この語りからは、生命を信じる者としての性質が、社会通念や道徳よりも正しいということを、身近な父にすら証明できないイヴェットの無力感が読み取れる。父の道徳心によって崩される「彼女の共感する心」とは、生命を信じる者として人間が決めた道徳に関係なく、物事の真価を見抜く力である。ジプシーとの階級を超えた官能的で神秘的な体験を通じて会得しつつある、人間の持つべき真の自由さと高潔さであり、常識にとらわれずに、本能で愛に忠実に生きるフォーセット夫人や、母シンシアの生命力を理解する心である。しかしここでイヴェットは、道徳にとらわれる自己を捨てられないと諦め始めている。このように、二つの自己の存在に葛藤するイヴェットが、生命を信じる者として生きる姿勢を獲得する機会を与えるのが、物語のクライマックスシーンにおける洪水なのである。

物語の最後に突然起こる洪水に遭遇するという設定は、イヴェットとマギーが類似している点である。両作品の洪水には様々な解釈があるが、共通して言えるのは、洪水が何の予兆もなく突然起こる、デウス・エクス・マキナの役割を果たしていることである。『フロス河』の洪水は、駆け落ちをした後、当時の社会の常識ではなく、アンティゴネ的な信念に従って一人町へ戻ってきたマギーに一生注がれる汚名から彼女を救済する、作家エリオットの意図的な設定であるいう見解を示す批評家が多い（Rubin, 18-19）。

一方『ヴァージン』の洪水も、先行研究において様々に解釈されてきた。ウィドマーは、ジプシーの妻のフロイト的警告によって起こる情熱と清めの洪水からは、西洋のキリスト教文明の陰に、混沌から人々を解放してくれる真の宗教が存在するというロレンスの異教主義信仰がうかがえると論じる（186）。ピニオン（F. B. Pinion）は、迫りくる洪水が「ライオンのように押し寄せる壁」（69）と表現されており、同様にイヴェットの母を描写する際にも「ライオンやトラのように、特異で危害を加えてきそうな、自分本位で危険な不安定なもの」（7）という言葉が用いられていることから、洪水の危険性からイヴェットの母を連想させる効果があると論じている（245）。他にもイヴェットのセクシュアリティの表れであると解釈するシーガル（Siegal, 119）や、終末論的解釈をするドハティ（Doherty, 135）、イヴェットのセクシュアリティの目覚めや、ジプシーとの性行為の有無をうやむやにする洪水が、『ヴァージン』をロレンス的でない、異色の作品たらしめていると解釈するラリーなど、様々な読みがなされてきた。本論では洪水を、自力では生命を信じる者への目覚めを完成させることができない未熟なイヴェットに対し、彼女の持つ「肉体的共感」の力を最も強く引き出す機会として、作家ロレンスが意図的に介在して生み出した現象と解釈する。ロレンスは、突然の洪水を設定して、イヴェットが自らの意志で会いに行かなかったジプシーを再度英雄として登場させ、生死を分けるような急場においてイヴェットの性的共感を最大限呼び覚まし、彼女の「生命を信じる者」への目覚めを完成させようと意図したのではないだろうか。

イヴェットは、本能的にジプシーに惹かれ、彼に会うことを待ち望み、心の拠り所としていながらも、彼女が自らの意志でジプシーに会いに行ったのは物語の中でたった一度である。「自分の人生でありながら自ら歩みたくないかのように、誰かが自分のために行動を起こしてくれればいい」（67）と考え、人生に対して常に受け身の姿勢をとってきたイヴェットは、洪水によって命の危機に瀕するという試練を与えられる。イヴェットを救う英雄として現れるジプシーと「肉体的共感」を交わす体験をし、肉体的にも精神的にも大きく成長する。水に濡れたイヴェットは、裸のジプシーに抱擁を求め、互いの体の温かみを分かち合うのである。洪水という急場に立たされていなければ、決してイヴェットとジプシーの関係はここまで発展しなかったであろう。ロレンスの介入により、イヴェットはジプシーと肉体を重ねることで「肉体的共感」を交わし、生命の温かさによって力を取り戻す。

> 彼の黒い目は、まだ生命の炎で明るく輝いており、運命を諦めて受け入れる、放浪者独特の冷静さで満ちていた。
>
> 「私を温めて！」彼女は歯をカチカチと鳴らしながらうめいた。「温めて！寒くて死んでしまいそう。」
>
> 実際彼女は激しく痙攣しており、丸く縮こまっているその白い体は、死に至るのではないかというほど引き裂かれんばかりに、ひきつけを起こしていた。
>
> ジプシーはうなずき、彼女を両手で抱きかかえ、万力のように彼女を抱きしめ、自分の震えも静めようとした。［……］彼女にとって、彼の両腕にしっかりと抱きしめられていることだけが、彼女の意識を支えている唯一の拠り所であるように思われた。それは、張りつめて破裂しそうになっている彼女の心にとって、驚くほどの救いだった。彼の体は、彼女の体に触手のように何とも言えないしなやかさと力強さを持って絡みつき、電流のように小刻みに震えていたが、それでも彼女をしっかりと抱きしめている、堅く張りつめた筋肉が、二人を落ち着かせた。［……］そして二人の体に温かさが広がるにつれ、痛めつけられて朦朧とした二人の意識は無意識へとかわり、二人は眠りに落ちていった。（73-74）

ジプシーの生命力との接触は、「電流」となって彼女の意識を没我の状態へと導いていく。男性と初めて肉体的接触を交わし、「電流」のような激しさと「触手」のような官能、そして生命の温かさを共有するイヴェットは、ジプシーの肉体を最も近くで感じながらも、そこにみなぎる「生命の炎」に驚くような救いの力を見、その力に圧倒されて無意識の世界へ落ちていく。ここでのイヴェットの感覚は、マーティンがロレンスの共感の定義として論じている「肉体の接触によって呼び覚まされる、最も真に迫るような、生の感情であるように思えながらも、自分の意識を超えてしまう」感覚に基づいた「肉体的共感」である。この場面において、イヴェットとジプシーがセックスに至ったかどうかについては、解釈が分かれている。クロウダーとクロウダー（Bland A. Crowder and Lynn O. Crowder, 385）、山田（一四頁）、ウィドマー（186）らは、イヴェットがジプシーと性的関係を結んだと解釈している。二人が実際にセックスを持ったかどうかを検証することが重要ではなく、イヴェットが失ったのは、精神的な処女性（未熟さ）だととらえるムニョスは、ジプシーが危険なアウトサイダーではなく、おとぎ話の英雄でもなく、一人の名を持つ現実世界に生きる男だという気づきがイヴェットにとって重要であると指摘する（368-69）。本論も、イヴェットとジプシーがセックスに至ったかどうかを追究するものではない。明らかなのは、イヴェットがジプシーの肉体を通して、官能的でありながらも大いなる安息を与える生命の神秘的なエネルギーを肌で感じたことである。ロレンスがマギーとスティーヴンから読み取った「肉体的共感」に、心身が救われるような安堵感をもたらす優しさの要素を付加し、イヴェットに経験させたと考えられる。洪水の場面は、イヴェットが優しさを感じる理想的な異性愛を描いた『チャタレー』のコニーへと発展していくヒロインであることも示唆している。

水が引き、目覚めてジプシーが去ったことに気づいたイヴェットは、ジプシーを愛していると認識する（77）。イヴェットが認識するジプシーへの愛は、恋愛関係や結婚に発展するような男女の普通の愛ではない。ウィドマーによると、ロレンスにとって真の欲望は、モラルの領域を超えたところにあり、道徳的でも不道徳的でもないので、イヴェットとジプシーとの関係には「呪文」や「眠り」といった魔法に関連する言語が用いられ、肉体的欲望に付随する不道徳性が曖昧になっていると言う(184)。物語の最後にイヴェットがジプシーから受け取る手紙からは、彼女がもう二度とジプシーと会えない可能性が示唆されている。しかしジプシーと「肉体的共感」を交わした、たった一度の体験が、イヴェットを心身共に大きく成長させ、その後の人生を大きく変える力を持つ。

世界が終わる夜に一緒だった、私のジプシーはどこにいるのだろうか。(75)

洪水の日の夜を「世界が終わる夜」と呼ぶイヴェットは、ジプシーと過ごした夜を経て新たな世界へと生まれ変わっている。イヴェットに内在する「生命を信じる者」としての自己が完全に覚醒し、イヴェットをこれまでの受動的な生き方から、能動的な生き方へ向かわせている。ジプシーがイヴェットに与えた「肉体的にもっと勇敢になりなさい」(66)という言葉は、彼女が自分の力で二階の窓からはしごを降りる勇気を与えている。さらに、イヴェットの人生に対する態度にも変化が見られる。

彼がいなくなった悲しみで、彼女は打ちひしがれていた。けれども実際には、彼がいなくなったという事実を受け入れてもいた。彼女の若い魂がそれを理解したのだ。(77-78)

イヴェットが最後に受け取るジプシーからの手紙では、初めて彼の名前が明かされている。最後の手紙の場面まで名前を与えられないジプシーは、超人間的な存在として描かれているが(Widmer, 187)、ムニョスが指摘するように、手紙で名前が明かされることによって、イヴェットは彼が現実世界の人間であると認識する（369）。それまで中産階級の因習にとらわれた日常に不満を持ち、人生において重要だと思えるものを見いだせなかったイヴェットは、ジプシーと「肉体的共感」を通わせたことによって、生命のエネルギーを感じ取り、真に生きる喜びを体感した。イヴェットが後の人生において、階級や因習にとらわれず、肉体を通した真の愛を追求する可能性を読み取ることができる。アウトサイダーであるジプシーとの体験によって再生した彼女は、能動的に人生と向き合う姿勢を会得した。イヴェットの原型モデルとしてのマギーと比較してみると、マギーとイヴェットは、前者は洪水で命を落とすことで、汚辱を受け続ける人生から救済され、後者は洪水を生き延びて人生に立ち向かっていくという、異なる結末を迎えている。しかし、恋の本能的情熱を経験した後、社会の常識を超えた普遍の人道に従って諦めるアンティゴネ的ヒロインのマギーと、常識では考えられない相手であるアウトサイダーのジプシーと肉体を合わせ、官能的かつ神秘的な体験をし、心身共に再生するヒロインであるイヴェットは、社会や常識や階級といった、人間が作り出したシステムに惑わされずに行動するという点において共通している。ロレンスはこの点においてマギーから霊感を得、彼女を発展させたヒロインとしてイヴェットを創造したのではないだろうか。

四．おわりに

本論では、ロレンスの『ヴァージン』をエリオットの『フロス河』を書き換えた作品であるという見解を、ロレンスの共感概念というテーマから二人のヒロインを比較分析することによって、提示した。ロレンスの共感の概念を心理学的見地から研究したマーティンの議論を用い、彼がまだ分析を試みていない『ヴァージン』のイヴェットを分析し、さらにマーティンのマギー解釈における問題点を指摘し、『フロス河』をより深く分析することによってそれを解消した。

マギーをイヴェットの原型モデルとしてのヒロインと仮定して、両者を比較分析すると、ロレンスはマギーのスティーヴンへの愛を、階級や道徳の枠を超えた、純粋に本能的な生の感覚に基づいているという点において評価し、同種の感覚をイヴェットに経験させ、マギーに叶わなかった本能的な愛の成就を果たす設定としたと考えることができる。この生の感覚に基づいた共感を、ロレンスは「温かい血の共感」と呼び、これを交わすことのできる男女は、宇宙と一体となる神秘的体験を成就できると考えていた。ロレンスの共感概念を詳しく分析したマーティンによると、ロレンスの共感とは、感覚的官能的体験によって個人の意識を超越し、自然界の生命のエネルギーと共鳴するリズムと相まって、「真に感じること」、「真に生きること」の意味を体得する感覚である。ロレンスの共感概念は、伝統的な道徳哲学史で定義づけられてきたどの共感とも異なる意味を持つユニークなものであり、彼が特に後期の作品で追求した、肉体の接触を通して得られる優しさに基づく男女の理想的な愛に不可欠な要素であることが分かった。さらに、マギーとイヴェットは、肉体を通して得られる本能的感覚に基づいた共感を交わす体験をすることによって、階級制度や常識、社会的因習などにとらわれず、普遍の真理に従って生きる姿勢を身に着けるという点において共通している。本論では、マギーの共感をロレンスがどう読み、理解していたかについて、不十分であるマーティンの議論を補うことで、ロレンスがなぜマギーを賞賛していたのかを明らかにした。『フロス河』と『ヴァージン』を比較分析すると、マーティンが説明するロレンス特有の「肉体的共感」

の心を、マギーとイヴェットが共通して持っていることが分かり、ロレンスはイヴェットを、マギーのアナロジー的ヒロインとして生み出し、さらに「肉体的共感」によって得られる優しい気持ちや安堵感を経験するコニーの前身として生み出した可能性が明らかになった。

注

(1) マイケル・ベルやナイヴンはロレンスのナラティヴから、作家ロレンスの登場人物たちに対する共感を分析している。ベルは彼の作品におけるナレーターの介入に、エリオットと通ずる部分を見出している(213)。しかし本稿では、作家としての共感ではなく、登場人物が通わせる共感の心についてのみ分析する。

引用文献

Albrecht, Thomas. "Sympathy and Telepathy: The Problem of Ethics in George Eliot's 'The Lifted Veil.'" *ELH 73:2* (2006): 437-463.

Aristotle. *The Works of Aristotle*. Eds. Robert Maynard Hutchins, et al. Trans. W. D. Ross. Vol.2. Chicago: Encyclopedia Britannica, 1952.

Arnold, Matthew. *Poems*. London: Longman, 1853.

Baldi, Abby. "The Gypsy as Trope in Victorian and Modern British Literature." *Romani Studies 16:1* (2006): 31-42.

Bell, Michael. *D. H. Lawrence. Language and Being*. Cambridge: Cambridge UP, 1992.

Black, M. Black, M. "A Bit of Both: George Eliot and D.H.Lawrence" *Critical Review 29*（1989）: 89-109.

Britton, Derek. *Lady Chatterley: The Making of the Novel*. London: Unwin Hyman, 1988.

Chambers, Jessie（'ET'）. *D.H.Lawrence: A Personal Record*. London: Frank Cass, 1965.

Crowder, A Bland, and Lynn O. Crowder. "Mythtic Intent in D.H.Lawrence's *The Virgin and the Gipsy*." *South Atlantic Review 49*（1984）: 61-66.

Cushman, Keith. "*The Virgin and the Gypsy* and the Lady and the Gamekeeper." *D.H.Lawrence's Lady: A New Look at Lady Chatterley's Lover*. Eds. Michael Squires and Dennis Jackson. Athens: Univ of Georgia P, 1985. 154-169.

Davis, H Mark. *Empathy: A Social Psychological Approach*. Colorado: Westview, 1994.

Doherty, Gerald. "The Third Encounter: Paradigms of Courtship in D.H.Lawrence's Shorter Fiction." *The D.H.Lawrence Review 17:1*（1981）: 135-51.

Eliot, George. *Essays of George Eliot*. Ed. Thomas Pinney. London: Routledge, 1963.

――. *Middlemarch*, 1872. Ed. R. Ashton. London: Penguin, 2003.『ミドルマーチ』

――. *The Mill on the Floss*. Intro. A.S. Byatt. 1860. London: Penguin, 2003.『フロス河の水車場』

Fujiwara, Chiyo. "From Maggie to Yvette: Reading George Eliot and Lawrence with Schopenhauer." *The Edgewood Review 38*（2012）: 1-27.

Greiner, Rae. "Sympathy Time: Adam Smith, George Eliot, and the Realist Novel." *Narrative 17:3*（2009）: 291-311.

Guttenberg, Barnett. "Realism and Romance in Lawrence's 'The Virgin and the Gypsy.'" *Studies in Short Fiction 17:2*（1980）: 99-103.

Hirai, Masako. *Sisters in Literature: Female Sexuality in Antigone, Middlemarch, Howards End and Women in Love*. London: Macmillan, 1998.

Houghton, Walter E. *The Victorian Frame of Mind, 1830-1870*. New Haven: Yale UP, 1985.

Joseph, Gerhard. The Antigone as Cultural Touchstone: Matthew Arnold, Hegel, George Eliot, Virginia Woolf, and Margaret Drabble." *PMLA 96: 1*（1981）: 22-35.

Lally, Margaret. "*The Virgin and the Gipsy*: Rewriting the Pain" *Aging and Gender in Literature: Studies in Creativity*（1993）: 121-40.

Lawrence, D.H. *Lady Chatterley's Lover & A Propos of "Lady Chatterley's Lover."* Ed. Michael Squires. Cambridge: Cambridge UP, 1993.（*LCL*）『チャタレー卿夫人の恋人』

——. *Sons and Lovers*. Ed. Helen Baron and Carl Baron, Part 1 and 2. Cambridge: Cambridge UP, 2002.（*SL*）『息子と恋人』

——. *The Letters of D.H.Lawrence*. ed. James T. Boulton. Vol.1. Cambridge: Cambridge UP, 1979-2000.（*1L*）『D・H・ロレンス書簡集』

——. *The Rainbow*. New York: Avon Book Division, 1943.（*R*）『虹』

——. The Theatre." *Twilight in Italy*. Ed. Paul Eggert. Cambridge: Cambridge UP, 2002.（*TI*）「劇場」

——. *The Virgin and the Gipsy and Other Stories*. 1930. Eds. Michael H. B. Jones and Lindeth Vasey. Cambridge: Cambridge UP, 2005.（*VG*）『ヴァージン・アンド・ザ・ジプシー』

Martin, Kirsty. *Moderninsm and the Rhythms of Sympathy: Vernon Lee, Virginia Woolf, D.H.lawrence*. Oxford: Oxford UP, 2013.

Molstad, David. "*The Mill on the Floss* and *Antigone*." *PMLA 85*（1970）: 527-31.

Muñoz, Oscar. "From Romance to Ritual: Myth, Ritual and Subversion in D.H.Lawrence's *The Virgin and the Gipsy.*" *Epos. XVI* (2000): 361-69.

Niven, Alistair. *D.H.Lawrence: The Novels*. Cambridge: Cambridge UP, 1978.

Pinion, F.B. *D.H.Lawrence Companion.* London: Macmillan, 1978.

Rubin, Larry. "River Imagery as a Means of Foreshadowing in *The Mill on the Floss*." *Modern Language Notes 71:1* (1956): 18-22.

Siegal, C. "Floods of Female Desire in Lawrence and Eudora Welty." *D.H.Lawrence's Literary Inheritors*. Eds. Keith Cushman and Dennis Jackson. London: Macmillan, 1991. 109-130.

Smith, Adam. *Theory of Moral Sentiment*. New York: Augustus M. Kelly, 1966.

Sophocles. *Antigone*. Trans. Richard Emil Braun. New York: Oxford UP, 1989.

Squires, Michael. *The Creation of Lady Chatterley's Lover*. Bultimore: John Hopkins UP, 1983.

Steiner, George. *Antigones: How the Antigone Legend has Endured in Western Literature, Art, and Thought*. London: Oxford, 1986.

"Sympathy." *The Oxford English Dictionary*. Compact ed. 1971.

Widmer, Kingsley. *The Art of Perversity: D.H.Lawrence's Shorter Fictions*. Seattle: U of Washington P, 1962.

Yamada, Akiko. "A Study of *The Virgin and the Gipsy*: D.H.Lawrence's Essential Attitude towards Christianity." *Language and Culture 28* (2013): 1-20.

あとがき

京都に本拠を置くＤ・Ｈ・ロレンス研究会が活動を始めて今年で四四年、研究会の回数も八六〇回を数える。各会員が英国作家ロレンスに対して抱く関心のありようはさまざまだが、おそらく共通するのは、時代に先駆けた彼の「視力」、そして常人を超えた想像力と創造力への畏敬の念であろう。しかし、いかにそうした天賦の才をもっていたとはいえ、もとよりロレンスはわれわれとは言語も文化も共有しない一人の西洋の作家にすぎない。そのような芸術家に対してどこまで肉薄できるかというのは、われわれ異文化の芸術を学び、研究する者が宿命的に抱える問題である。しかし少なくともいえるのは、関心を共有する一人の作家を軸とし、また定点として、複数の人間が集い、彼の作品をかなりの期間共同で論じ合うことで、われわれは自分自身をつぶさに見てきたということだ。異文化に生まれ、異なる言語で創作したロレンスへの眼差しが、われわれが共有してきた時間を経てどのように変遷してきたかという問いは、とりもなおさずわれわれがどのように変化したか、あるいはしなかったかという問いと重なる。その意味で、ロレンスという一人の作家を巡ってわれわれが共有してきた時間は実に貴重であり、自分の「成長」の一つの指標となっているといえるだろう。

ここ一〇年ばかりの研究会の活動は、ロレンスの作品を読んで議論し、それについて論文を書いて、これを皆で検討し、最終的に出版するという従来の活動と、ロレンスの書簡集の翻訳・出版とに分かれて進行してきた。活動量としては後者の比重がかなり大きくなっている。しかしやはり、彼の作品をわれわれがどう読むかがこの研究会の原点であることに変わりはなく、時間的にはやや制約されているが、前者も地道に続けてきた。直近の出版物は、会の統括者である吉村氏の退職を記念して二〇一二年に出した『ロレンスへの旅』だが、それ以前はロレンスの主要著作についての論文を集めて出版してきた。まずは長編小説一〇作について、一九七三年から二〇〇三年にかけて出版した。『白孔雀』論集については二回、*The Trespasser* 論集は、最初が『侵入者』、次には『越境者』と訳を変えて二度出している。そして次に彼の四冊の紀行文を論じたものを二〇一〇年に出した。その間、『不死鳥』、『不死鳥Ⅱ』や、何冊かの研究書の翻訳も出版した。そして二〇〇〇年代に入って、先にも触れた書簡集の翻訳を始め、今ではこれが会の活動の主流を占めるに至っている。そして今回、『ロレンス研究――旅と異郷』から五年ぶりにロレンスの短編を論じた論集を出すことになった。このように、書簡の翻訳と並行する作業だったこともあり、また論じた作品が多岐にわたったこともあって、出版にこぎつけるまでにはかなりの困難と遅延があったが、ようやくここまで辿り着くことができ、編集を行った者としては幾許かの感慨がある。が、それはさておき、この五年の活動で多少なりとも見えてきたことを記しておきたい。

巻頭に置いた総括的な論文でも書いたことだが、まずロレンスという作家の想像力の幅の広さというか、気づきの鋭敏さというか、常人であれば人生の中で何気なくやり過ごしてしまうほんのちょっとした出来事を一つの物語に造形する力の凄さを否応なく感じさせられた。ロレンスを「研究」する者は皆、とりわけ彼の長編に顕著に見られる思想的深みにはなじみがあるだろうが、思想的掘り下げには不向きな短編においても、生を日常的怠惰から救い上げる「気づき」、あるいはエピファニー的瞬間を一筆書きのように凝縮して描く彼の能力には尋常ならざるものがある。四五年に満たない人生を生きた彼ではあるが、その経験の豊富さ、それから汲みとったものの重さは、その倍生きた人間にも及ばないものがある。というより、経験を「重い」ものに、つまりは自己の内奥に届くものにするには、生に対する繊細な感受性とそれが生み出す「気づき」が必要なのだが、ロレンスの短編の多くはそれを見事に示している。

今述べたことと関連するが、短編で発揮されているロレンスの主要な力は、日常の茶飯事をスナップショットのように切り取り、起伏のある一つの短い物語に仕上げていく能力である。たとえば "The Last Straw (Fanny and Annie)" は、ケンブリッジ版の注によれば、ロレンスがある駅で見かけた男に霊感を得て書かれたものだというが、もしそうだとすれば、彼の想像力・創造力は驚くべきものだ。それはかなりの程度天賦のものであろうが、八〇編に及ぶ短編をはじめとする彼の圧倒的な創作量を目の当たりにすると、彼が生を作品へと昇華するためにたゆまぬ鍛錬を続けたことが、その天賦の才にいっそうの磨きをかけたことが、つくづくと感じられる。たしかに作品の中には、生の一部を切り取ってはきたものの、それをどう意義づけていいのか迷っているようなものも見受けられる。しかしそれでも彼は書いた。書いて書いて書きまくった。バルザックの創作机は、執筆に使う右手を置いていた部分がすり減っているというが、ロレンスも一箇所に定住して同じ一つの机で書き続ければ、『人間喜劇』というとてつもない生のエピソード集を作り上げたバルザックの机と同じようなものができ上がったに違いない。それは彼の、生に対するあくなき関心、あるいは畏怖の念から生じたものであると同時に、天から与えられたと信じた才能を開花させようとする地道な努力でもあった。彼自身は、作品はペンから流れ出てきたと、彼が信奉する「自発性（spontaneity）」の産物であることを強調するが、それは修辞的表現で、要は、彼は自分が嫌悪したピューリタンのように日々刻苦勉励したということだ。その産物が、八〇編の短編を含む膨大な作品群であった。

もう一つは、これも「序」の論で触れたが、彼が超常的な現象にきわめて敏感だった、あるいは生が潜めもつ「常識を超える側面」に意識的に接触しようとしていたということだ。この特徴は長編にはあまり見られないものだが、それはおそらく彼が、人間存在のこの側面は思想的には掘り下げにくいもので、むしろ短編でそうした瞬間を提示するほうがはるかに効果的だと考えたためであろう。いずれにせよ、これら一群の「オカルト的」幽霊譚は、ロレンスの多彩な作品の山脈にあって異彩を放っている。


前回の『旅と異郷』の「あとがき」にこう書いた。「小説や詩の世界では一部の愛好者から『神のごとく』扱われてきたロレンスは、『他者表象』という土俵ではどのように料理されるのか。」今回この論集でお示ししようとしたのは、われわれが短編という土俵でロレンスをどのように料理したかの産物である。収録された論文がこの分野での研究の進展に何らかの光を投げかけることを願っているが、忌憚のないご意見もお願いしたい。

これだけ長く活動を続けていると、新入会員もいるとはいえ、当然のことながら会員は高齢化してくる。それでも研究への気力だけはまだまだ衰えてはいない。最終原稿を締め切った後の研究会では、早速次の活動について話し合いをした。さまざまな意見が出たが、やはり最後に残っているロレンスの詩をやろうということになり、すでにその活動を始めている。

これまでの研究論集は、長年の間朝日出版社で引き受けていただいてきた。しかし今回の出版は、前回の『ロレンスへの旅』を出し、書簡集の翻訳も継続的に出版していただいている松柏社にお願いすることにした。それ以前にもロレンスの研究書の翻訳を出していただいたこともあり、森信久社長には快くお引き受けいただいた。また、多くの執筆者がいる論集という厄介な出版物の編集にあたっていただいた戸田浩平氏は、多くの繁雑な作業を快く引き受けていただいたばかりか、実に迅速かつ丁寧な仕事をしていただいた。さらには、時間とエネルギーのいる編集作業を、会員の石原浩澄氏に大いに助けていただいた。この三人の御助力がなければ、これほどスムーズな出版はおぼつかなかったであろう。心からの感謝を申し述べたい。

二〇一五年　盛夏

浅井雅志

「当惑した天使」“The Harassed Angel”　49

◆な
「ナイチンゲール」“The Nightingale”　259
「なされるべき適切なこと」“The Right Thing to Do Next”　49

◆に
『逃げた雄鶏』*The Escaped Cock*　27, 29, 36
『虹』*The Rainbow*　133, 177-78, 181, 235, 275, 353

◆の
「ノッティンガムと炭坑地方」“Nottingham and Mining Countryside”　127

◆は
「母と娘」“Mother and Daughter”　26
「春の亡霊たち」“The Shades of Spring”　47, 49-50, 56, 61-2, 64-5

◆ふ
「プリンセス」“The Princess”　231, 239-40, 248, 271
「古いアダム」“The Old Adam”　22
『プロシア士官』*The Prussian Officer and Other Stories*　27, 49, 141, 146-47, 151, 153, 156, 158, 163, 170, 173, 175, 177

◆へ
「平安の実相」“The Reality of Peace”　264
「ヘイドリアン」“Hadrian”　23, 107, 111, 118, 123, 125-26, 131-32, 134
「蛇」“Snake”　251, 292-93

◆ほ
「牧師の娘たち」“Daughters of the Vicar”　8, 69, 71, 93-9, 101, 107-08, 111-12, 118, 122, 125, 131-32, 236
「ホピ族の蛇踊り」“The Hopi Snake Dance”　297

◆む
『息子と恋人』*Sons and Lovers*　61, 64, 107, 109, 131, 133, 235, 315, 331, 347

◆も
「盲目の男」“The Blind Man”　22-3, 126-27
「木馬の勝者」“The Rocking-Horse Winner”　24
「もの」“Things”　25-6

◆ゆ
「指ぬき」“The Thimble”　220, 223

◆よ
「陽気な幽霊」“Glad Ghosts”　343
「汚れたバラ」“The Soiled Rose”　49

◆わ
「私はどの階級に属するのか」“Which Class I Belong To”　107
「わびしい孔雀」“Wintry Peacock”　23

19, 332

◆か
「枯れたバラ」"The Dead Rose" 49
『カンガルー』*Kangaroo* 186, 208

◆き
『危機一髪』*Touch and Go* 109
「菊の香り」"Odour of Chrysanthemums" 27
「狐」"The Fox" 126, 134
「境界線」"The Border-Line" 24

◆け
『ケツアルコアトル』*Quetzalcoatl* 245

◆こ
『恋する女たち』*Women in Love* 13, 54, 120, 133, 146-47, 176-77, 215-16, 225, 229, 237-39, 275, 278, 332
「『恋する女たち』序文」"Foreword to *Women in Love*" 216, 239

◆さ
「最後の一撃（ファニーとアニー）」"The Last Straw" / "Fanny and Annie" 27
「最後の笑い」"The Last Laugh" 25, 310
「桜草の道」"The Primrose Path" 185-87, 189, 192, 194-95, 207, 209

◆し
「次善の男」"Second-Best" 24
「島を愛した男」"The Man Who Loved Islands" 27-8, 288, 298
「小説の未来」"The Future of the Novel" 35
『書簡集Ⅰ』*The Letters of D.H. Lawrence Vol. I* 158, 191, 347
『書簡集Ⅲ』*The Letters of D. H. Lawrence Vol. III* 216
『書簡集Ⅴ』*The Letters of D. H. Lawrence Vol. V* 145, 306
『書簡集』*The Letters of D. H. Lawrence* ［ed. Huxley］ 276
『白孔雀』*The White Peacock* 50, 56, 63-4, 66, 109, 147, 342, 378
「人生と讃美歌」"Hymns in a Man's life" 278
「死んだ男」"The Man Who Died" 12, 298

◆せ
「セント・モア」"St. Mawr" 245, 248-49, 271-75, 286-88, 292-93, 295-96

◆そ
『叢林の少年』*The Boy in the Bush* 186, 188, 208

◆た
「太陽」"Sun" 303-04, 311-12, 314-15, 317, 319-20, 327, 329-31, 335, 343

◆ち
『チャタレー卿夫人の恋人』(『チャタレー夫人の恋人』) *Lady Chatterley's Lover* 8, 23, 50, 53-6, 58, 63-6, 109, 146, 278, 308, 341, 343-44, 348, 350, 361-62, 369
「チャタレー卿夫人の恋人について」"A Propos of *Lady Chatterley's Lover*" 325, 334

◆と
「当世風の魔女」"The Witch *a la Mode*" 22

◆わ
ワイルド、A.　Wilde, Alan
ワイルド　Wilde, Oscar　142, 146, 156, 178, 296

ロレンス索引

◆あ
「愛らしい女」（「可愛らしい淑女」）"The Lovely Lady"　25-6, 304, 310, 315, 320, 333
「青いモカシン」"The Blue Moccasins"　304
『アポカリプス』*Apocalypse*　170, 297, 328-29
『アメリカ古典文学研究』*Studies in Classic American Literature*　36, 172
「アメリカのパン神」"Pan in America"　275, 278
『アロンの杖』*Aaron's Rod*　288, 332

◆い
『イギリス、我がイギリスよ』（「イングランドよ、わがイングランドよ」）*England, My England*　27, 185, 216
『イタリアの薄明』*Twilight in Italy*　355

◆う
『ヴァージン・アンド・ザ・ジプシー』*The Virgin and the Gipsy*　341-44, 347-48, 358, 362, 366-67, 371-72
「浮世の憂い」"The Mortal Coil"　22
「馬で去った女」"The Woman Who Rode Away"　245-46, 248-55, 259-60, 264-65
「馬仲買の娘」（「奇跡」）"The Horse-Dealer's Daughter" ("The Miracle")　215-18, 220, 227, 231-32, 236-39
『羽鱗の蛇』*The Plumed Serpent*　146-47, 245, 248, 252, 291

◆お
「王冠」"The Crown"　21, 158-59, 162-63
『堕ちた女』*The Lost Girl*　236, 305, 318-

◆む
ムア、ジョージ　Moore, George　191
『エスター・ウォーターズ』*Esther Waters*　191-92
ムア、H. T.　Moore, Harry T.　152, 295

◆め
メルヴィル　Melville, Herman　19, 32
「代書人バートルビー」"Bartleby, the Scrivener"　19

◆も
モイナハン、ジュリアン　Moynahan, Julian　64, 250
モーパッサン　Maupassant, Guy de　8, 15
「脂肪の塊」　15
モレル、オットリン　Morrell, Ottoline　157, 237, 239

◆や
山田晶子　Yamada, A.　47, 363, 369

◆ら
ラーナー、L. D.　Lerner. L. D.　90
ラ・ギャルソンヌ　La Garconne　304, 311, 332
ラスキン、ジョン　Ruskin, John　78
ラナニム　Rananim　237
ラリー、M.　Lally, Margaret　343, 367

◆り
リーヴィス、F. R.　Leavis, F. R.　8-9, 28, 65, 69-72, 79-104, 132-33, 239, 246, 249-50, 271, 274, 278, 281, 287, 297
『偉大な伝統』*The Great Tradition*　95
『小説家D・H・ロレンス』*D. H. Lawrence: Novelist*　69, 94
『文化と環境』*Culture and Environment*　84
『リスナー』*The Listener*　97-8
リチャーズ、I. A.　Richards, I. A.　89
リチャードソン、ドロシー　Richardson, Dorothy　35, 77
リップス、セオドア　Lipps, Theodor　346

◆る
ルーハン、M. D.　Luhan, Mabel Dodge　297
ルソー　Rousseau, J. J.　146

◆れ
レオナルド・ダ・ヴィンチ　Leonard da Vinci　146
レディ・オブ・シャロット　Lady of Shalott　359

◆ろ
労働者階級　working class　94, 98, 107-18, 122-23, 125-27, 129, 131, 133-34, 344
ローマ神話　Roman mythology　48, 58, 289
ロバーツ、ニール　Roberts, Niel　252
ロベール、マルト　Robert, Marthe　30-1, 33, 39
『カフカ』　30
ロレンス、フリーダ　Lawrence, Frieda　152, 306, 311, 333, 343
ロレンス、T. E.　Lawrence, T. E.　160-62, 167, 178, 180

ブリークリー、A.　Bleakley, Alan　272, 296
プリーストリー、J. B.　Priestley, J. B.　91-2, 109, 129
ブリテン、ベンジャミン　Britten, Benjamin　110
プルースト　Proust, Marcel　35, 146
ブルーノ　Bruno, Giordano　41
フロイト　Freud, Sigmund　143-47, 155, 157, 163-65, 169, 171, 174-75, 179, 326, 366
フロム、エーリッヒ　Fromm, Erich　326

◆へ

ヘイル、B.　Heyl, Bernard　91
ベネット、アーノルド　Bennett, Arnold　192
『カード』*The Card*　192-93
ヘミングウェイ　Hemmingway, Ernest　35
ペロー　Perrault, Charles　231-32, 239
「眠れる森の美女」"La Belleau Bois Dormant"　231, 239
ベントレー、E.　Bentley, Eric　92
ヘンリー、O.　Henry, O.　15
「最後の一葉」"The Last Leaf"　15

◆ほ

ポー　Poe, E. A.　12-3, 19-20, 30, 32, 36, 39-40
「リジーア」"Ligeia"　19
ボーヴォワール、シモーヌ・ド　Beauvoir, Simone de　167
ホーエンダール、ペーター　Hohendahl, Peter　71-6, 79, 89, 102, 104
『批評の制度』*The Institution of Criticism*　72
ボードレール　Baudelaire, Charles　146
ポープ、アレグザンダー　Pope, Alexander　77
ボス、メダルト　Boss, Medard　165-66, 168-71, 174-76
ポスト構造主義　Post-structuralism　274
ホッキング、ウィリアム　Hocking, William　181
ボブ　bob　310-13, 330, 332-33
ホルダネス、グレアム　Holderness, Graham　133
ボルヘス　Borges, Jorge Luis　27, 31-4, 36-9, 41
『続審問』　32-4, 37
『伝奇集』　32, 37
「不死の人」　31

◆ま

マーティン、カースティ　Martin, Kirsty　342, 348-57, 360, 362, 368-69, 372
マスターマン、C. F. G.　Masterman, C. F. G.　122-23
マッカラム、ローリー　McCollum, Laurie　253
マラルメ　Mallarme, Stephane　32
マリ、J. M.　Murry, J. M.　25, 237
マンスフィールド、キャサリン　Mansfield, Katherine　26, 237

◆み

ミケランジェロ　Michelangelo　146
ミメーシス　mimesis　21, 31-2, 34
宮沢賢治　178
ミレット、ケイト　Millett, Kate　250, 252, 330, 335
民主主義　democracy　70, 123-24, 153

ドハティ、ジェラルド　Doherty, Gerald　367
トヨクニ、タカシ　Toyokuni, Takashi　253
トルストイ　Tolstoi, Lev　17
「神父セルギイ」　17
ドレイパー、R. P.　Draper, R.P.　252

◆に

「肉体的共感」"physical sympathy"　336, 349-51, 353-54, 356-58, 362-63, 367, 369-73
西村孝次　65, 133, 210
『ニューステイツマン&ネイション』 *The New Statesman and Nation*　92
ニュー・メキシコ　New Mexico　245, 248, 271

◆は

バージェス、A.　Burgess, Anthony　274
ハーディ　Hardy, Thomas　13, 208
「ほんの幕間劇」"A Mere Interlude"　13
ハーバーマス、ユルゲン　71, 75, 89, 102-03, 177
バイラン、R. P.　Bilan, R. P.　83-4
バイロン　Byron, Lord　146
ハウ、グレアム　Hough, Graham　9-10, 152, 246, 250
パスカル　Pascal, Blaise　41
バタイユ　Bataille, George　141, 166, 175, 254
バックリー、W. K.　Buckley, W. K.　297
バニヤン、J.　Bunyan, John　285, 296
『天路歴程』*The Pilgrim's Progress*　285, 296
『ハムレット』*Hamlet*　207, 211
ハリス、J. H.　Harris, Janice Hubbard　10-2, 21, 23, 38, 48, 108, 153-54, 156, 172, 220, 296, 305, 307, 317, 323
The Short Fiction of D. H. Lawrence　10
バルト、ロラン　Barthes, Roland　30
バルバート、ピーター　Balbert, Peter　251
パン神　Pan　25, 61, 275-76, 283, 286-87

◆ひ

ピニオン、F. B.　Pinion, F. B.　366
平井雅子　Hirai, M.　350
ピンカー　Pinker, J. B.　216

◆ふ

ファーニハフ、アン　Fernihough, Anne　254
フィクション　fiction　17, 21, 24, 28-32, 34-5, 37, 41, 252
フィッツジェラルド、スコット　Fitzgerald, Scott　311
フィニー　Finney, Brian　21, 24, 26, 35, 153
フィレンツェ　Florence　343
フォースター、E. M.　Forster, E. M.　35, 179, 246, 266
『インドへの道』*A Passage to India*　246, 266
フォード　Ford, George H.　153-54, 171
ブラウン、K.　Brown, Keith　274-75, 287, 296
ブラウン、N. O.　Brown, N. O.　165, 174
ブラック、M.　Black, Michael　52, 64, 278
フラッパー　Flapper　304, 311, 332
ブランショ　Blanchot, Maurice　19

『スペクテイター』*The Spectator*　76-8
スペンサー、ハーバート　Spencer, Herbert　346
スポトルノ　Spotorno　343
スミス、アダム　Smith, Adam　345

◆せ
セイガー、K.　Sagar, Keith　272, 275, 278, 284-85, 293, 296
「性的共感」"sex sympathy"　347-48, 367
聖フランチェスコ　Francis of Assisi　146
セジウィック　Sedgwick, Eve K.　146
全体論的認識　Wholistic Awareness　328

◆そ
ソフォクレス　Sophocles　355
　『アンティゴネ』*Antigone*　355
ゾラ　Zola, Emile　180-81
　『ナナ』　180
ソラ・ピントー、V. d.　Sola Pinto, Vivian de　40

◆た
ダーウィン、チャールズ　Darwin, Charles　346
第一次（世界）大戦　the First World War / the Great War　32, 111, 113, 121-23, 125, 127, 131-32, 153, 176, 189, 194, 237, 310
タオス　Taos　245, 248, 271, 284
ダグラス、アルフレッド　Douglas, Alfred　142, 178
『タトラー』*The Tatler*　76-7
田部井世志子　155, 271
炭坑夫　miner　9, 100, 108-10, 112-15, 120, 127-31, 135

◆ち
チェインバーズ、アラン　Chambers, Alan　181
チェインバーズ、ジェシー　Chambers, Jessie　181, 342, 347
チェスタトン　Chesterton, G. K.　20
　「ブラウン大佐のすごい冒険」"The Tremendous Adventures of Major Brown"　20
中産階級　middle class　73, 77, 102, 107-31, 134, 305, 313-14, 332, 361, 371
地霊　the spirit of place　155, 288-90

◆て
D・H・ロレンス研究会　66, 377
ティヴァトン、W.　Tiverton, William　273
ディキンソン、L. T.　Dickinson, L. T.　13
ディケンズ、チャールズ　Dickens, Charles　190, 208
　『デイヴィッド・コパーフィールド』*David Copperfield*　190-91, 208
ティッチェナー、エドワード　Titchener, Edward　346
テキサス　Texas　283-84
鉄村春生　10-2, 14, 133-34, 154, 186, 220, 239-40, 273, 275-76
デリダ　Derrida, Jacques　19-20

◆と
道徳感情　moral sentiments　345-46, 348-49, 353
道徳哲学　moral philosophy　345, 372
ドゥルーズ　Deleuse, Gilles　19
ドストエフスキー　Dostoevsky, F.　173
ドス・パソス　Dos Passos, John　35

369
クローニン、A.　Cronin, Anthony　92

◆け
ケアリー、ピーター　Carey, Peter　193
『オスカーとルシンダ』*Oscar and Lucinda*　193
ケインズ　Keynes, J. M.　147, 156-57, 170, 173
ゲーテ　Goethe, Wolfgang von　13, 20, 38, 146
ケツァルコアトル神話　the myth of Quetzalcoatl　291
ケンブリッジ　Cambridge　82, 147-48, 156, 159, 170, 173

◆こ
洪水　flood　55-7, 280, 296, 342, 363-64, 366-67, 369-71
コールリッジ、サミュエル・テイラー Coleridge, Samuel Taylor　78
コーンウォール　Cornwall　181, 216, 227
コロネオスとテート　Coroneos, Con and Trudi Tate　254
近藤康裕　155
コントレラス、シェイラ　Contreras, Sheilla　252-53

◆さ
サド　Sade, Marquis de　141-42, 154-55, 167, 169, 178, 180
佐藤淳二　176-77
産業革命　the Industrial Revolution　188, 345
サンタフェ　Santa Fe　284

◆し
シーガル、C.　Siegal, Carol　367
ジェイムズ、H.　James, Henry　16
「絨毯の下絵」“The Figure in the Carpet”　16
ジェニングズ、ブランチ　Jennings, Branche　191, 336, 347
清水康也　154, 173
シャネル、ガブリエル（「ココ」） Chanel, Gabrielle［‘Coco’］　311, 330, 333, 336
シャピロ、B. A.　Schapiro, Barbara Ann　220-21, 230
ジャレット＝カー、マーティン Jarrett-Kerr, Martin　91
ジョイス　Joyce, James　11, 32, 35, 37
『フィネガンズ・ウェイク』*Finnegan's Wake*　32
ショーペンハウアー、アルトゥール Schopenhauer, Arthur　342
ジョーンズ、ベサン　Jones, Bethan　253-54
ジョンスン、W.　Johnson, Willard　275
『笑う馬』*Laughing Horse*　275
ジョンソン、サミュエル　Johnson, Samuel　88, 92, 101
ジラール、ルネ　Girard, Rene　253, 266

◆す
『スクルーティニー』*Scrutiny*　69-70, 80-1, 88, 90
スチュアート、ジャック　Stuart, Jack　220
スティフラー、D.　Stiffler, Dan　285, 287-88, 293, 296
スノウ、C. P.　Snow, C. P.　87
スピルカ　Spilka, Mark　152

◆お
オーウェル、ジョージ　Orwell, George　109, 129, 135
オースティン、ジェイン　Austen, Jane　314
オーデン、W. H.　Auden, W. H.　91, 110
オコナー、フランク　O'Connor, Frank　38
小田島恒志　61, 66

◆か
カーティス、ライオネル　Curtis, Lionel　178
ガーネット、E.　Garnett, Edward　147, 158, 296
ガーネット、ディヴィッド　Garnett, David　156
カーモード、フランク　Kermode, Frank　250
カーライル、トマス　Carlyle, Thomas　78
カイオワ牧場（カイオワ・ランチ）　Kiowa ranch　245, 248, 271
甲斐貞信　66
カヴァルカンティ、アルベルト　Cavalcanti, Alberto　110
カウアン、ジェイムズ C.　Cowan, James C.　250
カヴィッチ、デイヴィッド　Cavitch, David　250
カフカ　Kafka, Franz　7, 11, 16-20, 26, 28, 31-3, 36-42
　「断食芸人」　18-9
　「変身」　17
　「流刑地にて」　18
カミュ　Camus, Albert　19, 33
河合隼雄　232, 240
カント　Kant, Immanuel　146

◆き
機械文明　machine civilization　62, 127, 277-78, 280-84, 294-95
ギッシング、ジョージ　Gissing, George　190, 209
　『民衆』*Demos*　190
キプリング　Kipling, Rudyard　14
　「無線」“Wireless”　14
ギリシア神話　Greek mythology　48, 58, 275, 289
キンキード＝ウィークス、マーク　Kinkead-Weekes, Mark　246, 251-52, 254
キングズレー、C.　Kingsley, Charles　78

◆く
『クウォータリー・レヴュー』*The Quarterly Review*　78
クッシュマン、K.　Cushman, Keith　10, 132, 153-54, 344
　D. H. Lawrence at Work: The Emergence of the “Prussian Officer” Stories　10
クラーク、L. D.　Clark, L. D.　251
グラノフスキー、R.　Granofsky, Ronald　221-23
グリアソン、ジョン　Grierson, John　110, 130
グリム童話　231
『グレイト・ギャツビィ』*The Great Gatsby*　311
クロウダー、ブランド　Crowder, Bland A.　369
クロウダー、リン　Crowder, Lynn O.

索引

◆あ

アーノルド、M.　Arnold, Matthew　78-9, 356
　『詩集』*Poems*　356
アイデンティティ（ー）　identity　185, 187, 197, 199, 202-03, 206, 209-10, 287, 313, 344
アガンベン　Agamben, Giorgio　19
芥川龍之介　16
　「鼻」　16
浅井雅志　7, 141, 180, 297, 381
　「猥褻・過剰・エロティシズム」　142
新井英永　280, 296
アレント、ハンナ　70-1, 102
　『人間の条件』　70
暗黒の太陽　the Dark Sun　292
アンダーソン、P.　Anderson, Perry　93
アンティゴネ　Antigone　355-56, 366, 371

◆い

イーグルトン、テリー　Eagleton, Terry　71, 76-82, 102-04, 131, 133
イェイツ　Yeats, W. B.　40, 173, 177
イニス、K.　Inniss, Kenneth　290-91
井上義夫　155, 173-74, 179
『イングリッシュ・レビュー』*The English Review*　216

◆う

ヴァイス　Weiss, Daniel A.　152, 179
ウィークリー、アーネスト（「ウィークリー氏」）　Weekley, Ernest　343
ウィークリー、バーバラ　Weekley, Barbara　343
ヴィヴァス、E.　Vivas, Eliseo　272
ウィチョル族　the Huichol　248, 259, 266
ヴィトゲンシュタイン　Wittgenstein, Ludwig　41
ウィドマー、K.　Widmer, Kingsley　272, 297, 344, 366, 369
ウェルズ　Wells, H. G.　14
　「ナイフの下」“Under the Knife”　14
内田憲男　275, 281, 285
ウルフ　Woolf, Virginia　11, 14, 91
　「固い物」“Solid Objects”　14-5

◆え

エイデルマン　Adelman, Gary　152, 171
エーラート、A. O.　Ehlert, Anne Odenbring　272, 278, 286, 291
エコロジー　ecology　272
『エディンバラ・レヴュー』*The Edinburgh Review*　78
エピファニー　epiphany　12, 14-5, 33-4, 112, 379
エリオット、ジョージ　Eliot, George　341-42, 346-47, 349, 351, 353, 356, 366, 371-73
　『フロス河の水車場』*The Mill on the Floss*　341-42, 351, 353, 366, 371-72
　『ミドルマーチ』*Middlemarch*　349
エリオット、T. S.　Eliot, T. S.　94, 97-9, 271
　『異神を追いて』*After Strange God*　94, 98
　『荒地』*The Waste Land*　271
エリス、ハヴロック　Ellis, Havelock　143, 164-65, 178

執筆者紹介（掲載順）

浅井　雅志　　京都橘大学 教授
山田　晶子　　愛知大学 教授
石原　浩澄　　立命館大学 教授
岩井　学　　熊本保健科学大学 准教授
山本　智弘　　奈良県立登美ケ丘高等学校 教諭
横山　三鶴　　甲南大学 非常勤講師
有為楠　泉　　名古屋工業大学 名誉教授
田部井　世志子　　北九州市立大学 教授
井上　径子　　同志社女子大学 嘱託講師
藤原　知予　　神戸女学院大学 非常勤講師

ロレンスの短編を読む

二〇一六年一月二〇日　初版第一刷発行

編　者　D・H・ロレンス研究会
発行者　森 信久
発行所　株式会社 松柏社
〒一〇二-〇〇七二　東京都千代田区飯田橋一-六-一
電話　〇三（三二三〇）四八一三（代表）
ファックス　〇三（三二三〇）四八五七
Eメール　info@shohakusha.com
http://www.shohakusha.com

装幀　常松靖史［TUNE］
組版・校正　戸田浩平
印刷・製本　倉敷印刷株式会社
ISBN978-4-7754-0229-0